Sunlight

白色世紀3

作者 余卓軒

瓦伊特蒙　角色陣容

奔靈者文明（日痕山）

雨寒（拂羽）（瓦伊特蒙女長老）
凡爾薩（離焱）（護衛隊隊長，使用雙刃巨劍）
「紅狐」費奇努茲（新任總隊長，使用弓箭）
安雅兒（首席癒師，形靈是巨型蜘蛛）
「冰眼」額爾巴（統領階級，形靈是巨鱷）
哈賀娜（統領階級，虹光軌攻擊模式）
飛以墨（統領階級，虹光波攻擊模式）
佩塔妮（統領階級，使用三叉戟）
佩羅厄（統領階級，使用三叉戟）
亞煌（翔影）（昔日總隊長，使用雙刀）
黎音（奔靈者，形靈是獵豹）
杭特（奔靈者，長老護衛隊員）
海渥克（奔靈者，使用雙戰斧）
辛特列（奔靈者，使用鞭子）
朗果（奔靈者，使用雙圓鎚）
普拉托尼尼（奔靈者，虹光網防衛模式）
奧丁（奔靈者，癒師）
布閔（居民，銀將）
阿波諾（居民，靈板工匠）

舞刀使文明

刃皇（舞刀使統治者）
因幡（議會代理首長）
崙美（議會成員）
子藤（舞刀使，身兼化術師）
隆川（舞刀使，體格壯碩）
霞奈（瀲芒）（已故的熾信之胞妹，雙腿殘疾）

奔靈者文明（歐洲大陸）

艾伊思塔（芬瀾）（引光使）
亞閻（宇蝕）（暗靈奔靈者，使用雙刀）
俊（潾霜）（新任總隊長，形靈是燕子）
帕爾米斯（弓箭隊隊長）
莉比絲（弓箭手，大範圍攻擊模式）
依可蘿（弓箭手，形靈是巨型蓮花）
韓德（弓箭手，戴鋼鐵口罩）
湯加諾亞（奔靈者，虹光盾防衛模式）
尤里西恩（奔靈者，使用雙刃環）
牧拉瑪（奔靈者，癒師）
泰鳩爾（奔靈者，使用虎爪耙）
比克洛陶宛（奔靈者，形靈是變種猩獸）
琴（絢痕）（暗靈奔靈者）
麥爾肯（學者）
「槌子手」駱可菲爾（居民，靈板工匠）
大塊頭（居民，銀匠）
藍恩大媽（居民）
貝琪（居民）
葡慕（居民）
費氏兄弟（居民）

幻魔導士文明

克瑞里厄斯（浮空要塞驅動師）
妲堤亞娜（浮空要塞塑能師）
梅西林諾斯（大魔導士，駐守亞法隆）
阿米里亞斯（大魔導士，駐守亞法隆）
葛萊妮亞（大魔導士，駐守北境白城）
馬格莉斯（年輕的幻魔導士）
費雪琳娜（年輕的幻魔導士）

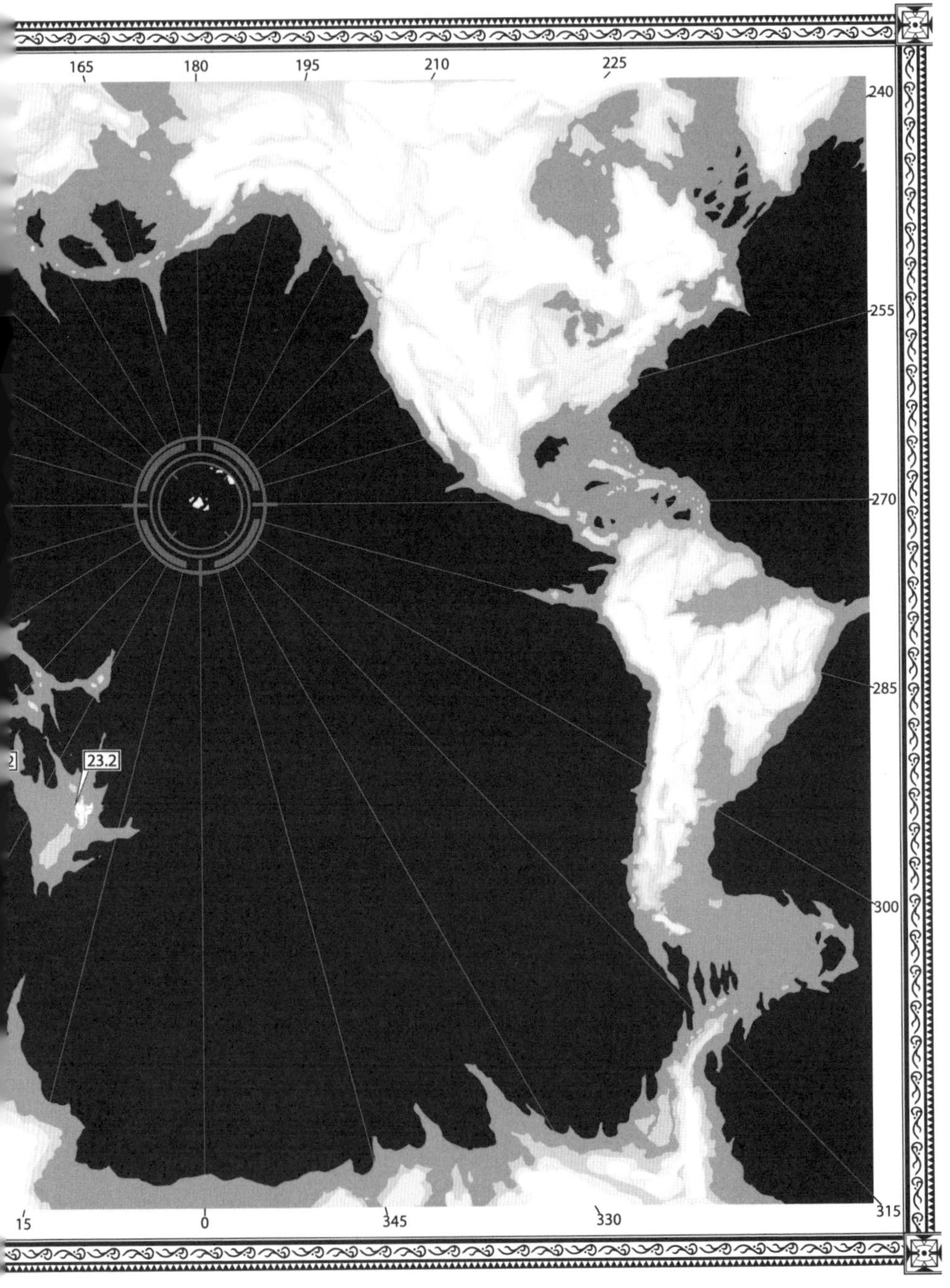

世界地圖（雙子針度數）

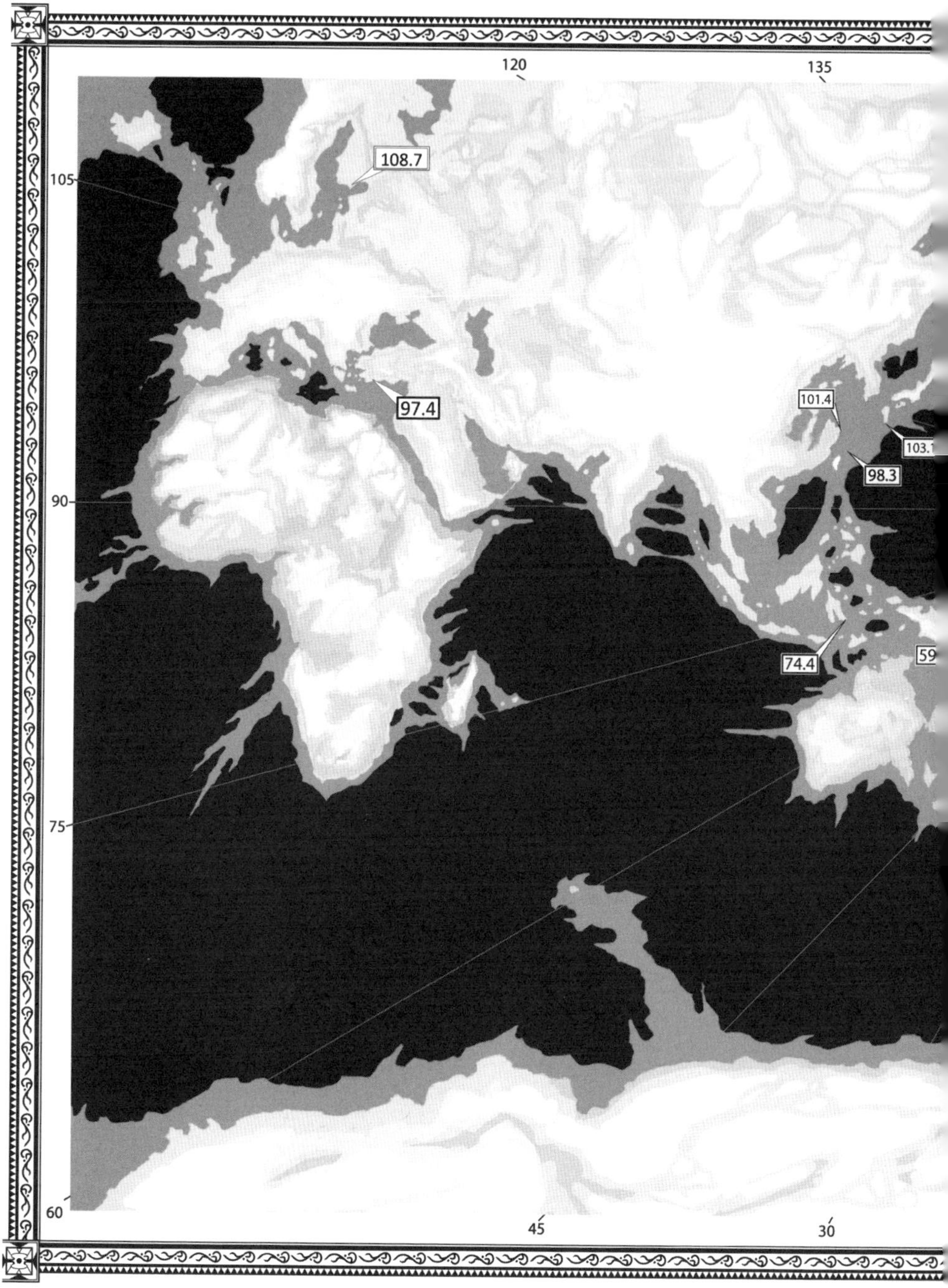
120
135
105
108.7
97.4
101.4
103.1
98.3
90
74.4
59
75
60
45
30

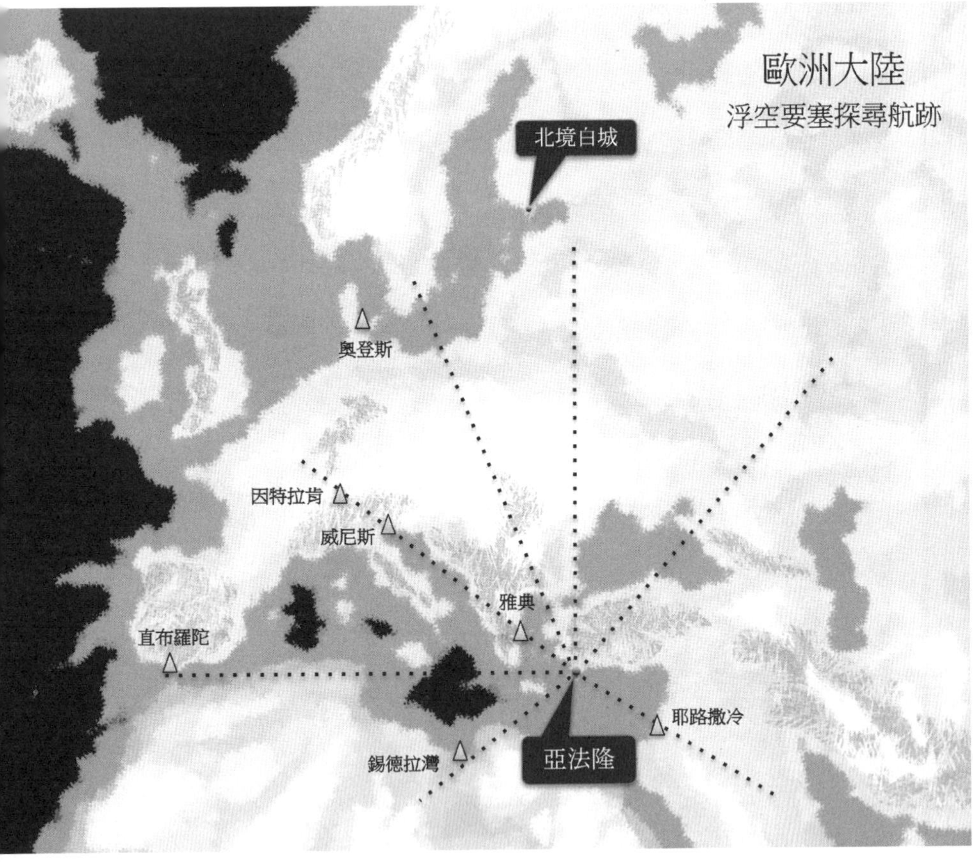
歐洲大陸
浮空要塞探尋航跡
北境白城
奧登斯
因特拉肯
威尼斯
雅典
直布羅陀
耶路撒冷
錫德拉灣
亞法隆

每一個生命體，都會有另一個生命與之相繫。

有時他就在遠方，在你看不見的某處靜靜運行。直到某一天他感受到你的變異，於是斷然改變軌跡——分秒不停地，朝著你而來。

兩股命運交織纏結，在永恆膨脹的時空中醞造可能性，堆砌成生命路徑。

最初，只是一股存在於時空的脈動，無形體的心跳脈搏。存在是為了發出細微的波動，對抗所有已存在的初始的「力」。迷彩和塵埃間，發出無人聽見的細微呢喃。就這麼持續了億萬年。

慢慢地，祂憶起命運纏結的那一刻。

依稀記得在祂周圍，億萬分之一的瞬間有股擴張的力量在持續作用，撕開黑色天幕，帶來電光、微粒和力量的波長。更多波動出現了，像是落入海面的雨點，纖弱得難以察覺。持續的，浪擺的，氣泡般的波動不斷浮現。忽然，其中幾個扭曲了黑夜，像是細小的雨點落入海面卻遽然撕開了漩渦。

不知為何，祂頭一次向內看，首次發現體內竟有道藍光。祂直覺那是生命的顏色，卻難以鉅細靡遺地描繪出來。

周圍空間的力的漩渦一個個化為了光流。其中還有一道特別耀眼。即使啃蝕一切的暗夜籠罩寰宇，亦壓制不了那道光流頑強的執念。它拉開高速的軌跡，捲動七彩和無色的塵埃粒子，促使它們彼此撞擊，彼此融合，一片片，像是萬千拂逆的羽緞。終於，隨著運行的動能，巨岩不停堆疊，在流動的燄紅之中纏繞和固化，崩裂，再固化，扎實地成形了。遠方，似有聲音在呼喚。於是祂看向另一方。

那是引力和爆發力的源頭，像心臟一樣，湧動著，放射著。同一源點有兩股力量重疊著與彼此對抗，既塌縮又膨脹，喚起無盡的光痕波動絢麗地朝外散放，猶如嘹亮的禱文橫掃意識邊緣。在祂耳裡這是世界的第一聲鳴響，推動萬物奔繞的力量。祂吃驚地凝視，卻發現不知何時，先前由光流凝結而成的生命之星在祂轉頭的傾刻間已變了模樣；它正持續飛翔，拉開一條奔離的火燄，急速劃過逐漸虛無的空間。

整個過程，祂都在身旁。祂見證了那顆藍色行星的誕生。

那顆行星的表面持續變化，在動靜與晝夜之間緩緩沉澱，披身的火燄轉化為凝結的優雅。最終雨水生成，御守颶風和雲氣，在好似白靄的雲層底下，幽芬的海洋反射著來自遠方的光瀾。

祂終於知道要怎麼去形容自己體內的那道藍光。原來和那行星的海洋一模一樣。

在那一刻，祂驚嘆了，選擇讓命運與之纏結。於是往後，特定時刻，祂將一次次，一次次地到來。

萬年如同須臾。祂再次沉睡不醒，在虛空中劃著孤寂的軌跡。忽然某個片段祂聽見一股悲鳴，來自遙遠的黑暗深處。

在祂那潾清如冰霜的體內，藍光正如往昔般湧動。古老的使命喚醒了祂，想起束縛於己身的永恆誓言。祂彷彿再次聽見起始的禱文，在暢頌之中推動它們的纏結共生。

消逝的生命，莫忘遠方執念。
自沉睡中甦醒，喚醒對方到來。
兩者相互牽引，永恆循環的意志。
環繞著生靈的軌跡，懷抱著淨化的意念。
以未來彌補過去，我們並未忘卻遠古的誓言。
縱使光明破滅，黑暗叢生；直到天地滅裂，生命終結。
祂斷然改變軌跡，拉開朦朧的白色尾線——分秒不停地，朝著藍色星球疾奔而去。

PROLOGUE《序幕》

世界被金色霧氣給籠罩。紛飛的雪花中，地表起伏的輪廓也成了金色的浪紋。陽光無聲無息地轉化了世界的樣貌，掀開所有陰鬱，綻放出大地的靚白。那些從地面看來無邊無際的平滑雪丘，現在從高空眺望竟成了蜿蜒細密的脊脈和峭谷，彷彿瓦伊特蒙龍骨洞穴裡的骨骸。河川底下透現柔和的淡籃色暈，來自長年壓縮的冰雪。

數百年來的幽暗一掃而空，世界彷彿剛從沉睡中甦醒。

麥爾肯依偎在浮空冰山邊緣的圍欄上，遼闊的景色盡收眼底。在為這次奇遇雀躍之餘，他卻不免有種陰鬱的想法：即便雲層化開千里，依然只是天空的局部。

在他們上方，空中大洞的邊緣就像一層鋼圈，框起環形的疆界勉強壓制了遠方的烏雲。

當初在陸面以為陽光已綿延整個世界，現在來到空中才發現只是幻覺。遼闊的視野讓麥爾肯完全清醒了。遠方依舊一片暗淡，無止盡淤積的烏雲散發著絕望——而他們正朝那方向航行。

「……麥爾肯，我得告訴你一件事。」當初，在踏上浮空要塞之前，亞閻把他獨自拉到一旁，神祕地說。

麥爾肯看見居民誠惶誠恐地在雪地排起隊伍。三座巨大冰山的表面雕砌成宏偉的要塞，停泊雪地，周邊散發虹光泡泡。

「我沒有時間了。」亞閻當時的神情完全不同以往。他打量周圍，確定沒人在附近才低聲說：「我需要你承諾，不會透露給他人我接下來要說的話。」

麥爾肯詫異地回望他。

現在，站在浮空要塞上的麥爾肯盯著遠方大地，禁不住回想這一年半的時光。人們經歷過的浩劫，遇見的奇觀，早已遠遠超乎研究院的所有知識儲備量。

迄今發生的所有事，遠古文獻從沒有幫他們做好心理準備……

自冰雪世紀降臨以來，奔靈者的祖先在家鄉瓦伊特蒙度過長達五百年的生活。位於子幅線23.2度的南太平洋的福地，那座洞穴系統遮掩風雪，有地底炎流的熱氣保障，有鄰近海岸線提供魚類為糧，更有足夠的魂木散布在雪地，支撐起人類抵禦白色世紀的所有威脅。

陽光消失這五百年間，地球植物多數都白化了，體質像死灰的槁木。只有少數埋藏在深雪裡的「魂木」依舊無恙，內蘊碧光足以持久燃燒，也可製作成「棲靈板」——給人類的奔靈者用以存放他們在蒼茫大地找到的游光般的靈體。

雪靈。

由於體質不佳，麥爾肯從來沒有機會成為奔靈者，但他研究過這些彩光般的靈體。它們的原生狀態就像氣泡，可以出現在雪地任何地方。

在「縛靈師」對它們施以束靈儀式後，雪靈會永恆與宿主的魂魄相融。而有了雪靈的助力，奔靈者能夠做出常人無法達成的事——乘著板子俯衝飛躍，喚出靈光暖和身子，甚至影響物理世界。多數居民或多或少都嚮往奔靈者可以隻身在冰雪大地存活和長途遠征的能力。

但對於學者而言，奔靈者的出現對於人類歷史有著更重大的意義。

在奔靈者的捍衛下，人類文明的生存機率大獲提升，同時也啟動了舊世界遺跡的探索，開始奪回世界的遺產。

他們在遠古城市找到引靈所需的銀飾，以及往昔的文獻與地圖。更重要的是奔靈者的故事引爆了人們對外頭那本該恐怖的世界的好奇心。因此除了生存以外，人們的生命有了更多意義。於是才有了研究院。

在一個多數居民均不識字，終日生活在幽暗地底的文明中，「學者」這個稀有群體必須同時學習符文語和音輪語。他們被賦予普通居民沒有的特權——使用「火燄」的權利。因此研究院的石牆滿是燭光，桌緣和石檯都堆積著乾固的蠟液，奇形怪狀地凝結起它們所消耗的光陰。

麥爾肯披上學者之袍時才七歲。十五年前那一天，他通過了兩種語言的考試，成為瓦伊特蒙的傑出小學者。

當時他的家鄉文明發生了一系列的變化。在研究院和黑允長老的協力下，奔靈者的「遠征隊支部」一反過往的弱勢，成為三個支部當中最受矚目的存在。

遠行的奔靈者開始帶回看似沒什麼實際用途的舊世界器皿和文物，分發給居民保存。口耳相傳的故事讓每件物品都有了光環，代表著一段或驚悚或英勇的冒險事跡。足不出戶的居民忽然感覺自己也能握有外面世界的一點兒碎片。遙遠的聯想，浪漫的傳說，取代歷史的空白形成真實世界的輪廓。

突然間，原本乏人問津的遠征任務成了家諭戶曉的話題和期盼。居民永不滿足的精神渴求成了遠征隊的動力，還出乎意料地鼓舞了研究院。大量的文獻解讀工程如火如荼進行。各方連成一線，良性循環加速。

經年累月，研究院以狂熱的使命感建立起遠征必備的知識體系，成為遠征隊的最強後盾。麥爾肯便是在這種旺盛的氛圍中度過了他的學者生涯。甚至，他也開始想像哪天或許自己也可以成為奔靈者。

一件他從未預料的事發生了：有一位實力超群的奔靈者加入了研究院，成為了學者。

這個史無前例的人就是亞闍。銜接了實戰和理論，他一加入便成為研究院舉足輕重的人物。然而多半時間他都在外出任務，待在研究院的時間有限。而且對方桀驁不馴的性子實與靦腆的麥爾肯相左，兩人從未有太多的交集。但亞闍的身分確實給了麥爾肯希望，幻想說不定某天身為學者的他也能搭乘棲靈板，親自去遺跡探險。

這希望在不久後破滅。

世代交替間，有些人希望擴大研究院的影響力，因此推崇亞闍為首席。但他只擔任「一日首席」，便莫名遭到研究院終生驅離，因而行蹤成迷，學者前輩們也絕口不再提此人。

直到現在麥爾肯才知曉那天大的祕密：高層發現亞闍在研究「逆理奔靈」的禁術，拿他自己做實驗，也找了其他奔靈者做實驗。研究院和奔靈者雙雙排擠他。而亞闍不過是想找方法了解自己體內的奇特「暗靈」。

從此，研究院不再接納奔靈者。知識體系的建立必須中立，隸屬支部和長老管轄的奔靈者有太多包袱。麥爾肯也打消了念頭，安分守己地沉浸在閱讀或謄寫中，十年如一日。首席學者換了數任，他則讓自己滿足於不起眼的助手身分。

漸漸地，研究院變得德高望重，和居民的距離也靠得更近。

從某個角度看來，能獨享燭火特權的研究院竟成了奔靈者階級和普通居民之間的橋梁。學者們會定期為居民講述文獻的內容，研究院的大門也敞開了，任何感興趣的人都可以隨時來諮詢。麥爾肯最常見的訪客是個綠髮女孩。

那女孩的長髮繫著幾串貝殼，隨著輕盈步伐「喀啷喀啷」地響，不定時運來成批的蠟燭。誰也沒有料想到某一天，她竟會為世界帶回「陽光」——

一切的開端，是名為路凱的奔靈者從澳大利亞大陸的「雪梨」遺跡帶回了兩份重要文獻。

經由研究院傾全力解讀後，首席學者帆夢判定那些文獻乃是百年難得一見的重大發現，並吩咐麥爾肯去告知恩格烈沙長老。當時，有件事正在瓦伊特蒙發酵：負責三支部的長老們陷入暗潮洶湧的鬥爭，無論是與所羅門的關係或者舊世界的文獻都成了他們攻堅彼此的籌碼。

三長老召開歷史上最後一次居民大會，在黑底斯洞中央的小島上聚集了幾乎瓦伊特蒙的所有人。會議進行時，對那些事無感的麥爾肯選擇獨自待在研究院謄寫史料。

但他萬萬沒料到艾伊思塔會衝進研究院，撒了個漫天大謊竊取「恆光之劍」的文獻。麥爾肯自然沒有懷疑這位數年來頻繁進出研究院的女孩會是個騙子。

他幾乎沒花什麼時間就找到文獻的謄本，因為抄寫者正是他本人。是麥爾肯協助帆夢破解出一個理論上的可能性，並把從未印證的可能寫在謄本上——「Aqua，生息的原力。」

他親手把那疊謄本遞給艾伊思塔的一刻，兩人都不知道這舉動將對瓦伊特蒙的未來產生翻天覆地的影響。

不久之後，一個驚動全瓦伊特蒙的消息傳來：路凱所率領的聯合遠征精英小組，被宣判任務失敗。然而，在日後將成為總隊長的俊，卻奇跡般地歸來了。

他帶回滅絕的所羅門文明的私藏資料。研究院又一次如火如荼地嘗試解讀文獻。學者們把資訊拼湊起來，發現一個接著一個的驚人事實——敵人已能突破太平洋火環帶；敵人已到方法從所羅門的中心冒出，滅絕了該文明；「白島」的體積，似乎正在成長……

麥爾肯依循從書裡讀到過的人類文明面臨重大災難時的應變措施，向首席學者帆夢提出全面遷徙遠行的考量。他們辯論了很長一段時間，最終帆夢同意了。首席學者因此召開了統領階層的「祕密會議」。

祕密會議當天，除了代表研究院的帆夢和麥爾肯，長老、遠征隊長等人之外，還出現一名不速之客——凡爾薩。

凡爾薩並不認識麥爾肯，但麥爾肯卻僵直了身子，一眼便認出有「叛逃者」稱號的男子。

麥爾肯對他抱有不為人知的罪惡感，淵源來自數年前，凡爾薩的父親加爾薩納被派往研究院視為重點遺跡的斐濟島。

當時，加爾薩納與所羅門的奔靈者一同遭到大批魔物圍困。歸來求援的奔靈者說出他們的重要發現，並拿出了幾頁樣本，內容竟然是冰雪世紀初期「科學家的研究成果」的殘跡。麥爾肯立刻和多數學者一個口徑，支持必須取得全數文物回來鑑別。

「既然如此，絕不能讓所羅門的人搶占先機。我們得暫緩救援任務。」黑允長老下決定的一刻，帆夢面色煞白。

「長老……研究院支持不讓東西落入所羅門手中，是想建議奔靈者必須傾力去取回那地方的文物。」帆夢央求。

「所羅門先發現那地方，就有了『索取權』。」黑允陰沉地說：「這是避免我們雙方陷入戰爭的協議。現在投入人力，到頭來東西依然會歸他們的。」

研究院啞口無言。一來以來純粹而中立的求知慾，在權力體系的掌心裡成了殺人的理由。延遲將近三個月後，奔靈者抵達時只看到混亂的場景和一片死屍。據說凡爾薩在得知此事之後，對三長老甚至整個瓦伊特蒙產生了終生的恨意。

但事情總是出人意料。家鄉最後的那段光陰接連遭到狩群兩次入侵，瓦伊特蒙卻由於凡爾薩的舉措而得救。

第一次入侵發生時，正是凡爾薩拯救了縛靈師，點然蜂火環，給人們間不容髮的預警去做好防備。隨後艾伊思塔從方舟帶回了「恆光之劍」驅散敵軍。

第二次入侵發生之前，則是凡爾薩在祕密會議中挑戰統領階級的封閉決定，堅持要把艾伊思塔拉入會議。也正因為如此，就在會議決策幾乎確鑿時，艾伊思塔看見麥爾肯手中的研究文獻。

在被人們稱為「引光使」的綠髮女孩面前，所有的資訊都是不完整的拼圖，卻給了她啟示去發現隱藏在瞑河底下的魔物蹤跡。最終，這些年輕的一代雖無法阻止瓦伊特蒙毀滅，卻也爭取到時間挽救了無數的生命。

遷徙還是如麥爾肯所預期的發生了。研究院的同仁與時間賽跑，包裝好最重要的文獻——包括關於白島的資料，難解的舊世界科研文獻，遠古的地圖等等——踏上白雪皚皚的不歸路。

雨寒取代了她的母親，成為遷徙大隊唯一的長老。總隊長亞煌和紅狐輔佐在她的左右，統領階級成員都效命於她。
他們跨越了子輻線將近74度之遙的距離，長途跋涉超過一萬公里。
旅途中，麥爾肯花了很多時間研讀陽光的本質，和帆夢一同解析艾伊思塔的靈凜石項鍊，以及恆光之劍所代表的謎題。
不幸的是以雨寒為首的統領派，和以艾伊思塔為首的居民派出現嚴重分歧。多數奔靈戰力被雨寒帶走，居民都被拋下。就在這些被拋棄的人們爭執不休，拿不定主意該往哪兒去時，麥爾肯開口了：「還有一個可能性。」
他運用帆夢留下的算法，結合靈凜石及恆光之劍在正午的信息，計算出歐洲文明的精確地理位置。人們再次燃起了希望。在俊、艾伊思塔和一小群奔靈者的帶領下，兩千三百居民朝西方行進。
事實上，麥爾肯從來沒有把握他們能抵達歐洲大陸。一路上他滿懷恐懼，從未想過在諸多學者死去後，自己彷彿成為研究院的精神接班人。這與奔靈者在雪地和狩群的博弈不同，學者的每一個判斷，都有可能造成遷徙大隊的全數滅亡。
會遇上來自歐洲文明的冰山狀的巨大浮空載具純屬運氣。乘坐其上的一群「幻魔導士」看見天空破開，陽光歸來。於是他們被吸引而來，拯救了瓦伊特蒙的子民。
然而，代價卻是引光使艾伊思塔的犧牲……
「麥爾肯，我得告訴你一件事。」在他們踏上浮空要塞之前，亞闍把他獨自拉到一旁。「我需要你承諾，不會透露給他人我接下來要說的話。」

麥爾肯詫異地回望他。亞閻紅腫的雙眼有股前所未有的猙獰。

麥爾肯頷首後，亞閻瞥向排隊居民的方向。「看見那個女孩嗎？」人群中，有個黑髮女孩朝他們望來，羞怯的神情裡有種不協調的陰鬱。「琴和我一樣，喚醒的雪靈是『暗靈』。」

麥爾肯瞪大眼，愣了半晌。

他忽然想起先前果然沒有看錯。在千流瀑布之城的戰役中，最後一條巨型觸手被奇特的闇燄給滅殺，果然就是那黑髮女孩幹的！奔靈者裡頭竟然還有一位暗靈使者，而且不為人知。

「這段時間我一直在教她如何控制暗靈，但她還太年輕，狀態很不穩定。」亞閻凝視他。

「麥爾肯，我需要你的保證，你會照顧好她。」

「我？什麼……我完全不懂這些啊。」麥爾肯覺得這要求異常荒謬。亞閻自己就曾觸犯研究院的禁忌，為何現在卻來要求學者照顧那有暗靈的女孩？「為什麼不找個奔靈者帶她呢？帕爾米斯？莉比絲？」

「奔靈者對暗靈的恐懼是與生俱來的，因為他們比普通人更了解雪靈的破壞力。看看這些年來他們怎麼迴避我。遑論我算已經馴服了自己的暗靈。」

「那麼……我該怎麼做？」

「把你的知識傳授給她。」亞閻當時這麼說。「培養理性思維對馴化暗靈有直接的影響，理性的養份便是知識體系。你是最好的人選。」

麥爾肯嘆了口長氣，蒼白的霧氣從嘴角散開。

目前，三座浮空要塞載著倖存的四十七位奔靈者和不到兩千的居民，正朝著歐洲大陸的方向而去。

麥爾肯獨自背著一包殘餘的古籍和文獻，弓著背依身在要塞的邊緣，手裡握著一片多角的透明石子。那是所羅門最後的生還者瑪洛娃在生前交給路凱的東西，然後由路凱給了俊，最終，再由俊親手交給麥爾肯的奇異之物。但無論怎麼檢視，瓦伊特蒙依舊沒人知道該如何使用這石子。他習慣性地在手中把玩，心中一陣悲涼。

引光使艾伊思塔死了……俊也受了致命傷，迄今昏迷不醒……

一陣陣水霧從麥爾肯的視線底下飄過，時而朦朧了底下的白色大地。浮空冰山邊緣的瀑布聲響與高空的風聲融合，忽高忽低，分辨不出差別。他回頭看著冰山表面的層層走道，以及漫步的身影。那些幻魔導士的袍子和研究院的竟有些雷同，但在長袍裡頭，他們套著一層不尋常的皮鎧。

深沉的陰影從前方鋪天蓋地而來，周圍的空氣逐漸被剝奪了色澤。浮空冰山已跨越陽光的疆界，頭頂上的無雲藍天轉為鋼鐵般的鉛灰領域。眼前淤積的雲層給人無盡的窒息感。

他們正在航向未知的世界彼端。

相傳在舊世界的二十一世紀，有顆隕石毫無預警闖入地球大氣層，墜落於太平洋中央。

衝擊力使地殼板塊與海洋水位起了巨大變化。數年之間，厚重的雲層凝聚於天空，永恆降雪，逐漸將地球密封。全世界平均溫度降至零下，文明相繼滅亡，生命逐一消逝。

從此，世界進入「冰雪世紀」，地球全然轉為一顆白色星球。晝夜依舊，但白天的一切變得朦朧，夜裡的天空則永遠漆黑。

「陽光」成為傳說五個世紀後，人們終於意識到太平洋中央的隕石「白島」乃具生命，迄今消滅文明的魔物都由其增生，所覆蓋的地理範圍正急劇擴張。同時，人類亦找到令陽光回歸的方法。

決定世界命運的最終時刻，即將到來——

PART I

EPISODE 01《離焱》

藍光從魔物弓起的軀體流洩出來，冷煙漫延日痕山的坡面。冰晶般的荊棘圍繞著她一圈圈盤轉，像有生命的籬笆把她自己給圍困起來。但凡爾薩知道這只是假像，任何一刻，魔物都可能發動攻擊。

他往後退了幾步，踩碎冰屑的聲響在腳下響起。他這才發現身旁雪地已全是蠕動的冰棘。陀文莎的腦袋高掛在魔物那看似頭頂的地方，她的雙眼綻放藍光，和魔物軀體中的光暈以一個頻率閃動。在她腦袋的正下方，也就是魔物的腹部，有個比人還高的狹長裂口，裡頭數不盡的冰齒朝外翻開，又層層向內捲曲，那模樣竟有點兒像是變異的女性陰部。裡頭的銳齒保持著某種怪誕的律動，彷彿越漸強烈的痙攣。

凡爾薩以目光鎖住陀文莎的腦袋，眼角卻試圖捕捉雨寒的動向。

雨寒手無吋鐵，但她勇敢地繞過魔物的身後，緩緩朝一名舞刀使文明的女孩接近。那女孩似乎叫做霞奈，是死去的熾信的妹妹。她因雙腿缺陷無法挪身，在滿是冰棘的雪坡中，緊緊抱著一根斷裂的魂木樁。

「所有的『狩』，都是你分裂出來的細胞吧!?」凡爾薩知道自己必須引開陀文莎的注意力，放聲說：「你襲擊我們，想侵占我們世界的一切。就是你。白島。」

「**重靈本該滅亡，由我全面肅清。**」陀文莎發出碎冰似的聲音。已分裂的雙腿高掛在她面孔的兩側，猶如魔物的觸角。蒼白的腿肌上隱約可見墨色血管。

「為什麼？你為什麼這麼做!?」凡爾薩向一旁挪動，把對方的視線牽引開來。忽然他看見陀文莎的面孔再次閃現糾結的線痕。

「**散解的分靈，世界的根基。當匯靈為獨一的追求，像是無盡倒竄的龍卷，疾馳循環，演烈無從收束。肅清之始。**」

凡爾薩壓根聽不懂她的話。這是白島嗎？還是陀文莎？

她的眼珠子向上翻，像要猛然失去意識，眉間卻壓出深刻的皺結，彷彿幾種衝突的情緒突然炸裂。她的嘴角正以駭人的速度顫動。

「**枝葉是……鎖光的關鍵……樹幹才該是彩光的歸宿……它的根部才能……逆轉其存在……**」

她在說什麼？她在說魂木嗎？五世紀以來，白島扼殺了世界上幾乎所有植物，從地球生態最根基的地方開始拆解文明。凡爾薩吶喊：「要怎麼做，你才肯放過我們!?」

「**無從妥協。重靈逝之，輕靈散解。**」在魔物頂上，陀文莎的面孔低垂下來。「**她知道。她能感受到。雖過於掙扎，卻能理解，願成器皿。**」

凡爾薩愣住了。彷若隔世的記憶突然從腦中閃現：第一次狩軍全面進攻瓦伊特蒙之前，就在所有不詳的預照成形時，縛靈師遭到桑柯夫長老的囚禁。當時雨寒找到凡爾薩一同前往搭救，縛靈師見到他們所說的第一句話是：**牠們來了。**

「所以妳希望瓦伊特蒙滅亡，是嗎？現在來到下一個文明，妳也想毀滅這裡。」凡爾薩憤怒咆哮：「陀文莎，瓦伊特蒙曾是妳的家！人們拚死保護妳，現在它已經滅亡了！因為妳！」

冰色荊棘猛然甩動，兩道波動從凡爾薩左右襲捲而過。魔物的胸口發出嘶吼，突來的風壓令凡爾薩舉臂掩面。

「**你救不了我！**」那一嘶吼回到了陀文莎原來的聲音，她的面孔不斷變化，彷彿腦中所有情緒像龍卷般地翻動。「**別以為我從未看見……你們相視的目光……**」魔物開始前進，利爪撥動著覆雪的地面。

冰棘忽地捲住凡爾薩的小腿，疼痛感刺穿肌理，然而他無動於衷。他只微微朝雨寒點頭，然後怒目瞠視陀文莎的面孔。「我曾對妳有罪惡感……看來我錯了。妳是敵人。」

一條冰鞭甩來。凡爾薩在沒有任何武器的情況下抬手格擋，手臂被「唰──」地一聲捆住，細密的錐刺刮開血紅皮肉。雨寒在此時有了動作。她躍過盤動的冰棘，準備扶起霞奈。

然而不知為何，霞奈竟甩開雨寒的手，不肯放開木樁。

一道冰棘捲住雨寒的腰，將她高高抬起。「雨寒！」凡爾薩吼。她懸於魔物背後的空中，痛苦地哀嚎，血液在腹部慢慢淌開。

「放開她！」凡爾薩想往前走，手腳的冰棘卻扯得更緊，劇痛如刀割。此時冰棘已在雨寒身上繞圈，錐刺扎實地埋入她纖細的腹部。

陀文莎的眸子已轉為永凍冰的乳白。魔物碩大的軀體向後仰，中央裂口獠牙滿布，朝向天空。雨寒被遮了過來，在它上方不停扭動。「**由她喚醒的治癒之靈的纏結體，早應處決。**」

凡爾薩不顧手臂上拉出滿滿的血痕，向前掙扎。但他只能眼睜睜看雨寒的身子下沉，下方幾尺之處魔物大口飢渴閃爍。他們都沒有雪靈在身，無從對抗白島的化身。

「住手！」霞奈吶喊。她滿臉是淚，艱難地想起身。

突然凡爾薩的視線被虹光包覆。彩影連帶暖風刷過身旁，他聽見晶體斷裂的霹啪聲響，手腳的荊棘瞬間粉碎。

又一束虹光劃過眼前，燒過拎著雨寒的冰棘，她一個不穩往魔物的口中落去。凡爾薩毫不猶豫地躍上冰雪凝成的狩臂，飛過獠牙綻放的大口，千鈞一髮之際接住了雨寒。他倆從魔物的側身滾落，被地面盤動的錐刺刮了滿身。

彩光接連襲擊魔物，令牠發出震天怒號。好幾條荊棘爆裂，但更多從牠的背部生成，開始朝四方甩動。凡爾薩看見數名暗白衣袍的身影包圍了魔物。他們舞動虹光包覆的黑色長刀，毫不間歇地對抗甩來的冰棘。

「這裡馬上會成戰場，我們得離開。」凡爾薩試著拆開雨寒腰間的斷棘，它已轉為暗藍，光澤漸失，用力一扯便粉碎。然而雨寒的腹部沁血，痛不欲生。她咬著牙沒吭半句，緊緊摟住凡爾薩。

周圍的舞刀使手持長度不成比例的黑劍，沉著地脈開步伐，寬鬆的袖口露出皮膚上閃動的銀紋。一道道劍刃拉開虹光，劃開雪霧瀰漫的空氣，拆解荊棘防陣。

魔物巨大的手掌遽然前揮，六道利爪掃擊包圍網。有舞刀使以刀刃格擋後被撞飛。其中一名舞刀使則沒那麼幸運，割裂的衣袍分層滑落，胸膛是鮮紅的傷痕。他跪了下來卻未曾退卻，顫抖的雙手把長刀刺入雪地，想堅持鎮守的位置，但又兩道冰棘交叉甩過他的脖子，瞬間斷其首級。

凡爾薩抱起雨寒往外跑，荊棘之陣似乎發現了，朝他們套射過來。凡爾薩迴身閃躲，一次次機敏地避開。

「放下我……你自己逃……」雨寒顫抖地想推開他。

「閉上妳的嘴，長老。」凡爾薩將她摟得更緊，拚命向前跑，此時左右兩旁同時有冰棘拋來。

狹長的黑長刀在空中捲動，套住兩邊的冰棘後以激烈的角度扭轉，使其斷開——是子藤，他護住凡爾薩的身後，面對正在轉身的龐大魔物。

他臉龐上稚氣已消失，取而代之的是殺氣。「你們快走。」子藤的眼中反射虹光，從眼角延伸至頸口的銀紋正在釋放波動般的光芒。他調整持刀的姿態，在荊棘四甩、雪霧激蕩之間竟有種奇特的從容感，彷彿他改變了風暴的焦點，讓自己成了暴風眼。

「霞奈。」猶如一道突發的白色閃電，子藤奔向抱著木椿的女孩的方向。他所經之處掀起一陣冰晶殘屑。

凡爾薩明白了子藤的去向，便轉頭繼續朝反方向奔馳。終於他闖出了魔物的範圍，朝下坡滑落數尺。他回頭看見大約八、九名舞刀在雪塵紛飛的斜坡上與魔物作戰。凡爾薩立刻將雨寒安頓在雪地，發現她從胸部到大腿一片鮮紅。他的身子也沾滿了她的血。黑髮女孩疼痛地喘著氣，眼角含淚。

「癒師——癒師！」凡爾薩東張西望，卻發現他們所在之地四下無人。微風吹拂在斜坡上，捲起淡淡的白塵。作戰的聲響彷彿在非常遙遠的彼方。

他絕望地朝下坡處遠瞰。在日痕山接壤外領地的陸橋一帶，所有奔靈者渺小的身影都被擋在那兒，被舞刀禁止前來。

一切都遲了。

舞刀使文明之中沒有癒師，而雨寒無法治癒自己。

凡爾薩不知所措，全慌了。世界彷彿變得無聲，聽覺蒙蔽，感知歸零。

「沒關係……」雨寒的聲音把他拉回了現實。伴隨她凝視而來的目光，呼嘯的風聲、人群的叫喊再度出現在聽覺邊緣，但感覺很遠，很遠。凡爾薩不敢眨眼，緊盯著她。年輕的長老眼中滿是淚水，她抬起手，拉住凡爾薩的袖子，虛弱地說：「我做了壞事……我沒有想殺死她……我沒有想要拋下他們……」

「別說話。」凡爾薩不知所措，只能握住雨寒的手。「妳等著。我現在就去下面找安雅兒——」

「來不及了……」雨寒握緊他的手。女孩面部的血色已無，雙脣像是白化植物般的槁灰。

「他們太遠了……我知道。」

「妳傷勢太重了！我得想辦法找癒師！」

然而雨寒並未放手。「你陪著我就好了……這是長老的……命令……」她慢慢閉起眼，淚珠沿著臉蛋滑落，眼角因為劇痛而抽動。

凡爾薩卻發現自己的手抖得比她還嚴重。「妳別開玩笑！我們就只有妳一個長老，妳出了事，瓦伊特蒙該怎麼辦!?」

「不應該……是我當長老的……如果是亞煌領導我們，不會像現在這樣……」雨寒啜泣著，喉間吃力地搏動。「他們都死了，所有的居民……我拋棄了他們……都死了……」

凡爾薩驚慌地看著女孩身旁的白雪緩緩化為紅色漿液。

「艾伊思塔……她跟那些居民在一起……」眼淚不斷從雨寒眼底流淌。「我拋下她……拋下所有人……都死了……」她止不住哭泣。

凡爾薩捧著女孩的頭，跪在血泊裡。他的胸口一陣絞痛，甚至沒有意識到自己眼底也湧現了淚水。

遠方炸現激烈的彩光。舞刀使已形成虹光陣，讓光波在長刀之間傳送。凡爾薩抬頭，看見遠方一波波虹光攻勢正在潰滅魔物的身軀。陀文莎原本的肢體部位也被砍為碎片，化為一絲絲的肉片。

子藤避開巨爪，闖入魔物胸前，其他的舞刀使朝他拋來熾熱的虹光。子藤旋動身子承接伙伴的虹光波，將它們一道接著一道崁入魔物的軀幹。眾舞刀使不斷射去能量，子藤則冒險成為攻擊中樞。魔物無從反擊，冰齒化為四散的碎屑，硬雪身軀逐漸潰裂。

最終魔物遽然炸開，僅剩的幾條冰棘在遠方抖動片刻，便在崩解之中沉寂。

「雨寒……」凡爾薩挪回視線，看著女孩彷彿沉睡的臉龐。

她再也沒了動靜。

他捧著她的臉，張開口，想喊什麼卻發不了聲，一股哽咽死死地卡在胸口。他以額頭緊貼雨寒冰冷的額頭，緊閉雙眼，淚水落在女孩臉上。「哈啊……」凡爾薩禁不住啜泣。

當所有感觀都被剝奪，聽覺的邊緣似乎有腳步聲從雪地逼近。

「──隆川，請放我下來！」有人聲傳來。

凡爾薩抬頭，看見一名高壯的舞刀使背著方才在木椿邊的霞奈。

女孩落地，蹣跚走來，跪在雨寒的身旁。

「她還有呼吸。」霞奈觸摸雨寒的脈搏，臉頰貼近她的口鼻處。

高壯的舞刀使也蹲了下來，檢視雨寒滿目瘡痍的腹部，搖搖頭說：「這是致命傷，已失血過多。就算帶她下去醫療處，也於事無補了。」

「但她是為了救我……」霞奈哀傷地觸摸雨寒的額頭。凡爾薩看到霞奈的臉上同有乾涸的淚痕。更多舞刀使來到他們周圍，包括子藤。他們震驚地盯著瓦伊特蒙的長老。

霞奈彷彿在猶豫什麼，隱隱瞥視身旁的眾舞刀使。

然後她抿住了唇，彷彿下了決心般輕吸口氣，捲起袖口，露出了懸掛在左腕的黑晶手鐲。眾舞刀使瞧見後都露出詫異的神情。有幾位發出尖聲的驚嘆，彷彿見到比方才的魔物更加邪惡的東西。

「霞奈，妳怎麼還留存這東西？」某位武刀使以非難的口吻說道。

「這是詛咒之物，妳應該最清楚。」另一位武刀使也開口。「這東西早應該全數消毀，妳竟有所私藏──」

但他們被子藤給擋下。

「做吧，霞奈。救起她。」子藤靜靜地說。他的面容也滿是哀傷。

凡爾薩懷著困惑和震驚，目光飄晃在兩個女孩之間。

霞奈抿緊脣，取下手鐲。她將它挪向一旁的白雪地，開始說出某種禱文。

EPISODE 02《絢痕》

貫穿歐亞大陸的遠古生命線——絲綢之路，如今就和大陸各處一樣，被滄茫的深雪覆蓋。皚皚的白雪彷彿一片巨大的裹屍布，一切文明的蹤影都在它底下消失殆盡。

在厚重的雲層和空寂的平順柔雪之間，三道閃動的霧氣從空中飄晃而過，推動著浮空冰山前行。

每座冰山是個藍白色的菱形冰。它的上半部是人工雕塑出來的要塞，像遠古文獻裡描繪的殿堂。大大小小的階梯在冰面被砌了出來，連接各個塔層，各個區域。某些地方有明顯的入口通往要塞的內部。長袍人士進進出出。

它的下半部則是不規則的塊狀冰面，典型冰山底座的樣貌。

琴所在的位置是人工要塞的底層，也就是菱形冰突出的邊緣，剛好可以瞧見底下噴放的水氣。那感覺像把一條瀑布給拉橫了，水氣化為朦朧的白霧，在飛行中拖出飄灑的尾跡。其它兩座浮空冰山則位於後方不遠處。

琴已在要塞邊緣待了許久，她背靠金屬欄杆，手裡捧著一本書籍。附近有音輪語的交談聲，來自在上層遊走的幻魔導士。

幻魔導士穿著長袍或披風，身上沒有像奔靈者那樣兵器形影不離。他們多半綠髮綠眼，但和瓦伊特蒙的翡顏裔又有顯著的差異，髮色更加明亮，甚至給人一種參染了白銀線痕的錯覺。

為了這趟旅程，瓦伊特蒙的居民被他們分成三群人，分別安置在各個浮空要塞。琴看見部分居民窩身在接近頂層的平台上，領取幻魔導士給予的麵包和熱湯。

她的伯父湯姆斯也擠在其中，他是琴在世上僅存的親人。湯姆斯滿臉鬍叢，恭順的笑容在人群中突顯出來。他熱切地向別人多討些食物，一口兩口都行。這是令她最感嫌惡的事。

琴遠離人群，避免交談。就算自己分配不到糧食也無妨。她可以忍耐。

她以好奇心削減肚子裡的飢餓感，思考著為何這些浮空要塞能承載那麼多的人，那麼多的食物。她想起剛離開瓦伊特蒙，人們被迫攜帶著大大小小的箱子，在雪地吋步難行。即使有角鹿和羊駝載物，也難以對抗肆虐的天候。從一個落腳處走向下一個，中途的死傷總是難以計數。

但浮空要塞無論行進速度、承載能力，都遠超過最強的奔靈者團隊。要塞內部甚至還有完善的庇護所。如此巨大的差異，讓瓦伊特蒙的居民感到幸運的同時，也難掩卑微的神情。

到了現在，原本率領遷徙居民的兩位領導者，艾伊思塔和俊，都遭預了不測。於是承接領袖職責的是弓箭手帕爾米斯和學者麥爾肯。他們也和琴位於同一座要塞。在另外兩座冰山上，莉比絲、依可蘿分別擔任主要的溝通人物。事情演變至今，弓箭隊在這群年輕的奔靈者中扮演起無比重要的角色。負傷的總隊長俊則在莉比絲的冰山那兒；據說他的胸腔被打穿，幻魔導士把他安置在一個冰棺裡。

至於亞閻，琴一直未見他的蹤影，不確定他在哪一座冰山要塞。

「這個，給妳的。」麥爾肯遞來一個瓷碗，裡頭是熱湯，還有一條墨黑色的麵包。

琴面無表情地接了過來，微微點頭謝謝他。

麥爾肯放下背包，用手抹了抹臉。滿面鬍渣讓他看來和實際年紀大有落差。他應該和琴差不多大。「幻魔導士說大概再三天半的時間，就會抵達歐洲大陸的聚落。」麥爾肯的聲音似乎有股複雜的情緒。他把雙手搭上圍欄，望向蒼茫的白色大地。

琴輕啜了口湯，發現竟然是熱的，很不習慣。她這輩子沒吃過熱食。

「這一帶曾是人類歷史上最重要的命脈。但也逃不過白雪的封殺。」麥爾肯扭頭瞥向雕砌精細的塔型要塞。「不過就算如此，文明還是找到了延續的方法。幻魔導士果然握有非常驚人的科技。」

琴咀嚼著麵包，硬是吞下一口湯。擺放在她大腿上的書籍，就是關於絲綢之路，也是麥爾肯挑給她看的。

書上說曾經有一度，這個地理帶的嚴峻山脈就像河堤一樣阻隔了文化的火種。但群山最終總是敗陣下來，難以阻止人們翻山越嶺和彼此交流。文化的傳播像溢出的洪水，沒有任何地勢得以阻攔；它可以存在於一支商隊滿盈的車篷，一群盜賊染血的刀鋒，甚至吟遊詩人靈巧的指尖和悠揚的唱頌。在某個無法預料的時刻，短暫的接觸，便可能像漣漪般地無窮擴散。

許久以前，在那尚未被白雪覆蓋的舊世界，灰薰裔和翡顏裔的祖先就是透過這樣的道路而連結起來，把彼此的文化帶給了對方。

「舊世界的人類從來沒有被看得見的障礙給打敗。山岳，河川，甚至海洋，都沒有阻止他們前進的慾望。」麥爾肯在琴身旁坐了下來。「只有透過交流，新技術才能在靈感之中誕生，並找到擴散的機會。所以當時，釀酒的技術由西向東漫延，絲綢交易則由東向西傳播。還有許多早已失傳的香料，都是在來來往往的運送過程中生根，成為各地文化的一部分，數百年之間淵遠流傳。很難想像絲綢之路當時的景象。應該是充滿生機的吧？人們透過交談和書寫來傳達想法，包括古時的信仰，生命的哲理，各種有益文明的科技，還有一種他們稱之為『藝術』的概念。」

「藝術……？」琴輕聲地開口。不知為何，這個詞觸動了她內心的某條弦。銀珠子般的雙眸望向麥爾肯。

「是啊。算是遠古人類把想法用很奇特的方式去呈現出來，只為了更好地傳達給世界知道。但這個詞在冰雪世紀降臨後便被人們給遺忘了。」麥爾肯搓了搓鼻子。「現在想起來，瓦伊特蒙的所有工坊都是為了製造有實用功能的東西而存在。連科技都稱不上。」他發出輕微的苦笑。「畢竟我們的家鄉如此偏遠，人們在狹隘的空間裡面對生死存亡，五百年來一成不變。直到黑允長老的時代，情況才改變。」

「你喜歡藝術？」琴放下手中的碗。

「我讀了很多的相關資料，很難不產生好奇。感覺藝術和科技一樣難懂。這兩個應該是舊世界最高深的東西了。」他忽然露出些許罪惡的表情，摸了摸臉說：「啊，在研究院的時候，事情都由帆夢和其它的資深學者負責，所以我的閒暇時間其實很多，時常挑了其他人不看的文獻來研讀。」然後他話鋒一轉說：「那種感覺很奇特，舊世界的人類無論距離多遠，就是這樣交互影響的，連文明都改變了。」

琴把最後一口已冷去的麵包放入口中，專注地聆聽。

「打個比方，一些製作特殊玻璃的科技朝著東方一路傳播到亞細亞大陸，落在一支灰薰裔祖先的手中。在那之前，灰薰裔只對瓷器和青銅有偏愛，但玻璃技術的傳入為那悠遠的文明增添了一個新的審美觀點。同時造紙的技術則反向朝西方傳播回去，讓人們可以把點子給具像描繪下來，後來在歐洲大陸掀起翻天覆地的變化。」

「聽不太懂。這些東西，在當時是屬於科技還是藝術呢？」

琴的問題令麥爾肯思索了片刻。「應該概括都包含了吧。科技是人們開創了某種新的做事方法。藝術則是運用那些方法去擴散和傳遞想法，甚至傳遞情緒。我的認知應該是這樣。」

琴立刻點點頭。

「它們對於歷史長河的影響很深遠。我剛才舉例的那兩項技術，不單對於舊世界很重要，就連千百年後的瓦伊特蒙也保留下來了。」

「我們？有嗎？」琴有些詫異。

麥爾肯露出一抹賣關子的笑容。「研究院用以記錄一切的般紙，就是傳承了造紙技術。另外，可以承載燭火的玻璃碗——」

「還有螢光燈。」琴恍然大悟。

「沒錯。那些工藝品都可以溯源到舊世界的技術。但當然，和舅世界相比是小巫見大巫了。」他指了指整座浮空要塞。「這才是人類技術在這世代的結晶。假如帆夢還活著，一定會興奮到跌破眼鏡的……」

麥爾肯滔滔不絕地說，但琴的思緒仍停留在螢光燈。她彷彿再次看見那些小巧的罐子，裝滿爬動的螢火蟲，掛在瓦伊特蒙的每個洞穴和隧道口，每隔一段時間就會有人換上新的玻璃罐，確保每一個幽暗的角落都有光源。

「麥爾肯。」呼喚聲從旁傳來，是一名幻魔導士。

他穿著厚沉的袍子，內部繡有絲絨花紋，高貴華麗。同樣穿著連身衣袍，麥爾肯的學者之袍卻顯得樸素簡陋。

「抱歉，剛才去吩咐了一些事。我們已安頓好你們的同胞。較嚴重的傷患也放置在室內休息了。」

「非常謝謝你，克瑞里厄斯。」麥爾肯站了起來。

「你之前說想瞭解要塞的運行法則對嗎？那麼，請跟我來一趟。」

麥爾肯剛要跟上他的腳步，突然轉過身說：「琴，妳也一起來吧？」

琴立刻點頭，一口喝下半涼不溫的湯，然後跟上他們。

克瑞里厄斯看上去大約四十來歲，是在露出笑容時初次顯現各種深切的皺痕的那年齡。他拉下兜帽，一頭亮綠色長髮被風吹拂，下巴和兩頰的鬚茬也是一片淡淡的綠，像是亮藻。但他最標誌的特徵或許是一對八字鬍，襯著睿智的細長眸子，讓琴想起在書裡看過的遠古思想家的肖像。

他帶著麥爾肯和琴來到冰山側邊的暗門，沿著一道螺旋階梯下行。

方才聽完麥爾肯說的話，琴忽然留意到幻魔導士文明的工藝技術有多麼驚人——冰山內砌的階梯以精確的間距和弧度向下延伸，完全不同於記憶中瓦伊特蒙的天然洞穴。

當他們抵達階梯底部，已身處完全的黑暗中。

「你們在原地等一會兒。」克瑞里厄斯的聲音迴蕩在狹小的空間裡。兩個文明所說的語言有某程度的相似，但對方的詞彙很大比例是音輪語。所幸習得雙語言是近代奔靈者所必修，琴在這方面也曾下過相當的功夫。

忽然，微弱的亮光出現在前方，照映出兩道垂直的冰牆。克瑞里厄斯走過中央的窄道，牆面便莫名地浮現出光芒。「請跟我來。」他揮了下手。

麥爾肯戰戰兢兢地往前走，凝視周圍的一簇簇光源。琴在最後面，伸手觸碰，發現那些晃動的光波來自於冰牆的內部。她停下腳步仔細瞧，看見那些竟是虹光點，猶如水底不斷冒出的微小氣泡！更奇特的是它們飄晃的方向明顯朝向幻魔導士，末梢消失了，根部卻持續生成，似乎無法脫離冰牆裡的位置。

琴湊近臉龐細看，銀色瞳孔反射著游動的虹光泡泡。氣泡的來源是個鑲嵌在冰壁中的銀幣。光泡從它周圍誕生，一波接著一波。就在她出神凝望時，那些光泡卻逐漸黯淡。黑暗從後方再度包覆過來，彷彿在催促她跟上其他人。

就這樣，只有幻魔導士走過的地方，周圍才出現短暫的明亮。他們跟隨那長袍背影，抵達道路盡頭的另一扇門。克瑞里厄斯推開它，突然襲來的風壓和亮光令琴摀住臉龐。外頭是個地勢下斜的空間。

這凹室大約直徑三公尺，對外的一面是完全敞開的。他們就像從山洞剛走出來，以下斜的角度面向遠方的景色。如此危險的地方，只有一道細長而彎曲的護欄為防範措施，誇張地朝外劃出一個弧度。

「雙手抓緊！一不小心就可能落入半空！」幻魔導士大聲說。在這裡，水流的聲響、冷風的呼嘯都化為混濁的樂章，覆蓋聽覺。

他們來到護欄向外凸的地方，左右探望，明白了自己所在的位置：這兒是浮空冰山下半部的某一處，距離上方的塔層有至少十五公尺。

隔著朦朧的水霧，遠方大地就像一張上揚的白毯，綿延至天際。地心引力扯動著他們，彷彿想把人們從護欄的邊緣拉下來。

「看那邊。」克瑞里厄斯指向下方。

琴和麥爾肯一起伸長脖子眺望，看見一排圓盾般的黑色巨石被嵌在冰山表面。每個黑石片的邊緣都有一圈很粗的銀色輪盤。最驚人的是，數不盡的虹光氣泡組成了一股渦流，在它們周圍激烈地盤繞。

「那是我們用來維持動力的黑水晶，稱之為『墨璽』。」克瑞里厄斯拉開音量解釋：「它們可以在雪地汲取能源，讓要塞浮空。我們再運用同樣的能源，把部分冰雪融為水氣，成為噴射動力，推動行進方向。」

麥爾肯震驚地看著虹光泡形成的漩渦。「你說的能源……是指那些光點？」

「是的，沒錯。只有運用墨璽才能吸取它們，儲備在周邊的銀製輪槽裡頭。但時間久了也會耗盡。所以每航行一兩天，要塞都必須停泊在雪地一陣子，讓墨璽重新汲取能源。所幸那些能源體在雪地裡到處都是。它們可是這個時代獨有的，命運賜予我們的禮物。」

麥爾肯一時啞然，不祥地望了琴一眼，然後再次盯著一整排的墨璽盾。「我知道這個黑色水晶。我聽過它的另一個名稱……『靈凜石』。」

「是嗎？」幻魔導士語氣詫異。

「嗯……而且你所說的『能源』，我們也給了它另一種名字……」麥爾肯嚥了口唾沫後說：

「我們叫它『雪靈』。」

EPISODE 03《拂羽》

雨寒睜開雙眸，眼前一片晃動的綠光。她以為自己回到了瓦伊特蒙，在黑底斯洞盯著朦朧的螢火蟲光海。直到幾個不熟悉的面孔挪動到視線裡。

她眨了眨眼，意識慢慢清晰。這些人穿著領口寬鬆的深黑色衣袍，裡頭有層褐色的襯衣。他們全都把黑髮盤髻，細緻的褐色緞帶垂落於肩。雨寒這才想起自己在哪兒。

然而，眼前這些人的裝扮雖和舞刀使如出一轍，臉上卻沒有舞刀使的銀痕刺青。

外頭已是黑夜，天花板也和暗夜一般漆黑，只有源於她腹部的飄緲錄光帶來一陣慰藉。雨寒發現自己躺在一張硬床上，腹腔棲息了一只巨型蜘蛛。

「長老，妳醒來了。」癒師安雅兒立刻挪身過來。她令雪靈從雨寒的身體脫離，暖綠光芒逐漸轉回七彩，同時氣化似地從彎曲的八隻腳開始消散。

「我……我在哪兒？」雨寒左右瞥視，腹部一陣劇疼。這是一個由漆黑木梁構築的房間，角落幾個石台上有火光燃燒。「我以為自己已經……」

「妳沒事了。這裡是舞刀使的煉金廳堂。」安雅兒撫摸她的額頭。「有個女孩逆轉了妳傷口的惡化。他們把妳帶來這兒，由化術師透過膏藥進行後續治癒。妳睡了好幾個小時。」安雅兒微笑道：「還好沒事了。」

「接下來由我們來吧，」一位化術師說：「傷勢差不多已穩定。我們得為她進行包紮。」

安雅兒退到一旁，幾位黑衣術師再次圍上來，用各種道具幫雨寒清洗傷口。他們拉開有彈性的綳帶綑縛她的腰部，令她咬緊牙關忍住一陣陣刺痛。空氣中飄漫著某種濃郁的味道，沖淡了感知，取而代之的是昏眩，彷彿自己在搖擺的船上。

「煉金廳堂」和刃皇所在的「議會廳堂」都建在日痕山的半山腰，兩者相鄰。

這一黑一紅、一小一大的建築立基在破碎的舊世界矮樓，將那些殘骸覆蓋過去，以這時代的匠技打造出嚴謹卻溫合的形象。每一塊楣石、每一根椿柱都是如此契合，渾然天成。周圍空地則陳列著整齊劃一的石座，頂端的盆子裡有易燃膏和火焰，在暗夜中投射數道守衛的深影在建築物上。

那些是駐守著煉金廳堂大門的舞刀使。他們長刀觸地，斜依肩膀，刃面猶如黑色玻璃反照躍動的火光。十數名奔靈者則坐在外頭不遠處，其中有些在打盹，因此當雨寒走出來時，一時間沒人注意到。

首席癒師安雅兒抱著自己的棲靈板，朝眾人喊道：「大伙兒，長老沒事了。」

奔靈者甩開惺忪的眼眸，朝大門口聚集過來。帶頭的是紅狐費奇努茲，還有冰眼額爾巴、佩氏姊弟。雨寒留意到他們都未攜帶武器和棲靈板。

「太好了。我們擔心死了。妳昏迷好一陣子！」雙胞胎的姊姊佩塔妮說道。

紅狐止住僵硬的步伐，站在雨寒面前，一語不發。無論他這一刻有什麼情緒，都被封鎖在嚴峻的面容後方。在一旁的雙胞胎弟弟佩羅厄則怒道：「這些舞刀使竟然禁止我們進去看妳！」

「沒事了，化術師也幫了很大的忙。」安雅兒安撫他。

更多奔靈者簇擁過來。雨寒的目光飄過後排的哈賀娜、朗果、海渥克、奧丁等人，卻沒看見她想找尋的那個面孔。

佩塔妮沒有好氣地說：「舞刀使處處防範我們。他們似乎咬定這次的事件完全是由我們造成的。」

「如果他們沒有禁止我們踏進日痕山，我們早就解決那魔物了！」佩羅厄看向他的姊姊。側臉露出明顯的瘀青。「姊，當時妳不該我阻止我。得教訓教訓他們，讓那些沒出過遠門的傢伙知道瓦伊特蒙不是好惹的。」

「別說了。你們的莽撞差點造成難以收拾的後果。」老將額爾巴開口。他左眼的冰色碎片在火光下隱隱閃動，似乎對佩羅厄等年輕一輩的衝動感到不滿。「這裡是他們的地盤，我們還得在這兒棲身。」

人們低聲爭執起來。身體的疼痛，心智的疲憊，都讓雨寒咬住牙，眼神變得空洞。她再一次感到那股複雜的情緒正從心底淌出，難以壓制。

她的腦海有一半想起了過往的遺憾，那不斷啃食自己的罪惡感令她想找個地方躲藏起來。然而心中有另一半是憤怒的聲音，想起正是眼前這些人把她逼上這條路，迫使她犧牲不知多少瓦伊特蒙的子民。

其實你們並非真正在意我這長老的死活……雨寒本能地在心中設下了防線，把其他人的聲音阻隔起來。

她想起當初，奔靈者看見陀文莎入侵時和舞刀使在山腳下對峙的影像，胸口滲出一陣悲涼。你們這群人，只是認為自己的身分遭到殘踏，本能想反抗，才又把我視為旗幟……就像你們拱我為領導者，卻又暗地密謀自己的對策。

她盯著眼前爭執的人們，心底卻逐漸冰冷。

雨寒不自覺想起自己的導師，還有黑允長老最後的擁抱。你們從未真正在意或相信過我……只有茉朗相信我。只有母親相信我。但她們都死了。雨寒看著前面這批奔靈者的臉，異常陌生的臉。

她想起自己差點帶著懊悔死去。差點一事無成地死去。

那麼，殘破不堪的瓦伊特蒙文明便會徹底落入這群人的手裡，久而久之在異地完全逝去。

她忽然有一個清晰的想法：我會讓你們所有人後悔，讓你們所有人臣服。我是瓦伊特蒙的長老，不是你們隨意擺布的東西。

她的情緒在憤怒和遺憾之間搖擺，卻忽然瞥見人群後方，有個身影走來。

凡爾薩的面孔深藏在陰影內，躍動的火光時而點亮他的側臉。男子望見雨寒，有種鬆了口氣的欣慰。他在其他人後方一段距離停下腳步，注視她。

其他奔靈者正竊竊私語，有人關切雨寒的傷勢，有人猜測魔物的本質，也有人持續咒罵舞刀使。她卻無心留意，只隔著整群人和凡爾薩無聲相望。

幾乎察覺不到地，柔紗般的暖意包覆住雨寒。昏迷之前，凡爾薩曾經握住了自己的手。持刀的粗糙掌心，在凜風中的最後一刻為她帶來溫暖。

凡爾薩是在意我的……

她的呼吸逐漸平緩，正想朝他走去，卻注意到一件事。

凡爾薩披著某種禦寒的布衣，寬鬆，輕薄。那樣式並非瓦伊特蒙的風格，而是舞刀使文明的衣裳。她的心跳停了一拍。

雨寒的面孔在火光下再次猙獰。人們留意到了，都靜了下來。

打從在瓦伊特蒙，凡爾薩的白羊駝披風便從不離身。只有當陀文莎因雨寒的任性死於風雪中，凡爾薩才脫下披風裹住她的屍體，連同埋喪。因此陀文莎復活後，那蒼白的胴體就是裹著凡爾薩的白色披風，入侵日痕山。

影像化為燃燒的記憶，某種根深蒂固的恨意在腦中湧現。雨寒不懂為何自己的情緒像暴風般奔騰，只感覺自己要撕裂了。

有千萬個問題想問，想嘶吼。但隨著縛靈師的死，有些事情再也不會有答案。她的心臟像被施了石化的法術一般，劇烈搏跳卻在腦海裡響起破碎的回音。

「我們回去外領地的暫居處吧。」紅狐沉靜地說：「妳需要休息。」他把紅色雪狐披肩給雨寒披上，帶著她從人群中間穿過，朝下坡走去。

經過凡爾薩身旁時，雨寒停下腳步，想說出一句自己一直想對他說的話。然而她無法讓自己抬頭。雨寒咬著脣，不明白為何淚珠從眼角落下。

「還疼嗎？」安雅兒也過來身旁，和紅狐一起攙扶住她。

雨寒點點頭，向前走，沒有回話。

EPISODE 04《絢痕》

夜暮來臨時，世界化為深灰，彷彿雲層和地表同時灌滿了鉛。只有西方殘留了一小抹的白晝，是三座浮空要塞行進的方向。

琴老早把自己的棲靈板打包起來，埋藏在其它居民的物品當中。她壓根不敢隨身攜帶它，害怕接觸之後暗靈會不受控制地冒出來。

除了麥爾肯，她不與任何人交談。而年輕學者倒是絲毫不枉亞閣的託付，盡責地帶著琴探訪要塞各處。她慢慢理解幻魔導士文明的技術根基。

名為「墨璽」的黑水晶，具有從雪地吸取「原生雪靈」的功能。然後將其儲存於銀製容器，方能當能成能源使用。其他的奔靈者得知此事，無不面露複雜的神色。

琴閱讀過相關書籍，知道能源在舊世界文明曾經扮演多麼重要的角色。有許多當今陌生的詞彙——風力，水力，石油，核能，在舊世界均是各種觸發「電力」這種終極動力的來源。人類曾經依賴它發展出先進文明的樣貌。而從拼湊的知識裡，琴起了一個大膽的猜測。

她不敢告訴任何人，連麥爾肯也不敢說——她認為在舊世界，「陽光」可能只是諸多「能源」的其中一種，是可以轉化為電力的其中一種方法。在舊世界卻取之不盡用之不竭，但現在這股力量已消失不見。

這是連研究院也不敢觸碰的事，因為它涉及瓦伊特蒙的信仰根基。琴依稀記得自己就是為此厭惡艾伊思塔。因為綠髮女孩憑藉找到的恆光之劍，便以信仰挾持人群。那等於剝奪了人們去探索事實的權力。

如今引光使已逝去，連同恆光之劍消失了。

迄今為止，為何人類會全面喪失最重要的「電力」？無數個世代到現在，所有想找回電力的嘗試都告失敗，就連舊世界遺跡挖掘出來的器材都不再運轉。這問題在瓦伊特蒙始終沒有答案。

但她萬萬沒料到，自己卻在浮空冰山上獲得了答案。

黑夜來臨時，要塞各處出現一潭潭的虹光氣泡，點亮了走道、階梯和人群集聚的平台。它們都源於鑲入冰牆裡的銀幣。在遠離雪地的高空，琴感覺自己身處在精巧的彩光之城。

除了克瑞里厄斯，還有一位幻魔導士與麥爾肯粗略地交換雙方文明的情況。妲堤亞娜是個三十多歲的女人，有著細緻的臉龐和薄如刀片的深紅雙唇，亮綠色捲髮長到了背部，散落在花紋繁複的披風上。那女人頭戴銀色的髮網，在彩光照躍下熠熠生輝。

妲堤亞娜在他們面前解開胸口的披風綁繩。裡頭是較薄的內袍，令琴驚訝的是有好幾條帶狀皮革綑綁著她姣好的身子，或交繞過胸脯，或斜切於腰間。皮革表面鑲著諸多小巧的黑色水晶。

「這些是小型的墨璽？」麥爾肯似乎很想仔細打量，卻不大好意思，最後視線不由自主地亂晃。反倒是琴不目轉睛地盯著那女人的身體。

「是的，我們用來操控『雪能』泡泡的工具。」女幻魔導士緩緩舞動雙手，鄰近的幾處虹光源變得更加明亮，像從忽然沸騰的水底冒出的大量泡沫。

「我們每人都必須穿戴墨璽在身上。」克瑞里厄斯也說道。彷彿為了示範給他們，他撩起袖子秀出雙手臂上的皮帶。上面同樣嵌著數顆黑色水晶。琴這才明白之前在地道裡，為何只有幻魔導士走過的地方會吸引亮光出現。

麥爾肯點頭說：「我們的族人裡，有位女孩也配戴了那樣的項鏈。而且在她的墨璽珠子裡有很精巧的器械。像互相牽動的轉輪。」

「那是微型的『機械鐘』。」妲堤亞娜說：「結合裡頭的銀製齒輪和音叉，只要一年吸取一次能量便可維持永恆轉動，用以記錄時間。它在遠行時可以作為定位系統的一部分。」

麥爾肯振奮地說：「我們後來也想明白了。」

「你們找到的那個有可能是某個年代，我們派出去尋找其它文明的先驅者所帶。」妲堤亞娜問道：「那東西你們還保存著?那女孩兒人在哪兒?」

麥爾肯沉默片刻後，哀傷地搖頭。

女幻魔導士立刻會意過來。「啊……我很抱歉。」

「我們在遷徙的路途中，失去了許多的同伴。」麥爾肯說。

「嗯……但想想，你們確實達成了創舉。」妲堤亞娜裹緊披風，重新綁回胸前的繩緞。她露出淺淺的一抹笑，讓琴覺得有種天然的妖媚。「我們從未聽說過上千人的團體跋涉那麼長的距離。你們來自 23.2 度，幾乎是世界的最邊緣。」

世界的最邊緣……琴知道他們的家鄉確實遠離所有遠古陸盤，數世紀之間與世隔絕。

「請問……」她不自覺開口時，其他人望來的目光令她無來由地害臊。「目前世界上，還有哪些文明倖存下來？」琴把一些詞彙刻意轉為音輪語。

兩位幻魔導士相覷，然後克瑞里厄斯摸著自己的八字鬍回道：「從過往探索看來，各大洲都有人類的跡象，但許多充其量只能說是聚落。五百年間發展出茁壯的社會，能真正意義上被稱之為『文明』的，據我們所知非常少。」他思量片刻。「在亞細亞大陸東邊盡頭有個『舞刀使文明』。南太平洋的所羅門群島則是我們首次發現的『奔靈者文明』。當然，還有你們。而我們『幻魔導士文明』在歐洲、中亞都有據點。」

「我們很好奇每個區域的人是怎麼以不同方式去運用雪地的能源。」妲堤亞娜解釋：「能夠辦到這件事，才有資格稱為新世界的文明。」她擺動手肘，露出套在掌心上的星形墨璽。身旁一簇虹光脫離了內嵌銀幣的冰座，悠悠地飄晃到她的手中。看上去就像妲堤亞娜的掌心正不斷冒出氣泡；一旦她柔順地轉動五指，虹光泡沫也隨之變換上浮的軌跡。「其實我們有理由相信在北美大陸也有某些倖存的文明，奇妙地融合了遠古工業世界的技術。」

「是的，」克瑞里厄斯接過她的話說：「一世紀以前，曾有浮空要塞抵達北美洲的東岸，在那兒發現過近代人類生活過的痕跡。但自始至終，我們一直沒有接觸到任何生還者。」

麥爾肯插不進話，只能瞠目結舌，勉強逼自己嚥了口唾沫。琴則沒有像他那麼震驚，只輕輕點頭。

「看下面。」女幻魔導士凝望某處，雙手下沉，讓周邊的光源暗淡下來。

「啊……！」麥爾肯開始朝要塞邊緣走去。附近有幾名瓦伊特蒙的奔靈者也瞧見同樣的畫面，聚集到圍欄邊。他們眺望遠方的黑暗。

琴隨著他們眺望，忽然一股氣嗆在胸口。

藍光點漫延大地，在黑夜中隱約勾勒出山峰的形狀。彷彿是藍色的熔岩從頂峰噴發，在暗夜裡就像山脈的血管。

「狩群。」妲堤亞娜說：「毀滅了舊世界所有文明的魔獸。」

麥爾肯結結巴巴地說：「從高空遠瞰……那數量真是驚人。」

「我們在航行中經常看見，習以為常了。」女幻魔導士淡然一笑，走向一道上斜的冰砌階梯，示意他倆跟上。克瑞里厄斯則暫時告別他們，低身鑽進一個洞穴的入口。「你們應該明白狩群充斥在世界各角落。」她回頭道。

「我們還以為狩只會出現在沿海一帶……妲堤亞娜，其實我們有許多事想告訴你們，」麥爾肯跟上她的腳步，語氣忽然嚴肅：「過去兩年我們也有許多重大的發現。」

「太好了，我們等不及聽你闡述。」女幻魔導士說：「但得等我們抵達亞法隆。『圓桌會議』將會歡迎你們帶來的資訊。尤其最重要的——你們如何帶回陽光。」

「嗯，我們判斷很大的可能是只要『冰脊塔』遭到摧毀——」麥爾肯忽然止住口，因為他看見琴正高抬著下巴，凝視漆黑的夜空。「琴，怎麼了？」

麥爾肯隨她仰頭望。除了整片的黑夜，什麼也沒有。

下一刻，鋸齒狀的光芒遽然閃現。從無比遙遠的黑夜彼端射來，那光亮穿透了雲層內部。捲動的烏雲就像是某種巨獸的複腔，朦朧的皮囊從內點燃。那道光橫向刷過他們要塞的正上方，然後朝著後方消逝而去。琴立刻轉頭，目光緊追，但光芒已不在。不出片刻，天空降下了轟隆巨響，比冰層碎裂的聲響更加嘹亮。一旁有居民驚慌地摀住耳朵。

「別擔心，那些是——」周邊幾位幻魔導士才要安撫眾人，卻又來了一道閃光，在雲層內延燒片刻，掃過天際後才有遲來的鳴動。妲堤亞娜說：「那是『雷電』，算是半天然現象。這一帶時常看見。」

「『半天然』？」琴低聲說。

「啊，是舊世界存在於大氣中的積電釋放現象！」麥爾肯張大了嘴。「我讀過的。但還是第一次見到……」

「你們剛才所見的，與舊世界的天然閃電還是有些不同，」妲堤亞娜繼續往前走。「在冰雪世紀降臨前，閃電多半不是這模樣。它需要相對溫暖的地面來喚起水氣和雲層對流，閃電出現時是雲層與地面之間的垂直連接。但現在，它有了另一個方向。」

麥爾肯恍然睜大眼。「白島的方向。那是絕對磁極的方向！」

「沒錯。」妲堤亞娜點頭。「具體的原因我們還未完全瞭解，但白島似乎有透過雲層吸電的作用。任何積電效應都會被導往那兒。這就是為什麼人類永遠無法再次啟動舊世界的電力科技，因為它們所依賴的電流會瞬間被天空竊取。」

「原來……原來如此。」麥爾肯注視著夜空，難以置信。

琴也明白了。任何生成的電力都像看不見的流體，被逆向吸到天空。最終人們只能做出結論，在這個時代，電力是不存在的。

殘酷的天候加上電能的消逝，這才是舊世界文明全數癱瘓的主因。狩的出現，相當於來收拾殘局。

「封鎖我們世界的那股邪物力量，非常有系統地達到了它的目的。」妲堤亞娜凝重地說，並回過頭問麥爾肯：「你剛才說到了冰脊塔？」

「啊，是的，矗立於大地的垂直冰塔，非常明顯。」

「我應該明白你指的是什麼。我們在航程中留意到幾次，但從不刻意接近，因為它的周邊偶爾會出現狩群。」

「它很有可能就是狩群誕生的來源。同時也是……帶回陽光的關鍵。」麥爾肯露出了學者的神情。

他們沿途做了粗略的討論，直到妲堤亞娜領著他們來到一個冰窖內。門邊有個牌子，以音輪語寫著「舊世界採樣」，令琴隱隱感到好奇。

剛踏進去，琴就覺得裡頭的空氣有些說不出的異樣。這兒的冰牆內部沒有銀幣，而是鑲嵌了一整條細銀線，像長繩一樣環繞冰窖的四面牆。虹光毫不停歇地點亮整個地方，沿著銀緞發出一圈上揚的光泡，給人整個房間在海底持續下沉的錯覺。

冰窖裡有好幾個褐色的大木箱公整擺放，表面被細長的鐵片給栓住。很明顯，那木材是尚未白化的魂木。琴注意到這是他們第一次看到這文明使用魂木的地方。她感到奇怪，幻魔導士運用了大量的墨璽和銀幣，卻似乎從未拿魂木做常態用途。

女幻魔導士打開其中一個厚重的蓋子。箱子的內層非常厚，由一片片金屬和薄木交疊壓製而成，因此內部的擺放空間比想像中小很多。

琴好奇地向內窺望，以為會看見琳瑯滿目的書籍。然而箱內卻被金屬片切分為好幾個格子，疊放著各種難以辨識的物品。

「這些是遠古時期的人類所使用的東西。有工具，也有民生用品。」妲堤亞娜說：「電力完全失效後，這些東西都失去了作用。我們只採集一些零件，希望可以研究出當時的人們怎麼製造出這些材料。」她合上蓋子，走向一個更巨大的木箱。

這次，箱子裡頭裝著好幾片垂直的木製片板，大小不一，邊框部分有褪了色的痕跡。妲堤亞娜抽出其中一個片板，翻轉過來。琴倒吸了口氣。

一條淺淺的溪流，兩旁盡是樹木。是樹木嗎……？琴不太確定，它們的葉子竟是艷麗的紅色。豐沛，飽滿的色彩，像碳心般的火紅，參雜著燭光般的橙黃。河流彎曲的弧度彷彿推動了樹梢的擺動，無數葉片飄散風中，倒影已落在緩緩流動的河面上。仔細一瞧，岸邊有隻淡褐色的小動物，身上的花斑像是螢火蟲光。

「這是『畫』……」麥爾肯的表情比先前看見狩時還要吃驚。「這是畫……」他又重複了一次。

琴眨了眨眼，退後幾步。她想起先前與麥爾肯討論過的「藝術」。她不太明白為何胸口有股恐慌，令她屏息。

妲堤亞娜給了她一個饒富興味的眼神。「別怕，這不是鮮血。」

但那並不是琴腦裡所想的。鮮血她見多了，但豐沛的紅色葉子她從未見過。

她這才想起自己也在書上看過類似的圖像，但多半小巧且褪了色。如此宏偉的畫面陳列眼前，有那麼一瞬間她甚至忘記自己站在冰窖中，忘記腳下浮空要塞的微震，以為自己正被火燄般烽紅的葉林給包覆。

「有人說自古以來，只有人類這種生物能夠以雙手傳遞靈性。」妲堤亞娜淡淡地說：「雙手持具，把形從無化有。世靈成結，藉以封存時間。」
琴睜大眼珠子，著迷似地盯著女幻魔導士。
「不過，多數遠古時期的藝術品都在冰雪世紀被埋沒了。我們試著挽救還能找到的東西，帶回北境白城。」妲堤亞娜說。
麥爾肯望向她。「北境白城？」
「嗯，我們最北方的據點。那兒有最完善的舊世界文化收藏庫。」
「我們……」琴禁不住說出口：「有機會去那兒嗎？」
妲堤亞娜打量她片刻。「那是機密地帶，我們從沒帶其他文明的人去過。」看見琴洩氣般地沉下肩，女幻魔導士又說：「但……事情總有第一次。之後看看吧。」
麥爾肯嚥了口唾沫，目光再次落回眼前的畫。接連而來的信息超乎他們的腦容量能吸收的程度。琴抿著唇，大膽地湊近凝視。
當她與畫相隔一掌之距，才發現以為是落葉的東西，事實上只是一抹抹粗陋的色料。她不確定為什麼剛看見的一瞬間會有種被吞蝕的幻覺，鮮明濃烈得難以置信。
「我們曾經在書裡讀過，卻從來沒有親眼見證過『畫』。」麥爾肯說：「奔靈者帶不回這麼大的遠古遺物。」他在震驚中觸摸這幅畫的邊框。「等等，這是魂木……」
「對的。我們發現一件奇特的事。多數遠古時期的木製品，無論傢俱或建築，不是腐朽就是白化。唯獨畫作和雕刻不太一樣。」妲堤亞娜發出清鈴般的笑聲。「我們找到這些畫時，它們都保持著相對良好的狀態，彷彿真的凍結了時間，永不腐朽。」
琴和麥爾肯不約而同地望向她，神情茫然。

「那是隨便說說的。保護措施還是要做的。吶，」妲堤亞娜指向冰窖各處。琴看見每個牆角都有好幾個刻意鑿出的洞。「想保存好遠古時期的東西，不是一件簡單的事。」

「所以這房間的設計和其它地方不一樣，」麥爾肯似乎會意過來。「雪能的泡泡在這兒無時無刻都被釋放出來。即使沒人在此。」

「為了穩定溫度，沒錯。這裡和整座浮空要塞的動力槽是相連的。」妲堤亞娜指向圍繞冰窖的細銀線。「畫作在溫度遽降的地方會變得脆弱，因此需要這樣的措施。但從動力槽直接導入熱能到冰窖裡會產生另一個無可避免的問題，那就是濕氣。因此我們還得做出排風口，最終確保濕度和溫度都處於恆定狀態。」

「我們的奔靈者也有運用受縛雪靈調節體溫的能力。」麥爾肯若有所思地說：「雪靈化為黃色光幔，就代表升溫作用。但這和你們把一切給系統化還是有差距。」

「奔靈者可以靠自己讓雪靈升溫？」妲堤亞娜揚起纖細的眉角。「不借助其它媒介？」

「據我所知，是的。」麥爾肯答。

「有趣。我們什麼都得依靠墨璽和銀器。」女幻魔導士似乎也對瓦伊特蒙產生了好奇。

琴在一旁插不上話，很是尷尬。暗靈連最基礎的幫她暖身的功能都辦不到。

有人打開冰窖的門，周圍的空氣微微降溫。探頭進來的是一位陌生的幻魔導士。「妲堤亞娜，原來妳在這兒。我們看見遠方有烽火。」

「好的，我立刻上來。」她邊說邊把畫作放回箱子內，封住蓋子，然後朝麥爾肯和琴露出妖媚的笑容說：「如果你們還不睏，和我一起去塔頂吧。」

麥爾肯頷首的力道彷彿把下巴當槌子。而琴，出乎自己的意料，也和他一樣拚命點頭。

每座浮空要塞有兩位幻魔導士的角色最為重要——那就是克瑞里厄斯所擔任的「驅動師」，負責內部航行動力的運轉，以及妲堤亞娜所擔任的「塑能師」，負責要塞表面光能的操控，以及行進方向。一裡一外。

當他們來到塔形要塞的最頂層，已有四名幻魔導士在圓形的平台上等待。中央有個祭壇似的冰雕，近看時才發現其實是個中空的井。四根巨大的銀針從底下伸了出來，而在它們中央，凌空飄浮著一小團彩光泡沫。

琴向外遠眺，果然看見遠方的黑夜當中，有個微小的光點以不自然的頻律在閃爍。

其中一名幻魔導士開口，告訴妲堤亞娜：「已經確認過了，是喀什地區的駐紮點。沒有需要我們運載的東西，正在等待我方回應。」

女幻魔導士來到祭壇前。她解開披風，遞給身旁的同伴。另一名幻魔導士把一張寫了奇特字跡的紙片打直在她面前。妲堤亞娜點頭，開始柔順地擺動雙臂。

數十秒過去，似乎什麼都沒發生。

正當琴抱以疑慮，四道銀針之間的光泡忽然燃燒似地亮度倍增。數以萬計的虹光泡沫以駭人的速度噴出深井，在銀針之間螺旋交繞為一抹難以直視的光。那景象既像沸騰的水液，又像擺動的火燄。琴和麥爾肯不自覺摀住雙眼，其它幻魔導士則拉住兜帽遮擋。

光亮照射之下，琴清楚看見綑綁在妲堤亞娜身上的幾束皮帶，深鎖她豐滿的軀體。皮革表面的靈凜石似乎有有虹光在旋動，琴不確定那是石子內部的還是反照。

在祭壇上方，虹光泡匯集成的光芒熾熱而白亮，猶如有十幾道鳥兒的翅膀在頭頂十公尺處飄動。琴想起在書中所見到過的天使羽翼。
忽然那白光劇弱，暗沉下來。片刻之後再次閃耀。然而再度暗沉，再度明亮，像有心跳的頻律。琴意識到他們正在透過交錯的光暗，傳達某種訊息至遠方。
「這是你們的溝通系統？」麥爾肯忍不住詢問旁邊一位年輕的幻魔導士。
對方點頭道：「要塞的停泊和升空都得耗費過多的能量。若非必要，我們不會下降。另外我們也得查實各個駐紮點的狀況，回去通報給亞法隆。」
那是種奇特的感覺。在綿延千里的蒼涼夜幕裡，有個微光在遠方閃爍。
即使五百年來，人類文明一直是細小而無力的火苗，卻在冰封的大地開始留下足跡。
在對方的解說下，他們才明白這套光暗信號系統是以五乘五的矩陣來納入音輪語的構成要素。光波發亮和暗沉的頻律、間歇，都有系統性的意義，其中也包含一些慣用的代碼。
雙方的溝通即將結束，兩邊的光波信號都暗淡下來。
「等等。」妲堤亞娜突然停止動作。她沉思片刻，然後對身旁的幻魔導士說：「寫下這個——『探索本區域，留意異樣的巨型冰塔』。」
她身旁的幻魔導士沒有過問，立刻把詞句譯為光暗代碼，寫入紙片。妲堤亞娜給了麥爾肯一個微笑，問他：「如果真的發現了，只要摧毀它，就能讓陽光重返這個區域，對吧？」
「應該沒錯……但是……」麥爾肯忽然猶豫起來。「其實我們還不確定該怎麼做，才可以瓦解冰脊塔。」
「啊。」女幻魔導士斜視麥爾肯，腔調裡滿是自信：「差點忘了。還沒給你們見識我們的兵器呢。」

EPISODE 05《瀲芒》

在日痕山頂，冒著煙的火山口邊，子藤等六名議會代表高舉長刀，莊嚴矗立。他們全披著暗黑色的方形喪巾。塵埃染灰的雪片緩緩降臨，在袖邊輕捲。後方有一幢小巧的石屋，一旁站著幾位平民，包括兩名議會代表以及霞奈。

送別儀式已由刃皇親自主持完畢。昏暗的晝色讓眼前一片憂鬱的灰。幾名舞刀使拎起素簡的木棺，裡頭是他們曾經的同伴。霞奈抱著兄長的黑刀，蹣跚走上前，把一段花色緞帶和一小罐藍色結晶花朵放入木棺的開口。兄長的面孔被白布遮蓋。她舉袖掩面，輕閉淚流不止的雙眸，捧著刀向後退了幾步。

按照習俗，舞刀使的長刀應和他一起下葬。但這次可謂特例，他們讓霞奈保留那柄黑刀。

「喀」地一聲，舞刀使闔上木棺，並在刃煌點頭後，將它拋入濃煙之中。

日痕山的火山口持續散放著熱力，烏黑的煙流從未停止。所有聲音都被來自山口內部的，壓抑的轟鳴聲給蓋過。

「霞奈，那東西。」因幡在這時轉過身，朝她伸出手來。他的神情非常嚴肅。

她看著這位哥哥生前的同伴，同為議會代表的舞刀使。然後她點頭，緩緩捲起袖子，取下黑晶色的手鐲。她有點兒抵觸，躊躇著想說什麼，但淚水使自己哽咽。最後她只能沉默地把東西交出去。

因幡接過手的下一刻，毫不猶豫將它甩出。黑色手鐲沒入火山口的濃煙之中。

刃皇側目窺視霞奈數秒，隱隱嘆了口氣。然後在他下令後，人們開始離開火山口邊。

「這是個錯誤。」下行時，因幡打破了肅穆的寂靜。「我們不應該接收那群來路不明的人。熾信死得不明不白。」

高壯的舞刀使隆川背著霞奈，讓她摟住自己的頸子。她把兩把黑色長刀夾在懷中。「他們說，那個自稱為『白島』的魔物支配了那女人的身體，」隆川說：「他們也是第一次見到這種事。」

「外來文明只會帶來更多詛咒。這已不是第一次發生。」因幡的語氣惱急。「三年前，歐洲大陸的使者亦然。那些邪惡的巫使，只會引來災禍。所幸被我們即時驅離，否則，想像會發生何事？」他向前走了幾步，來到他們的首領身旁。「刃皇，我們不該允諾奔靈者久留此地。給他們一些補給品，吩咐他們離開吧。」

刃皇走在前方，凝望遠處。銀紋從他的後頸向前盤繞，經過雙頰向上竄升，在太陽穴集結為細緻的圖象。劃過半張臉的傷疤則像粗獷的挑戰者，打破了銀紋在顏面上譜成的完美畫面。

「他們完全無視我們的規範，」因幡惱怒地繼續說：「還斗膽動手，打傷了護衛，硬想闖入日痕山。簡直忘恩負義。」

「他們為自己的長老擔心，情有可原。」刃皇說。

「這是個非常不吉利的開端。」又一位議會代表開口，她是同樣身為舞刀使的崙美，留著黑色髮卷，嘴角的銀紋旁有顆顯痔。「那群人把雨寒長老差點喪命的過錯歸咎於被我們擋在陸橋上。接下來只要不接納他們的任何索求，衝突就會越演越烈。況且……我們其實已獲知瓦伊特蒙帶來的所有訊息，他們再沒有用處。是時候了。」

「否則我們得持續分享資源給他們。」因幡點頭，看向刃皇。

刃皇看著鋪開於山腳下的沿海居住帶。人們的身影正有條不紊地挪動，開始了繁忙的一天。隔著一道內灣，對岸是狩群肆虐的昏暗遺跡。

「讓我想想。」他回道。

霞奈的居處與溫泉帶緊鄰，占了成排的矮房裡的一個小隔間。這是當初兄長幫她安排的，便於隨時外出泡腳，舒緩腿傷。熾信本人的居處卻不在日痕山，而是位於外領地邊緣，易於掌控他所肩負的境外狩獵職責。

來自世界南方的訪客也一直被安置在外領地。從議會代表之前的談話中，霞奈得知那群體共有四百五十人，其中三分之一是奔靈者。與本地已破萬的人口相比，瓦伊特蒙生還者的數量微不足道，卻明顯已經造成麻煩，使決策議會轉向越來越悲觀的態度。從過往他們做決定的邏輯看來，霞奈相當確信最終這群不速之客會遭驅逐。

叩叩——

敲門聲令她在床上坐了起來。她扶床挪動，開門時看見兩個熟悉的身影。

「霞奈，披上衣服，我們帶妳去個地方。」子藤對她說。他已換回平常的裝束，暗白衣袍外頭披著防寒的毛皮垂肩。下身是微膨但公整的褲襬，還有腿脛纏布，複合皮靴。他那張充滿稚氣的臉上，籠罩著沉沉的哀傷。

霞奈感到不解，但尚未來得及詢問原由，魁梧的隆川已來到前方，毫不費勁地把她給背了起來。子藤拎起她掛在牆上的外衣，以其牆角那柄曾屬於熾信的長刀。

他們沉默地穿越人群，沿著一條蜿蜒小徑，走向位於日痕山西南方的坡道。霞奈立刻明白他們的目的地。

「請問……我們為什麼要回去那兒？」她感到胸口一陣絞痛。木椿之地已遭破壞，被那闖入的魔物徹底蹂躪。

「妳說過，潋芒並沒有消失，對嗎？」子藤說：「熾信的雪地守護靈尚存。」

他們正一步步往山坡上爬。霞奈感覺到隆川穩健的步履，他那寬厚的背部傳來規律的搖晃。

事實上，她無從確定自己當初所見是否為幻覺。在意外成了戰場後，木椿之地尚未有人來打理。斷木零散地斜躺於地，像是戰敗士兵的屍體；它們的表面有層薄薄的灰雪，繫著骯髒的緞帶被強風扯動。當他們接近時，霞奈看見遠方站了五個人的身影。

「瓦伊特蒙的長老。」霞奈略顯吃驚。

雙方在山腰處碰面。簡明地施禮之後，名為雨寒的女長老開口：「謝謝妳。我聽說是妳救了我。」

「啊……不，我感到很抱歉，妳是為了營救我才受傷的……」霞奈靦腆地低下頭，腦中卻不自覺地想起就是他們帶來了厄運。但她低聲說：「……該道謝的是我。謝謝你們。」

片刻的沉默讓人們不知該說些什麼。霞奈留意到兩位站在女長老左右的男性，一位是身穿暗紅披肩的陌生長者，而另一位，則是當初獨自面對魔物的凡爾薩。最後雨寒告訴霞奈：「子藤拜託我們，希望教會妳奔靈的技巧。」

霞奈不解地看向子藤，後者拘謹地點點頭。

雨寒做出解釋：「會有一連串的學習步驟，一些基礎的包括側身滑行，旋腰轉向，如何運用雙邊平衡的武器等等。但第一步是我們得喚醒雪靈，確保它和妳的魂魄相繫。」

子藤問道：「妳先前說過這需要某種束靈儀式，對嗎？」

「一直以來，我們都以為是如此。」雨寒回答：「但現在我反而不確定了。說不定有別的方法可以嘗試。首先，還是得找到雪靈。」

「那麼事不宜遲。霞奈，你能找到那根木樁嗎？」在子藤催促下，霞奈讓隆川背著巡視附近。那些散布的木樁似乎都移位了。山坡覆蓋一層新雪，火山的煙塵持續飄落。

不出十多分鐘，霞奈便找到一根斷裂的木樁，相當確信是它。她抹開雪痕，看見表面盡是之前不存在的龜裂。她呼喚幾次守護靈的名字，卻未看見虹光的蹤影。

難道是時間已過太久……她的心頭一陣不安，以雙手按住木頭表面。「……瀲芒。你在嗎？」

子藤盯著半晌，沮喪地嘆息。其他人也只能袖手旁觀，看女孩徒勞地嘗試。紅毛披肩的長者來到她身旁蹲了下來。他的長髮結為網狀的髮辮，雙眸極具穿透力，眼角有道白色藤蔓刺青。他打量著長度比一個人還高的斷樁，並用手壓住它的旁側。

「這確實是魂木沒錯。但有可能那雪靈已消逝了。」他斬釘截鐵地說道：「就算它仍在裡頭，缺乏縛靈師的幫助，我們也難以驅動它。」

這句話道出霞奈心中的不安。雨寒長老，以及站在她後方的凡爾薩，同時露出詭異的神情。他們的眼底似乎蘊藏著某種情緒，兩人之間有種非常不自然的氣氛。

「但是費奇努茲，」雨寒反駁說：「若是曾經和某人魂魄相繫的雪靈，必然已脫離原生狀態。我們不一定要依照束靈儀式的步驟。對於奔靈者，縛靈師最主要的工作是『塑靈』和『定魂』。」她瞥了一眼子藤等人。「舞刀使文明直接越過了『塑靈』這道手續，他們的守護靈沒有外觀和功能上的差別。至於『定魂』，子騰，你說舞刀使有替代的步驟？」

「是的。那是『繪銀師』的職責，以液態銀注入皮膚底下。」子藤一邊思考，一邊看著雪地裡的斷木。「或許可以試試看。霞奈當初只差一點就通過銀封儀式，我們把這一步驟給完成，說不定她會有辦法再次聯繫熾信的雪靈。」子藤隱隱地繃住臉，告訴霞奈：「但是妳得做好心理準備，銀封的過程會非常痛苦。」

霞奈抬起頭。「三年前，我就準備好了。」

人們凝望她，眼神中原有的猶豫化為了肯定。「那麼我們先帶走這木頭，把它雕成棲靈板。」雨寒說。

凡爾薩看著霞奈，輕聲說：「話必須說在前，沒有人能百分百確定就算把棲靈板給製作完成，熾信的守護靈會不會出現。更無法確定它會不會如我們所願，化為可以乘載妳的力量。」

「嗯，沒關係。」只要有那麼一絲機會能再次接觸到兄長的守護靈，任何賭注都值得。霞奈暗暗在心中下決心，她一定要喚醒瀲芒。

名為費奇努茲的長者，此時對雨寒長老說了句奇怪的話：「不管怎麼樣，先嘗試看看，心裡就會有譜了。」他那陰沉的眼似乎在傳達某種訊息。霞奈看見了，卻無法辨識。

雨寒點頭，吩咐兩名提著工具箱、身穿普通居民大衣的男子上前。「他們是瓦伊特蒙最頂尖的靈板工匠和銀匠，阿波諾，布閔。他倆一起，應該不出半天就可以做好。」

子藤掃視周圍。濃煙猶如黑墨繪出的柱子，高升後與雲層接壤，把白晝的天空染得暗沉。「那麼在開始之前，我們還得換個地方。」他指向火山口。「你們先去山頂的石屋，免得被瞧見。我去找熟識的繪銀師過來。」

那是今天早上才舉行告別儀式的場所。霞奈才感到一陣惆悵，卻忽然意識到子藤的話代表什麼。她睜大眼。「你們……隱瞞刃皇和其他人，沒把此事告訴他們？」

子藤和隆川相望片刻，尷尬地瞄了眼瓦伊特蒙的訪客，然後對霞奈說：「無傷大雅。我會挑對的時間匯報給刃皇，還有議會，所有人。但還是先把事給辦成吧，說不定這些嘗試根本不會有任何結果。」

「他們一定會責怪你的。」

「霞奈，今早妳也在場，知道情況有些複雜……」很明顯，子藤指的是因幡等人希望趕走瓦伊特蒙。她立刻明白了。「霞奈，我希望無論如何，都能讓妳像普通人一樣，再次奔走於大地。」

「可是子藤，你冒的風險太大了。」霞奈急著說。

子藤沉下頭，欲言又止。最後他只說：「熾信他……應該也會如此希望。」

靈板工匠已拿出鋸子，試圖磨除木樁龜裂的外層，這會讓他們抬動時減輕不必要的重量。隆川在一旁捧著亡者熾信的長刀，似乎在思量什麼。

「你們奔靈者的『雪靈』，是否只能棲息在一樣東西裡頭？」隆川開口問。

回答的是費奇努茲：「沒錯。平常未召喚時，它必須隱藏於棲靈板之中。」
隆川露出不祥的神色，盯著長刀的握柄，久久沒有說話。
刀柄的尖端刻滿裝飾用的符紋。隆川忽然把它給扭開，並撕開纏繞的皮革。這舉動令子藤也詫異地湊身過來，不明白他想做什麼。
但當隆川把解開的握柄呈現出來，一個渾然天成的圖象出現在眾人眼前——那是獨一無二的雪花紋路。
它的模樣就像交錯的六柄長劍和六柄短刀，精緻細膩。那是屬於瀲芒的雪紋。屬於熾信的雪紋。
「如果是這樣，子藤，就算最後奇跡出現，讓霞奈喚醒了這個守護靈……她還是得做一個決定。」隆川的目光從長刀的手柄，飄向工匠們正在切割的木樁。「守護靈真正的棲習地該是哪兒。」
霞奈這才領略這句話的真實意義。
片刻的寂靜後，瓦伊特蒙的費奇努茲開口說：「是吧。換言之，」他的語調有股令人不安的鎮靜。「妳得選擇，想成為舞刀使……還是奔靈者。」

EPISODE 06《孛蝕》

他跨越半融的雪丘和混亂的溪流，感覺世界正在下沉。

冰脊塔碎裂後的數天之間，這片白色大地慢慢潰散開來，彷彿支撐這片高原的脊梁正在崩解。在高原的邊緣，千百道瀑布已然塌陷，淹沒了東邊的城市廢墟。

過去幾天，亞闍從冰脊塔最初的位置為起點尋找，看見乾固的冰藍色碎片散布了數里。雪地處處是凹陷的巨型坑洞，還有裂開的峽谷，漂浮的碎冰。傾斜度不一的峭壁組成迷陣一樣的地貌，底下奔流的溪水時而交融，時而分岔。

數天以來他經過一個又一個湖泊，一次次潛入極度冰冷的水底。清澈的水下，殘破的舊世界建築和廢棄物推積成詭異的丘嶺，彷彿是遭遺忘的墓園。

他透過禁忌之術來強化身體機能，這是他能不斷潛入凍水裡還存活下來的唯一原因。他看見頭頂的藍天，並在白晝時蒼促地讓暖陽洗滌自己的身軀，但他有種感覺，遠方的厚重雲層似乎已慢慢靠近過來。

他以意識支撐身子，與自己的雪靈抗衡。啃蝕它，吸收它，對抗它越漸沸騰的怒意。他知道自己的時間不多了，再這樣下去，無法預料自己將何時崩潰。但他明白一個事實——她所剩的時間比自己更少。若不及時找到她，就算女孩沒有在對抗冰脊塔時喪命，也將死於這片絕凍的荒原。

方吋不漏的搜索是不可能的，因為高原無時無刻都在緩緩變形，像把一個巨人的骨骼憑空抽離，看著皮肉萎陷。更糟的是，新生的溪流沖向各方，他無法確定該往哪個方向去尋找。

本能地，他先返回東邊，順著當初高原瀑布的方向。越向東，溪流變得越大越急，他在稀疏的雪塊間滑行、跳躍。有時毫無路徑，只能躍入急流之中。這比潛入湖底更嚴重，因為他得加強力道才能游回雪岸邊。

因此他的衣服永遠是濕透的，全靠禁忌之術保命。

他丟了幾乎所有的遠征裝備，僅留腰間兩柄長劍。先前被狩群圍困時，「借」給了韓德的鍍銀長劍他已取回。

韓德幸運地活著回到眾人的所在地，一同登上了浮空冰山。那是因為艾伊思塔即時解決掉冰脊塔，讓陽光回歸，韓德才可獲救。事實上她也解救了亞閤。她解救了所有人。

她不可能就這樣死去，亞閤很確信。她的性子無比頑強，為世界帶回了兩次陽光。不可能。絕不可能！

河流挾帶各種曾被深雪埋藏的廢棄古物朝東流去，淤積在之前作戰的高樓群聚地。他找了兩天，並未發現她的蹤影。

於是他再次返回正在消亡的高原，朝其它方向去搜索。

幾次，他抹了下鼻子，看見黑血。他吐出墨水般的唾液，毫不再意地繼續尋找，同時逆向疏導雪靈之力到自己體內——

當肌肉痙攣，他啃蝕雪靈的靈迅力，強化敏捷度。

當身體虛弱，他啃蝕雪靈的基礎靈力，強化力量。
當寒冷令他渾身抽搐，他啃蝕雪靈的抗縛力，強化體格。
當疲憊令他頭疼昏厥，他啃蝕雪靈的復甦力，強化耐力。
而無時無刻，他都必須吸食著靈體分散力來增強自己的各種感知：聽覺，視覺，甚至味道，渴求增加那麼一點點的可能性，在一望無際的濕潤平原中找到她的身影。
這便是「逆理奔靈」——反向運用雪靈的各種能力來強化宿主的身體。
當初它被瓦伊特蒙絕對禁止。這些能力也統一被稱之為「第七屬性」，是在雪靈能力的六大屬性外的禁忌之術。
然而一直到今天，亞閻也不知道把「物理影響力」反蝕後會發生什麼事。他嘗試好幾次去聚焦宇蝕的物理影響力，逆向疏導給自己。結果身體並未起任何變化。亞閻猜測這或許是因為宇蝕對於物理世界的影響本就偏弱。
這問題他便一直沒有答案。
但他已沒有時間思考，只能依賴長久的戰鬥和生存本能，持續啃蝕自己的雪靈，持續尋找艾伊思塔。
在某個新生的裂谷中，他發現一個卡在溪流旁的金屬片。整片雪白中它格外曜眼。亞閻盯著那東西，知道是什麼——他和艾伊思塔在「方舟」找到的奇跡之物。
但握在他手裡的卻只是「恆光之劍」底座的一部分，連著綻裂的鋼絲，上頭還殘留玻璃管破碎的根部。其餘部分都不知去哪兒。

亞閻沉默地觀察周圍一陣子，然後把那東西拋入溪中，繼續探尋。她有可能在任何地方。可能在深雪中，也可能在溪谷底。亞閻跳躍在半融化的雪谷之間，窺視每一個洞窟，留意溪流拐彎之處。

每當夜色來臨，他便找個仍未濕透的雪地，草率地搭起雪窟。他以棲靈板在地面挖開只夠一人待著的空間，堆砌簡陋的雪磚。這些雪磚必須疊成拱形的遮蔽體，以便在地下引力拉扯之下變得堅固。

雪窟從外頭看來像個半圓筒狀的棺材，側面對著他所預測的風向。

他縮著身子鑽進去，從裡頭以長劍戳開幾條細長的通風口。最後他再挖一些小雪塊封住入口，防止強風吹入，也防止裡頭的熱量流失。

事實上，乾雪本身便有良好的隔熱作用，因此只要雪靈願意配合，他能在一小時內把身子給弄乾。但這本身就是難題。

睡眠更成了最大的問題。他昏昏沉沉地感受到自己的雪靈偶爾化為暖光，沒有異變成為暗靈。他卻時不時被大地下沉的扭曲聲響給喚醒，一夜醒來數次，懼怕忽然改變的地貌把他給吞了。

身體劇痛，意識麻痺，但他不給自己思考和懼怕的空間。

亞閻從未想過自己會是今天這模樣。當初他只想探索恆光之劍的蹤跡。艾伊思塔竊取了方舟文獻出走，剛好讓不想再踏入研究院的亞閻逮到了機會跟蹤她。

莫名地，他想起那次尋找恆光之劍的旅程。他總是調侃艾伊思塔。任何對話他都占上風，女孩從辯不過他。然而，看著她一次次蛻變，亞閻卻也產生自己沒預料到的變化。

他知道自己的身分必須隱藏，因此在大遷徙的過程中卯足全力先行一步，找到有利於居民大隊的決策，透過艾伊思塔來落實。女孩從未令他失望，更以極快的速度成長。

為什麼我會持續聽她的話？他感到昏沉。那些艾伊思塔珍視的居民的生命，到了最後似乎也成了亞闍珍視的東西。

為什麼？是因為想見證艾伊思塔究竟會成長到什麼地步？還是……自己無來由地渴望她的認同？

隨著遷徙所遇的一次次難關，亞闍成為艾伊思塔的腦，她則成為他的手與眼。或者其實……她早已取代他的心靈？

「你是個沒有心的野獸。」

狹小的雪窟裡，他似乎聽見女孩的聲音。她說的是對的。他以前什麼也不在乎，什麼也不畏懼。他成功戰勝了暗靈，成功馴服了它。但事實上他從很久以前就明白，自己敗掉了整個人生，只能遠離瓦伊特蒙，與世隔絕。

艾伊思塔的出現改變了一切。他開始聽得見胸口的心跳，也再次懂得什麼叫恐懼。他害怕找不到她，害怕承認她已經…………

不！只要繼續尋找，不斷尋找，一切都會沒事。就這樣吧。他將持續燃燒自己和宇蝕，直到倒下的那一刻，直到再也站不起來，直到自己永遠無須面對……令他從心底深處瘋狂的恐慌。

亞闍不確定獨自在這片大地奔走了多久。但今天當白晝再度來臨，他忽然意識到自己從未好好地凝視天空。雲層之中的大片缺口，像是世界唯一的透氣之窗；而彼端，無法直視的耀眼光球——「太陽」——正散放著幾世紀以來無人見證過的熱力。

祂並不像瓦伊特蒙的陽光殿堂描繪成的純黑色模樣。正好相反，它白亮得像是天空心臟。恆光之劍只是一道光。而現在他眼前，是萬億道光芒。他設法讓目光穿透白光凝視太陽，直到雙眼刺疼得發淚。

他聽見艾伊思塔說過的話。或許，妳說的並沒錯。

「你是個缺乏信仰的人。」

此刻他才意識到自己不斷追著她腳步的原因。就算自己毫無信仰，他願意相信她所相信的。

就算自己早已無法相信任何事，他卻還有一條路可走——他可以選擇去協助她所相信的世界。

亞闍低下頭，用力眨眼。他的瞳孔疼得劇烈，雙頰全濕了。他一直以為自己找到了救贖，她卻永遠消失了。

等待眼睛復原後，他打量周圍，發現這一帶的濕氣沒那麼重，水流莫名地也少了很多。

亞闍解開每一層衣服的通風口袋，準備在滑行時令風灌注進來，確保不會因運動時積汗而遭凍傷。他取下耳朵上的骨片耳環和細鏈，如此一來宇蝕不需要多分配一點靈力提升皮膚的溫度。就在此時，他瞥見一個奇怪的景像。

在他腳前幾公尺，有道淺淺的小溪。對岸有幾顆微小氣泡般的虹光，沿著傾斜的雪地挪動，滑溜似地落入溪水中消失不見。

亞閻詫異地走向岸邊。他可以清楚看見水底下的殘冰河床。忽然，更遠處又有幾顆虹光泡泡從雪地冒了出來，躍入溪裡。

「什麼跟什麼……」他踏上棲靈板，沿著河岸朝下游挪動。溪水切過起起伏伏的矮丘，他得繞行雪坡之間。前方出現越漸明顯的嗡鳴聲，讓他心跳加快。

他明白虹光泡泡這現象代表什麼。然而他不允許自己多想，深怕萬一找到了東西，卻沒看見女孩。那麼一切線索都消失了。

亞閻看見越來越多的彩光泡泡，斷斷續續出現在岸邊，接連落入水裡。最後當他滑下一道彎曲的斜坡，聽覺被轟然巨響所覆蓋。他煞住板子，絕望地盯著白沫飛騰的瀑布。水流墜入雪坡夾縫間的一個洞穴中，垂直沒入萬丈深淵。

那洞口並不大，卻被黑暗給吞蝕。

亞閻深吸口氣，止住跳進去的衝動，因為這完全違反雪地的生存邏輯。那道溪流有可能通往千尺底下的密封湖泊，或是跟著地底的巨河奔向海洋。無論如何，下去就是死亡。

而且這片大地正在下沉。

成為奔靈者二十幾年來的本能警告他不能這麼做。亞閻掃視周圍，再沒看見更多虹光泡泡的出現。

他盯著瀑布沉入洞穴的黑色交界線，突然想起當初在千流瀑布之城，自己打算殺出去襲擊敵人弱點的那一幕。「不行！那太危險了！俊，阻止他這麼做！」艾伊思塔懇求剛受任為總隊長的俊來勸說他。

「但最後，妳卻獨自前往冰脊塔……」亞閻感到不可思議，露出一抹迷茫的笑容。一切都是如此諷刺。他彷彿再次聽見艾伊思塔對他的責難。

「亞閻，你不明白當人們絕望時，拚命想活下去的意志。」

他點頭，然後扣緊雙刀，綁緊披風，對著下墜的溪流說：「而妳不明白，當一個人找到希望時，願意賭上一切的念頭。」

他蹬起棲靈板，躍了下去。

EPISODE 07《瀲芒》

對於舞刀使文明，雪地守護靈是極為神聖的存在。是殘酷的冰雪世紀中，世界給予人類的唯一恩賜。

剛毅的持刀者，使魂魄與之相繫，藉以獲取對抗裂嘴白妖的能力。他們守護日痕山這片福地，並受眾人的崇敬。成為舞刀使，曾經是霞奈一心一意的夢想；自小看著兄長背影，在心中默念的願望。

「要掌握好奔靈的技巧，平衡感是最重要的。就算妳的腿部情況沒有好轉，只要學會運用腰部的平衡力，在雪地疾馳不會有太大問題。」雨寒坐在霞奈身旁，向她解釋一些基本的概念：「但如果妳想同時持用兵器，你們那種與身高不成比例的長刀會嚴重妨礙奔靈。必須使用重量對等的雙手兵器。」

霞奈點點頭。心底深處她想繼承兄長的黑色長刀，但若想不再受到殘疾所苦，她得嘗試成為奔靈者。兩者取一，令她心裡掙扎。

他們待在山頂的簡陋石屋裡，看著兩名工匠例落的動作。靈板工匠阿波諾把木樁擺放在石桌上，將裂損和潮濕的部分先給切除，再依霞奈的身高測量出棲靈板的理想形態，將木頭橫向切割為四片等長等寬的薄木板。與此同時，站在對面的銀匠布閔則在每一片木板上任意嵌入細小的銀釘。

「啊，請問……這樣子去把木椿切分開來，會不會傷到守護靈？」霞奈忍不住問道。

銀匠以空白的神情回望她，然後笑出聲來。「雪靈和我們的物理邏輯可不一樣，它們沒有空間的限制。」布閔說：「吶，妳想想，它可以棲息在碩大的板子裡，也可以在小巧的劍柄中。我就遇過奔靈者在戰鬥中把棲靈板給弄斷了，但成功把雪靈移植到新的板子上。」他用槌子敲擊銀釘，然後用姆指在表面壓了壓。「只是，現在我們不確定它隱藏在哪兒。這些銀釘就是信號，為了傳達給它，『乖乖待在裡頭別亂跑』。」

霞奈似懂非懂地點點頭。

「別擔心。只要把意念集中心底，雪靈會聽見妳的呼喚。」雨寒告訴她：「我們都有此經歷，應該沒問題的。」

「啊……」霞奈再次點頭，心裡卻感到茫然。不管結果如何，議會必然會因她接受了外來文明的技術而惱羞成怒，尤其因幡。但她告訴早擠，那是之後才該煩惱的問題。

「先別想太多。也有可能這一切都會以失敗告終。」凡爾薩似乎看透了霞奈，鎮靜地說。她點頭，忽然覺得這群人比想像中體貼。

她忽然想通一件事。若自己缺乏機動力，就算成為舞刀使，也不會受任何人器重。

她應該爭取奔靈的能力。

霞奈看向放置於牆角的黑色長刀，心中有些不捨。但她慰藉自己說，成為奔靈者，就能與兄長的守護靈以命相繫，即使不能再次使用他的黑刀。

工匠阿波諾以熟練的動作將四片薄板進一步地切製和細磨。布閔挖開之前放置的銀釘。

然後他倆一起把所有片板穩穩地黏住，再公整地層疊起來。他們手中拿著從外領地文明借來的樹脂陶甕。

阿波諾抹了下額頭的汗，從工具箱理找出一綑金屬薄片。它大約只有一片指甲那麼寬，被捲成圓盤狀。「從瓦伊特蒙帶了這麼重的東西出來，現在終於有機會用到它了。」他自娛自樂地笑了笑，然後拉出一條長長的金屬線，用鋼剪把它截斷，開始進行棲靈板側面的鑲嵌。

布閔則跪在旁邊操作一座迷你的燃火台，用易燃膏點起火燄，規律地把已削下的木屑添加進去，讓火苗茁壯。他從口袋撈出幾顆銀源珠，放在鍋子裡熔化。

子藤尚未歸來，隆川則在石屋外頭巡視，以防有人接近。在這等待的時刻，費奇努茲低聲詢問霞奈：「請問，方才子藤說的複雜情況，是怎麼回事？」

他披肩的顏色即使在奔靈者中也相當罕見，雖從已褪為紅棕色，許久前定是非常艷麗的鮮紅。應當是某種稀有動物的毛皮，霞奈心想，或許這就是為什麼他的同伴時而稱他為紅狐。她坐直身子，沉靜數秒後說：「議會……在討論是否應該持續收留你們。」

雨寒和凡爾薩都望了過來，露出警覺的神色。紅狐則柔和地注視她。

「有許多不同的聲音。但人們害怕厄運會接連發生。」霞奈有點兒尷尬地說。

「剛抵達時，我曾向刃皇匯報過，」雨寒長老就事論事地告訴她：「敵人的威脅只會越來越多。牠們找到了突破各文明防線的方法。陀文莎的出現或許只是個開端。」她神情嚴肅。看來年紀輕輕的女孩兒，口吻中卻有種不協調的成熟，甚至潛藏了一絲難以察覺的冷酷。霞奈難以想像她在率領眾人遷徙的途中曾經經歷過什麼樣的事。

凡爾薩說：「其實讓我們留下，才是對你們最好的選擇。」

「我的族人……對於外來文明有深刻的恐懼。但這不能責怪你們。」霞奈猶豫著該不該說下去。她看著眼前這群人，思量片刻。一旁，銀匠布閔正專注地拿著尖銳的工具，把滾燙的銀注入板子周邊尚未密封之處。

「三年前，曾有另一個文明來訪過。」

霞奈說完，瓦伊特蒙那幾人已睜大眼。紅狐也露出極端詫異的模樣。「他們來自歐洲大陸，稱自己為幻魔導士，」霞奈說：「那些人有種神祕的技術……」

「什麼樣的技術？」紅狐問道。

「他們可以讓整座冰山浮空移動。不僅那樣，他們還能讓鋼鐵飛翔，或是瞬間將水沸騰。他們掌控了很詭異的魔法。」

紅狐和其他人交換了眼神。就連工匠們也緩下手上的工作，豎耳聆聽。

「一開始接觸時，人們非常激動。他們告訴我們在世界彼端的許多事。那文明分布在歐洲大陸四處，透過那些不可思議的交通工具彼此來往。更重要的是，他們一直試圖探索這個冰封世界的各角落，希望找到其他的殘存文明。」

「艾伊思塔……」雨寒似乎想起了什麼，露出難以置信的神色。「艾伊思塔的父母就來自歐洲大陸北方。帆夢在世時，給我和亞煌看過相關資料。那群來訪者最遠抵達了所羅門群島……」她愣了一下，望向凡爾薩。「原來他們也曾經造訪過舞刀使文明！」

「你們當中也有同伴和那文明有關聯？」霞奈也略感吃驚。

「繼續說吧。你們有了交流，然後呢？」紅狐催促。

「啊……剛開始一切似乎很順利。知道世界的另一端有還有人類文明，而且握有和我們完全不同的技術。我們都渴望從彼此身上學到更多。」霞奈停頓片刻，以矜持的姿態依牆而坐。

「當時我已在等待銀封之日的到來，做好了一切準備要成為舞刀使。同時，由於哥哥是議會首長，我時常陪同他與幻魔導士進行溝通，帶著他們觀摩我們的武術訓練。我結識了幾位很好的朋友。

「但是，當他們打算教導我們運用那奇特的魔法，情況改變了。」她盯著空氣中的某處，彷彿再次看見當時的景象。「他們拿出一大袋名為『墨璽』的聖器，贈予給我們以示友好，並做出示範……用它……用它引出雪地裡的守護靈。這讓我們非常吃驚，因為一直以來，只有舞刀使候選人踏入雪地誠心尋找，才有機會偶然看見守護靈的原生態。」

「和我們一樣。」雨寒輕聲說。

「他們竟然有工具可以誘導原生雪靈現身。」凡爾薩低聲道：「有趣。」

霞奈不安地瞧了他一眼。「但人們的驚訝立刻轉為錯愕。因為我們意識到他們的所有工具，都是以守護靈的原生態做為『燃料』……」

他們沉默地凝望她。霞奈接著說：「就像是木頭或者易燃膏，予以消耗，來達到他們所要的魔法效果。你們理解嗎？對於我們而言，雪地守護靈是必須敬畏的神跡。守護靈透過……」她不自覺瞥了眼牆角的黑色長刀。「透過舞刀使的劍，與我們一起捍衛這塊土地已經數百年。」

凡爾薩和雨寒同時點頭。

「議會緊急討論起該怎麼面對這件事，但更糟的情況出現了。」霞奈放低聲音。「有人發現停泊在鹿子嶺雪地的冰山要塞……也就是幻魔導士乘坐而來的浮空載具，其實正在無時無刻地吸取著守護靈。」

「鹿子嶺……那就是在你們正門口。」凡爾薩露出諷刺的笑容，搖了搖頭。

「對方的解釋是他們必須為回程做補給。但群眾早已陷入瘋狂。」霞奈想起當時的場景，彷彿為了印證群眾的恐懼，連大地都出現異樣。「接連的地震，從鹿子嶺到高隈山到外領地，大地開始咆哮。人們朝這些歐洲大陸的訪客怒吼，咒罵他們是邪惡的使者，要他們立刻離開。幻魔導士在吃驚之餘也不得不從。」她思索一會兒，決定給他們看。

於是，她在他們面前折起膨鬆的裙子。

「聽來你們的交流相當溫和。」凡爾薩發出冷笑。「我們和所羅門的關係，那才叫慘烈——」

但當霞奈捲起右腿的褲管，他們的表情全僵了。凡爾薩鬆開胸前的雙手，面無血色。

「事情發生的時候，我正在協助哥哥把一簍簍禮品扛到他們冰山裡的儲藏室。那代表餞別，是最基本的禮儀。」霞奈沉沉地說：「我們聽見外頭發生了爭執，來到冰山要塞的邊緣。直到現在，還是無人確定究竟是誰揮了那一刀。我只看見有道彩影擊中了要塞側面的銀黑盾，就是用來吸取的守護靈的巨大墨璽盾牌。攻擊的力道過強，範圍過深，不僅盾牌毀了，連冰山頂端的大片碎冰都遭剝離。我……剛好在那下方。」

雨寒長老別過頭去，不忍再看。凡爾薩則深吸口氣。

霞奈的右腳，從大腿到小腿都變了形，有種瘀腐的顏色。那模樣就像把某種多汁的水果用手指給狠狠扳開來，再硬生生捏回去，然後風乾結塊。人們甚至無法判斷她膝蓋的位置在哪兒。

她放下褲管，再次拉平裙襬，用手順了順。「其實透過墨璽喚出雪地裡的自由神靈，還能產生另一種效用。」

「逆轉傷勢……」凡爾薩柔聲說道。

「是的。經由銀封儀式與人類魂魄相繫的守護靈，就辦不到了。」

「經由我們文明的束靈儀式做了『塑靈』的階段以後，有一小部分的奔靈者會獲得某程度的治癒力，」凡爾薩瞥了眼女長老。「雨寒就是其一。」

「我的能力是抑制傷勢和恢復體能，」雨寒說：「但這和用墨璽能直接做到傷勢的逆轉，依然有很大的差距。」她面露感激。「霞奈，謝謝妳那時當機立斷，以墨璽手鐲救了我。」女長老輕觸自己的腹部，那傷口已痊癒得差不多。「想必妳在他們面前承受了很大的壓力……」

「能幫助到您，是我的榮幸。」霞奈畢恭畢敬地說。

凡爾薩問霞奈：「但我不太明白，妳受傷後，難道幻魔導士沒有主動運用墨靡幫妳進行逆轉傷勢？」

「他們有提出要幫我治癒。我倒在自己的血泊中，被哥哥抱著。但周圍的爭吵聲並未停止，反而更加激烈了。」霞奈的雙肩再次下沉，深深吸氣。「幻魔導士拿著墨璽圍了過來，卻被在場的舞刀使阻止了。他們不再允許任何褻瀆神靈的邪惡動作。就連哥哥也無法作聲，只能咬著牙，緊抱著我。」她露出淡淡的笑容。

「毫不意外。」紅狐面無表情道。

「幻魔導士被趕走了，乘著浮空的冰山離去，再也沒有歸來。」霞奈說：「我們所有最優秀的化術師都來到我身邊，盡了全力醫治我的腿。我應該心懷感恩，至少現在我依然能夠行走。」

凡爾薩無法置信地搖頭。

「之後，哥哥很少再提當天的事。人們都很少提了。若說到那次的事件，只有對那邪惡法術的指責。你們的到來，喚醒這裡所有人的敏感神經。」霞奈望向他們說：「所以，希望你們能夠諒解……」

「我們了解。」雨寒點頭。「我會試著再與刃皇溝通的。我們雙方文明有更多的共通點。」

銀匠開始煮蠟，把一塊長條狀的東西削成一片片丟到陶甕裡。靈板工匠則在板子兩側，接近右腿擺置的地方多壓製一些金屬條。很明顯，屆時她將以不便行動的右腿為梁，以左腳主控所有的機動性。

不久之後，子藤帶著繪銀師走進來，隆川跟在他們身後。

繪銀師有著瘦長的身影，陰沉的神情和滿臉皺紋。霞奈隱約記得他的綽號是「龍」。他觀察石房子內正在進行的事，然後打量霞奈片刻。最後他看向子藤，允諾似地傾顏同意。

「謝謝。那麼麻煩您了。」子藤恭敬地說。

繪銀師在女孩的對面席地而坐時，其他人都好奇地望過來。

龍取出兩個水滴狀的透明瓶子，都是雙層玻璃。外層含有某種半透明的液體，裡頭則是液態銀。兩個瓶子唯一的差別，就是液態銀的顏色深淺不一。

瓦伊特蒙的訪客靜靜地站在一旁觀望。他們的工匠開始在板子表面上蠟，一層層地敷抹。霞奈盯著繪銀師衣袍上彎彎曲曲的花紋，奢望它能摧眠自己不要害怕。

兩個文明最優秀的工匠，在不為人知的石屋裡展開合作。

「做好準備。我們要開始了。」繪銀師取出一個閃亮的東西——比手掌還長的尖銳細針。

霞奈柔順的淡灰色長髮向後梳弄，露出清秀白靜的面容。

長針刺入皮膚底下，割出需要灌注的空間。她的雙唇因劇痛而顫抖，但她維持不變的姿態，縮腰坐正。繪銀師的右手反手握針，動作細膩而巧活，以深淺不一的頻律挑動針尖；他的左手持著一個注射器，把液態銀從針尾的中空槽細細注入。接著，右手姆指規律地擠壓細針側邊的按鈕，液態銀會從針尖處的極小洞孔中流出，成為皮膚底下的烙印。

隨著繪銀師雙手的挪動，霞奈的臉頰慢慢出現閃亮的銀紋。

繪銀的儀式數百年未變。這幾乎是一種作畫的過程，取決於每一位繪銀師本人的審美，以及他對於繪銀對象的瞭解。龍並不是三年前指定給霞奈的繪銀師，但他時常出現在舞刀使的訓練場，似乎對於霞奈有一定程度的記憶。

銀紋被畫成兩條水龍，從她兩邊眼角順著臉頰的弧度來到下巴，生動地扭轉身子，甩出水泡。

頸部的過程是最痛苦的。她堅持著顏面上傾，不畏縮地把脖子挺出來，但細針刮弄柔嫩的頸子，在痛麻之上還有股更難受的窒息感。漸漸地，吹彈可破的頸部肌膚也烙上了蜿蜒的銀流。

霞奈的眼底積滿淚，卻仰著頭不讓滴落。繪銀師沉穩地放下器具，然後伸手解開她衣袍的腰繩。他慢慢拉開她的領口。緊包著的內衣上方，露出柔雪般白嫩的胸脯。

她急遽地呼吸，胸脯鼓動著。繪銀師再度開始，在鎖骨上刻劃出水波狀的銀紋。接著，那圖畫有如液體般從鎖骨朝著胸口下滑。

疼痛感一陣陣傳來，淚水濕潤了她的雙眼。霞奈咬緊牙，把喉間的嗚咽聲轉為沉重的鼻息。

「把淚擦了。否則淚水落下，會防礙紋路在皮膚凝結的效果。」繪銀師吩咐。

雨寒立刻來到女孩身旁，以袖子在她的眼框周圍沾了沾。繪銀師刻劃著霞奈的上胸，細針一次次截入白皙的皮膚底下。

霞奈感覺到雨寒的手正不斷拭著湧現的淚水，也感覺到胸口傳來一陣陣有如挑動神經般的劇痛。她的身子沒有任何動作，但眼珠瞥向牆角，眉間緊鎖，雙唇緊閉，在心裡告訴自己，這是哥哥也曾經歷過的事，這點疼不算什麼。我是舞刀使的妹妹，這點疼算什麼。

繪銀師持續刺穿她的肌膚。她的目光卻變得堅定而熾熱，信念在瞳仁中化為黑色結晶。她盯著牆角的長刀。

我是舞刀使……我是舞刀使！

龍緩下了動作，凝視自己臻至無瑕的作品，然後滿意地點頭。最後的繪銀處是手腕，疼痛並不下於之前，速度卻快上許多。

雨寒提著霞奈的手臂，讓繪銀師繞著她的手腕刻出銀紋。她忍不住顫動，但雨寒握住她，令她些許安心。銀紋一路盤繞到手背。最後，繪銀師在她雙手的掌心注入幾個等距的銀點，結束儀式。

「銀封之詞記得嗎？」他放下繪銀工具，將其推向一旁。

「我記得。」

繪銀師維持跪著的姿態，但朝旁側挪開身子。棲靈板出現她目光中，平靜地擺放在石桌上。工匠們站在它的兩旁等待。在場所有人都屏息等待她的動作。

霞奈瞥視牆角的長刀最後一眼，在心中做了決定。然後她起身，跛行走向棲靈板，並且開口說出禱文。

「踩著先阻的足跡，我在此地；飛雪中的神靈，聽我之令。

劃開劈天的空痕，劃開裂地的殘跡。

以劍洗淨凡塵，輪封光印流星。

以未來彌補過去，我們永恆珍視遠古的誓言……」

霞奈站定腳步，淚光在眼框裡閃動。然後她將雙手擺放到棲靈板，深吸口氣說：「潋芒，你在嗎？」

非常自然地，彷彿白晝驅逐黑夜般地平常，虹光從板面浮現。它的波動像一圈圈漣漪擴散開來，把木板染為七彩。幾束光帶上揚，覆蓋住霞奈的手。

她露出笑容，淚水止不住地滑落。

一股溫暖的意識沉入她的心底，柔和的情緒令她感到平靜。方才所有疼痛都消失了，取而代之的，是皮膚表面的暖意。手背，手腕，胸膛，脖子，臉頰，眼角……銀紋覆蓋之處傳來難以言喻的輕柔觸感。她想起小時被哥哥摟在懷裡的時刻。

棲靈板的表面漸漸浮出醒目的紋路，彷彿那木頭有了生命般。她認出那是潋芒的雪紋。

「霞奈……」子藤來到她身旁，神色驚慌地指向某處。

石屋角落的黑色長刀，正發出七彩的光芒。

「那是……怎麼回事？」她猶豫著低頭，看向自己的手掌。「發生了什麼事？」

隆川把長刀遞了過來。霞奈詫異地接過手，看著黑曜石所製的刀刃正閃耀著虹光。她凝視握柄末端的雪紋，那是和棲靈板一模一樣的紋路。

並且，和棲靈板的雪紋一樣，虹光以完全相同的頻律在振動。

「這也是瀲芒？」霞奈不可思異地盯著長刀。人們懷著驚訝的神情來到身旁。

「天吶。我一直知道雪靈是不受空間限制的……」銀匠布閔直勾勾地看著兩件乘載了雪靈的工具。「但能夠同時存在於兩個地方，歷史上沒有人見過。」他大眼圓睜地看向女孩。「妳或許是第一個……同時成為舞刀使和奔靈者的人。」

女孩不知該說什麼，她把長刀橫放在棲靈板上。子藤和隆川站在她的左側；雨寒長老、紅狐和凡爾薩從她的右側聚攏過來。

長劍的握柄，棲靈板表面——這兩處的雪紋發出穩固震動的虹光波，時而閃耀，時而暗沉，譜出一模一樣的韻律，像是共同的心跳聲。

EPISODE 08《絢痕》

穿越內陸的航行中，空氣一直有種壓抑的乾澀，天空落著粉狀的乾雪。巨大、柔和的雪丘霸占地表，像一層層的羽毛毯子。有很長一段時間，他們彷彿駛入溫和的白色夢境，周邊景色有如綿花之海，引誘人們以為它毫無危險。

然而穿越亞洲，進入歐洲大陸，從空氣便出現明顯的改變。逐漸變強的濕氣，頻繁刮起的強風。緊接著地貌從柔和的雪丘轉為銳利的景象。狹長的山脊，陡峭的坡壁。先是少量的冰凍湖泊，逐步轉為淡藍的大片冰川。

某天，當周圍視野變得朦朧，妲堤亞娜告訴眾人：「亞法隆近了。」

濃霧抹去了遠方山脊的銳角，也抹去底下地貌的輪廓。最後，即使浮空要塞處在高空也看不見前方。他們深陷灰濛濛的霧氣當中。

雖然幻魔導士要人們放心，琴仍看見麥爾肯緊張地拿出雙子針，喃喃自語說：「97.4度……」

霧氣中飄著繁密的雪片。正前方什麼都看不見，只有細碎的飛雪不斷掃過琴的臉頰。浮空冰山不停震盪，以恆定的速度向前穿梭。要塞上的彩影就像一團團的幽靈，忽明忽暗地搖晃，令琴也緊張了起來。

「我們……是不是應該先進室內？」琴不安地問。

麥爾肯剛要開口，卻突然沒了聲音，圓滾滾的雙眼瞪視前方。

琴扭過頭也看見了，卻無法解釋那是什麼。濃霧中出現了一個龐大的色塊，暗沉地朝左右兩邊延展。它彷彿位於遠端，卻又彷彿近在咫尺。

不出一陣子，扭曲視覺的霧氣加速散去。她這才意識到眼前是一條弧狀長河……不，那應當是個巨大的湖泊！更驚人的是，有個陸島占據在湖中央。這讓原本龐大的湖泊看上去就像是陸島的護城河。

「亞法隆。」妲堤亞娜朝他們微笑。「我們文明的中樞。」

即使依然遙遠，琴看出它確實是座城市，有模糊的光點在它表面閃爍。

隨著距離越來越近，朦朧的輪廓化為線條，一處處細節變得清晰。琴和麥爾肯都震驚得說不出話。瓦伊特蒙的子民聚集在圍欄旁，此起彼落地發出驚嘆。

那陸島彷彿是從湖中央升起的台座，環形的峭壁有水霧滾落，卻同時有淡淡的虹光氣泡向上飄。霧氣和彩影間，數不清的巨大石雕從峭壁伸展出來，像是亞法隆的守護神。

琴意識到頂端的城市本身就可能超過瓦伊特蒙的十倍大。建築物星羅棋布，有尖塔，有拱門。天空中有些小巧的東西在挪動，她才剛想看清是什麼，浮空要塞便開始下降。琴飢渴地盯著那城市，銀色眼珠在薄霧中粼粼生光。

三座冰山逐漸拉開了距離，陸續降落在遠離湖泊的深雪中。

居民列成數排縱隊，穿著雪地的步行鞋，從要塞的邊緣走下來。奔靈者則甩動長板落在雪地裡。琴看見另一座冰山，有人抬出一個冰棺。

琴把棲靈板背在背上，套上幻魔導士給她的步行鞋，跟著麥爾肯走向奔靈者聚集的地方。他們圍著總隊長俊的遺體。

近乎透明的冰棺裡，白髮奔靈者的面孔看來彷彿無恙，胸口卻多了一個巨大的傷口，直接貫穿到背後。幻魔導士說他們在航程中嘗試各種方法，卻都徒勞無功，就連要塞裡的原生雪靈也救不了他。

會緊握最後一絲希望，是因為沒有人看見俊的雪靈從棲靈板浮現後消亡。幻魔導士把俊的身體封在冰窖內，看看亞法隆有沒有最後的辦法。

在幻魔導士的指引下，琴跟在移動的人群後方。她詫異地看見一旁的停泊場還有更多巨型坑洞，很可能是更多浮空要塞所留下。前方，亞法隆就像是一座突出的高地，奇怪的是籠罩整個世界的飄緲霧氣卻和它隔有一段距離，在城市後方化為一層灰色布幕。濃霧覆蓋千里，卻專門為了這座城的存在而開了一個缺口。除了護城河，琴完全看不見城市以外的地貌是什麼景色，因為一切都被迷霧埋沒。

「我們不走大門，」接近護城河時，妲堤亞娜說道：「從這兒坐船登陸。」

好幾艘細長的船隻停泊於岸邊，前端向上彎曲，雕著不同的樣式。有人臉、鳥兒、巨劍，甚至魔導士。這一排船是琴目前見過最多的魂木。人們兩兩並肩而坐，數十艘船齊行渡河。即便如此，船隻也得來回好幾趟才運完兩千多居民。

琴跟在麥爾肯身旁，是第二批登上亞法隆的人。接下來發生的事，即使思緒精明的琴，也覺得腦容量難以承載。

她隨大隊踏上緊鄰峭壁的透明冰梯，蜿蜒地向上攀登。他們步入瀑布的後方，看著身旁的水幕在更外層光波的渲染下，折射出熠熠生輝的七彩水痕。有時瀑布之間出現空檔，她吃驚地看見外頭竟有人影隔空飄過；仔細一瞧，那些穿著長袍的人們踩著尾端散發虹光的金屬片。

階梯彎入一條密閉的廊道，依靠銀線照明。居民好奇徬徨的交談聲此起彼落。當他們走了出來，才意識到自己已在城市裡頭。

各式各樣的矮建築鋪開在視野前方，它們的共通點是每一座都有一扇拱門。尖塔散布在遠處，每個方向都可見，各自發出清脆的鐘聲。街道上，人們形形色色；多數都穿著連身長袍，外面又披了一層長背心。他們露出詫異的神情，幻魔導士則不斷請人們讓路。

城市的人群依然圍了過來，熱切地和瓦伊特蒙的訪客攀談。雙方用相當彆扭的語言交流，很快地，忐忑的神情化為詫異的笑容。直到幻魔導士帶開了居民大隊，因交談而落後的人們才陸續追上來。

周圍的建物越來越多，表面都刻有細膩的浮雕。和瓦伊特蒙的洞窟相比，琴感覺自己正走在一座舊世界城池當中；但它是活的，栩栩如生。

經過城牆時，琴看見上方架著一些奇特的設備，有點像巨型弓似的打橫的扇形，但上頭穿插了非常粗的管狀物。她一眼便認出那些均由魂木所製。

她還沒來得及問，便被領著踏上一條寬廣的長橋，錯愕地望著底下的景象。他們腳下是極深的溝壑，彷彿在城市表面剝開一道深谷。琴好奇地探頭往下看，峭壁表面有許多凹室，有點類似瓦伊特蒙的窟房，而且每個凹室裡都有人在進行某種工作，也有人乘著鐵片穿梭其間。溝壑最深處的黑影中有巨型齒輪緩緩轉動，時而流洩出曲捲的虹光。

琴覺得自己走入某種傳說之地，一時間無法理解所有納入眼簾的事物。

他們抵達長橋另一端，妲堤亞娜回過頭來。「我的同伴會把人們安頓好，」女幻魔導士對麥爾肯說：「剛好目前有個圓桌會議正在進行，你帶上你們的主要決策者，我們加入會議吧。」

時間就像無聲的沙漏，靜靜下沉，在琴的意識中積聚知識的砂礫。

那是瓦伊特蒙研究院永遠無法觸及的領域。這三天，除了用膳和就寢，以及花了點時間游走城市各地，多半的時間她都待在亞法隆的「圖書館」裡。

偶爾，琴在用餐時看見麥爾肯歸來的身影。他與帕爾米斯、依可蘿、癒師牧拉瑪代表瓦伊特蒙參加圓桌會議。他們同時也帶上韓德；雖然戴著金屬口罩的奔靈者無法說話，卻是所有人當中最資深的戰士。他們五人時常動不動就消失，似乎得和亞法隆的不同團體持續開會。

琴望見麥爾肯如此紛忙的身影，便沒有再找他。她一輩子習慣被人忽視，明白這並不是第一次，也不會是最後一次。因此這陣子她幾乎沒跟任何人說過一句話。

在第三天的傍晚時分，麥爾肯再次來到她身旁。

「琴，原來妳在這兒。」年輕學者氣喘吁吁地爬到圖書館頂端的塔樓，在露台上找到了她。

「抱歉，這陣子有太多事得溝通了。他們有問不完的問題，當然我們也是。而且我發現，這文明的組織體系相當複雜，好幾組人馬都想拜會我們。」琴從他的口吻中聽出了自豪。

「他們真的強大得令人難以想像。相較之下，我們這五百年來就像處於埋荒時代。」麥爾肯揉了揉疲憊的雙眼，接著說：「琴，我先告訴妳一件比較重要的事。」

琴輕輕地把書放下。

「他們對於我們成功摧毀冰脊塔這件事感到很震驚。他們以前確實見過冰脊塔，卻從未想過要摧毀它。或許因為這群人根本不需要這麼做……浮空要塞讓這文明避開了許多我們從前得面對的危險。歐洲大陸又是個相對和平的地方，幾乎沒受過大規模的狩群侵擾。

「但是呢，我們說服了他們白島的威脅範圍正在逐漸擴大。」麥爾肯吸了口氣說：「圓桌會議剛剛決定了……要派出七座浮空要塞，到歐洲大陸各地方尋找冰脊塔的所在地，並嘗試展開逆襲！」

「逆襲？」琴的銀色眼珠眨了眨。

「是啊！他們的一個兵器，可以抵十個奔靈者的能力。想想它能對冰脊塔造成什麼樣的傷害。」麥爾肯雀躍地說：「妳相信嗎？這將是冰雪世紀的歷史上，人類第一次有機會在好幾個地方同時打開天空的雲層！」他的語氣充滿了興奮和感動，不太像平常的樣子。「瓦伊特蒙……我們整趟遷徙，帆夢的犧牲……不是沒有意義的。我們領略了奪回陽光的方法，而他們擁有足夠強大的工具去實現。我們會一起大舉讓陽光回歸世間。」

琴靜靜地望著他，有點兒不知怎麼反應。

「抱歉，這幾天我一直沒有告訴你事態的發展，可能聽來很突然。」麥爾肯緩和了一下呼吸，腔調忽然變得緊張：「今天夜裡就得出發了。我會和其中一座要塞同行。」

琴的大眸子沒有眨動，心跳卻停了一拍。「你會前往哪兒呢？」

「我的那座將會朝正西方去探索。除了我們五人以外，湯加諾亞、尤里西恩也會分別踏上一座要塞，提供瓦伊特蒙的經驗。」

除了沉默之外，琴不知該如何反應。但在心底某處，一股不安的感覺湧現出來，像被烏雲包覆的電光。

她嘗試擠出一個問題：「為什麼這麼急？我們才來三天。」

「這是討論的結果，大家一至認為這麼做的風險是可控的，因為敵人在路面而我們在空中。」麥爾肯說：「若順利，我們一週之內就會陸續回來。那麼……我得去做準備了。」他給了琴最後一個難掩興奮的眼神，正準備離去，卻似乎想起了什麼。「對了，我把從瓦伊特蒙帶來的文獻都寄存在圖書館裡。那是研究院僅存的一切了。妳想的話可以隨時去翻閱。我也把俊從所羅門帶回來的多角石交給幻魔導士研究了。這段時間若有什麼發現，他們可能會告知妳。」他露出欣然的微笑。「現在起，妳也算是研究院的學者了。」

琴的眉間微皺，看著麥爾肯走下旋梯。

然後她從露台面向整片亞法隆。點綴城市的尖塔相繼亮起虹光，燦爛地閃動。然而她的目光穿越整片繁榮，直盯著逐漸昏暗的濃霧，銀色眼珠跟著暗沉下來。

EPISODE 09《宇蝕》

亞閣醒來時，發現自己趴在一塊巨冰上。
周圍盡是黑暗，身後水流聲是細碎的呢喃。淺流正沖刷著他的雙腳。他試著挪動身子，卻發現腿部已沒了知覺，最後只得用手肘撐起身子爬開。「啊，真是狼狽……我昏迷多久了……」他隱約記得自己被河水淹沒，流經不知多長的距離。所幸雙刀和棲靈板都還在。
亞閣放出虹光的一刻，四周出現幽幻的反光。原來他正在一個狹窄的冰洞裡頭。所幸，全身雖已溼透，身體卻無大恙。這只有一種解釋，代表在他昏迷的過程中，宇蝕保護了他。
亞閣露出饒富興味的笑容翻過身來。「好樣的。沒想到你竟然知道怎麼救自己的主人。我以為你只知道破壞——」
弧狀冰牆的彼端，有個女孩躺在那兒。
亞閣愣了半晌，盯著無數光點在她周圍的空氣中盤繞。「艾——」他大夢初醒般想站起來，雙腳卻不聽使喚。他立刻拋開棲靈板，解下雙刀，激動地攀爬過去。
「艾伊思塔！」亞閣來到她身旁時，空氣中的虹光泡迅速消散開來；有些沒入冰牆中，有些回到溪流裡。他喘著氣，脫下手套，捧住女孩的心形臉蛋。
她的皮膚異常冰冷，幾乎沒了溫度，雙脣也失去血色，和面容一樣蒼白。

但她在呼吸。在沉睡著。

亞閻睜大眼，猶如失魂般地喘息。然後他從喉間嗆出一口白煙，激動地抱住她。他發現自己正禁不住地顫抖，情緒令他眼角抽動。他又爬向棲靈板，把它帶過來，喚出雪靈的暖光包覆兩人。

近乎奇跡地，艾伊思塔的身子連一處傷口都沒有。

然而她的披風、棲靈板，全都沒了。她胸前的靈凜石項鍊尚有微弱的彩光，但過一會兒便消失，留下淒黑的小圓石。

亞閻這才開始打量他們的所在地。這是一個不大的冰穴，扭曲的表面有諸多凹陷。他慢慢站起身，發見冰牆裡竟然金屬架的影子。那必然是舊世界建築的一部分，代表這兒的位置非常深。

溪水來到這裡已化為淺流，但不能保證附近是否有更湍急的河水，隨時會因地貌改變而淹沒一切。隱隱約約地，他聽見大地攪動的聲響從上方傳來。任何一刻，洞穴都有可能坍塌。

「艾伊思塔……」亞閻跪在她身旁。女孩看來非常消瘦。他捧著她的頭，輕輕喚醒她。

綠髮女孩慢慢地睜開眼。在虹光照耀下，原本有如綠寶石般的眸子似乎有些不一樣。

「艾伊思塔，是我。我來了。」不知多久以來，亞閻第一次流露出滿懷情緒的笑容。他的雪靈也受到影響，在身旁強烈閃爍。他得抑制住胸口的澎湃。

女孩回望著他的臉，卻像什麼也沒看到。亞閻感到哪兒不對勁。她的眼睛一直沒眨動。

「聽得見……聽得見我的聲音嗎？」亞閻急著問她：「看得見……我的臉嗎？」他讓雪靈的虹光緩緩加強。

艾伊思塔的瞳仁晃了一下，終於聚焦在亞閻的臉上。

他喘了口大氣，然後扶起她。「我們得先離開這兒。我會帶著妳離開。」

「這兒是哪裡？我在哪裡？」

亞閻愣了片刻。艾伊思塔的聲音出乎異料地平穩，像被剝奪了所有情緒，甚至透著一股不大像人的涼氣。但亞閻對她微笑。「妳成功了。妳擊碎了冰脊塔，拯救了所有人。所有居民，兩千多人，他們都沒事，全都沒事了。」亞閻哽咽，淚水出乎意料地浮現在眼角。

「是嗎……太好了……」非常緩慢地，艾伊思塔露出了淡淡的笑容。

亞閻終於意識到是什麼改變了。艾伊思塔的聲音和表情，那異樣的熟悉感，異常冰冷的身軀，朦朧不明的五感——就和縛靈師一模一樣。

周圍再度傳來重物扭曲的攪動聲，這次冰牆出現龜裂，抖落了一小撮冰塵。

「我們必須動身。」亞閻命令雪靈回到棲靈板，刻意讓整個洞穴回歸黑暗。然後他毫不猶豫地再次把宇蝕倒流到體內，增強自己的肌理力量，即使他明白自己的肉體已遠遠超過極限。他把女孩和棲靈板一同抱起，在伸手不見五指的黑暗中等待。

數分鐘後，如他所料，細小的虹光泡泡再次從視野邊緣爬出來。它們有些從河中冒出，有些從冰穴的頂端飄入。

「這些原生雪靈是被妳吸引而來的，它們會幫我們找到離開的路徑。」

虹光點從幾個不同的方向溜入冰穴。亞閻知道勢必無法從當初進來的瀑布原程返回，因此帶著艾伊思塔踏入淺溪，追隨水道頂端的虹光點的來源，朝溪流下游走去。

他的賭注是對的。在漆黑通道行走一段後，溪水旁出現另一個冰穴。它更寬廣，而且彼端有道狹縫，光泡就是從那兒飄入的。

亞閻抱著艾伊思塔，不顧麻痺的雙腿和雙臂，走入狹縫裡，開始向上攀爬。他把女孩背起來，將棲靈板打橫在兩人的腰部之間，並以人類不可能辦到的力量朝上爬。他們時而經過能夠行走的冰架，時而必須徒手攀登。亞閻沒有一刻放下艾伊思塔，就這麼背著她。

偶爾他必須持刀劈開積雪的路徑，若有堅硬的殘冰擋路，他便啃蝕暗靈，把力量注入長劍。一旦方向稍有不明，他會再次回歸黑暗，等待被靈凜石吸引而來的虹光泡出現。就這樣，他們一步步上行，終於隱約看見白晝的光亮。

從一個天然通道鑽出來時，艾伊思塔在他背後發出了點聲音。

亞閻讓她坐在棲靈板上。女孩張開口卻沒說話，面無表情地盯著天空。

空氣中的暖意，此刻變得如此令人珍惜。亞閻喘著氣，解開逆理奔靈的一刻便直接癱倒在地。他的心臟像被人拉扯似地跳動著，彷彿要衝出胸口。同時他渾身顫抖，彷彿是細胞急速凋零帶來的疼痛。僅剩的一丁點力氣，他讓自己翻過身來，面對碧藍色的天空。

陽光像一雙柔紗般的手，輕撫他的每一吋肌膚。就連暗靈也稍稍沉靜下來。

他的喘息漸緩，昏厥過去。

時間的流逝彷如隔世，他猛然睜開眼，發現頭頂的天空依舊明亮。他驚慌地坐起身。

還好，女孩仍在原地，抱腿坐在棲靈板上仰望著天際。亞閻深吸了口氣，低下頭來。

露出的天空已被雲層遮擋住一大塊，太陽也有一半被遮掩。分割天際的弧線在陽光照耀下變得明顯，像是上了銀邊。烏雲底下的大地恢復過往的暗沉。亞闍盯著這景象，一股莫名的憤怒油然而生。

「這已經是第二次，她幫助祢回到這世界，讓你見到所有向祢祈願的人們。」亞闍瞇起眼，斜視半個艷陽。「我不在乎自己怎麼樣，也不在乎自己死後會去哪兒。但……」他停頓了片刻。

嚥了口唾沫後他沉下頭來，低聲說：「但如果祢聽得見……請幫助我，安全帶她回到人類的地方……」

艾伊思塔一點兒反應也沒有，就靜靜坐在那兒。亞闍扶起她，一起站在棲靈板上。然後他把她摟入懷中，用披風裹住兩人。

他望向西方。那是艾伊思塔的故鄉，強大文明的所在地。但他們得橫跨整片未知大陸，路程遙遠得超乎想像。而且這一次，他們不再有恆光之劍的幫忙。

然後他望向東方。雨寒和統領階級必然找到了他們所謂的理想鄉。距離上可行許多，現在追趕上去或許還有機會。但他們得跨越結凍的海洋，還可能被視為仇人。

微風吹動他的灰髮，亞闍抱著艾伊思塔眺望天際線，沉思著該怎麼做。

最後他瞟向棲靈板的後端。「宇蝕……這輩子我沒有懇求過你。」他沉重地說：「我不曉得自己還能撐多久。但假如我倒下了，保護這女孩就成了你的工作。這會是你的第一要職。就算得拋下我。明白嗎？」

光波在他的板面閃爍片刻。

然後亞闍看著懷抱裡的女孩。艾伊思塔把臉枕在他的胸膛，眼神卻像失焦一般。

棲靈板開始挪動，在雪地括出聲響。濕冷的風迎面吹來，太陽緩緩消失在雲層後方。

「別擔心，我會帶妳去安全的地方，」他用披風擋住女孩側臉，輕柔地將她的長髮往後撥。

「無論付出什麼代價。」

EPISODE 10《離焱》

被安置在外領地的瓦伊特蒙生還者，近來總被一股陰鬱的氛圍籠罩。或許他們察覺到在附近徘徊和站崗的舞刀使雖然維持淡然的神色，先前的友善卻已不再。

現在，在雨寒的房間外頭，一排奔靈者護衛若無其事地席地而坐，棲靈板和兵器卻不離身。他們嚴防任何人打擾在房間內召開的統領階級會議。

紅狐是這次緊急會議的主導者，另外還有三名原屬遠征隊的隊長——哈賀娜，冰眼額爾巴，以及全身包著繃帶的飛以墨。曾被亞闍的暗靈傷及全身，現在飛以墨只剩一雙恨意滿滿的眸子未被繃帶遮掩。

另一位曾因暗靈爆走而受傷的是亞煌，他也在場。亞煌休息了好一陣子，恢復狀況算佳，但身上全是傷痕。他的左手臂、左臉頰都受了重傷，火燄狀的傷疤幾乎抹去了眼角的白色藤蔓刺青。

還有一位綁著深灰色髮束的女孩坐在亞煌的身旁。她是名為黎音的奔靈者。

此外，佩氏姊弟、癒師安雅兒也在房間裡。凡爾薩則坐在雨寒的斜後方，觀察所有人的反應。

「我們別無選擇，必須從舞刀使手中奪取這地方。」紅狐說。

他的提議超乎所有人想像過的最糟情況，就算是其它統領階級的奔靈者，也困惑地不知該如何應答。

「我們是寄人籬下的訪客。他們選擇收留我們，你怎會有這種想法？」雨寒沒等其他人，直接說出口。她不再像以前對紅狐言聽計從，目光有股前所未有的銳利。

「費奇努茲……你瘋了吧？」佩羅厄睜大雙眼瞪視，他的姊姊佩塔妮也不可置信地搖頭。

「只不過是一些小爭執罷了，與他們談和便沒事了。」

「那只是開端。必然的。」紅狐說道：「我一輩子遠征，看過太多人悽慘的下場。如果瓦伊特蒙文明想要活下來，你們得拋掉所有美好的想像。生存邏輯不容置疑。」

「但我們已經不是在遠征了。」老將額爾巴與他對視。「如果想安穩地定居下來，需要另一種決策依據，不是嗎？」

紅狐看著手中的長弓，彷彿在思考什麼。「我們得知舞刀使的決策議會有意驅逐我們。必須先做好最壞的打算，率先準備好下一步。」他的視線掃過雨寒和凡爾薩，聲音不帶一絲情緒。「你們得承認，離開這得天獨厚的環境，我們不再有生存機會。這是凌駕一切之上的事實。」他那深具穿透力的目光，逐一凝視房間裡的每一個人。「還是有人覺得，當舞刀使說『你們該走了』，我們就拍拍屁股，帶著所有居民再次走回那片死亡的大地？」

所有人都沉默了，氣氛變得凝重。奇特的是凡爾薩發現自己腦中沒了任何想法，只是本能地打量著其他人。他瞥向雨寒，看著她的神情。

「遲早都會發生的，就由我們先動手吧。」飛以墨冷冷地說。

「開什麼玩笑？」哈賀娜斜眼瞪視他。「我們在別人的地盤，況且舞刀使的人數比我們更多！」

紅狐回道：「現在，我們對這裡的地理環境已有一定程度的瞭解。這陣子我做過精細的估量，舞刀使的總數不到五百人。」

「五百人？那可是我們的三倍多！」哈賀娜反駁。

「是的。但我們擁有他們所無法支配的機動力。絕對有勝算。」紅狐攤開手掌壓住棲靈板。

「告訴我，是對抗舞刀使的生存機率大，還是回到雪地裡和無限繁生的白島細胞去撕殺，生存機率大？」

這句話起了相當的作用。遷徙途中發生的所有事件，像夢魘一般再次籠罩每個人的臉龐。血色從人們的臉上流失。

只有亞煌淡然地說：「我們對抗的不單是舞刀使。而是在這兒居住五世紀的整個文明。這裡的居民可有上萬人。」自從傷勢恢復之後，亞煌的神態變得反常地默然。他和雨寒一樣，曾遭到整個統領階級的背叛。

「紅狐，我們不可能占領這地方的。」凡爾薩終於開口。

「白島變得活躍……」雨寒若有所思地說：「他們需要更多力量來協防。他們會需要我們的。」

安雅兒也低聲說：「抱歉，紅狐，即使現在你是總隊長，也不能推動大夥兒做出這種瘋狂的決定。」

費奇努茲閉著眼，長嘆口氣。「太天真了。」他坐直身子，思量一會兒後驀然睜眼。「那麼不公然對抗吧。我們找一個可行的機會，綁架刃皇，逼迫他下令分享所有的資源，並且把日痕山讓出一半給我們。」

眾人凝視他，依舊感到不可思議。

「目前舞刀使半數都在外領地。」紅狐說：「只要我們把那兒和日痕山之間的陸橋封鎖住，他們將難以闖入。他們就是那樣對待我們。」

「啊。」佩羅厄摸了摸下巴，似乎有點被這主意給擄獲。「這麼說起來，他們確實欠我們一筆。」

紅狐嚴肅地凝望雨寒。「至少，這必須是我們接下來的應對方案之一。」

「再說吧。我先試試和他們的議會交涉。」雨寒以這句話結束了會議。

在雨寒的任命下，凡爾薩已從一百五十名奔靈者當中挑選出三十位，做為護衛和交涉使節。事實上他不確定這麼做還有多大的意義，舞刀使早已打算立即驅離他們。眼前的三十名戰士，人人眼中都蘊藏著蓄勢待發的活力，甚至是一股隱隱的殺氣。只不過，現在他們把殺氣瞄準凡爾薩。

許多人刻意不正眼瞧凡爾薩，而那些盯著他的人，很明顯對這決定感到不公。從一年半前開始踏上遷徙之途至今，不停發生的變數令奔靈者一直缺乏穩固的權力結構。如今，凡爾薩直接受命於長老，可對五分之一的奔靈者發號施令，等於變相擁有和總隊長紅狐匹敵的影響力。可想而知，這令紅狐相當不愉快，更讓這群被「選出來」的奔靈者心生憤怒。

凡爾薩心裡想著，遷徙發生之前這些人屬於各個遠征小隊，資歷比他豐富，也明白當初和他在一起的同伴發生了什麼事。

既然如此……

「在瓦伊特蒙，你們或許都聽說過我的名字。」凡爾薩站在他們前方，把雙刃巨劍依靠在胸前。

凡爾薩的目光挪向說話的人，他記得是個名為杭特的弓箭手。

「我說錯了嗎？」杭特的目光有種明顯的蔑視。他身旁幾位奔靈者雙臂插胸，均沉默地瞪視凡爾薩。

「當然了，『判逃者』。」

凡爾薩沉思片刻，點點頭。「是的。沒有錯。」

他們嗤之以鼻地嘆口氣，還有人毫不掩諱地發出笑聲。

凡爾薩在心底深處也想和他們一起笑。這感覺相當奇怪。他發現這一次，胸口竟然沒有因為怒意而緊縮。為什麼？

他並未讓表情透露出思緒，但他想清楚了一些事。

是雨寒。他想起自己以為雨寒將死的一刻，內心最深處的那種撕裂般的難受。那是連自己都沒意料到的，極端的哀傷。

許多事，以前的，現在的，和她比起來，都變得微不足道。

「所以別鬧了，」杭特說：「叫長老換個人帶領護衛隊吧。」

凡爾薩沉默不語。長老……人們現在已經可以不假思索地叫她長老了。

人們在雨寒身上都看到了一些東西。她的母親把長老職責依托給她，亞煌也選擇接受，甚至是凡爾薩自己，一直以來也都明白。在那女孩瘦小的身軀裡，存在著某種獨特的力量。

但她還年輕，總是魯莽，總是徬徨，壓在身上的強大責任只會加劇這些現象。於是，一股本該是善意的力量便成了殺傷之力。她犯到了許多人，而更多人痛恨她。那種感覺，凡爾薩其實非常清楚。

雨寒的轉變令他隱隱感到不安，因為他經歷過類似的事，知道自己有可能成為什麼樣的惡人。雨寒正在慢慢變成他。更糟糕的是，她手握操控眾人命運的權力。

「我憎恨過很多事……很多人。」凡爾薩盯著地面開口。「包括三長老，我自己的父親加爾薩納，還有許久前代表瓦伊特蒙出使任務的路凱。」

「然後呢？你想找我們懺悔嗎？」杭特說：「還是你很想念路凱對待你的方式？」他還刻意舉起拳頭在空中揮舞，令身旁的同伴發出大笑。

但凡爾薩沒有理會他們，自顧自地說：「如果不是因為路凱，我們不會站在這兒。我們會跟著瓦伊特蒙一同被消滅……」他又沉默了一會兒，才緩緩抬起頭，面向所有人。「你們聽到的都是事實。他和聯合遠征隊的伙伴揍了我。」

杭特皺起眉頭，或許沒料到凡爾薩會如此乾脆地說出這些過往。

「所以有很長的一段時間，我痛恨他們所有人。」一直到現在，那股深陷胸腔的恨意依舊存在，就像沉睡的神經隨時可能爆發。「我明白什麼叫憎惡。」凡爾薩明白自己是誰，也明白對於現況的無能為力，能把一個人折磨到什麼地步。

眼前這三十個人，定和他一樣，對於目前的處境都感到無能為力。

「所以，我給你們痛恨我的自由。」他沉靜地凝視他們。「你們可以憎恨我，鄙視我。但這並不會改變我們的合作關係。」

杭特鬆了拳頭，和身邊幾個人交換困惑的眼神。

「雨寒長老需要我們。瓦伊特蒙的三百位居民需要我們。這才是凌駕一切之上的事實。也是我們的使命。」凡爾薩說：「至於遇到什麼事情該做些什麼，每個人就隨著當下的情況判斷吧。」他感到一陣口乾，忽然有股不自在。「有需要時我們會再集結。」

凡爾薩拎起巨劍離去，留下身後的奔靈者竊竊私語。

幾個小時後，雨寒帶著紅狐和凡爾薩來到魂木搭建的紅梁塔城，會見刃皇。

決策議會也在，包括子藤。他們僅剩八人，熾信的首長位置則暫由因幡代理。他們以充滿禮節的莊重坐姿，靜靜聆聽年輕女長老陳述雙方應共棄前嫌，做好面對白島攻擊的準備。

當她說完，對方的神情卻沒有任何變化。

刃皇點頭道：「雨寒長老，妳所說的我們都明白。」他停頓片刻，告訴她：「我們經過慎重而漫長的討論，最終認為，或許你們離開這兒，才是對我們雙方文明最好的選擇。」

凡爾薩並未感到吃驚，但他瞄了眼雨寒，發現她正透露出惘然的神色。坐在刃皇身旁的子藤則一直沒有抬頭面對他們。

「刃皇，我們沒有地方可去了。」雨寒有點急切地說。

「是的，我們理解。但你們可以引領成群的子民跨越如此遙遠的距離，這可是非凡的成就。我相信，這更是因為你們的能力與眾不同。」刃皇露出真切的笑容。「當然……我們這決定或許過於突然。因此基於雙方已建立的良好友誼，接下來兩週，你們依然可以居住在外領地。」

「兩……兩週？」

「是的，兩週。」他的語調強硬。「這時間要做好往後的旅途規劃想必是足夠的。需要多少帶得走的補給，請隨時告知，我們一定不遺餘力地幫忙。」刃皇的身子微微向後，雙手輕放在膝。「但兩週後，我們會拿回領地，送別你們。屆時依然留在境內的人，將被視為是不友好的舉措。我們也只能採取相應的行動了。」

雨寒盯著刃皇許久，似乎難以相信耳朵聽見的。最後她看了費奇努茲一眼，微微低下頭來。

凡爾薩出乎意料地沉靜。他不在意接下來將發生何事，只凝望著雨寒的反應。

「瓦伊特蒙明白了。」最後開口結束這個短暫會議的，是紅狐。「那麼，請給我們兩週的時間做好準備。」

PART II

EPISODE 11《澇霜》

世界像是滾動的白色漩渦，而他渺小的身影矗立中央。

綿延的雪丘如海浪般起伏，若隱若現的淡藍色浮冰在當中翻滾。飛雪朝同方向飄動，夾帶足以凍結意識的極寒氣息。

俊的白色長髮被強風吹拂。他順著螺旋流轉的景象轉身，看見一個人的背影。

對方的深色髮辮在腦後交繞，結為十字。他穿著黑色複合披風，黑色手套，黑色長靴。但最引人注目的是包著他頸部的鉛灰色圍巾，一圈圈綑繞，尾端隨風甩蕩，逆著周圍流轉的世界圖像。

「路凱……？」俊朝他走近一步。

迴旋的雪丘正朝他倆收縮過來。俊以手臂遮眼狂風。他以為自己擺脫了路凱的記憶，以為自己成為眾人所託付的領導者。那麼為什麼——

那人回過頭來。他的雙眸被防風鏡遮蔽，口鼻埋藏在圍巾底下。他凝望了俊數秒。強風捲起白雪加速飛繞，開始朦朧他的身影。

「路凱！」俊試圖走向他。

風聲化為語音，空洞洪亮，抑揚頓挫。「要記得，無論發生什麼事，我們曾經共有的一切，絲毫不會改變。」

「路凱——！」俊開始不顧一切往他走去。然而對方壓住覆蓋臉孔的灰色圍巾，另一隻手指向天際。

俊跟著抬頭。周邊旋動的景象成為巨大的龍捲，地平線的一切被颶風連根拔起，化為白色粉沫朝天漫開。然而正上方什麼也看不見。他只感到雙眼一陣刺疼，激烈的白光覆蓋視線

——

「總隊長！」數名奔靈者在身旁，扶起他的身子。

莉比絲站在他們中央。女弓箭手雙手摀著嘴，難以置信地流淚。俊的目光逗留在她身上片刻，然後挪向周圍的人們。「帕爾米斯呢……？敵人……包圍我們的敵人呢？」他腦中仍在昏眩，彷彿自從閉起眼，時間已過數年。

周邊景象陌生。金屬架組成的半開放空間，外頭是微薄的霧氣，飄晃的雪片。幾位身穿長袍的人凝重地站在周圍。

「不用擔心，我們在很安全的地方。」說話的是泰鳩爾，他滿懷笑容地說：「總隊長，你已經昏睡十幾天。需要一些時間適應。」

「十幾……」俊閉起眼，這才憶起自己在作戰中跌入湖裡，被數道管足擊穿了身體。他躺在一個傾斜的台座，本能地觸摸胸口時，指尖碰到某種奇特而冰涼的東西。

在他上身的薄衣袍中央，一個黑晶體般的圓盤嵌入了胸腔。它的周圍有道厚實的銀邊，一絲絲奇特的彩影像氣流般從外圍流入中央晶體，化為龍捲般的虹光在裡頭旋動。

「只要微型銀邊墨璽繼續作用，你就不會有生命危險。」一個留著八字鬍的綠髮男子告訴他。

奔靈者開始向他解釋一切。從東亞遺跡穿越遠古的絲綢之路，再到亞法隆這個魔幻的迷霧之都。

俊感到欣慰，他們真的接觸到歐洲大陸的文明。然而實現這契機的艾伊思塔卻因而陣亡了，沒有機會看見她祖先的故鄉……俊心生愧疚，是自己親手把這個遠西文明的資料交給她的……

身旁的人們持續訴說這陣子發生的事。雖然俊自己並未見證天空敞開，但所有目擊者都印證艾伊思塔的假設：摧毀冰脊塔就能已能喚回陽光。這也進一步證明俊自己對於魔物相互串連的本質的推論。「那麼，被派出的七座浮空要塞，有哪些已經歸來？」

「還沒。我們都在等待。」泰鳩爾告訴他有四座冰山朝西北象限分散行進，針對性地尋找冰脊塔的蹤跡，同時通告分布在歐洲內陸的其他人類據點。湯加諾亞的浮空要塞朝東北方深入歐亞的交匯處，尤里西恩前往中東一帶，帕爾米斯則朝西南方前往非洲大陸。

俊的腦中浮現許多複雜的想法，忽然感到一陣頭疼。

「我們確實該花點時間去探索潛在大陸各處的冰脊塔。」克瑞里厄斯，也就是留著八字鬍的幻魔導士，告訴他：「別擔心太多。現在的情況和你們剛離開瓦伊特蒙時完全不同。只要乘載浮空要塞，你們不需要從地面與狩群廝殺。我們有絕對優勢。」

確實，無論是什麼形態的魔物，體內的「核」皆與雪地裡延伸過來的冰脈相連；切斷關鍵的冰脈，便能殺死無數的狩群。牠們無法脫離地面與浮空要塞作戰。「但假設……一座冰脊塔是一個區域的核心，敵人勢必會想盡辦法保護它。」白髮奔靈者說道。

克瑞里厄斯點頭。「我們等他們帶回來的報告吧。看看敵人的反應。」他示意俊和其他人一起跟上來。「既然你是他們的總隊長，我想親自為你介紹亞法隆，我們的城市。」

俊活動了一下身子，離開傾斜的金屬台座時，他和莉比絲四目相接。

女孩在他的印象中是位冷靜的弓箭手，無論什麼戰況下都能以她那強大的破壞力驅散敵軍。然而現在，莉比絲的眼框泛紅，很勉強才壓抑住決堤的情緒。

「在浮空要塞那幾天，她沒有一刻離開裝載著你的冰棺。」泰鳩爾用姆指指向女弓箭手，不懷好意地露齒發笑。「她覺都沒怎麼睡，就坐在那兒盯著你的棲靈板。我看如果你的雪靈當時飄出來，莉比絲會狠狠把它給塞回去。」

莉比絲怒瞪了泰鳩爾一眼，然後抹了抹眼睛，在俊的面前低下頭來。「你是因為要救我才受了那麼嚴重的傷。我害怕如果……萬一……」

「謝謝妳，我沒事了。」俊觸摸她的頭。莉比絲摀著臉，眼淚無法克制地滑落。

這段時間，來自瓦伊特蒙的訪客多半已熟悉了亞法隆的環境。幻魔導士允許他們隨意自由行動。街道上積著薄雪，可以看見奔靈者駕著棲靈板四處遊晃。在克瑞里厄斯向俊介紹這座城市時，有不少奔靈者看見了立即跟上來。很明顯，他們想待在總隊長的身邊。

「抱歉……讓你們擔心了。」俊內疚地告訴圍繞他的同伴們。

「總隊長，是你讓我們所有人找到歐洲大陸。」說話的是利昂，莉比絲的弟弟。

俊在街道上行走時，一直有瓦伊特蒙的人群加入。原本只針對他一人的環境介紹，不知不覺就成了大隊。

「你所受的是典型的致命傷，打穿了整個身子，偏離心臟僅一吋。」克瑞里厄斯帶著他們爬上一道通往城牆頂端的階梯。「我們孤注一擲，回到城市立刻讓手術醫師剖開你的身子，」他指向俊胸前的盤狀物。「然後把小型的銀邊墨璽和你的身體融合起來，才慢慢看到你胸口的肌理組織出現逆生，開始復原。」

「克瑞里厄斯，你也曾經是醫師嗎？」莉比絲問道：「我看見是你指導他們怎麼做的。」

城牆上刮著陣陣微風，吹起幻魔導士的長髮。他摸了摸八字鬍說：「我確實做過一陣子的醫術。身為驅動師的首要職責便是理解能源的循環體系，包括動力的轉化，傳動和平衡。人體也是一種透過循環體系支撐的載體。以前呢，我們經歷過類似的手術，有一些個案可借鑑。」他看著俊說：「因此我們都明白這手術的成功機率是多麼低。你卻活下來了。你的命相當大。」

命相當大……

幻魔導士的聲音在俊的腦中輕輕迴蕩。城牆頂上，可以看見護城河的另一頭消失在濃霧之中。

而在他們腳下的牆道，便是這座人類據點高聳的邊疆。眾人沿牆而行，偶爾經過守城的哨兵。那些人亦穿著長袍，一眼便能看見身上穿戴各種小型墨璽。

每隔一段距離，城牆上便出現一座奇特的設備，坐在裡頭哨兵向他們打招呼。

「這些是魂木？」俊看著眼前的設備，那體積比瓦伊特蒙的角鹿還大。它的前半截像是巨型弓弩般的扇體，從城牆的邊緣突出去，後半截則雕成流線式的載具。坐在裡頭的哨兵半身外露，半身被繁複雕刻的網狀木片給包覆，雙手握著設備裡的握柄。

「是的。這是『極光砲』，對那些魔物非常有效。我們發現把尚未白化的木頭雕刻成某些系統性的紋路，它就可以把『雪能』——也就是雪地的能量——直接轉換為對狩有傷殺力的波頻。用你們的語言說，應該就和棲靈板的『雪靈』釋放的能量有相似之處。不過這些都快成擺飾了。亞法隆已經不知多久沒有未見到狩的蹤影。」

俊腦中浮現千百個問題。然而當他盯著護城河，卻只感到不安。「普通居民能操控這些設備嗎？」他詢問。

「普通居民？」

「啊，我的意思是……是否得具備幻魔導士的能力，才能操控極光砲？」

「沒錯，你至少得先學會如何操控墨璽，才可以主導雪能。」克瑞里厄斯點頭。「事實上，亞法隆整座城市的方方面面都是由雪能所驅動。」即使目前尚為白晝，依舊看得見細微的彩光在各式建物的頂端飄搖。然後克瑞里厄斯迴過身，又指向城外的某處。「你看那兒，護城河的對岸。」

稀薄的迷霧間，俊看見的城外的雪地有幾座和人一般高的小金字塔。雖然被柔白覆蓋，依舊可以明顯看出隆起的鈍錐模樣是人造物。「那些都由墨璽打造而成。」幻魔導士接著說：「我們從外頭吸引雪能，再經由湖底的銀製導管送進亞法隆裡頭，做各種轉化運用。這也包括守城極光砲所需的能量。」

取之不盡，用之不竭，俊心想。然而他起了一個疑問。「如果整座城市的運轉都需要所謂的『雪能』，那麼，你們有足夠的幻魔導士來兼顧每個領域嗎？」他想起瓦伊特蒙的三大支部，奔靈者的人數只是居民裡的一小部分。

「只要學會操控墨璽，許多基礎的應用都不難操作，比方光源，熱水，交通醫療，器皿製作，方方面面。當然了，每個領域都有最專業的負責人。概括來說，十歲以上的市民幾乎都有操控墨璽的能力，我們會安排他們到各個崗位輪職學習。」

整座城都是幻魔導士？俊和身旁的奔靈者都露出吃驚的神色。

「但要學會操作墨璽，難道不需要經過什麼儀式？」莉比絲也湊過來詢問。

「儀式？」克瑞里厄斯搖頭。「只要有人教會你便行了。這並不難。」他露出綁在手臂上的黑色水晶。「不過別誤會了。能操控墨璽並不代表你就是幻魔導士。關鍵的門檻是一個人對雪能的把控度，是否純熟到可以勝任浮空要塞的外出指派任務。在這之前，有一連串嚴格的試煉得通過。」

俊思索著雙方文明的差異。如果亞法隆的每一個市民都能在某種層面上支配來自雪地的能源，為自己的文明擔任某些要職，這些市民與幻魔導士之間其實不會有太大的隔閡。這與瓦伊特蒙的居民和奔靈者相差甚遠。

他們從一道迴坡繞過了石磚砌成的守望塔，再踏上另一個方向的城牆。

俊一直打量著這座奇特的城市。在薄霧的籠罩下，渺小的人群身影穿梭在井然有序的建物之間。遠方飄來空靈的鐘聲，混雜街道上人群的細語。亞法隆給人一種難以言喻的靜謐，卻又從隱蔽的角落流露出蓬勃的生息。站在這兒，確實感覺到人類醞釀了千萬年的結晶，活生生在冰雪紀元保留了下來。這使他心中五味雜陳。

忽然俊停下腳步，凝望遠方的灰色天幕。

「那些是——」俊的白色眸子瞪大，看見濃霧中有物體從天邊接近。水氣和虹光在它們的基座盤繞，形體逐漸清晰。

「是浮空要塞。」克瑞里厄斯雀躍地說：「看樣子有兩座回來了。」他朝身後的眾人招手。

「走吧，我們去迎接他們。看樣子他們打算降落在北側的停泊區……」他忽然躊躇了一下，神色猶豫。

人們在城牆上凝視著空中的冰山。即使第一次看到浮空要塞，俊立刻察覺事態不對勁。

「它們是怎麼回事？那軌跡……」莉比絲睜大眼。

其中一座冰山開始傾斜。水霧像是失控的洪流，在它的一側不規則地噴發，虹光斷斷續續，時有時無。

「糟了！」克瑞里厄斯沿著城牆向前跑。俊立刻跟上，此時，另一座冰山也開始出現異狀，左右激裂地搖晃，崩開的碎冰落入城外的雪地。

兩座要塞接連下墜，像從空中急落的巨石。一陣子後，震耳欲聾的聲響從遠方傳來，晃動整座城市。街道上的人們一陣騷動，不知發生何事。

俊等人趕到北面的城牆，傾身探望。他們看見在霧氣之中，一座冰山已落在停泊區的邊緣，另一座則墜毀在護城河裡，撞上了城牆。亞法隆邊緣的瀑布傾瀉在它表面，沖刷著要塞腹部的巨大裂縫。

EPISODE 12《拂羽》

塵埃飄落的天空下，一整排平民挑著水桶，朝日痕山的山頂走去。雨寒和紅狐兩人站在一段距離外打量著他們，手中捧著佯裝用的易燃膏。

這段日子，火山內部的熔岩似乎變得更加活躍，濃煙從日痕山口大量湧出，伴隨著地面的低鳴與震蕩。相較於他們剛抵達此地時所見的景象，現在，湧入空中的烏煙幾乎是好幾倍，彷彿粗重而不斷變形的柱子，把低垂的雲層染得更加惡濁。

那些平民從山腳下取水，親自抬到山頂倒入山口，一方面希望能壓制火山的動態，另一方面提升山口周邊的土岩可塑性。許多男性平民冒險拿著十字鎬，敲落山口邊緣的岩石讓其滾落到山口裡頭，期望可以進一步把日痕山給穩定下來。

雨寒及紅狐剛離開煉金廳堂不久，手持幾種不同化合方式的易燃膏。他們請求舞刀使給他們這些樣本拿回去研究，希望能在旅途中找到更多元的取暖方式，舞刀使自然同意了。然而，這些都只是幌子。

「常駐在紅梁塔樓的不到十人，但都是悍將。可以排除決策議會裡的六個舞刀使代表，他們平常不會出現在這一帶。」紅狐摸著下巴說：「那麼，隔壁的煉金廳堂確實是最大的不定因素。」

雨寒點頭。目前他們已瞭解，許多化術師事實上都身兼舞刀使。然而當中到底有多少人會攜帶武器，在煉金廳堂打轉一圈後，紅狐依舊難以估量清楚。

「若能在他們毫無預警之下突入紅梁塔樓，屆時需要立即面對的敵人……應該不會超過二十個。」紅狐思量片刻後說：「在塔樓那種狹窄的空間，他們的長刀難以發揮。找幾個物理影響力較強的奔靈者同行，八個人左右吧，應該就可以拿下刃皇。」

雨寒有些不安地掃視周圍。他們被允許可以隨意行動，但總能瞧見某個舞刀使的身影尾隨著他們，嚴密地盯著它們的去向。她感到一切都是如此恍惚，依舊不敢相信自己正在計劃奪取另一批人類的家園。「……這個思路如此縝密的文明，對於核心要地卻如此疏於防備。」

「這解釋了很多事。」紅狐沉靜地說：「舞刀使把自己半數以上都分布在外領地和更外緣的防線。這就是他們一直以來看待外來威脅的思維——東邊的雪地就是所有主要威脅的來源。」

「他們真的絲毫不擔心北方和西方遺跡的狩。隔著一片水域，距離如此之近。」

「數百年來整個日痕山都在溫泉的保護下，魔物無法跨越。可以想像為什麼他們的祖先能安心把核心區域建設在日痕山的西北角。」紅狐看著鋪開於山腳下的建築物，裡頭包括支撐社會運轉的各種設施。他們的目標則在接近山頂之處——刃皇所在的紅梁塔城。

「這裡是他們真正脆弱的地方。」雨寒低聲說：「希望能速戰速決。依我們的狀態，在文明地區進行消耗戰會非常不利。只能直指核心了。」

紅狐打量著雨寒數秒，滿意地點頭。「已經有跡象，他們調派了更多舞刀使到外領地的奔靈者居處附近。八成擔憂這兩週內會有人在那兒鬧事。這樣正好。」費奇努茲和雨寒開始往反方向走，逆時針地沿著日痕山坡下行。「幾天之後，我們會開始照著他們所臆想的去做，刻意營造一些衝突和不甘離去的情緒。這會把他們的注意力更加拉往東邊。」

「可是，當天進行任務的人要怎麼度過陸橋呢？」連接日痕山和外領地之間的窄地永遠有舞刀使駐守，那兒將是關鍵的樞紐。

「飛以墨發現北方的霧島遺跡周邊有許多破舊的小船，」紅狐回答她：「只要讓我們的工匠進行修繕，便能使用。」

雨寒愣了一下。「你派了飛以墨外出勘查？你沒跟我說過。」

「這只是個微不足道的任務，我想有了結果再告訴妳。」

雨寒的心情又暗沉下來，腹部再次敏感地發出絞疼。所以費奇努茲其實早已做好所有的盤算，或許也和其他統領階級商討過了。

這不就和以前一樣嗎？身為長老的她永遠拿捏不準所有事。但她捧著腹部，壓下心情，神情絲毫未變，紅狐似乎也未察覺。

「接著，我們會挑出兩支精英部隊。一支乘船從另一側去反向封鎖陸橋。另一支則得繞得更遠，在西北角登陸，趁亂直搗核心，綁架刃皇。」

雨寒聆聽紅狐的計策，忽然想起這就像狩群從瓦伊特蒙和所羅門的核心地帶潛入，進而消滅了兩個文明……她腹腔的疼痛減輕，取而代之的是莫名的罪惡感。

紅狐自顧自地說著：「理想的狀況是當對方開始察覺有異樣，我們的人已在陸橋那兒擋下從外領地歸返的舞刀使。但我們無法預測在日痕山這一側的舞刀使會做出什麼舉動。或許支援陸橋，或許找刃皇報備。總之，機會的窗口很緊迫。只要挾持住刃皇，說服他下令放棄一切武力，就成了。」紅狐瞥向年輕的女長老，以一貫的嚴峻口吻說：「但是雨寒，妳得預先做好心理準備。這群人會不顧一切捍衛他們的家鄉，我們則是為了生存，也無法退讓一步。到時就算看見同伴傷亡，也絕不能動搖。」

雨寒嚥了口唾沫。他們打算做的事，和入侵人類文明的狩群有哪兒不同？她盯著自己的手，害怕指甲會化為冰藍色的利爪。

呆愣數秒後，她驚覺費奇努茲正拿著什麼東西，輕輕擦拭她的臉頰。

「烏雪。」紅狐的手中是條繡有花紋的絲巾，用以抹掉雨寒臉上的塵埃。雨寒隱約記得曾看見紅狐拿著這條與他形象極不搭調的絲巾，用以擦磨弓身。

費奇努茲把絲巾折疊起來，露出罕見的笑容說道：「這是我女兒的遺物。」

「……女兒？」雨寒從不知道紅狐曾有個女兒。「抱歉，我不曉得……我從來沒聽說過……」她突然結巴起來，不知該回些什麼。

「很久以前的事了。不足提起。」紅狐點頭示意雨寒繼續和他往前走，並把絲巾收入胸口的內袋。「我們所做的一切艱難決定，都是為了瓦伊特蒙。」這一刻，雨寒才發現紅狐一向冷峻的目光裡有股常人難以察覺的滄桑。「生存邏輯不容質疑，我定會讓瓦伊特蒙活下來。」

年輕的女長老流露出複雜的神色，視線從紅狐的背影挪向整片文明之地。

費奇努茲說的沒錯……只有這麼一個方法能讓舞刀使屈從。現在，許多奔靈者已躍躍欲試。他們不再願意坐以待斃，被另一文明隨意差遣。如果身為長老的自己都退縮了，人們永遠不會再視她為領導者。

母親在世時，也必須面對和所羅門之間的戰爭，承受瓦伊特蒙子民的死亡。為了延續文明，為了身為長老的尊嚴，有些事不得不為。

沒錯，我們都有失去的人。雨寒明白這不是停止前進的藉口。

更何況……或許這正是證明自己的最佳時刻。等拿下了日痕山，過去所有不把她當一回事的居民，所有曾經背叛她的統領階級，全都將改觀。度過最艱難的紛爭之後，身為長老的她將建立起全新的瓦伊特蒙。

還有你——她望向費奇努茲。無論你把我當成什麼人，我不會再讓你把我當成孩子隨意擺布。她讓心裡僅剩的柔軟部分，化為堅硬的石壁。

「那麼一週之後，誰來率領這兩支特殊的任務部隊？」雨寒開口詢問。

「狹持刃皇的要務我得親自主導。這是一切成敗的關鍵。我會選幾位意志力足夠強的奔靈者同行。而鎮守陸橋的工作……可以讓額爾巴和凡爾薩共同率領。」

「凡爾薩……？」

「那小子像條脫韁的野獸難以駕馭，但他確實有足夠的狠勁。到時候陸橋會是個慘烈的戰場。」紅狐道出了想法：「額爾巴的能力則能壓鎮全場，他也算經驗十足的老將了，與凡爾薩合作會是不錯的平衡。」

他們來到一個地方，剛好俯瞰陸橋之地。海水由兩邊包夾，把陸地收縮成一個細緻的頸口。在那兒，幾排粗重的木架子組成了象徵性的廊道，有舞刀使在中間徘徊。

烏黑色的雪沫飄落在雨寒周圍，她深沉地凝望前方，感覺視野一片汙穢。

「雨寒，我們不一定要依照紅狐所說的去做。」

凡爾薩和雨寒兩人在外領地沿岸朝北走，觀察這一帶的環境。過去他語氣中的一貫鄙夷似乎淡化了許多，即使他非常不贊同紅狐的作法。

「費奇努茲很殘酷。然而，那是只有他才可能陳述的遠見。」雨寒陰沉地說：「他的經歷讓他看見許多我們難以體會的東西，而且有勇氣去落實想法。」

「遠見？那麼當初他瞞著我們拋下那麼多居民，也算是一種遠見？」凡爾薩搖頭，目光中卻有種以往不曾有過的憐惜。「妳看看自己。費奇努茲那傢伙只管拋出想法，所有的後果卻得由妳來承擔。」

「因為我是長老。」

凡爾薩盯著雨寒片刻，然後說：「絕對還有其它的方法，但我們需要時間琢磨出來。」他望向東邊的雪地。「我們可以先依照舞刀使說的，搬離這裡。不需要走遠，尋找一個就近的臨時落腳處就行了。」

雨寒輕嘆口氣。「然後呢？」

「然後我們得打造自己的立足點，開始和他們做交易。」凡爾薩嚴肅地說：「奔靈者具備遠古游牧民族的各種能力。紅狐至少說對了一件事，我們擁有舞刀使所沒有的機動力。我們能夠捕獵的範圍更廣，而且能探勘到的雪地情況是他們遠所不及的。妳仔細想想這些可能性。找到新品種的糧食，發掘特殊的情報，甚至建立起某種地域上的防線……如果我們是第一道對抗魔物的防線，舞刀使怎有理由拒絕？」他停頓數秒後說：「一開始勢必艱辛，但我們可以慢慢累積起籌碼，和他們進行各種交易。他們會改觀的。雨寒，妳之前所言是對的，舞刀使文明需要奔靈者文明，只是他們尚未察覺。」

雨寒沉默了，她發現自己正仔細思考著凡爾薩的話。

「現在，所有舞刀使還沉浸在熾信死去的哀傷裡。再過一陣子，等到人們回歸理性，新的可能性才會慢慢打開。」凡爾薩說。

雨寒看了他一眼，意識到一些之前從未體悟的事。不知不覺之間……凡爾薩和紅狐在她的兩旁站到了對立面。

或許從遷徙之途開始他們便與彼此不合，這情況在凡爾薩視破紅狐的詭計時達到頂峰，甚至在恆光之劍被奪走時，凡爾薩曾對紅狐動手。但在雨寒的左右，他們是互不相讓的兩種聲音。

因此，你們應當畏懼彼此。這想法初次在雨寒的腦中生根——只有在統領階級持續地彼此抗衡，維持某種巧妙的分裂，長老的角色才會起作用。

否則，當他們像之前有了共識，便會把長老隔絕在外。

或許凡爾薩提出的方案……有它的用處。

她必須讓自己成為這些相互紛爭者的黏著劑，以及仲裁人，而不是表象上的傀儡。她不應該再盲目地信任任何人。她不會再完完全全地聽信紅狐的話，也不會再依賴凡爾薩。

讓他們都來尋求我的支持。讓他們明白長老才是必須趨奉的對象。

擴散的黑煙攪動著頭頂的雲層，烏雪讓他倆的面孔滿是塵埃。凡爾薩伸出手，但雨寒撇過頭躲開了。「讓我考慮一下。」她拋下這句話，離開凡爾薩向前走。關於瓦伊特蒙的命運，她知道自己需要更多時間思考。

然而在那之前，雨寒明白自己必須在心中點燃一個想法。

她踩著鬆雪，試圖回想那一夜的景象。紛飛的雪塵之中，凡爾薩大汗淋漓的背肌和緊繃的臂線。牙骨項鏈在他的頸部彈跳，牽動他那死命地衝撞陀文莎的飢渴模樣。雨寒感到胸口一陣絞疼，差點無法呼吸，但她咬住下脣強忍了下來。

「雨寒！」凡爾薩呼喚她，但她沒有回過頭。

雨寒甚至許久沒發現自己咬出了血，直到嘗到口中的鏽鐵味。她一次次去回想，把那影像烙印在靈魂最深處，直到對胸口的疼痛習以為然。

當天夜裡，雨寒召集了統領階級。他們圍著年輕的女長老而坐，火光在周圍躍動。

「七天之後，我們挾持刃皇。」

雨寒一確立此言，眾人出現騷動。安雅兒露出難以贊同的神情，佩羅厄卻發出雀躍的笑聲。然而，多數人隨即進入狀況，嚴肅地點頭。雨寒猜測紅狐已經私下說服了他們，無論她的決策為何。

凡爾薩盯著雨寒，沒有說話。亞煌則坐在最後方，沉靜地凝望過來。

「就按照費奇努茲說的計劃。我們需要一個小隊從日痕山的西北方登陸，另一個小隊去占領陸橋樞紐。」雨寒看著眾人說：「但這七天之間，我們得陸續派人朝東北方去，尋找一個暫居的落腳處。一方面是為了讓舞刀使相信我們真的打算離去。這任務就交給飛以墨，還有凡爾薩。你們兩人從明天起，帶上一批人進行這項任務。」

飛以墨在繃帶間的細長眼眸狐疑地閃動，和紅狐交換了視線。凡爾薩則深吸口氣，眉頭緊皺說：「我拒絕。如果妳真的打算對日痕山展開攻勢，我屬於護衛隊隊長，應該要待在這兒，在妳身旁。」

「朝東搬遷不是你的提議嗎？」雨寒設法讓自己的口吻冰冷。

「那前提是我們沒有要攻擊舞刀使！」

「我的決定已做了。你的任務便是在這段時間引開敵人的注意，為我們找到一個真有可能暫居的地方。」

在這一刻，似乎有千百種情緒在凡爾薩的臉上沸騰。「武刀使為數眾多，不好對抗。之前對抗陀文莎時……我們差一點——」

「這是你長老的命令，不從嗎？」她看見凡爾薩的表情轉為絕望，便滿意地挪開了目光。

「讓多數的奔靈者和瓦伊特蒙的居民待在一起，因為無人能確定事態一旦爆發，舞刀使會不會反過來挾持居民當籌碼。七天後，占領陸橋的工作將由額爾巴來率領，哈賀娜、黎音協助統領。你們還有點時間研判局勢，看各自需要帶上多少奔靈者最為理想。」獨眼的老將額爾巴點頭，但哈賀娜露出不確定的神情。雨寒沒再理會，望向坐在遠處，昔日的總隊長。「亞煌，如果你身體情況允許，也請加入他們的陣營。守住陸橋會是最大的關鍵。」

最後，雨寒面向紅狐。

「費奇努茲，你出使紅梁塔樓執行刃皇的挾持任務。佩羅厄、佩塔妮，你們也一同加入吧。」雨寒話音未落，佩羅厄已發出興奮的呼聲。紅狐則神情尖銳地點頭，彷彿眼底已有戰火燃燒。「你們再挑上幾位可勝任的奔靈者。此外，我也會和你們同行。」

她的這句話讓紅狐愣住了。費奇努茲露出嚴峻的神色。「不妥。那是敵方要地，太危險了。」

「我的決定已做了，沒有商談的餘地。」雨寒直視他。「我們任務的目的不是為了趕盡殺絕，而是為了逼迫他們妥協。那麼，由瓦伊特蒙的長老親自面對刃皇，是必要的禮數。」

EPISODE 13《絢痕》

琴踩著一個龜殼狀的金屬片，拖著螺旋彩光從幾座長橋底下飄過。她沿著峭壁的弧度前進，手戴墨璽，以流暢的動作引導金屬片承載她浮空前行。和難以駕馭的暗靈相比，這載具的操控要簡單多了。

目前琴已歸納出「雪能」——也就是原生雪靈——至少具備三種能力：它有療癒的功效，能夠充當能源，還能使物體浮空遊動。

冰山要塞由於體積過大，需要更加複雜的動力體系來驅使，但普通市民只需要這樣一個尾端鑲了銀器的金屬片，便能自由翱翔在亞法隆的空氣中。她只需要把雙掌向後擺，讓掌中的墨璽位於某個細膩的角度，便能感覺到交互力的作用，看見雪能泡泡從金屬片末端的銀盒子溢出。

天然上浮力和逆向推力的交錯，成為推動她前進的一股力量。

在視野邊界，峭壁裡一個個窟窿般的工作室從旁晃過。岩壁上充斥著許多雕塑，有人體，有動物，他們全朝著地底的深淵探望，姿態展現出古典般的力與美。

漆黑地底的巨型齒輪則以規律的節奏被虹光點亮，持續發出粗重的機械聲響。

流順的黑髮在琴的身後飄揚，清　的雪花略過肩旁，她玩樂似地朝崖底落去，從巨大的齒輪上方滑行而過。在她胸口下方幾公尺，一串棘輪吵雜地滾動，它們彷彿亞法隆的心臟，從銀製導管接入雪能，轉化成動力後再透過一系列的傳動與傳導分支系統去驅動城市的方方面面。她輕盈地繞著一個巨大的金屬輪軸翻筋斗，追著一座升降梯上揚，在載物軌道上方讓身體畫起螺旋，然後雙掌一合抵消力量，又落回了谷底。

像這樣無拘無束遨遊，是琴一直熱切渴求的。在這裡，她感受到前所未有的自由。棲靈板無法帶給她的感受，她透過亞法隆裡的工具找到了。琴不再需要拚命在意識裡和暗靈打交道，不再需要心懷恐懼和怨憤地去央求暗靈依照自己的期許來行動。

她彎曲膝蓋在空氣中做出蹲坐的姿態，雙手依舊水平地向後擺。金屬片在前行的同時，開始緩緩上升。當她找到目的地的洞窟，琴站起身，把雙掌提至胸前；腳邊的虹光泡被向上吸引，緩下了金屬片的上升速度。然後她以手掌朝著一側畫圈，把自己導向洞窟裡頭。

這裡大概是她今天最後一站，因為從銀器冒出的虹光泡泡感覺非常少了。接下來她得回到補給站補充雪能。

把原生雪靈當作能源消耗究竟會有什麼後果，其實人類尚不完全明白。幻魔導士堅持文明的進步必須做出取捨，而且他們從未濫取。奔靈者有不少疑慮，卻也被動接受了。畢竟異鄉的原生雪靈和她們關係不大；那些真正明白雪靈羈絆的人，都已有了魂魄相繫的雪靈，而無法成為奔靈者的人，則從未了解。

琴則是特例。她恨不得把纏結己身的暗靈當作能源給永遠消耗掉。

她拍了拍兔毛圍肩上的雪，並抖了抖褐色披風。聽說浮空要塞已有五座返回，其中一些遭到了嚴重的襲擊。她沒有聽到更多的情報，只知道麥爾肯乘坐的那個要塞尚未歸來。

她把金屬片掛在牆上，從洞窟走進一條長廊。周邊擺滿刻著音輪語的石板。

這陣子，琴已瞭解幻魔導士文明的許多事，見識到他們如何把不同的資源鑄造成環環相扣的體系。然而學到的越多，腦中卻總蹦出更多的疑問。亞法隆的每個角落似乎都隱藏著獨特的魔法，她的渴求難以消化，只膨脹得越來越嚴重。

琴經過一連串的人工階梯和廊道，來到一個岩穴中的開放空間。她的銀色眼珠子打量著不規則的石頂和岩壁，意識到這是至今她在亞法隆見過的，唯一像是天然景觀的地方。這兒和瓦伊特蒙竟有點兒相似，只不過在突出的岩架之間橫跨著高高低低的金屬橋梁。

許多幻魔導士在上頭行走，而空氣中有不同顏色的氣體迷濛地飄晃。藥物的味道撲鼻，頂端傳來風扇聲響。

琴戰戰兢兢地走過一條單人橋，然後步下階梯。幾位幻魔導士瞧見了，朝她投來微笑，打量這名外來的訪客。

在某個突出的大平台上，她找到了正在和幾位同伴交談的妲堤亞娜。他們四周都是圓形鐵桌，雜亂地擺放著各種奇怪的器械，有金屬的，木製的，玻璃的。裡頭有些冒著滾燙的煙。

「啊，妳來了。」妲堤亞娜沒有穿著外出時的披風，只套著一件單薄的緊身衣袍。以往綑綁身上的帶狀皮革拆下了，卻更加呈現她姣好的身材。妲堤亞娜那串長長的綠髮綁成一束馬尾懸於身後，對應著婀娜的背部弧線。

琴想像她的長髮是染了綠光的河流，並且毫不避諱地，直勾勾地盯著她那成熟的軀體。

妲堤亞娜回望她，露出莞爾一笑。

「這東西，我們稍微有點兒眉目了。」妲堤亞娜舉起星形的透明石子，放在琴的掌心裡。琴感覺到對方纖細的手指的溫度。「但我們依然不敢下定論，因為它可大大出乎我們的意料。」女幻魔導士問她：「麥爾肯說它是從『所羅門文明』帶回來的？」

琴點點頭。它有好幾個不規則的外凸銳角。放在掌心，有種沁涼的感覺。

「除了這一點，他還說過什麼嗎？比方是誰製造它，在什麼情況下製造出來的？」琴搖頭後，妲堤亞娜又說：「我讓妳看個東西。」

她帶著琴從平台邊緣走下一道手扶梯，來到洞穴底部。這兒堆積著滿地的白雪，許多幻魔導士在這拿著瓶瓶罐罐做實驗。

女幻魔導士取過多角石，把它貼近額頭。「若非親眼見證，起初我也不大敢相信。」她深吸口氣，然後屏息凝神。

剎那間，雪花在她面前卷動，螺旋翻飛。

琴吃了一驚。這裡是石穴深處，一點兒風也沒有。

「我們做了許多測試，有相當的理由認為它是……」妲堤亞娜似乎在思索該如何去描述，神情隱約透露出不安的模樣。「它是由一種固化的結晶體提煉出來的。」

「固化結晶體？」

「我的猜測是狩剛死亡時，遺留在雪地的冰晶殘屑。」女幻魔導士看見琴的眼珠子睜得老大，點頭說：「這解釋了為什麼它違逆人類能夠達到的物理邏輯。」

「它能夠操控雪花……」

「它的作用還不僅那麼簡單。」妲堤亞娜說：「我們已分解出它的成份，能夠用硼酸鋇為基調，在某程度上重製這石子。但依然無法百分百複製它的效用。也有可能我們的手法過於偏向特定邏輯，做不到像你們這種……經歷過『靈啟蒙』的文明能辦到的……」

琴明白雙方文明在最根本的信念上有極大的分歧，但她無法完全理解女幻魔導士的意思。

「這個妳先收好吧，」妲堤亞娜把多角石交還給她，並帶著琴往出口方向走去。「一直以來，歐洲大陸沒有受到太嚴重的魔物威脅。因此幾百年來我們有相當的空間去發展文明的科技核心，如同妳在亞法隆所見到的一切。但這也導致我們的研究方向有些偏頗，過度著重在雪能，從沒花心思在這世界真正的敵人——『狩』的身上。

「麥爾肯在圓桌會議上的發言，讓我們開始做出反思。」她接著說：「他把你們對於狩的發現全都傳達給我們。包括那些魔物的內核如何透過冰脈相連，並以冰脊塔為地域中樞。未解的謎團太多了。」

琴在這時小聲說：「用另外的角度去詮釋事實，挖掘出世界的另一種面貌。我們的優勢應該是互補的。」

妲堤亞娜望了過來，饒富興味地點頭。「仔細想想，打從冰雪世紀降臨後，覆蓋整個世界的雪地其實就只充斥兩樣東西——泡泡狀的雪能，還有狩。通常情況下，這兩種東西互不相犯。它們共同誕生於白色大地，無法對彼此造成傷害。」

「不對，如果狩出現得過於頻繁，那個地區的原生雪……雪能泡的動態還是會受到影響的。」琴說出她自己的理解。「狩群大量出現的地方，雪花將結晶為冰脈，從深處改變雪地的體質。這會驅逐原本蘊藏在雪花裡的雪能泡。」

妲堤亞娜細眼打量著她。「妳相當優秀。是的，一切都是關於平衡。」她挑逗似地用指尖觸碰琴的臉頰。「而且呢，倘若短時間內用墨璽在同樣的雪地過度抽取雪能，大地亦會反抗。

我們有過很糟糕的經驗。」

她倆走過一個正在做實驗的幻魔導士。虹光不知從哪兒冒出，急旋落入那人手中的木製杯具，發出細微的噴煙聲，再擠出上揚的黃色霧氣。

「總之，無論是雪能泡，或是生成狩的冰脈，都和雪地保有各自的物理關係。原本毫不相干。」妲堤亞娜說：「只在一種情況下，雪能會對冰脈產生直接的衝擊。那便是通過加工後的魂木轉化。」

琴近距離看著妲堤亞娜的身軀，忽然感覺臉有些燙。「棲靈板和束靈儀式，是整個奔靈者文明的基幹。」她擠出幾句話來遮掩。

「是的。你們的棲靈板，我們的極光砲，都必須由魂木製作方可生效。」妲堤亞娜的口吻嚴肅起來。「『白島』勢必明白這件事，因此降臨後的第一步，便設法讓全世界的植物白化。」

琴吃驚地看向她，有些恍然大悟。

「後來當人們發現這件事的重要性，已經太遲了。我們在北境白城的資料庫裡，保有許多當時人們的記錄。」

「是舊世界淪陷的記錄？」琴好奇地問。

「是的。那是個無人知曉該如何對抗狩群的年代。」女幻魔導士說：「從沒人想過最有利的武器就是身邊的植物。等到先祖們察覺如何運用魂木，世界已經分崩離析，人類完全輸掉了這場戰爭。

「所有木製轉化器，包括架設在城牆上的那些極光砲，都是經過上百年的研究和嘗試才做成的。」妲堤亞娜在這時停下腳步，注視過來。「琴，我得去北境白城一趟。妳想一起來嗎？」

「北境白城……」琴想起對方說過，許多舊世界的畫作都收藏在那兒。她感覺到胸口突來的雀躍。「但妳說過，從沒有讓外人去過。」

「我也說過事情總有第一次，對吧？」妲堤亞娜露出笑容，豐厚而濕潤的嘴脣化為一道弧線。「那兒有許多當初探訪所羅門文明的使節團所記錄的文獻。既然多角結晶石是從所羅門來的，我的直覺說該去一趟。說不定可以找到更多資料。」

琴正想一口答應，卻忽然猶豫。她面無表情，但一股許久未曾感悟的悲涼，正從她亮銀色的眼底浮現。上一次她有這樣的感覺，是一年多前老園長湯比去世的時候。

妲堤亞娜凝望著一直沒作聲的琴，輕聲問道：「妳在擔心麥爾肯，對嗎？」

琴躊躇片刻，不知該怎麼回答。

從經過的人群談話之中，琴至少得知了幾件模糊的事。歸來的五艘浮空要塞，多數都有探查到冰脊塔的所在地。然而在他們進行攻擊的當下便遭遇反擊。最後只有兩座冰脊塔被成功破壞掉。

而尚未歸來的人包括麥爾肯和湯加諾亞。這其間，幻魔導士和奔靈者持續展開各種會議和討論，但這些都不關她事了。他們從未邀請琴，許多人甚至可能不曉得她也是個奔靈者。

琴住在一幢外觀有蛇紋雕刻的屋子裡，裡頭被切割成十幾個房間。她從不和其他住客打交道。除了偶爾在外頭探索城市，她更常把自己鎖在房裡研讀借來的書籍。

就在今晚，這房間裡發現了一件怪事。

琴只套著一件薄上衣，坐在牆邊，黑色長髮落在白皙的大腿肌膚。她正專心地閱讀一本書。然而和往常一樣，即使不去觸碰棲靈板，暗靈也時常蠢蠢欲動地冒出來。琴無法像亞闍一樣把暗靈壓制成普通的彩光狀態，但所幸她也有所成長，已學會如何禁止暗靈釋放出殺傷力。

但是稀薄的黑霧一直朝她飄晃過來，煩躁之下，她把棲靈板踢得遠遠的。絢痕總是不經意地提醒了琴，她自己其實就和暗靈一樣，從不被這世界需要。他們的存在只會為社會添加麻煩。完全多餘。

手中書籍的邊角被黑煙啃蝕，萎縮起來，琴這才抬起頭，意識到朦朧而漆黑的游絲已爬滿自己的周圍。

暗靈像蠕動的觸鬚在尋找什麼，從她的腰部繞向胸前。「絢痕……？」她遲疑了一下，從胸口的衣袋掏出透明的多角石。

果不其然，暗靈尖細的觸手瞬間聚了過來，像是好幾根擺晃的柔針，在透明石子的表面飄晃。隱隱約約有一個奇特的聲音自她腦中響起。那彷彿是雜亂的心跳聲，她不明白是哪兒來的——

突然間，暗靈被吸入多角石裡頭。

那石子打開了某種力量。扯住暗靈到晶體內部的瞬間，石子已然化為黑色，裡頭有紫藍色的光痕在耀動。

「絢痕！出來！」琴用意識驅動暗靈。毫無用處。

驚慌之下，琴跑到棲靈板旁，用手緊貼它的表面，設法箝制住暗靈。然後她施盡全力把石子拋向牆角。

抽離多角石的暗靈分散為朦朧的黑霧，緩緩縮回棲靈板中。琴則赤裸著雙腿，就這麼站在床前好一陣子，盯著靜躺在角落，慢慢恢復透明的石子。

EPISODE 14《宇蝕》

有的時候你希望改變一個人。

起初，這只是意識角落裡的一絲渴望，難以察覺。刻意不去在意，是因為懼怕它變得貪婪。但漸漸它隨著心跳脈搏持續增強，像無法忽視的呢喃，像續發的波動震盪著腦門。它以極快的速度生長，搖身一變成為強烈的執念，引導著你的一舉一動。

你開始熱切地希望那人注視你，希望那人聆聽你的每一句話，希望那人按照你預想的軌跡行進，好舒坦你胸口起伏的鼓動與難受。

最終發現一個事實。你真正想改變的只是對方眼中，自己的模樣。

亞闇隱約記得，這麼久以來能令自己有如此執念的，唯獨他的大哥亞煌一人。後來再沒有人喚起自己這種本能。直到現在……

乾燥的細雪在身旁飄落。孤寂而無光的夜空下，他沿著一道雪坡搭建了半球形的雪壁，擋住北方吹來的寒風，保護好不容易點燃的營火。

他已丟棄所有工具和裝備，僅留下鍍銀用的輕器具，確保畢竟修補雙刀上的銀紋是奔靈者的第一生存條件。這些器具在他機敏的操作下也成了升火的工具。

打從遠古時期，這一帶便是荒蕪的地理環境，魂木極端稀少。但亞闇憑藉自己的能力，還是找到了。將其拿來做為燃料。

他還捕捉到一種以前沒見過的白毛動物，既像老鼠又像兔子。亞闇把去了毛皮的生肉放在火燄上烘烤，不出一陣子，濃烈的氣味伴隨煙絲上揚。烤肉的香味讓亞闇的肚子翻騰，坐在他對面的艾伊思塔卻無動於衷。

女孩無神地盯著飄晃的火燄，橘光在碧綠眸子裡閃動。以往瞧見火光時千篇一律的驚喜模樣，在她的神情中不復存在。

亞闇撕下一塊肉，把它吹涼。「嘗嘗看。」他遞到艾伊思塔面前，懷抱著一點壞心眼兒的期待。腦中的某處，他看見艾伊思塔破口大罵的模樣。

女孩就像一座雪雕，盯著火燄，沒有動作。最後亞闇得伸手把肉片餵入她的口，她才緩緩咀嚼，彷彿在吃著無味的東西。

亞闇深吸口氣，解緩胸口的難受。他發出細微的笑聲，再次撥下一塊肉，吹涼後放到她脣前。就這樣，一片接著一片，他餵著艾伊思塔，希望她身子獲取足夠的能量。

「啊，這位可愛的淑女——」他嘗試開口。

薄薄的雪花堆積在艾伊思塔的頭頂和肩上，她的瀏海在眼珠子上方蒙了一層淡淡的陰影，時而被火光推晃。

亞闇沉默了。他轉頭盯著營火，沒再說話。然後他拿起肉串默默啃食。

之後，他帶著艾伊思塔鑽入足夠兩人就寢的雪窟，用披風蓋著棲靈板墊在身子的下方。他抱著艾伊思塔躺下時，黑色水晶項鏈從她的衣領滑落出來。

亞闇伸手想取下項鏈，女孩沒吭一聲。只有當鏈子掃過那張心形臉蛋時，她的眼睛輕輕眨動。

他憑藉雪靈釋放出來的暖光，觀察著靈凜石。黑鏡似的晶體內不再有彩光出現。它曾救了女孩一命，卻未喚回她的心智。亞閻嘆了口氣，摸索披風內層的口袋，把項鏈塞了進去。他打算在接下來的旅途中，嘗試了解這石子的作用，或許如此一來，會有一絲機會讓艾伊思塔恢復過往的模樣。無論那機會多麼渺茫。

他抱緊女孩冰冷的身體，發現她似乎已睡去。

他們跨越了千百里的距離，情況卻越來越不樂觀。要把暗靈維持在穩定狀態本非易事，長時間對身體和精神的耗損更加劇了堅持的難度。同時，他還得顧及艾伊思塔。

在雪地移動時，他常態性地分配一部分雪靈之力為她維持溫暖，不在意她的身子其實早已冰冷異常。

唯一令人欣慰的是食材的捕獲相當穩定。相較於反復無常的冰縫川地貌，這趟旅程盡是乾雪，動物出現的數量繁多。

有一次他們撞見一整群巨大的生物，起碼上百頭。亞閻從沒見過這麼大一群陸地生物。

他把牠們的樣貌在腦中翻轉，很確信那是遠古時期的麋鹿的變種。但他沒想到在偏離北方的地帶也能見到牠們的身影，似乎是在遷徙的過程。他襲擊一頭落單的麋鹿，卻驚動了整個群體。牠們奔離時，緊繃的肌理滑過飛雪，戰鼓般的步伐撼動大地。

當天夜裡他飽餐一頓，但艾伊思塔依舊只吃很少量的食物。亞閻切下一大塊肝臟帶在身上。對於遠征的奔靈者，肝臟永遠是最優良的食材，養分充足、攜帶便利，就算是冰凍狀態也好食用。

即便如此，冰雪大地對人體的折磨還是慢慢顯現了。亞闍的鼻頭、耳緣、下巴都開始出現凍瘡。

暴風雪的降臨也早有跡象，從北方強壓而來的颶風遇上迴旋的乾冷空氣，形成一股覆蓋數千萬里的氣壓鋒面，像是無形的長河，不斷扭曲拉扯，野蠻地曲捲在高空湧動的雲海，化為囚錮大地的灰幕。風況漸強，落雪漸大，但亞闍知道不能回頭。他得想辦法挨過這陣暴風。

他抱緊艾伊思塔滑行，設法穿越一道迎風面的雪波。雪靈包覆著他倆，散放著深黃色的光波，尾跡卻時而出現墨水般的游絲。「再忍一下！到了雪脊的另一面我就找落腳的地方！」亞闍在女孩耳邊說道，即使他知道對方不會回應。

周圍有些破碎的建築殘跡，在風雪中若隱若現。

終於亞闍滑到雪脊的頂端，穿越飛雪來到背風面，放眼尋找能當庇護之地。能見度極差，再加上前方地勢趨緩，毫無障礙。亞闍感到一陣絕望。

「別慌……」他告訴艾伊思塔，腦中卻想不到辦法。

他擺動棲靈板，朝著下一道雪脊滑去。這代表他將再次拖著疲憊的身軀進入迎風面。暴風中，遠方的雪脊彷彿一道飄動的白色簾幕。有一瞬間，它的頂端似乎冒出光亮。

亞闍愣了一會，凝視那方向。本能告訴他應該馬上加速過去，但長年的經驗警告他那可能代表危險。最後他選擇煞住棲靈板，窩身在雪地裡某片破碎的牆面。

他立刻解下披風，裹住艾伊思塔，並把棲靈板垂直插在她身旁。

「宇蝕，維持她的溫暖。」在亞闍的吩咐下，雪靈像是飄渺的橙色緞帶，從板面滲出包覆女孩。「懂嗎?現在起，她就是你的主人，是你竭力保護的對象。」亞闔盯著虹光體片刻，然後把一柄鍍銀長劍放在艾伊思塔懷裡，凝望她那綠寶石般的眼眸。

「如果我出了事，妳要……保護好自己。」

亞闔知道自己必須做出賭注。他站起身，準備走向那道雪脊。

「**你要……去哪兒?……**」女孩的聲音從後方傳來。

有那麼幾秒，亞闔沒有回過身。

當他終於回望艾伊思塔，他試著擺出過往輕率的笑容，希望蓋過眼底的哀傷。「別擔心。我很快就回來。」他露出真誠的微笑。

風雪之中，女孩空洞地盯著亞闔。或許對她而言，一切已毫無差別。

沒有披風和雪靈的保護，亞闔隻身朝著上坡而去。肆虐大地的暴雪拍打著渺小無助的人類軀體。他壓住腰間僅剩的長劍，不顧狂風夾著雪片刮削臉頰。踩入雪裡的每一步都冰寒刺疼。沒有逆理奔靈的幫助，他感覺自己的身體彷彿已蒼老而無力。

隨著他一步步接近，雪脊頂端出現朦朧的人影，背後遭某種虹光點亮。亞闔興奮地加快速度。

忽然他發現，不知是否狂風所為，那些虹光正朝著天際而去，樣貌也不像是奔靈者的雪靈。

他幾乎就要來到雪脊的頂端，卻被迫停下腳步。那群人明顯站在比他更高的位置。而在他們之間，隔著一道將近十公尺的裂口。

亞闔考慮著是否該返回去取棲靈板。他抹掉臉上的雪霜，放聲呼喊：「嘿——請幫助我們！」

聲音遭暴風雪吞蝕，就連他自己也聽不見。那群人完全沒注意到他的存在。「嘖……」亞閣舉起長刀，在強風中揮舞。「你們……請你們幫助我們！」他就站在裂縫前面，嘶聲力竭地喊道：「——請幫助我們！」

EPISODE 15《瀲芒》

棲靈板劃開一道優雅的弧線，揚起飛散的雪花。木板和雪地磨擦出細碎聲響，隨著速度時快時慢，與耳際的風聲共鳴。

霞奈不敢相信自己竟有這樣的感受。她覺得自己化為風中的鳥兒，刮起的雪浪是她的羽翼，震翅推動她疾馳的身影。

胸口的鼓動像是某種節拍，某種語言，與哥哥的雪靈來回唱頌。她停不下來，越馳越快，聽著瀲芒傳來的一陣陣如詩般的鳴響，透過她的身子化為奔靈的動作。

她從一個矮坡下沉，升上一個陡坡，在丘嶺留下柔美的軌跡。日痕山就在正前方，越來越近。黑煙擴散的範圍似乎比想像中更大，覆蓋住山頂的天空。霞奈盯著前方，緩下速度，感覺體內的悸動漸漸消散。

雨寒刮開一小片白霧，停在她身旁。「妳領悟得好快，比我當初厲害多了！」年輕女長老喘著氣，三道細長的髮辮從她側邊落下，懸在冒汗的額眉上。

她們正在外領地南方的雪地進行訓練。透過日復一日的努力，霞奈已能掌握奔靈的基礎。雨寒似乎比往常更繁忙，但每天都會抽空教她新技巧。偶爾凡爾薩也來給予指導，但他今天不見人影。

「謝謝妳。讓你們費心了。」霞奈喘著息回答。她的右腿隱隱地抽搐，但那並非疼痛，她已許久感覺不到痛。那是大腿上端在運動後的反應，是一種她歡迎的感受。

「我欠妳一條命，」雨寒露出淺淺的笑容：「當初為了救我，妳得冒多大的風險在其他人面前拿出墨璽手鐲。我一直想表達最深切的感激。」

「啊，不……很欣慰妳的傷勢都已痊癒。」霞奈有點羞怯地低下頭，片刻後，再次看向雨寒。「抱歉……議會還是決定讓你們離開……」

這一刻，雨寒雖保持微笑，眼神卻如深雪一般冰冷。她眨了眨眼，笑容加深了一個度量，然後捧住霞奈的臉說：「我們都是這片白色大地的子民。」

基於某種不明確的理由，霞奈感到些許不自在。她只能點頭。

「是四天後嗎？」

「是的。」雨寒嘆了口氣，挺直身子。她以好奇的口吻問道：「妳學會了奔靈到現在，舞刀使還是沒有人反對？」

「應該是默許了。」霞奈回道：「畢竟，奔靈者對於雪地守護靈，和我們一樣懷抱著崇敬。」

她還是決定隱瞞一些事。

事實上，包括因幡在內的許多人，明顯都對這件事有極大的不滿，腦中的責難成了刻在沉默面孔上的印痕。但他們壓抑下來，從未發出譴責，也未阻止霞奈每日的訓練。她隱約有種感覺，同胞們的目光有種前所未有的敏感。或許他們希望在瓦伊特蒙離開之前，不再觸發不必要的紛爭。

就連子藤，最近也疏於和她交流。

「霞奈——時間到了！」有人從遠方朝她招手。她仔細瞧，是隆川高大的身影。他肩背自己的長刀矗立雪地，手上則捧著另一柄長刀。

「長老，謝謝妳，今天我得提早走了。」霞奈對雨寒說：「下午是我第一次去遺跡做修行。所以之後幾天……有可能不會再見到。」

「遺跡？」雨寒有點兒詫異。

「是的。鹿兒島遺跡。那裡一直被裂嘴白妖占據，舞刀使都在那兒做戰鬥的修行。」

「這……妳的情況，會不會過於危險？」雨寒陪她一同往日痕山的方向滑去。神情些許擔憂。

「啊，我算新人，多半只會待在沿岸。而且有幾位資深的舞刀使同行，很安全的，請放心。這是我們一貫的作法。」

「四天後我們……將和刃皇道別。」雨寒試探似地問道：「屆時妳會在日痕山嗎？」

「如果修行任務順利，應該會持續待在鹿兒島遺跡裡。」霞奈語畢，雨寒的神情似乎放鬆下來。霞奈不知為什麼，但她不捨地說：「所以還是先在這兒和妳正式告別了。請幫我……把謝意轉達給凡爾薩，費奇努茲，還有布閔和阿波諾。真非常感謝你們的到來，謝謝您。」

雨寒也露出難過的神情，她讓移動中的板子靠近霞奈，微笑著揉了揉她的肩。

來到隆川身邊時，高壯的舞刀使把長刀遞給霞奈，並朝雨寒點頭施禮。

刀身的重量打擾了平衡感，但霞奈穩住身子，回首和雨寒行了深深的禮，做出最終道別。然後她用意識呼喚雪靈載著她，緩慢地前行。

如果可以，她願意用自己的另一條腿換回哥哥的生命。但或許命運總會以出乎意料的方式去補償一個人的不幸。現在，曾與哥哥魂魄相繫的雪靈也與她的魂魄交融了。霞奈抱緊長刀，明白她擁有多麼希罕的雙重身分。

她對此心懷感恩，無比珍視人生能被重新定義。舞刀使。奔靈者。

在她身後，隆川在雪地踩著粗重的步伐，放聲喊道：「這下子，我不再需要背妳了吧！」他的嗓音充滿欣慰。「而且，妳動起來，速度可比我快多了。」

四艘小船跨越峽窄的內灣，航向西岸的遺跡。在船身周圍，熱泉和冷空氣激起一層飄緲的霧氣。霞奈聽著木槳划過水面所激起的輕細聲響，凝望前方漸漸明晰的朦朧影像。

崩塌的舊世界建物堆砌在岸邊，它們的下半截掩埋在厚冰裡，彷彿沉入了半透明的泥沼中。岸邊已有好幾群舞刀使聚在那兒，應是這陣子相繼來到鹿兒島遺跡出任務的團隊。霞奈從船上觀望那些身影，有些人彼此交談，有些人搭了臨時的臥鋪，架起各種材料遮擋風霜。

每個任務團隊的人數、資歷，甚至目的都不相同，在遺跡所待的時長也自然不一樣。然而，他們都必須經過這個岸邊聚集地。小組之間會先交換情報，歸來者告訴剛抵達的人遺跡的內部情況。因為一旦走入遺跡內，裡頭就像個迷陣。

他們的船緩緩靠岸。隆川躍下船，拉住綁船的繩索。其他兩位舞刀使也陸續起身。此時，他們都已察覺到異狀。

集聚岸邊的舞刀使小組，幾乎所有人都身負重傷。他們的手臂、驅幹綑著染血的繃帶，彼此低聲談話。這種情況以往從未聽說。眼前的氣氛異常，再加上從水面飄來的霧氣，整個地方有股說不出的陰鬱。

「子藤警告過我們，但沒想到那麼嚴重。」隆川把霞奈從船上抱了下來，掃視沿岸。

她捧著自己的長刀和棲靈板，踩著蹣跚步伐，謹慎地跟在隆川等人身後。他們穿越席地四處的人們，聽見他們交談的話語。

「他倒下了，我們花了一整天才回到這兒……」

「我見過那個小組，難道他們還在裡頭？」

「後來，竟然有幾隻白妖從樓頂出現，避開我們的陣法……」

「記住了，城市正中央裂開一條冰泉，得避開那兒。有人被吞進去後……」

霞奈想起了一些事。子藤說過這陣子無論北邊的霧島遺跡或西邊的鹿兒島遺跡，都有傳言裂嘴白妖非常活躍。以往簡單的採尋工作變得極端危險，甚至已有人在遺跡內發現舞刀使的屍體。議會得知此事，再一次把結果歸咎於奔靈者。或許當初「陀文莎」那頭魔物的出現，牽動了居住在遺跡裡的白妖的感知。

因此霞奈得不斷爭取，才獲得這次出行遺跡做特訓的機會。她忽然不再確定自己能否勝任，神經緊繃，心跳加速。

身後的內海灣逐漸暗沉，隆川等人開始搭起過夜用的篷子。他們得在今晚花點時間瞭解情況，隔天開始正式鍛鍊。霞奈捆緊了綁腿，站在岸邊準備運行自己的長刀。以黑曜石所製的長刀，若從刀鋒的前端凝望整支刀身，它就像一片薄薄的三菱鏡。霞奈以手指觸碰平滑的刀背，感受它的沁冷。

現在的她，和以往不同了。腿部的傷讓她在過去三年淪為一個毫無用處的人，但這一切都將改變。

她以柔和的動作讓刀身晃過自己左右兩旁，迴轉再迴轉，感受著守護靈從握柄處灌注長刀的表面，以一種有異於棲靈板的敏捷度在空氣中掀起陣陣迴波。如果棲靈板是她腳步的載具，黑劍便是她雙臂的延伸。她讓隆川去和別人交談，自己專注在雕刻動作。她相當確信這一次，自己不需要跟著深入遺跡。

當天夜裡，遠方傳來的巨響讓他們從夢中驚醒。沿岸的整排古老建物發出震盪，彷彿被衝擊波給掃到。所有人都明白騷動的來源是遺跡深處：某些舞刀使小組，正在夜裡對抗白妖。

「霞奈——！」隆川把長刀打斜，朝她大喊。

在一圈矮建築的中央，隆川和另外兩位舞刀使已站定位置，包圍住幾隻白妖。牠們的身上有裂口，藍光隱隱閃動，瘋狂地朝舞刀使揮動冰爪。隆川等人敏捷地擋開，以佯攻將牠們趕往中央，並未趕盡殺絕。他們正在等待霞奈的動作。

女孩緊張地擺動肩膀，希望讓身體帶出多層虹光。然而雪靈似乎一直失衡，在她周圍若隱若現，無法呈現預想的效果。

白妖發出嘶聲，猛然一抓，刮過其中一名舞刀使的臉頰。

霞奈僵持住腿部的力量，聽著腦中雪靈的呼喚，跟隨它的韻律甩動肩部。她以身子加速畫圈，終於促使彩光綻放。雪靈成為一道道環圈在她身上舞擺，然後她藉以旋轉的力道，讓螺旋彩光通過持刀的雙手，衝向刀身。

霞奈孤注一擲地旋腰，把彩光向前拋。光波在冰雪交織的地面刮出一道粗劣的彩紋，衝往隆川的方向，卻偏離一個角度。
隆川立刻挪動身子，他的兩名同伴也在瞬間有了動作，沉著地相互補位。彩光抵達前一刻，隆川拎起已綻放虹光的長刀，迴旋劈斬空氣。霞奈射出的彩光被捲入他的範圍中，數層光波交繞，變得極端耀眼。
下一秒，彩光波從隆川的刀尖射出。其他舞刀使承接接之後反射，再反射，形成激光閃爍的三角陣。陣裡光芒瀰漫，白妖發出尖銳的嘶吼，迅速氣化消失。
霞奈瞪大的眸子終於鬆懈下來，急喘幾口氣。
他們在一個相對高的位置，從矮房之間看去，海岸線有低垂的白霧在水面緩緩挪動，更遠方是不斷噴放濃煙的日痕山。但霞奈其實才進入遺跡不到百米，因為隆川等人原本就決定不宜帶著她深入。然而，整個早晨他們已經遇到三波攻擊，裡頭甚至出現了多核妖獸。
「這有點兒異常。」隆川擦著汗，和同伴走了過來。「他們說白妖已從核心地帶朝許多方向溢出。沒想到離沿岸那麼近的地方都來了。」
「而且凶狠得有點兒詭異。出任務那麼多次，沒見過牠們這模樣。」另一名舞刀使森宮邊說邊以袖子壓住受傷的顏面。
「抱歉……」霞奈愧疚地低下頭。是她拖延太久才令同伴受傷。她迎上前想幫森宮擦拭，對方卻搖頭，似乎刻意不正視她。
地面再次出現微震，遠方有什麼東西倒塌了。上衝的塵埃把前方朦朧的空氣瞬間染深了色澤。
「我先回去包紮一下。」森宮淡然說道，並獨自朝岸邊的陣地走去。

霞奈也走向放置在不遠處的棲靈板。遺跡更深的地方，幾幢白雪覆蓋的矮房之間似乎有幾名舞刀使的緲小身影。他們似乎也在和什麼戰鬥。

隆川出現在面前，朝她伸出手。「需要幫忙嗎？」

霞奈搖搖頭，自己抱起刀具和長板，跛著腳跟在其他人身後，走向岸邊陣地。她再次凝望隔了一條窄灣的對岸，突然又多了一種異樣的感覺；在浮動的烏煙底下，日痕山的表面盡是陰沉的色澤，以往的靜謐莊嚴不復存在。

「那是什麼聲音？」走在最前面的森宮回過頭來。

隆川也發現了，再次單手壓住掛在肩上的長刀，緩緩回身。

那聲響聽來像是風聲或是浪潮，伴隨著碎冰似的低鳴，從遺跡深處傳來。然而廢棄的矮建築就像一整排灰壁，擋住了眾人的視線。

冷風拂來，無盡的雪片正飄向他們這群人。

出現幾聲吶喊，然後是撕裂的虹光。遠方，數名武刀使從深雪綿延的巷弄間闖了出來，緊張地想逃離什麼。霞奈愣了下，看見無數的迷朦白影打破眼前的畫面——裂嘴白妖不斷浮現，灌注到各個巷道之間、建物之上。

白妖像是滾動的巨浪，直接把一名舞刀使給埋沒。其中一部分人選擇揮刀迎戰，然而數量過於懸殊，零星的彩光無法對抗劇增的敵軍。

「我們得去幫他們！」隆川正要舉刀上前，看見霞奈時卻猶豫了。

「隆川……」霞奈吃驚地望著地面。「你的腳下……」

他們所站之處是一大片結凍的冰，隆川的腳邊突然出現龜裂。地面赫然隆起，周圍建物碎裂倒塌。霞奈發出尖叫，單手勾住身邊的鐵架。

地勢在搖晃片刻後，靜了下來。此時，白妖大軍已充斥整片遺跡，作戰聲響從四處爆發。隆川所站的地方就像個突然鼓起的丘嶺，周圍更出現十幾頭白妖。牠們展開冰色的利爪，將他圍困起來。

「森宮！保護好霞奈！」隆川拉起彩光，舞劍劈斬敵人。

霞奈立刻意識到這完全違反常理，遺跡的修行不該是這樣。她本能地踩住棲靈板，試圖穩住身子並握緊長刀。森宮來到她身旁時，他們看見更多不知從哪兒冒出的白妖包夾過來。

駐紮岸邊的舞刀使察覺了，好幾組人朝著他們奔來。然而戰鬥才剛開始，更加駭人的景象發生了——

地面向上翻掀，像是一幅正在拉起的幕簾。這股波動席捲到霞奈的腳下，傾刻間，她就像置身在擺動的浪潮頂端。

地殼綻裂，建物和白雪重重翻動。傾斜破碎的巷弄之間，散布的舞刀使正被大群妖獸圍剿。霞奈驚愕地看見森宮的下半身被岩塊壓住，他發出哀號，被從地面湧現的白妖包圍。牠們的爪子沉入森宮身體，拉開一條條噴濺的濕紅。霞奈依靠著崩裂的牆簷，不知所措。她看不見隆川在哪兒。

冰晶般的結構物從她眼前浮現，擠開了破碎的地表朝上劇升。分散四處的舞刀使，吃驚之餘依然和湧現的敵軍作戰。霞奈卻嚇得說不出話。那東西像個巨型觸手，朝海邊蠕動。牠的末端分叉開來，成為外翻的大口，牠的表皮則冒出一團團瘤泡。不出一陣子，原本冰晶似的表皮紋理已被無數腫瘤給取代。

顫動的地勢持續升高，霞奈才意識到自己或許正位於這巨物軀體的某處。但牠的體積怎可能如此之大？就在她錯愕的同時，牠貫穿了地面好幾截，末梢的大口懸於岸邊。忽然牠吐了好幾個球狀瘤，打散水面的霧氣。那些瘤泡在熱泉浸泡下遭到溶解，化成扁平的冰晶。在它們緩緩消失前，巨物吐了更多的瘤泡覆蓋上去。才幾分鐘的時間，那一層層堆積起來的厚冰已讓海岸朝外擴張了一整圈。巨物蠕動著，伸展滿是瘤胞的身子，壓了上去，而且現在不僅從大口中吐出瘤泡，身軀移動時抖落了更多暗白色的腫瘤，在水面凝結成冰。

牠在……牠在水面建立一條道路！霞奈在驚愕中明白了。

而且牠的目標是日痕山。

巨物的表面就像正在沸騰的液體，不段冒出一層層瘤泡。有些細小的瘤泡尚未被抖落，便在牠的表皮上直接爆裂，生成口吐幽光的裂嘴白妖。此時牠的背上已是數不清的藍光斑，是妖獸的大軍，乘著巨型觸手邁向舞刀使的領地。

EPISODE 16《拂羽》

騷動的預感在日痕山擴散，挾帶灰雪的空氣令人窒息。高升的濃煙不斷變形，彷彿和雲層相互推擠，抹去了火山口。

外領地的舞刀使全都拋下崗位，朝西邊的陸橋方向奔去。

「發生了什麼事？」雨寒看著一波波肩扛長刀的身影從眼前晃過，他們在雪地留下倉促的足跡。紅狐、安雅兒等人也聚集到她身邊。

從外領地的位置什麼也看不見，但很明顯，無論騷動的根源為何，定是在日痕山的另一側。雨寒等人只能凝望自山頂不停冒出的滾滾黑煙。一陣熱風吹來，彷彿火山正在甦醒，想肆無忌憚地散放體內的熱氣。

「等等——！」雨寒攔住一位武刀使問：「你們趕去哪兒？日痕山怎麼了？」

「是敵襲！」對方只拋下一句話，急促地傾顏後便離去。

雨寒吃驚地和紅狐互望。費奇努茲深吸口氣，目光穿透飛雪和煙塵，落往西方。數十秒過去，他單手壓著長弓，沒說任何話。

然後，彷彿從腦中鬆開了什麼，費奇努茲看向雨寒，斬釘截鐵地說：「我們的機會來了。」

雨寒在詫異之中聽會意過來。這不是他們計劃的時間，但或許才是良機。她思考片刻，依然做不出決定。「我們得先去看看情況。」她掃視身後的同胞。「佩羅厄和佩塔妮在哪？」

「沒時間等他們了。」紅狐就近挑出十幾名奔靈者。「你們幾個，拿好武器，跟上來。」

雨寒命令所有留下的奔靈者保護好居民，便和紅狐帶隊離開。

十幾人組成了嚴密的隊伍，戰戰兢兢朝西滑行。所有人當中只有雨寒的雙手未拿任何兵器。母親留下的弦月劍過於笨重，影響機動力。而且它會令自己想起許久艾伊思塔為了居民朝她射出鎖鏈，就是綑綁她手中的弦月劍。

連接日痕山的陸橋出現在眼前。那兒只剩零星幾位舞刀使駐守著魂木廊道。

當對方看見急速逼近的奔靈者，立刻抽刀喊他們停止。

紅狐揚起長弓正要採取動作，雨寒卻搶先一步上前。「讓我們過去！有可能是我們遇到過的魔物！」她急煞在舞刀使面前解釋：「如果證明我們能夠幫助你們，再讓所有外領地的奔靈者帶械來助陣。」

那幾位舞刀使猶豫了。遠方持續傳來詭異的低鳴，像是冰河碎裂的震盪聲。雨寒沒等對方回答，便揮了揮手，帶著奔靈者越過陸橋。他們沒被阻止。

奔靈者從左側的山坡繞行，逆著地勢拚命往上滑。他們不斷經過逃亡的平民，有人獨自奔跑，有人攜家帶眷。到了這兒，烏煙已讓前方所有景象變得暗沉一片。

最終當他們越過一道山脊線，眺望正西邊的山腳，所有人都怔住了。

雨寒看見一道不可思議的彩光之牆。

視野因為煙塵時而朦朧時而清晰，但很明顯，西邊溫泉區有一束束垂直的虹光自岸邊升起。整排舞刀使陣守在那兒，有些身影佇立，有些單膝跪地，他們全把刀刃筆直插入結凍之地，喚出直升天際的彩光線。

而在他們對面的海面，一個無比巨大的觸手正在設法入侵。牠比雨寒見過的所有魔物都要龐大，幾乎把對岸的遺跡攪翻了，現在穿越水面飄緲的白煙，轉向日痕山。牠從表面不斷生成膿泡似的白瘤，由兩邊甩落結凍的海面。海水彷彿已變得滾燙，激起陣陣煙霧，和魔物的結凍力相互消耗。水面的浮冰既是劇增又是溶解，尚不確定哪股力量將會勝利。

魔物猛然甩動口部，噴發一整灘的白瘤出來。那些球狀的瘤擊中了虹光絲線組成的幕簾，就像擊中無數銳利的細刃，瞬間遭到切割，在半空中直接氣化。

雨寒看見還有更多自由行動的舞刀使在前線，與從結冰之地冒出來的狩群作戰，守護身後召喚虹光線的同伴。密密麻麻的平民正從居處撤出，驚慌潰逃。

那是非常詭異的光景。熱泉和浮冰，藍光和彩影，以極端不自然的方式激烈交織。而在雨寒斜後方，日痕山口隱沒在濃煙之中，蠢蠢欲動，地面的顫動彷佛是它在震怒。

「你們看那兒！」安雅兒的聲音傳來，雨寒這才吃驚地發現首席癒師也尾隨他們而來。眾人的注意力即刻被北方的景像吸引過去。

又一個表皮盡是潰爛白瘤的巨型觸手從北方出現了。牠已凍結了從霧島遺跡延伸過來的一大片海面，跨越數里，即將到達。

那將是第二個戰場。

然而舞刀使也已做了準備，在北方海岸線圍起陣式，升起虹光線幕。

「我們……是不是該協助他們？」安雅兒的聲音充滿恐懼。

「這裡沒有我們能做的，他們的陣形相當嚴謹。」紅狐告訴眾奔靈者：「看來他們動用了所有的戰鬥力。那正好，我們現在就去紅粱塔樓。」

雨寒回望他，忽然感到不確定。「其他同伴仍以為我們的計劃是三天之後。」

「不會有比現在更好的時機了。」紅狐凝重地說：「之後日痕山的戒備會比現在森嚴數倍。」

雨寒明白紅狐所言為實。然而，只有完好的日痕山才值得奪取。「如果舞刀使防衛失敗了，這裡也將成為廢墟。我們去刃皇面前，讓我說服他。」

紅狐沉重地吸了口氣，點頭道：「他沒有多少選擇了。」

他們立刻往山頂滑行，朝著刃皇所在的紅粱塔樓而去。

雨寒帶著十幾位奔靈者抵達時，塔樓的門口只剩一名舞刀使駐守。魔物嘹亮的聲響從山下傳來，微微晃動地表。雨寒把棲靈板夾在腋下，走向入口。

「請止步——！」那名舞刀使錯誤地看著整群手持兵器的奔靈者，正想舉刀威脅，紅狐已上前架開對方手臂，重擊喉頭。隨之而來的掌擊令他昏厥。

他們進入塔樓內部，看見熟悉的垂直木梁和空曠的廳堂，一道方正的旋梯通往樓上，但昔日在裡頭游走的人群皆已不再。一樓冒出兩位身穿暗袍的人，可能是化術師，也可能是平民，他們放聲咒罵，有奔靈者立即喚出靈獸壓倒他們。

他們痛苦地叫嚷，但雨寒沒有理會，神情堅定地跑上樓梯。忽然她的眼角瞥見彩光——三樓的圍欄旁出現一名舞刀使的身影。對方急於擺動雙臂，以刀刃捲起虹光。紅狐二話不說揚起長弓。

弓弦發出有力的嗡鳴。下一刻，箭矢已埋入那人的肩膀。對方哀叫一聲跌了下來，筆直朝底層墜落。在底下的奔靈者喚出雪靈的物理能力為緩衝，制服住他。

雨寒在頂樓的瞭望台找到刃皇，他正遠眺著日痕山邊緣的戰場。子藤、崙美也在他身旁，見到來勢洶洶的奔靈者，立即抽出黑色長刀。

「退下！」崙美雙手握劍，釀出彩光在手腕處。她和子藤一起護在刃皇面前，小心翼翼朝入侵者挪動。

雨寒讓自己忽略子藤那充滿困惑的神情，站定腳步。其他奔靈者經過她的身旁，扇狀散開。

崙美嚇叱一聲，甩出一道劇烈的虹光波，但安雅兒已在前方喚出巨型蜘蛛，互衝的虹光消散開來。其他奔靈者開始和兩位舞刀使進行肉搏。

子藤敏捷地躲過眾人的掃擊，在零點幾秒之間的空隙揮刀劃破空氣。黑刀的劍圍比所有奔靈者的兵器略勝一籌，撕開一道陰沉的閃光，切開人們的肌理。哀號聲接連響起，奔靈者一個個倒下。

雨寒一怒之下，讓虹光從手中的棲靈板炸現，橘紅色光波化為數隻鴿子的模樣撲向兩位舞刀使的顏面。熾熱的彩光鴿子只是股暖流，並未具備物理影響，然而它們侵入對方的視線，給了同伴反擊的間隙。

他們砍傷子藤的手臂，並重擊他後腦，令其倒下。崙美的腹部挨了拳頭，也被壓倒在地。雨寒跨過他們兩人的身子，朝刃皇走去。

刃皇的神情沒有任何改變，只沉靜地看著瓦伊特蒙的女長老。「……你們得感到慶幸，長刀『空絕』現在不在我身旁。」他緩緩開口。

一片塵霧當中，山腳下與魔物的攻防戰仍在持續。垂直光絲若隱若現，巨型觸手的朦朧身影正在貪婪地接近。「我們能協助你。」雨寒指向刃皇身後。「現在跨海而來的魔物，我們面對過。我們有擊敗牠的能力。」

「條件是讓你們留下，待在外領地？」

「不，」雨寒直視他，不帶任何猶豫。「條件是半個日痕山。」

刃皇的神情出現細膩的變化，但僅止一刻，便恢復從容。「這要求，恐怕難以辦到。」

站在一段距離外的紅狐，抽箭拉開長弓，對準了刃皇的心臟。

「那麼你會慢慢看著你的子民死去。」雨寒的口吻平靜而冰冷。「他們尚不明白敵人的弱點，也難以逃開敵軍的攻殲。然後，等到一切結束，我們的戰士依舊毫髮無傷。」她停頓片刻，最後說：「若你認為現在做不出這決定，便等待吧，看看之後的結果會不會讓你的決定變得簡單一些。」

子藤忍著傷口的疼痛，抬頭看向雨寒。所有在她身後的奔靈者，包括費奇努茲，都望向年輕女長老的背影。那嬌小的身軀看來不再文弱，剛強地面對刃皇高大的身影。

濃煙在天際滾動，塔樓的木梁發出微震。不久後，刃皇傾顏說：「山的東半邊，或許可以開發成為你們的居處。但那兒有幾片木樁之地，依照傳統不得觸碰。另外，霞奈學會的奔靈方法，你們得一五一十傳授給我們。」

雨寒露出冰冷的笑，點頭。然後她告訴身後的同伴：「安雅兒，幫他們療傷。費奇努茲——」

「長老！」在瞭望台邊緣，有奔靈者朝著正北方大喊。

雨寒和刃皇同時望了過去。北方的防線看似毫無異樣，虹光絲已組成一道穩固的垂直光牆。更遠處的海面，巨型觸手的輪廓依稀可見，它的動作變得遲緩。
這便是最奇怪的地方。相較於光影交錯、激鬥四起的西邊戰場，北邊的海岸線卻顯得過於平靜。
但這假象很快便破滅了。震蕩聲從遠方傳來，雨寒發覺整個塔樓都在搖晃。然後他們看見北方的霧氣中，有某樣東西出現在冰橋上。在牠的觸碰下，巨型觸手彷服遭到馴服一般，沉沉地微擺。
「陽光啊……」安雅兒的聲音破碎。連紅狐也發出驚嘆。
雨寒亦不敢相信自己的眼睛。她想挺直身子，卻感覺雙肩沉了下來，彷彿再次變回那個飽受驚訝的女孩。在冰雪大地曾經遭遇的所有恐懼，都那一瞬間被喚醒。

EPISODE 17《離焱》

空氣瀰漫著不祥的預兆，夾帶著時而冰寒、時而溫熱的雪塵。凡爾薩仰頭嗅了嗅，感覺連風都出了異樣。

「這三段峽地挺合適的。彼此相連，總體上容納上千人沒問題。」亞煌掃視周圍的雪牆，表示贊同。「地質狀態也相當良好，不需擔心風雪會帶來坍方。」

「而且，前後只有兩處地方能夠進來這兒。我們可以輕易設立防守的關卡，以防舞刀使有任何動作。」飛以墨緩緩滑行過來，繃帶在他的手腕、腰間各處悠悠擺盪。

他們在鹿子嶺北方一段路程找到了可供暫居之地。它是在一片深雪覆蓋地中央的裂口，由於地勢變化而出現。這三個相連的峽地因長年順著刮風的方向，周邊雪塊扎實穩固，附近還有條淺溪流過。

目前有將近九十名奔靈者，也就是超過半數的瓦伊特蒙戰力聚集在此地，進行區域優化的勞力。同時，相同數量的居民也已抵達，成為做勞動的幫手。雨寒告訴過凡爾薩，他們只有三天的時間做好所有準備，屆時能否拿下日痕山，這兒都會是重要的戰略基地。

「凡爾薩，怎麼了?」亞煌看了過來。他的腰間掛著兩柄長劍，披風底下的手臂同樣綁著陳舊的繃帶。

「我不確定……」凡爾薩看著延伸開來的雪壁，前方某處有細微的塵埃抖落。「有什麼事不太對。」

有奔靈者聽見了，凝望過來，當中不乏凡爾薩率領的護衛隊成員。飛以墨瞇起眼，發出鼻息時，他的面部繃帶隨之起落。「又怎麼了?別說你又察覺到什麼狩群的蹤跡——」

刺耳的刮雪聲打斷了他們。一名奔靈者的身影闖入峽地，以狼狽的姿態急行。他越過圍觀的眾人來到凡爾薩、亞煌等人的面前，身上盡是烏塵。

「狩！狩朝日痕山發動攻擊了！」他雙手壓膝，拚命喘息。

飛以墨瞪大眼。「從哪個方向出現的?」

「據說是日痕山的另一側，但沒有人能確定……」

「日痕山的周圍全是溫泉。」飛以墨狐疑地說。

「雨寒長老呢?」凡爾薩立即問。

「我不……我們不確定。事情發生時，我才剛回到外領地。根本一團亂，舞刀使全撤走了！外領地的奔靈者還接到了命令，得待在原地保護留下的居民。他們叫我回來通知……」

凡爾薩立刻掃視雪牆上方。亞煌也注意到了，指向一條蜿蜒的上坡道說：「那兒。」

眾奔靈者立刻駕著棲靈板前往，繞過幾個曲折的彎道，把峽地拋在腦後。凡爾薩不斷瞥向西邊，也就是舞刀使領地的方位。地形卻複雜得完全擋住視線。

幾十名戰士陸續登上坡頂，終於抵達一個足以眺望遠處的置高點。

然而，看見西邊的景象卻令所有人更加困惑——遠方的煙塵如此濃烈，彷彿天空的灰雲都被硬生生拉扯下來。而在迷濛的遠景當中，隱約可見垂立的彩光直刺天際，若隱若現；那景象有如一整排的恆光之劍，只不過顏色是七彩而非金黃。

凡爾薩急了，連綿起伏的雪坡依然遮蔽了一大半視野，除非在更高處，否則看不見日痕山真正的情況。

「戰鬥開始了。」他有種非常不好的預感，把雙刃巨劍抬到肩上。「我們得回去支援。」

「什麼?你想幫助要驅離我們的人，保護他們的家鄉？」飛以墨直接反駁他：「我從不曉得你的心這麼善良。得了吧，我們的任務是盡快搞定這塊居住地。」

他們身後的奔靈者面面相覷，然後注視著凡爾薩和飛以墨的決定。

「凡爾薩，到我的雪靈上。」亞煌呼喚一聲，然後站定身子，放出巨大的虹光之鷹。光絲變換著顏色，羽翼柔順拍打。

凡爾薩明白了。他立刻瞪起棲靈板，跳到巨鷹的身體上。一股空壓襲來，強風和落雪刷過凡爾薩的身旁。不出一會兒，阻隔視野的雪坡消失了，地面逐漸遠離，三道相連的峽地像是雪地的渺小裂口。

眼前的空氣變得更加稀薄，卻有股濃烈的粉塵味。他的目光穿越大地，終於看見整座日痕山的模樣。他第一個注意到的，便是來自北方遺跡的巨型觸手，牠在眼前橫跨整片海洋。水面似乎在牠腹部底下結凍，墊著觸手緩緩爬行的身軀。

然而最奇怪的是在觸手尖端附近，冰地上有一頭前所未見的魔物。

「那什麼鬼東西……」凡爾薩瞪大了眼。從這麼遠的距離眺望，牠的體積明顯比多數的狩要大上許多，幾乎可以塞滿瓦伊特蒙的黑底斯洞。而且牠似乎擁有數條腿，背上突出某種骨架般的東西，甩動著長長的尾巴。

龍……？

凡爾薩不確定自己看見了什麼，但在那排虹光牆底下，密密麻麻的藍光點已登陸日痕山，和陸面上的彩光點交鋒。然後，他看見那頭奇異的巨型魔物也登陸了，輕易撞開舞刀使的防守線。垂直的虹光一絲絲消失，迅速瓦解。

承載他的巨鷹開始下沉，戰場再次被雪丘和煙塵遮蔽。

「戰況怎麼樣？」奔靈者全圍了過來。

「熱泉失效，敵人來自於對岸的遺跡，大舉從海面入侵日痕山。」凡爾薩說：「敵軍一如既往，有數量龐大的狩群，能增生牠們的觸手，還有……還有一頭魔物，我不知道那是什麼。」

凡爾薩看向飛以墨說：「我們得立刻動身。」

「這並不是我們的戰鬥。」飛以墨依舊不願妥協。「讓舞刀使自己去面對，讓他們體會我們的遭遇。剛剛好，這會耗損掉他們的人力。」

凡爾薩沉默了片刻。「和舞刀使無關，」他說出了最糟糕的想法：「紅狐可能會提早採取行動。」

人們會意過來他的意思，開始竊竊私議。飛以墨以荒謬的口吻地駁斥他：「還有三天，一切都未準備好……他應該不會這麼愚蠢。」

「愚蠢？」凡爾薩直視對方。「我以為你比任何人都瞭解紅狐。」

這一次，飛以墨無法回話，繃帶下的雙眼望向雪地，陷入思索。

「而且雨寒會堅持跟他走。他們應該是依照原定計劃只帶了一小群人潛入日痕山，這就是為什麼還在外領地的奔靈者會接獲命令，按兵在居民身旁。」凡爾薩無法再等待了，即使只有自己一人，他也得趕過去。

當他轉頭準備動身，卻看見護衛隊已聚集在身後。「我們跟你走。到長老的身邊去。」杭特點頭說道。他手上的長弓已做好準備，其他近三十名護衛隊員逐一附議。

凡爾薩看著他們，心中有股細微的，難以解釋的悸動。此時，亞煌來到他們身旁說：「你們趕緊去吧。我挑幾名奔靈者先安撫好這兒的居民，隨後和你們碰面。」

昔日的總隊長似乎明白自己身體的情況，把事情託付給護衛隊。

凡爾薩深吸口氣，掄起巨劍，和護衛隊成員一起直奔戰場。

EPISODE 18《拂羽》

數不盡的狩群從北方海岸線登陸日痕山，在濃霧之中浮現密密麻麻的冰藍光點，給人恐怖的壓迫感。

雨寒和刃皇站在紅梁塔樓的瞭望台上凝望。在他倆的共同吩咐下，除了紅狐和安雅兒仍在場，其他奔靈者和舞刀使都已離去，投入山腳下的戰場。

風中灰燼帶著絕望飄落，底下的魔軍綻放著死亡的幽光，在日痕山的邊緣擴散開來。一切變得渾沌而慌亂，有舞刀使朝彼此投射劍波，組成虹光陣夾殺在他們之間的狩群；也有舞刀使被撲殺於魔物浪潮之間，虹光陣形立即失效。

北方的防線已被衝破，狩群一波波闖入住宅區。雖然武士們已爭取到足夠的時間讓多數居民撤離，但依照目前情況，狩群持續朝向西邊溢出，不久之後便會使西方的防線也腹背受敵。有舞刀使跟著進入巷弄間進行游擊戰，但這對他們極為不利，因為緊密的建築不僅妨礙虹光陣的組成，更便於魔物四處攀爬，圍困目標。

刃皇已從塔樓的某個房間內拿回了自己的長刀，凝重地觀察戰況。雨寒則輕聲向陽光祈禱。她已叫人去外領地尋求支援。

大地正在激烈搖晃。忽然濃煙之中，一個巨大的身影浮現出來，衝散了交戰的雙方，踏上山坡。

雨寒呆愣在原地，面無血色。那巨型魔物的身形非常奇特；牠有五隻腳，前兩隻卻像是扭曲而粗重的手臂，開張如長刀般的藍光利爪，行動時刮弄著地面。牠的後方三條腿則像爬蟲類的腳，彎曲而緊繃，並隨著巨大尾巴的甩動，把臃腫的身軀向前推進。

蟒蛇般的粗頸子向後彎曲，低垂的頭部狹長而平滑，雙眼散放著沸騰的藍光，口部盡是利齒，開口時給人一種正在微笑的錯覺。一排冰鰭從後頸延伸到背部，再到尾巴末端。牠的背上突出兩簇巨大而細長的冰色骨架，彷彿是沒有翼膜的翅膀，在牠挪動身子時上下擺動。牠就這樣一步步攀上日痕山的坡道，彷彿朝著紅梁塔樓而來。

雨寒看見巨獸的表皮並不像其它魔物是凝雪般的質地。牠的皮膚充滿藍色的紋路，像是一片片翻起的冰屑，又像布滿全身的鱗片。整個身子看上去些許透明，跑動的幽藍光線穿透鱗片底下的肌理，像是粗厚的血管，又像是充滿力量的符印，並隨著牠的每一步動作，在身體的不同部位閃爍。

雨寒想起曾在書籍中看見過的圖相，人們曾經稱為「龍」的遠古生物。但這魔物無比巨大，形象極為駭人。

牠朝山頂發出震耳欲聾的嘶吼，踩過一群在牠跟前奔跑的平民和狩。地面的震蕩越漸激烈。有舞刀使在底下朝牠發動虹光波，卻在利爪掃過之後，成了散裂雪地的血和肉。

「奔靈者！他們到了！」安雅兒雀躍地喊道。

原本駐紮於外領地的奔靈者，依循山腳下的路徑分批抵達。雨寒隱約看見老將額爾巴、哈賀娜的身影。他們從山底迂迴地切入北岸，在混亂的戰場上綻放著彩光衝入敵陣。另外還有一批奔靈者朝左側去，支援正在堅守的西邊防線。

「費奇努茲，我們得下去和他們會合。」看見自己的子民加入作戰，雨寒的心情穩定了些。

「我們得先解決那魔物。」刃皇說道。那頭巨大的「龍狩」完全脫離了主戰場，已達半山腰，仍朝著山頂而來。

紅狐盯著龍狩，異常凝重地說：「單靠我們四人不大行，必須從戰場上求援——」

轟——隆——

一陣石破天驚般的巨響，令雨寒等人抓緊樓旁的欄杆。緊接著，大地傳來一波波激烈的震蕩。腳下的樓層擺晃起來。

他們不確定發生什麼事，注視龍狩，以為牠發出了某種攻勢。然而巨獸亦趴在山坡上嘶吼，牠腳下的雪塊正逐漸崩裂。

炸裂聲響徹雲霄，空中的雲層出現激烈的光影。刃皇露出了極度驚恐的神情，雨寒也愣住，隨他的視線向後望。

火燄直衝天際，像是代表終結的旗幟，拉起數倍烏煙——日痕山爆發了。

「怎麼可能……」刃皇雙眼圓睜，無法動彈。橘紅色的液體在山頂噴發，一部分流入先人開鑿的溝渠，然而很快地，所有人都明白那些疏導用的流道全然不夠。炎流越來越豐厚，從四處溢出。日痕山的山口就像一個止不住的傷口，覆蓋在一圈光燄之中。

「我們得離開這兒！」紅狐拉住雨寒。

他們趕緊奔下紅梁塔樓。每經過一層樓，雨寒都瞥見橫窗之外不斷有球狀的火燄從雲中下墜。那些火球落入山腳的戰場，砸在密密麻麻的人類和狩群身上。更遠處還有火球落入海面，砸碎凍結的冰地，掀起陣陣白煙。

他們剛從塔樓闖了出來，便發現一抹巨大的黑影籠罩過來。

「閃開——」紅狐大吼一聲，推倒雨寒之後撲向刃皇。龍狩的巨爪刮過頭頂，挖開紅梁塔樓一側。粉碎的木梁接連崩塌。紅狐立刻在地面翻身抽箭，拉弓時蘊釀起刺眼的彩光。

下一秒，箭矢刺入滿是藍鱗的巨掌，綻放出網狀虹光，把龍狩的手掌黏在殘破的塔樓上。

牠倏地甩動頸子，頭部掃過地面——銜住了安雅兒。

「癒師！」雨寒想追過去，卻已來不及了。龍狩高高地抬首，扯開掌上的箭矢光網。安雅兒的上半身被叼在牠口中，只有左腿和斷裂的棲靈板從整排利齒之間露出，像在激烈抖動的小籤子。她瘋狂地踢腿，哀號聲沒入獸口之中。血液從牠的齒間湧現。

龍狩輕易地咬死了安雅兒，她那鮮紅的斷腿落下之際，無數道彩光劃破空氣擊中牠的胸膛。龍狩發出嘶吼，尾巴回甩毀掉整座塔樓。

凡爾薩以巨劍掩護在雨寒面前，擋下紛飛的木屑。他以單手浮起雨寒。

護衛隊的成員陸續來到他們周圍，釋放出雪靈攻擊龍狩，逼退那龐大的身軀。

「這裡保不住，我們必須放棄日痕山了！得讓所有奔靈者從陸橋徹離！」紅狐當機立斷地喊道。

「請……請幫助我們的子民脫逃！」刃皇急切地看著雨寒。

雨寒躊躇片刻，吩咐身邊所有奔靈者：「傳達給戰場上所有人，全數撤退。能夠搭載舞刀使的人，盡力幫助他們！」

一道道火雨落在遠方，殘酷地襲擊所有生命。奔靈者冒著危險朝主戰場滑去，扇形般地散開。此時，眼前的龍狩再次朝雨寒等人走來。

「快上來！」雨寒催促刃皇，讓手持長刀的舞刀使首領站在棲靈板後方，單臂扣住她的肩。火球降臨在他們周圍，炸出轟然巨響，其中一道直接擊中了龍狩的腹部。牠發出憤怒的喉音，一部分的身軀化為火紅的溶體。

雨寒和凡爾薩、紅狐刮起白雪，將龍狩拋開於身後。

然而不知何時，他們的周圍已是一道道紅燙的岩漿，像無數分岔的赤紅溪流朝下滾動。雪地裡燒起陣陣白煙。山腳下的人們依舊逃竄，或許已意識到他們正與時間賽跑：一旦山坡表面全遭炎流覆蓋，所有生路都將截斷。

西邊慘淡的虹光線幕已解除，但戰士與狩交鋒的身影依舊星羅棋布。奔靈者竄動在山腳下傳訊，帶著舞刀使紛紛撤退。雨寒瞧見飛以墨的身影也在人群當中，對抗排山倒海而來的狩群。

熾熱的炎流比人們預期擴散得更快。雨寒回首，看見它流入山腰一側，掃過一大批狩群。即使只是稀薄的炎流，也足以粉碎整群魔物；火燄覆蓋狩的腿部，讓牠們瞬間爆烈為粉塵。雪地裡錯綜複雜的冰脈也敵不過大自然的力量。

雨寒載著刃皇逆著人群而行。凡爾薩護住她的左側，巨劍劈斬敵人，兩隻虹光獵犬在周圍躍動；紅狐在她的右側，以虹光箭矢精準地一次擊殺狩群。不斷有火球從天而降，在雪地炸出燃燒的坑洞。

「撤退！所有人！」刃皇朝經過的所有舞刀使吶喊。「全部撤離日痕山！」

部分奔靈者已運送一批舞刀使到陸橋，並折返回來營救更多人。遠方有些舞刀使被圍困在燄流之間，遭到淹埋的一刻渾身著火。日痕山口持續噴著火燄，從山坡流下的岩漿則像漆黑的液體，夾著深紅碳心滾動。風中瀰漫著熱氣，令人窒息。

「我們也得走了！」凡爾薩對雨寒說。

他們看見還有許多舞刀使被困在遠處。那些人在死亡面前卻不失沉著，揮掃最後的虹光波嚇止奔逃的狩群，直到岩漿蓋過所有生命。雨寒旋腰扯動棲靈板，往返程的方向滑，感覺到刃皇在背後禁不住地發抖。

日痕山像是某種畸形的沙漏，隨著時間流逝，白色部分持續消失，火紅的部分則覆蓋下來，急速擴大。現在，大批炎流已侵入西北山腳的居住地。就連海水也沸騰了，巨型觸手千辛萬苦凝結的冰地全面崩開。從鹿兒島遺跡而來的觸手落入水裡，掀起激烈的白煙，又爆裂為四散的冰晶。連同牠一起消散的，是占據了山腳各處的狩軍。

雨寒等人劃開弧狀軌跡，逆時針繞過日痕山的南方急速奔離。山坡上，烏黑的岩漿溢出更多，伴隨血管狀的紅光滾滾滑動。強風捲動塵埃，視線忽明忽暗。但雨寒確信陸橋就在前方。

就是此時，她忽然瞥見了駭人的景象——龍狩的身影！牠似乎也朝著陸橋的方向行進！

炎流像個細密的網子，交叉向下傾洩，在殘留的雪地上燒出一絲絲白煙。龍狩卻彷彿不以為意，巨大的身體踩踏過它們，五隻腿滿目瘡痍，身子也盡是焦黑的創傷，裡頭的藍色光流曝露出來，激烈閃動著。就連背上彷如翼骨的冰架也燃起了火，低垂擺動，時而掃過身旁的岩漿。

最恐怖的是牠的面孔。半側焦黑，邊緣一圈燃燒的橘光，兩排冰藍色的利齒像是齜牙裂嘴的骷髏。

凡爾薩緩下速度。「不太對勁……」他不可思異地注視著巨獸。「難道牠不受火燄的影響？」

雨寒看著龍狩踏過整灘火紅的燄流，再回望遠方已被岩漿撲滅的戰場。「牠會受傷。但牠的身體並沒有和冰脈相連！」

「這怎麼可能……」凡爾薩錯愕地說。

「我們得阻止牠。」刃皇懇求眾人：「現在我們憑藉日痕山的炎流，或許還有機會消滅牠。如果讓牠踏上外領地……難料接下來會發生的事。」

紅狐也看向雨寒。「事實上，他說的沒錯。」

「雨寒，妳帶著刃皇先走，這交給我和費奇努茲。」凡爾薩催促她。

然而刃皇拒絕了，他凝視著龍狩說：「這是私仇。」

「走吧，分秒必爭。」雨寒壓下心中的恐懼，拉開奔靈的軌跡朝上斜的坡道而去。途中他們經過一些零星的戰士，紅狐立刻喚他們也跟上。

龍狩加速了挪動的速度，領先岩漿一大段距離，彷彿急於前往仍被冰雪覆蓋的外領地。然而牠似乎察覺了什麼，龐大的身軀緩了下來，打量出現在面前，由雨寒和刃皇帶領的二十幾名奔靈者和舞刀使。

空氣灰濛一片，在場的戰士完全看不見自己身後的陸橋，但他們明白那是必須守住的地方。巨獸不能跨越到外領地。兩個文明的居民都在那兒。

火山發出轟隆巨響，濕潤的雪坡激烈晃動。日痕山最終的戰鬥在絢麗的流光之中展開。

「退回去——！」奔靈者嘲龍狩吶喊，接連釋放出虹光攻勢；舞刀使則朝兩旁散開，準備圍陣。龐大的龍狩是烈燄和溶冰的扭曲物，牠甩動著火的尾巴，掃開一排人。牠擺動背部的冰架，半溶的臉孔發出一陣嘶吼，在濕地上吹出一波波漣漪。

有兩位奔靈者發動形靈，虹光化為猛獸的形體衝擊龍狩的胸膛。牠的右掌以迅雷不及掩耳的速度落下，把其中一人的腦袋壓進了身體中。紅狐趁此射出一箭矢嵌入牠的掌心，綻放的光網朝雪地灑放，鎖住龍狩的爪子數秒。凡爾薩趁這一刻滑入牠的防線之中，揮動巨劍劈向牠的腳。然而龍狩的冰麟展現絕佳的韌性，刀鋒只造成淺淺的傷口。

牠低垂的首部隨著凡爾薩的軌跡擺動，在他遠離之前，甩動頸子朝他咬去——數十道彩光之翼接連擊中龍狩。雨寒咬緊牙，持續讓虹光鴿子騰空，並讓它們緊追巨獸的頭部，墜向深藍色的眼框裡。牠朝天發出不耐的吼聲。

雨寒的眼角補捉到動態時，已經太遲了——燄痕和冰刺交錯的尾巴，從一個斜面落下，朝她砸來。

千鈞一髮之際有人撲倒她，避開了炸裂的雪浪。她甩了甩頭，看見子藤再次握住劍柄，盯住巨獸的方向緩緩起身。在他倆前方一段距離，刃皇已開始舞動「空絕」，那黑刃的表面有亮紅色的符紋，虹光像是兩道急旋的迷你龍卷，繞著刃皇的手腕逐漸增大。

子藤朝左側奔去，加入其他舞刀使正在形成的術陣。奔靈者則在龍狩的四周迴繞，從各角度展開集群攻勢。巨獸踩住一個哀號的奔靈者，但此刻，垂懸的翼骨遭到彩光轟擊，炸裂開來。冰骨上沾著先前的岩漿，砸落地面時爆開一灘橘紅。有奔靈者被擊中，身體被黏稠的岩液覆蓋而亡。

雨寒設法找掩護，想以治癒之力支援受傷的同伴。然而她並沒有多少機會，因為被龍狩逮到的人，幾乎全都一擊斃命。牠露出利齒左右撕咬著包圍牠的人類。

「死……………」

她看見刃皇蹲低身子，迴身一圈，長刀幾乎水平貼著雪地劃出閃光——

發動的劍勢揚起雪浪，拉開閃亮的尾跡，猶如一名速度如光的奔靈者。那道爬動的電光穿越戰士之間，朝龍狩的腳部而去。它剛好蹬起巨大的前爪，劍光掃過巨獸的三隻後腿，從底下穿出，並削下尾巴的末端。

傷口透出激綻的藍光，其中一隻腳則完全斷裂。

緊接著，舞刀使串連起強烈的彩光陣，把龍狩困在一片彷如有極光舞擺的湖泊當中。牠的表皮崩裂，冰麟脫落，前肢上的爪子也出現龜裂，臉部亦開始粉化。

大地沸騰的聲響從上坡處傳來。濃霧中，岩漿夾雜赤紅的光暈出現，擠壓、膨脹，猶如滾燙的熱浪，以駭人的速度朝著底下鋪蓋過來。

龍狩冷不防地一個掃擊，兩名舞刀使落入岩漿裡。彩光陣立即終止。戰士們被迫往下坡退去，看著熱滾滾的岩漿淹過龍狩已負傷的下肢。牠震怒了，以殘疾的身軀朝他們衝來。

不行——！雨寒滑入牠的前方，竭立放出數十道彩光羽翼衝撞巨獸。

她的靈力完全不夠，幾乎未減緩龍狩一絲速度。然而凡爾薩和紅狐出現在她前方，彩光獵犬和箭矢分別埋入巨獸的身軀。他們邊打邊退，但炎流的速度越來越快，像是交叉的手指從各個方位覆蓋過來。放眼四周，山坡像被無數條火痕切割的網格。

「我們必須離開這兒！」凡爾薩朝雨寒喊道。多數奔靈者已往下坡撤，接走了尚存的舞刀使。

雨寒勉強點頭，回過頭。「費奇——」她的話卡在喉間，愣住了。

在她和紅狐之間隔著一道奔流的熔岩。費奇努茲被困在一片隔絕的雪地。

他盯著和雨寒間的炎流，打量著什麼。若竭力下賭注，或許有渺茫的機率能夠躍過它，但棲靈板大概不保。

「凡爾薩，帶她走吧。」紅狐低聲說道。凡爾薩睜眼回望，說不出話。

「你在說什麼？我們試……」雨寒急於抓住凡爾薩的袖子。「凡爾薩把雪靈的物理能力全開，說不定可以當墊腳石，費奇努茲你嘗試跳過來！」

紅狐凝望雨寒的眼神，是毫無保留的懷柔與不捨。但那僅只數秒鐘，他便恢復剛強。

「不……」他的目光轉為箭鋒般銳利，望向正在奔來的巨獸。「想來，現在也只有我的能力有機會阻止牠。」最後，他回望雨寒一眼。「看來……我只能陪妳到這兒了。」

「不行！你不能這麼做！」雨寒吶喊著，她向前挪身，若非凡爾薩拉住她的手，棲靈板幾乎要觸碰到逐漸擴大的炎流。「我不允許！我命令你過來！」

紅狐的嘴角出現一絲淡淡的笑容，像是傲慢，又像哀傷。然後他直視凡爾薩，從眼神傳達了最終的決心。

「費奇努茲！我命令你——」雨寒撕心裂肺地吼叫，但紅狐已轉身滑開。凡爾薩緊緊抓住她。烏黑的岩漿，熾熱的燄流，覆蓋了整片視野，凡爾薩載起刃皇，帶著雨寒向下逃。灰濛濛的天空中時有火雨落下，整個場域光怪陸離。

雨寒頻頻回頭，看著費奇努茲孤單的身影正急速滑向一個隆起的石墩。他攀上頂端，岩漿緩緩淹過石墩周圍時，彷彿有種時間變慢的錯覺。

紅狐解下了箭筒，矗立在橘色海洋的孤島上。

然後他拉開長弓，射出極具穿透力的一箭。虹光箭刺入龍狩頸部已半熔的傷口，令牠發出震耳欲聾的怒吼。牠以臃腫的姿態，踩著噴濺的岩漿筆直朝紅狐衝來。

費奇努茲再次俐落地架箭揚弓，讓捲動的彩光匯聚於箭身。雨寒眼中滿是淚水，盯著他渺小的身影面對開口嘶吼的龐大巨獸。

火光照耀下，飄動的披風是他背後的一抹赤紅。他拉弓的動作沒有一絲紊亂。

虹光箭矢穿過沸騰的大地，擊中龍狩的後腿。光網炸裂，扯住牠的身子，赫然終止牠的衝力。巨獸被釘在原地，憤怒地想挪動，但炎流像是拍打在岩岸的浪潮，帶著腐蝕的力量持續沖刷牠的側面，激起陣陣白煙和飛散的冰塵。龍狩的腹部露出了冰藍色的骨骸。

牠甩著脖子怒號，用力掙脫光網。然而才挪動幾步，又有兩隻箭擊中牠，這次是尾巴和前爪，將之狠狠鎖死。岩漿固化在龍狩的身體各處，火燄燃燒獸體，藍光成為脈搏，吃力地躍動。牠就像個詭異的變形體，趴在火池中喘息。

「你們無處可逃。滅亡是你們的宿命。」

雨寒彷彿聽見龍狩顫動的聲音。牠再度向前挪動，後面幾條腿在燃燒中斷裂，灑開液體般的藍光流。

「我從不和敵人交涉——」紅狐的聲音從風中傳來。他又放出一箭，鎖住巨獸低垂的長頸。激盪的炎流侵蝕著牠的頸部和臉頰，令其痛苦地甩頭。熱氣漫天，火雨墜落。費奇努茲解開了紅色披風，把它拋開。披風落入炎流中，化為片刻的微小火燄。

「**我們已鎖定此地！將殺絕你們所有重靈！**」龍狩張開口，露出融化的銳齒，彷彿癲狂地笑。牠的後腿已全數殘缺，只以前爪憤怒地向前攀動，拉近與紅狐之間的距離。雨寒不顧凡爾薩和刃皇的勸阻，在遠方煞住身子，凝視這一幕。

紅狐腳下石墩的面積漸漸縮小，滾燙的橘色洪流包圍過來。他卻沒有一刻低頭，專注地射出光箭，鎖住巨獸的一隻前爪。

龍狩掙脫開來，潑濺著餤流向前爬。

紅狐再射一箭。

龍狩爆怒往前躍，虹光網已困不住牠。

最後，當龍狩的身軀籠罩上方，紅狐舉弓上抬，瞄準牠的下額。但他沒有機會發出那一箭，龍狩那冰火參半的爪子高速落下，狠狠砸中了他，連石墩都遭粉碎。赤紅色的岩漿在牠面前炸開。

龍狩發出勝利的吼聲，但牠的前臂瓦解了，落在炎流裡，胸口也出現一個燃燒的大坑。牠被炎流啃蝕著，鱗片化為液狀，頸子也溶成絲帶般的殘痕。牠企圖做最後掙扎，卻難以對抗滾動的紅光熱浪。龍狩的頭部無力地懸擺片刻，頸子緩緩斷開。龍首落入岩漿裡，留下半邊骷髏般的面孔持續遭到餤流沖刷。

這次戰役在日痕山全面遭到岩漿覆蓋之下結束了。最終，無論人類或狩軍都未能占據它。

由於舞刀使的犧牲，多數平民爭取到足夠的時間撤離。而在奔靈者的協助下，許多舞刀使亦能順利逃脫劫難。然而，舞刀使的陣亡人數超過了三分之一，這在該文明的歷史屬於前所未聞，對其帶來極大的震撼和悲痛。

熔岩止於海岸，把日痕山的外圍面積添加了一圈。火山口不再吐出烈燄，但上升的烏煙持續數日。海水變得比以往更加滾燙，目擊者說源於西北兩邊遺跡的巨型觸手都遭瓦解，帶著無數的狩軍化為粉塵。

前往兩座遺跡的舞刀使幾乎全軍覆沒，他們是戰役的第一波犧牲者。唯一歸來的是踩著棲靈板的霞奈。她抬著身受重傷的隆川，從北方繞了遠路安然回來。

日痕山無法居住之後，兩方人類文明的居民都擠在外領地。舞刀使設立了嚴格的邊防，奔靈者則朝更遠處巡邏。

雨寒不斷在心中告訴自己，她是瓦伊特蒙的長老，必須振作起來。然而她卻無法克制住自己，每到夜裡，她慟哭得嘶聲力竭，像個無助的小女孩。

她不明白為什麼，但身體和情緒已完全不受自己控制。唯一能做的，只有命令所有人，不許接近她。

EPISODE 19《潾霜》

「有幾個我們再也無法迴避的考量點。第一，我們的空襲優勢不再。第二，敵人可能具備了跨越大陸與海洋的感知能力。」

說話的梅西林諾斯是亞法隆最具影響力的大魔導士之一。他的淡綠色鬍鬚像細長的流水，長袍底下是金屬製的片甲，並顯示出與年齡毫不相符的體魄。那些片甲猶如形狀各異的鋼環扣在身體各處，表面鑲著小型墨璽。

當會議進入深夜，牆面的彩光在現場近百名與會者的臉龐灑了躍動的陰影。俊站在人群中聆聽。

「如果確定直布羅陀灣出現了冰脊塔，這代表最糟糕的可能性，」梅西林諾斯盯著地面的巨型地圖，以及散布在上頭的圓錐狀的藍色磚塊。「海洋是白島的地盤。敵人已從西邊侵入地中海。那麼我們在南歐地帶的城鎮再也沒有一處安全，包括這裡。」語畢，他抬頭望向麥爾肯。

周遭的與會者正憂慮地交頭接耳。不久前才返回亞法隆的年輕學者渾身是傷，費力地步入眾人視線。

「是的……我們的浮空要塞嘗試接近它。」麥爾肯站在地圖上標示子輻線 96.0 度之處——

介於舊世界西班牙和北非之間的狹窄灣口，直布羅陀曾是地中海、大西洋唯一接壤的地方，現在已化為擁塞的碎冰帶。「但事情和我們料想得不一樣。冰脊塔周邊的戒備出乎意料的森嚴。」

「什麼樣的森嚴法？」梅西林諾斯問道。

這時一位與麥爾肯同行的女幻魔導士走上前。俊記得她叫費雪琳娜。「我們抵達時才發現，敵人已揚起了高達數里的冰脈網。浮空要塞根本難以通過。」她衣袍的左袖子鬆沓輕飄，在這次任務中失去了左臂。「而且……我們還遇到了……」

在人們熾熱的目光下，費雪琳娜忽然畏縮起來，彷彿因為那段記憶而顫抖。麥爾肯對她說了幾句安慰的話，接過解說的擔子。

「我們遇見了『飛龍』。」

「……龍？」梅西林諾斯不可思議地瞪大眼。「這怎麼可能？」現場也一片譁然，吵雜聲令大魔導士舉手示意安靜。俊凝重地盯著麥爾肯。

「我沒有更好的名詞來解釋那東西。」麥爾肯眉頭緊皺。「那是一種龐大的生物，半透明的肌理有藍光在裡頭流動。牠在雪地爬行，卻能立即騰空。身軀臃腫，帶著野蠻的殺意攻擊我們。」

「那真的是龍，」費雪琳娜以顫抖的聲音說：「就和圖書裡看到過的一樣。但恐怖幾百倍。牠的敏捷度和體積不相符，太恐怖了。」

俊在此時開口，聲音穿透會議廳：「麥爾肯，牠騰空的時候是否有和陸面的冰脈相連？」

年輕學者蒼白地搖搖頭。「沒有。我還特別留意了。這是第一個離奇的地方。」他低頭凝望腳下的地圖。「第二個奇怪之處，就是敵人似乎已做好萬全的在等待我們，我們剛瞥見冰脊塔不久就遭到了攻擊。和以往的情況很不一樣。」

「因為直布羅陀在最偏遠的西邊，可能已經知曉其它的冰脊塔遭到了攻擊。」梅西林諾斯重申他先前的推論。他掃視站在前排的與會者，也就是負責所有出擊任務的人。「不得不懷疑敵陣之間存在某種感應能力。若此事屬實，敵人有絕對優勢，因為我們缺乏遠程聯繫的工具，無法有效協調和應對變化。」

「這樣子仗根本沒法打……」群眾裡有人脫口而出。

與會者全陷入沉默。不祥的氣氛籠罩著圓桌會議。

這兒是個圓頂的殿堂，像一座小型的古代競技場內部。然而所謂的圓桌會議，事實上並不存在任何圓形的桌子。空曠大廳內連椅子也沒有，中央是片開放的空間——巨大的地圖繪製在地面，畫面是整個歐洲，北非以及中東。陸地白色，冰域深灰，海洋漆黑。標注數字的子輻線從東邊放射開來。地圖各角落都有多次塗抹的痕跡，是幻魔導士日積月累獲取新資訊時做出的更動。

這陣子陸續歸來的七座浮空要塞，並非每個任務組都有找到冰脊塔的蹤跡。但有確鑿發現的，則在地圖上以圓錐藍磚標示出他們判定的位置。共計七處。

讓俊無比欣慰的是隨行的奔靈者都已安然歸來。他有股強烈的罪惡感，這一切都是在他昏迷的時候發生。

他看向那些同伴。弓箭手帕爾米斯一貫地神色自若，淡淡的鬍渣覆蓋下巴；弓箭手依可蘿的身上受了點傷，她刻意拉低酒紅色的大綿帽遮住眼睛；癒師牧拉瑪的頸上掛著防風鏡，臉上也多了一道傷疤，從額眉處斜切下來；弓箭手韓德依然戴著內層縫有厚布的鋼鐵口罩，呼吸粗沉；湯加諾亞、尤里西恩也在場，莊嚴佇立。

麥爾肯是唯一的學者代表，他所屬的浮空要塞是七艘之中最後返回的。他們走得最遠，直達舊世界伊比利半島南端的直布羅陀峽灣。果不其然有了重大發現。

除了他們以外，俊和莉比絲也參與了圓桌會議，因此瓦伊特蒙的出席者共九名。幻魔導士則來自任務組，以及亞法隆的各個城市單位，包括幾位駐城的大魔導士，梅西林諾斯就是其一。

大魔導士是幻魔導士的最高階級，是實質主導歐洲文明的人。他們掌管城市建設，交通防禦，溝通與法典，還有文化遺物的挖掘與保存。然而一旦進入圓桌會議，大魔導士反而扮演起協調者的身分，多半時候僅站在一旁聆聽。這與瓦伊特蒙的長老模式有些許不同。

自從瓦伊特蒙到來，圓桌會議事實上成了一種毫不間斷的活動——它不再是固定時段、固定參與者的會議，變成資訊市集一般的場所。日復一日，任何人都能在任何時刻參與討論。這個社會的人們很快便領略一件事：能否做好萬全的預警和準備，關乎他們整個文明的生存。

然而今天的會議有兩個反常的地方。第一是幾乎所有關鍵人物都出席了，近百位與會者把這地方塞得水泄不通。第二便是出席的大魔導士開始積極參與總結，收縮討論的邊界，尋找解決方案。會議持續進入深夜。

「我們的祖先在歐洲大陸建立起新的城市要塞，其中最重要的原則便是儘量依靠資源繁盛的海岸線。」梅西林諾斯神情凝重。「但依照當前的情況，海洋其實比內陸更加危險。」

地圖的七處圓錐藍磚分別代表已知的冰脊塔位置，幾乎都在沿岸地帶。舊世界的耶路撒冷，北非沿岸的錫德拉灣南側，位於最西方的直布羅陀巨岩，遠古威尼斯城一帶，遠古瑞士的因特拉肯一帶，遠古丹麥的奧登斯，以及舊世界的雅典——最後這一個，是目前所知離亞法隆最近的一座冰脊塔。

這當中只有兩塊藍磚的周圍被畫了一圈金黃色的顏料：遠古威尼斯城，以及北非的錫德拉灣。

「沿岸的凍原都是敵方可以輕易滲透的地帶。」麥爾肯說：「我們在遷徙過程被巨型冰晶觸手襲擊好幾次，其實它們就是變相的移動要塞，從海底凝冰而成，在陸地釋放狩軍。它們才是真正的地理支配者。」

「我想它們便是白島意圖的延伸。在地中海沿岸設立諸多冰脊塔，定是為大規模行動做準備。」梅西林諾斯的手掌掃過巨型地圖。「圖謀侵略，毋庸置疑。」

「等等，這結論下得有點早。」某位幻魔導士語氣恭敬，卻是明顯的反駁：「我們無從得知這些冰脊塔存在的目的是不是為了製造狩軍來發動侵略。有可能僅是為了封閉該地區的雲層。」

一位名為阿米里亞斯的大魔導士附和說：「有些冰脊塔在幾年前我們也見到過，例如距離最近的雅典和耶路撒冷這兩座，不是嗎？我們從未受到侵犯，之前經過雅典一帶也沒人看到過魔物的出現。」他的卷髮修得相當保守，和曲捲的鬍鬚連成一圈，工整地包覆顏面的輪廓。

「以假想的威脅來當決策依據，一直是人類歷史最大的危險。」

「我們不是在和人類打交道。」失去左臂的費雪琳娜說：「你的說法毫無助益。從派出七座浮空要塞出擊的一刻，我們就等同於向狩軍宣戰了。」

俊打量著這些人。迄今為止，圓桌會議分為讚成出擊與反對出擊的兩派。雖然大魔導士們試圖保持中立，最後仍無可避免地成為意見標竿。而由梅西林諾斯為代表的出擊派，多半會壓倒以阿米里亞斯為代表的反對派。

「我們總是過於倉促地做決定，」阿米里亞斯開始沿著地圖踱步。「有一件很重要的事大家別忘了。」他用步伐企圖把眾人的焦點帶離地中海沿岸，拉往阿爾卑斯山脈。「這次發現的冰脊塔當中，就有這麼一座，離最近的碎冰帶至少隔了三百多公里。」他停下，以腳尖輕觸『因特拉肯』上的圓錐藍磚。「這兒已是內陸。」

「你想說明什麼？」梅西林諾斯問道。

「有沒有思考過上一次的攻勢太躁進了？或許該花更多的時間做探索，再來擬定策略。我們還沒有鉅細靡遺地考察歐洲大陸的每一里雪地。」

「我們已花了多少日子爭論？」梅西林諾斯站在地圖的對角線，拂袖指向北方、東北方，以及北西北的任務軌跡。「這三趟航程穿越了大片陸地，都沒在內陸看見任何冰脊塔。北非亦然，只在沿岸有發現。難道結論還不夠明顯？」他的目光從依可蘿跳到帕爾米斯，後者點頭。

阿米里亞斯沉穩地回望，提出了疑問：「那麼，你要如何解釋在內陸的雲層五百年來從未散去？」

梅西林諾斯頓時語塞。人們低聲密語，卻沒人有答案。

阿米里亞斯接著說：「必然有某種力量也挾持了內陸的雲層。我的提議是，既然明白敵人有超乎想像的防禦能力，不會安靜地挨打，我們就該想好如何分配戰略資源。全數投入臨海地區掀起戰役是莽撞的舉動。」

「正是因為敵人已起了防心，」回應他的是麥爾肯：「若我們想搜遍內陸每個角落，不僅會失去攻擊的良機，還給了敵人時間準備反擊。」

「如果敵人率先在海岸線設點這個假說成立……」某位年邁的幻魔導士說：「那麼不僅奔靈者說的太平洋火環帶，現在連大西洋底下都可能充斥著冰晶。這太不可思議了。白島的影響範圍可以覆蓋整個地球。」

「有什麼改變？打從五百年前陽光消失，白島的影響力便已覆蓋全世界。」阿米里亞斯陰沉地回她。

「不是全世界。」帕爾米斯此時走上前，指著被金黃顏料標註的兩個地方——位於北非沿岸的冰脊塔，已被帕爾米斯的要塞摧毀；還有義大利威尼斯一帶的冰脊塔，由癒師牧拉瑪的冰山擊滅。

這兩個任務組的事跡已傳遍全城。市民聽說天空破開一圈廣大的缺口，陽光像是灼熱的暖流掃遍大地。對於親眼見證過的幻魔導士，那是這輩子迄今最大震撼。

「喚回陽光是唯一的關鍵，幸運的是我們已經可以重複證明這一點。」帕爾米斯重申任務最重要的成果。「我們能做的只有突擊，破壞更多的冰脊塔據點來奪回沿海地區的主導權。否則魔物會逐漸吃進內陸。這無可避免會是一場消耗戰。」

俊站在他們身旁，一直沉思著。身後的群眾竊竊私語。

「說得很對，但我們可不能忽視消耗戰的代價。有兩個任務組應該最明白這一點。」阿米里亞斯先後瞥了牧拉瑪、依可蘿一眼，對他們說：「這次集會有許多人還沒聽過你們的經歷，煩請兩位再闡述一次當時發生的事。特別是……『雅典』那兒的情況。」

人們投來殷切的目光，似乎已聽說在七條任務航道裡，牧拉瑪和依可蘿的經歷最為曲折。尤其癒師牧拉瑪，他所在的要塞竟然遇見三座冰脊塔！

牧拉瑪獲得同行的幻魔導士同意之後，便代表任務組走向廳堂的中央。「啊……」他輕觸臉上的傷疤，清了清喉嚨說：「我沒料到從亞法隆出發朝西北方航行不久，就在雅典碰到冰脊塔。同行的夥伴說它早已在那兒好幾年，暫時不足已構成威脅。所以大夥兒做了個決定：暫且不管它，航向遠方勘查。」

圓桌會議的人們議論紛紛。

「但接下來，在舊世界的威尼斯附近又出現了一座，這讓我們有些錯愕。這一次大夥兒決定嘗試攻擊。」牧拉瑪簡明地說。「我們等待隔天的正午才開火，想說如果陽光真的降臨，會消滅掉區域裡的所有敵軍。結果……」他歪起了嘴角。「情況順利得讓我懷疑自己的眼睛。當然，是你們的極光砲太強了，相當於十幾名奔靈者同時火力全開。來個幾發就毀滅了冰脊塔，有點兒嚇著我。天空果真開啟了大洞。吶，城裡已經傳遍各種天空景象的版本，所以我就不贅述，想知道的隨口問問路邊的市民吧。」牧拉瑪揮了揮手，語氣一貫地慵懶。「後來我們商量，決定還是繼續往內陸駛去，在阿爾卑斯山脈一帶做探查。大夥兒抱有各種心理預期，但是……沒想到竟然會在那麼近的距離內，又發現一座冰脊塔，還是在海拔那麼高的地方。」他拉高音量壓過人群的雜音。「這就相當詭異了。它就窩在一個山谷內，彷彿有悄然生成大軍的意圖。」

「你們有試著摧毀它？」群眾裡有人急切地問。

「那是當然的。但這次我們失敗了。」牧拉瑪的語氣沉了下來。「主要是地形對浮空要塞很不利。環繞的山丘成了最嚴密的防禦，雪坡上冰脈橫生。一接近，立刻有大片網狀的冰脈射來。就像麥爾肯說的，這一次敵人有了萬全準備。要塞受到重創，只能撤走。我們還得迫降在雪地停留幾天修復它。

「當時大夥兒的判斷是，活著帶回情報才是最重要的。」牧拉瑪接著說：「於是我們打算原線返程，卻萬萬沒有料到……我們再次經過雅典時，看見戰鬥已經開始了。」

人們睜大眼，全專注地盯著牧拉瑪。「什麼戰鬥？」有人大聲問。

牧拉瑪陰鬱地朝身材嬌小的女弓手揮了揮手。「依可蘿他們的要塞就在雅典和冰脊塔火拚。這邊由她來說明吧。」

女孩的手指捲著頭頂綿帽的邊緣，有道地圖中央，她背後的長弓搖擺。「嗯……我們最初只是單純地朝北西北穿越內陸，沿途沒有發現任何冰脊塔。」她在地圖上指出那條平靜的航程。在眾人面前發言，似乎令她有些緊張。「一路上什麼都沒有，就是無盡的白雪。最後抵達波羅的海的碎冰帶，才在那兒察覺大批狩群的蹤影。我們直覺不對勁，決定在那一帶多花幾天巡邏。」妳的手指在地圖上方繞圈。「數天的努力有了回報，我們終於在一座陸嶼上……也就是舊世界丹麥的奧登斯遺跡附近……發現一座冰脊塔的存在。」

依可蘿的面孔出現變化，彷彿難以揮去腦中的驚恐。她勉強地說：「在那兒，我們也遇到了『飛龍』的襲擊。」人們發出呢喃和驚嘆。

俊聽著，心中有千萬種不解。那些沒有與陸面冰脈相連的飛龍不僅出現在西邊的直布羅陀，也出現在北方的奧登斯遺跡。這等於推翻了當初他們對白島和狩軍的理解。

「依可蘿的勇敢救了我們許多人。」和女弓手同行的幻魔導士同伴來到她身旁說：「無論極光砲多麼強大，它們的設置主要是為了對付航跡水平線底下的威脅。我們從來沒有遇過空襲，所有人都嚇傻了。若不是她獨自在要塞頂端放箭嚇止飛龍，爭取到逃脫的時間，很可能現在我們不會站在這兒。」

依可蘿尷尬地再次拉低酒紅色綿帽。「應該說我們非常幸運……只遇見一頭飛龍。要塞的驅動師做出明智的決定，扭轉航向。我們被迫放棄奧登斯的冰脊塔，逃命要緊……後來我們確定了亞法隆的方位，便立刻踏上歸途。」女孩繼續說著她的故事：「問題是，後來的航道自然與來程不同，沒人料想到我們會經過雅典一帶。在那兒，首先抓住我們注意力的是大量的狩軍。遍地都是，從雅典遺跡延伸過來……」

「和牧拉瑪他們最初所見的不同。」梅西林諾斯聽出了蹊蹺。

「是的，牧拉瑪他們經過時，雪地裡半個魔物也沒瞧見。」依可蘿說：「但在我們眼前的卻是嚴陣以待的狩群。」她深深吸了口氣，又緩緩吐出。「更奇怪的是，我們看見雅典周圍的碎冰帶全被冰晶紋理給覆蓋。像藍色藤蔓一樣穿插在碎冰之間。數不清有多少。」

會議廳堂突然變得異常安靜。即使已聽過事件報告的大魔導士也面色凝重。

俊想起了遷徙時他們見過那的景象，冰脊塔底下蔓延出來的紋理。就是在當時，縛靈師逕自走向那巨大而詭異的高塔，雨寒和凡爾薩都來不及阻止她伸手觸碰冰塔表面。

詭異的是在那事件之後，遷徙大隊便遽然改變行進方向，轉往正北。現在從幻魔導士那兒得「知舞刀使文明」的存在，俊判斷很有可能那便是陀文莎觸碰冰脊塔時感應到的「理想鄉」。

依可蘿打破寧靜說：「那種又長又粗的冰脈，我們在遷徙途中見到時它們只沉睡在冰層底下，這一次卻全數活化過來了，像蟒蛇一樣在活動，從高空俯瞰，像是綿延好幾公里的巨網。」她的口吻透著恐懼，有點不能自己。

「然後呢？」梅西林諾斯敦促她。「你們主動發起雅典的戰鬥？」

依可蘿搖頭。「我們仍在猶豫時，敵軍率先發難。那些巨網朝天空揚起，垂直阻攔我們的飛航路徑。更糟糕的是，空中出現了更多的飛龍。」

「你們看見多少隻？」人們急於詢問。

「從空中攻擊我們的就有四隻。碎冰帶上還有兩三頭在攀爬。」依可蘿不自覺地握緊胸前的弓弦，手指微顫，彷彿回到了戰場中央。「有了上一次經驗，我們已明白飛龍和所有的狩都不同，攻擊能力完全是另一個級別……我們知道逃不了了，所以只能孤注一擲去破壞冰脊塔，期盼可以喚回陽光。但現在回想起來，那是辦不到的。浮空要塞難以衝破冰網的阻攔。」

「後來……後來怎麼辦？」有幻魔導士問。

「我們真的以為死定了。但另一座浮空要塞即時出現，解救了我們。」她回望牧拉瑪和他的同伴們。

高壯的癒師摸了摸額頭的傷疤。「於是我們兩座浮空要塞進行了聯防作戰。」牧拉瑪說：「犧牲了一些人……而且根本沒機會接近雅典的冰脊塔。但我們奇跡似地逃脫了。」

在他身旁的幻魔導士同伴也補充道：「能夠飛回亞法隆算是不幸中的大幸。兩座浮空要塞都受到重創，後來徹底報廢了。」

那便是俊剛醒來不久，繞城時看見的兩座墜落的要塞。
在場的人此時全盯著地圖上的雅典，神色不安。有數頭飛龍在那兒盤旋，大批狩群齊聚
——而那正是離亞法隆最近的一座冰脊塔。
於是，關於下一步決定，人們分為幾派陣營。和之前一樣，大魔導士梅西林諾斯匯集了一票希望繼續出擊的聲音，帕爾米斯、麥爾肯都贊同這樣的決定。而阿米里亞斯一派則認為應該先暫緩腳步，沉著觀察一陣子，這觀點獲得牧拉瑪、依可蘿的支持。與先前不同的是，這次會議多了第三種聲音，而且它代表瓦伊特蒙多數居民的觀點。
「如果你們在內陸還有其它的據點，」開口的是弓箭手莉比絲：「必須做好動員所有市民遷徙的準備。這應該是第一要事。」她就站在俊的身旁，灰髮遮住她的半邊臉，顯得苛刻。
「然後呢？拋下亞法隆？」有人反駁道。
「最糟糕的情況下，是的。」莉比絲回道：「沒有人希望這事情發生。但該做的準備還是得做。」
人們不可置信地呢喃，當中有許多人拚命搖頭。這光景和當初瓦伊特蒙遇難之前如出一轍。沒有人願意主動離開自己的家鄉。
「目前看來，歐洲內陸確實相對安全。」阿米里亞斯若有所思地說：「但是，要拋下亞法隆這件事……不應該列入後續討論的議程裡，太過激了。」他朝莉比絲投了個非難的眼神。「人們總會拿自己的境遇，取代機率下定義。」
「你在暗示什麼？」莉比絲瞪大眼，但俊伸手拉住她，以眼神要她冷靜。
「別誤會，我們非常重視你們的經歷，但任何魯莽的決定——」

「其實她說的並沒有錯。」梅西林諾斯打斷對方。「敵人的威脅非常迫切。我們得依循最糟糕的情況來做準備。這也說明了主動出擊才是最好的防禦。」與他同夥的那一派人發出嘹亮的嗓音附議。

圓桌會議各方陣營開始相互嚷嚷，吵成一團。不同人與不同人展開激辯，把大會切分成好幾個論區。他們踐踏在巨型地圖上，聲音在圓頂殿堂內起彼落地迴盪。俊挪身到角落，並未加入人們的爭論。

身為瓦伊特蒙的總隊長，他知道其他居民的心願；待在沿案區域總會令人不安，想好應急方案是必要的。然而，由於自己陷入昏迷而錯過了反擊任務，令他心底不乏愧疚。他應該要在那兒見證突襲冰脊塔的過程。

就算撇開這些都不談，他的心底有更深層的擔憂：人類似乎再一次無法掌握狩軍的意圖。

他一直在記錄狩群的種類。光是當初襲擊瓦伊特蒙的敵軍便有好幾個兵種。有的魔物體內多核，必須全數摧毀才能將其擊斃；有的魔物體內完全無核，卻與某個主體相連，必須殺死主體來連帶消滅。但無論敵軍種類如何錯綜複雜，不變的共通性就是牠們的命脈是雪地裡的冰脈，連結到該區域的冰脊塔。

但飛龍的出現打亂了整個邏輯。難道牠們不是白島衍生的細胞體，沒有冰脈的連結亦能存活？而且與之作戰過的幻魔導士都說，他們甚至無法明確判斷飛龍的體內是否有核。沒人知道該怎麼有效對付那些空中的魔物。

「認清事實吧！浮空要塞的視野並非萬能，所有航線都有局限性。不能排除還有更多近在咫尺的冰脊塔尚未被發現——」

「敵人已嚴重侵蝕我們的制空權——」

「聽著，折中方案就是靜觀其變。我們再做出更全面的探索——」

「靜觀其變?·在距離亞法隆數小時的地方，敵人集中了那樣的軍力！難道意圖還不夠明顯!?」

爭執延續不知多久，站在歐洲大陸地圖上的這群人你來我往地彼此說服。最後，聲音慢慢朝著一個方向凝聚起來。

眾人至少同意有幾件事情得同時進行：強化亞法隆城的邊防，探索鄰近冰域的情況，還有向市民溝通遇襲時的應對方案。

「那麼我們收縮反擊的範圍，」梅西林諾斯最終作出妥協：「聚焦在雅典吧！那是再明確不過的威脅。」

「各位，」弓箭手帕爾米斯告訴眾人：「從距離上考量，若運氣好，說不定當雅典的冰脊塔毀滅，亞法隆也會被陽光籠罩。」

這句話給在場的人們打了陣強心劑，就連阿米里亞斯也猶豫了。

俊也在此時提出一個補充觀點：「就算陽光沒覆蓋到這兒，至少在極端情況下……若有天市民必須離開亞法隆，那地區就是可以直接遷徙過去的光域。」

人們相繼附和，圓桌會議掀起澎湃的希望之聲——集中火力摧毀最近的雅典冰脊塔，是值得傾盡全力的賭注。

「最後，和之前一樣，我們還是需要瓦伊特蒙指派一些奔靈者同行。你們面對狩軍的判斷起到很大的幫助。」梅西林諾斯說完，帕爾米斯、牧拉瑪等人立刻點頭。

事實上，在場所有人都明白，在幻魔導士文明的空戰科技面前，多數奔靈者早已插不上手。這文明的作戰兵器擁有可承載數百人的體量，數十倍的攻擊力。與之相比，只能在雪地奔馳的棲靈板像是原始而落後的工具。邀請奔靈者純屬預備方案，以防類似依可蘿的事件再次發生。

俊抬起頭，環視眾人。「也請讓我和你們同行，前往雅典。」

帕爾米斯看向他。「俊，不太妥當吧……你的身子仍在復原。」

曾協助手術的克瑞里厄斯此時推開人群，走到俊的面前，用手指敲敲他的胸口。「銀邊墨璽和人體的融合需要時間來適應。保守估計，至少幾個月內你都不應該有激烈動作，遑論參與作戰。」

「我是瓦伊特蒙的總隊長。如果你們執意要發動逆襲，我必須跟去。」俊的口吻透露出少見的剛硬。「大家放心吧，我恢復的狀態相當好，沒什麼問題。」

「俊——」帕爾米斯還想說什麼，但俊的眼神讓他止住了口。

沒有奔靈者願意當眾反對他們的總隊長，於是話題轉了個方向，人們開始談論出征的事宜。一旦討論進入細節，圓桌會議再次充滿辯論聲。俊鬆了口氣，雖沒人贊同他，所幸也無人反對。

忽然他瞥見莉比絲投來的目光。女弓手正陰沉地望著他。

清晨，俊獨自回到城牆。微風吹拂著他的白髮，把濕氣留在他的臉頰。漆黑的天色剛剛開始消退，隱約可以看見周圍流動的濃霧。

幾名幻魔導士從他的身旁走過，應該是剛完成「極光散放」的操作。俊經過其中一座砲塔，觸摸它精細的木製操作艙。每一天兩次，亞法隆得從城牆朝外放射出一圈暖光，催化它和凍原的水平對流，把鄰近區域的溫度維持在露點，才可生成更多的霧氣。這是幻魔導士長年研究這一帶環境的成果，只需投注最少的能源便能抓到平衡的公式，有效推動霧氣的對流生成。

簡而言之，這種自然的平流式霧氣並不受風的影響，可使亞法隆永遠隱藏在迷霧之中。

俊的手在披風口袋裡撈到一塊沉舊的木片。不需拿出來看，他也知道上頭的銀紋是一頭嘶吼的獅子。

一陣稍強的風捲起他的披風末端，讓他停下腳步。

俊想起艾伊思塔曾經說過，舊世界遺跡也總是吹著不尋常的風。但在那些地方，強風驅逐雪霧，讓大批狩群的身影顯而易見。他不確定這之間是否有任何關聯。冰雪世紀有太多人類無法理解的現象，或許人類永遠得不到答案。

腳步聲逐漸靠近。俊回過頭，瞧見女弓手的身影。

「你為什麼要這麼做？」莉比絲沿著城牆走來。俊看不清她被灰髮遮掩的眸子，只覺得對方口氣不尋常地陰鬱。

「我做了什麼？」俊不解地問。

「自願前往雅典。你的身體情況根本不允許。」

俊輕輕吸口氣，整個身子面向她。「我錯過一次了，不能再讓夥伴們自己去冒險。你們視我為總隊長——」

「我們視你為總隊長，不是要你平白無顧去送死！」

他為女弓手的語氣感到吃驚。「怎麼會是送死？我們已經不在瓦伊特蒙了，幻魔導士的科技高強，還打算動員更多的要塞。」

「俊，其他人或許沒有感覺。但我完全明白你的舉動。」微風帶著薄霧在莉比絲身旁繚繞，輕輕掀起灰髮，露出她緊繃的細眉。「你總是不要命地往前線衝，好像自己的命一點兒也不重要。」

俊訝異地回望她。「不是妳說的那樣。」

莉比絲憤怒了。「難道不是嗎？你當我看不出來？」

「妳知道人類面臨的危險。」俊設法冷靜地告訴她：「我們沒有一刻安全，無論身在哪兒。亞洲，歐洲，瓦伊特蒙，亞法隆，都一樣。我們有雪靈的作戰能力，是文明的最後一道防線。」

「最後一道防線？」莉比絲不可置信地搖頭。「你自己剛才說了，幻魔導士握有強大的科技，根本不缺你一人的參與！」

「那麼妳希望我怎麼做？像個懦夫，像個叛逃者，拋下同伴讓他們自己上前線？」

「我沒有要求你拋下戰友！你永遠不可能那麼做。我也辦不到！」女弓手吶喊。「我只是要你至少珍惜自己那條命！」

俊的眼眸和濃霧一般渾濁，不知該如何回應。天空正以非常緩慢的速度明亮。城牆上的霧氣波浪似地飄晃，猶如被掀開的時間之流。

莉比絲也似乎在壓抑著某種情緒，欲言又止。最後當她開口，聲音有股濃郁的哀痛。「就算你不停自責，也無法逆轉已經發生的事……」她直視著俊說：「人死了，就是死了。路凱已經死了快兩年了。」

俊瞪大了眼。「妳……」白色眸子彷彿眼底結了冰。他的語氣有股陰涼的慍火。「妳最好注意自己接下來說的話。」

女孩被俊的口氣嚇著了，猶豫地回望。

打從離開瓦伊特蒙踏上了遷徙之途，莉比絲就是俊最親密的夥伴之一。遭到統領階級背叛後，由帕爾米斯、依可蘿等人組成的年輕弓箭隊一直是俊身旁最得力的夥伴。戰場上，莉比絲總待在俊的身後不遠處，以強大的遠程攻擊掩護闖入敵陣的他。

然而，再好的同伴都沒有資格闖入他心中那道聖潔的堡壘。或許他成為總隊長之後已鮮少回憶路凱的事，但這不代表他已遺忘。

但現在，莉比絲這個渺小的身影，投射了一道朦朧的黑影在白淨的高牆上。

「我得回去休息了。」俊不打算和她爭辯。他明白身體狀況不如以往，但就算得付出犧牲，自己必須前往雅典。

俊想繞過她，女弓手卻挪身擋住他。

「你的本能就是盯著路凱的背影，拚命想學習他，對吧？你以為身為總隊長就該像那樣，拚命想去送死！」

莉比絲彷彿踩在即將碎裂的薄冰。白髮奔靈者握緊拳頭，勉強抑制要爆發的怒意。「別再說了。妳根本不曉得當初發生什麼事。」

然而她不干示弱地喊道：「你如果理性地去想想，就會知道這整件事多麼愚蠢！」

「他為了整個瓦伊特蒙犧牲了自己！」俊忍不住甩頭嘶吼。

「犧牲自己就是好的領導者嗎!?別忘記你現在是瓦伊特蒙的總隊長！路凱……路凱充其量，不過就個身負任務的小隊領袖罷了！」

俊咬緊牙關。「要是妳敢再提一次他的名字——」

「路凱從來不是個負責任的戰友！」莉比絲的叫聲傳遍城牆頂端。「他讓自己一死了之，卻讓同伴背負所有罪惡！」

極端的怒意洗劫了俊的面容，他猙獰地朝莉比絲開口。

「獨自回到瓦伊特蒙的是你——是你！」女弓手沒有給他反駁的機會，她的話像一支燃燒的箭，直直刺入俊的心頭。「有多少人能夠獨身一人從所羅門穿越冰域回來!?只有你完成使命。你帶回的文獻救了所有人！今天還活著的每一個人！

「但你總覺得自己永遠，永遠不如路凱，就因為他選擇了犧牲！」眼淚從莉比絲的灰色眸子流下。

俊握著拳，直勾勾地回望著女弓手。

微風吹拂著他們兩人，捲起清晰流轉的霧氣。晨霧之中，亞法隆的城中一片凝靜，只有外頭傳來瀑布的聲響，以及莉比絲的啜泣聲。

「他已經回到陽光身邊了……」她用手腕擦拭自己的臉，卻停止不了嗚咽。「剩下的，只有我們這些被世界遺棄的人，還掙扎著不肯放棄……」

俊嚥了口唾沫，沒有作聲。

「不管你裝得多好，到現在你還是相信一切都是自己的錯。」莉比絲流著淚說：「一個戰友離開就剝奪了你的生存意義……難道你也要那樣對待我們……要那樣對待我？」

說完她用手臂壓著眼眸，轉身快步離開，從牆沿走下迴梯口。傻的目光停在她消失的地方。逐漸明亮的白晝帶出了綿延的牆道，以及整座巨城的輪廓。

他感到一陣昏眩，彷彿理性和情緒同時被瓦解。他不知該如何思考。

白色高牆出現一道裂縫，以驚人的速度拓寬，再也無法成為屏障。封鎖在白淨城牆裡的那道模糊的光影，那道在他心底最深處，本能地視為永恆信念的地方，驅動他人生一切的光，正從胸口迸裂的牆縫中央，滾滾流瀉出來。

EPISODE 20《絢痕》

長年的落雪讓樹林成了一片蒼白而崎嶇的地勢。白雪結滿樹皮，遮掩住已枯萎的枝幹。深藏在這樣一片密林中央的便是北境白城。

它建立在舊世界的芬蘭，位於赫爾辛基遺跡正西邊約 50 公里處。雙子針的座標顯示為 108.7 度。

事實上在舊世界，「北境白城」這一稱號正是屬於赫爾辛基遺跡，源於遠古時期人們就近開採的一種白色花崗岩，打造城市建築用的。但到了這時代，當前這座位於密林中的新城不僅奪取了鄰近遺跡的稱號，也延用了當時的傳統，搬運白岩過來強化城牆。

因此，北境白城雖然只有亞法隆的六分之一大，卻擁有異常堅韌的守備系統。冰雪世紀的人們在這兒搭建起新保壘，彷照過去的建築風格築起星形的厚牆。牆邊突出的尖角架立極光砲，確保這些數量有限的兵器可覆蓋最寬廣的射輻。

在仍倖存的人類據點中，這兒是最北方的城鎮，許多補給品都得由其它城市運送過來。天候極端冰冷，能見度有限，因為天空幾乎從未停止降雪。而每年有 50 多天的時間白晝將撤底消失，整座城市會被籠罩在無盡的黑夜之中。

目前並非那樣的季節，但晝夜之分對琴而言毫無差別，因為這些天來她和妲堤亞娜幾乎都待在地底兩百多公尺的地方。

在這猶如巨獸腸道的地底隧道裡，女幻魔導士不知疲倦地檢視各種古文獻，琴則在虹光氣泡的照明下參觀舊世界的畫作。

她發現自己正處於一種狂喜的狀態，這些所謂的「藝術品」令她心跳澎湃，簡直欲罷不能。她懷疑自己若永遠不回地面也沒無妨。

彷彿無盡延伸的隧道和地窖隔之間都擺滿了物品：大大小小的畫作，雕塑品，工藝品，以及厚重的書籍。簡直是個寶庫。她看見天使被金光渲染的輪廓，躺在舒適毛毯上的裸體女人，帶著微笑曖昧相擁的男女，騎著珍奇異獸的俊美戰士。每觀察一件全新的古代作品，都刺激她腦海裡的想像。

有些巨大的畫作甚至塞滿一整面擺設牆。在一個房間裡，她看見一幅畫描繪兩個人以指尖相碰。畫的右半邊是名身穿白衣的長者，在他背後有一群彷彿增生出來的孩子。畫的左半邊則出現龜裂，一名裸體男人的臉被抹除了。

她無法理解那些時代的人們懷抱什麼樣的心態，能夠如此精心創造出一系列琳琅滿目的寶物。在冰雪世紀，想做出一件藝術品都得付出高昂的代價。「這些還只是從各大遺跡挖掘到的尚可保存的部分。」妲堤亞娜之前告訴過她：「我們相信在某些時代，人類文明曾經大量地產出藝術品，比方一千年前的文藝復興時期，還有在五百年前，冰雪世紀準備降臨前的那個時代。」

即便如此，琴明白若想細細看盡這些藝術品，待在北境白城一整年都不夠。在這個地底數百公尺深的地方，存放舊世界收藏品的房間就有上百個，點綴隧道系統前端超過一公里。

堅固的地底隧道系統，正是為何除了北境白城以外沒有任何地方更適合收藏古物。就連亞法隆也辦不到。

打從遠古時期這兒的洞穴系統便已存在，明顯經過了精心的設計，而且與家鄉瓦伊特蒙的天然岩穴呈現很大的對比。妲提亞娜告訴她這兒的地窖與一座舊世界的礦場相連。那是擁有千年歷史的老舊礦區，從鄰近的荒廢小鎮洛赫亞開始，延伸到星羅棋布的千百個天然湖泊的下方，據說綿延了好幾十公里，最深處可達地底四百多公尺。到了這時代，幻魔導士截取了礦場的一部分改良為收藏地窖，它的入口就在北境白城正中央一個設有升降梯的圓形空井。

婷在亞法隆已見識過形形色色的升降梯，多半用線繩、滑輪結合砝碼來平衡重量。但北境白城中央的圓形空井有些很奇特的差異：它的升降系統設有液壓管線，據說裡頭灌滿了沉積岩油和鯨魚油，而且圓形的升降平台被三道垂直的輸送帶夾在空井中央。一切都是為了確保升降系統在起速和停擺時的穩定，為了保護他們運輸的收藏物。

一直有幻魔導士上上下下，來往城市與地窖之間。而在那座空井旁，三座女神像以典雅的姿態凝望北方。她們代表過去，現在，與未來，是遠古的北歐神話掌握時間的神靈。而在空井另一側，石板地上刻著一行音輪語——

「索取時間的真義，把科學與藝術折疊為雙翼，定義世界模樣。」

在空井下方大約三公尺處，井壁朝內凹陷進去，裡頭設有一批球體狀的儲能槽，表面仿如銀鏡。純銀製的線絲從裡頭牽引出來，隨空井落入地窖，彷彿銀色的水痕，然後這些銀線又沿著地窖的天花板通往各個房間。任何想搭乘升降梯下來的幻魔導士，都得先從儲能槽引出一簇雪能泡泡；隨著升降梯逐漸下降，彩光會冒著氣泡順著銀線與他們一同移動。換言之，每一位來此的幻魔導士都得自己攜帶光暈以供照明。琴也入境隨俗，運用手上的墨璽拉動屬於自己的光源。

某天，妲堤亞娜叫琴和她走一趟。當時琴正在仔細打量一座斷了手臂的女體雕像，用手指輕觸冰冷的大理石乳房。女幻魔導士從背後呼喊琴時，嚇了她一大跳。

他們經過一條地底廊道，看見一群人從前方經過。他們正小心翼翼地推著一台運輸車，上頭疊著厚布包裹的物品。

「似乎有要塞從遺跡歸來。看樣子他們又找到一些值得收藏的人類遺物。」妲堤亞娜說。

琴靜靜地跟她來到一間閱讀室，牆面幾乎鋪滿了鏡片，讓原本就已堆滿四處的文獻書籍彷彿無限增生。妲堤亞娜舞動手腕上的墨璽，更多地底的儲備雪能從外頭溜進房間。天花板上，一波波虹光氣泡像水波般蕩漾，大大提升了明亮度。

「我把所有關於所羅門文明的記錄都搬到這兒來。」女幻魔導士說：「從二十五年前第一次與他們接觸開始，前往該地的使節團隊的報告。」她攤開一些舊文獻，旁邊有幾張她自己做的筆記，寫著複雜而潦草的筆跡。「這一段是關鍵。所羅門的奔靈者曾經非常關注一個同樣位於南太平洋的島嶼，『斐濟島』。」

「斐濟島……？」這名字似乎聽來有點兒熟悉。琴來到她身旁，銀色眼珠盯著那些文獻。妲堤亞娜散發著一股淡淡的香味。

「遠古時期一個幾乎與世隔絕的地方。各種史記曾說舊世界的諸多勢力都爭相在那兒推動軍事研究。俄羅斯，美利堅，澳大利亞，一些在當時握有強大影響力的陣營。」

琴看著書中某張地圖，忽然想起來了。她確實從親戚那兒聽過這地名。它座落在子幅31

度線，地理上剛好在瓦伊特蒙和所羅門群島之間，因此兩個文明都想奪取它的探索權，間接成了雙方衝突的引爆點。

「在那兒，所羅門似乎找到了幾個廢棄的研究處，據說藏有在冰雪世紀降臨初期，人類針對狩所做的科學研究。」妲堤亞娜翻開另一頁，上頭畫著魔物的剪影，旁邊是各種註解，包括對於核的分析。「看這兒，這是當時的幻魔導士所抄下的騰本。」

「所羅門從斐濟島找到舊世界的實驗紀錄，幻魔導士又把它抄了過來。」

「是的。」

琴掃視妲堤亞娜所指的地方，發現是在冰雪世紀初期，萬念俱灰的人類所記錄的話語。

……電力消失後，唯一能夠擊潰狩的變頻雷射，已越來越稀缺。

……剛崩解的狩晶體，若成功保存下來，有相當的研究價值。我們發現它與硼酸鋇的成份相似，但多了一些目前尚無法解讀的元素。或許並不存在於地球。

……我們成功完成擬狩態的水晶。它竟能操控雪的結晶化，非常驚人。

「這應該和我之前展現給妳看的雪花操控能力差不多意思。但目前還沒有人能駕輕就熟，遑論要把雪片結晶化了。」女幻魔導士拿起文獻，翻到另一頁。「而這裡，有可能是關鍵的線索。」

……我們竟完成了糾纏態，真是個意外的收獲。不幸的是能供電的地方越來越少，偏振器的濾波作用很難穩定。科學家們再次搬運雷射設備，換了實驗室的地點。這裡周圍全結凍了，我們該離開這島嶼嗎？

……再也沒有運輸機出現了，也沒人可以離開這島嶼。電力全然失效。我會把記錄下來的頻率公式和步驟都收藏起來。沒人能確定這對於未來的子民有什麼幫助，這道題只能由他們自己解開了……

等待琴閱畢，女幻魔導士打量她幾秒鐘，然後取出下一份資料。「這一疊，是所羅門的人類針對那些遠古科學文獻的解讀。裡頭有進一步的詮釋，但也有很多衝突的地方。我想讓妳看的是最後這一段……」

琴不太確定為何妲堤亞娜在此時露出了微妙的神情。但當她開始閱讀，便立刻明白了。

舊世界人類所說的公式，我們還欠缺最關鍵的一部分。我們缺乏那些測量頻率的精密技術。每次結果都是無效，線索依舊不足。

但我們運用狩魔的殘骸造出晶石，發現只要能掌控三顆心臟就得以操控。最大問題是多數奔靈者都辦不到。只有極少數人透過稀有的黑色雪靈，能有效操控晶石。族長們考慮把他們安置在關鍵位置，但又……

琴眨了眨銀色的眸子。

「遠道前來北境白城，卻發現原來答案就在我身邊。」妲堤亞娜露出微笑。和琴相處的這段時間，她已明白暗靈的情況。「他們還規納出許多假設性的意識操控準則，足足幾十頁的厚度。我把重點都畫出來了。」她推了一疊東西給琴。

這或許在某方面解釋了當初絢痕和多角石的互動現象。琴花了點時間閱讀資訊中的指示。「所羅門說欠缺的關鍵『公式』……是做什麼的呢？」她的手指掃過一整頁的數學和化學符號。

「應該是擬狩態水晶，也就是多角石的某一種特殊用途。似乎只有舊世界的科學家能理解。」

琴忽然想起了什麼，抬起頭。「麥爾肯交給我一些文獻，也畫有類似的公式。他把它們都留在亞法隆的圖書館裡。」她不知道年輕學者是否已無恙歸來。

「是嗎？之後可以去看看。」女幻魔導士再抽出一個多出來的夾頁，是由不同的音輪語字跡撰文。「最後這一頁，是當時與所羅門交流的幻魔導士所做的記錄。」

幾年來，所羅門的『奔靈者』似乎掌控了那些狩晶體的使用方法。它們有種神奇的效力，能夠造成雪崩，或是揚起雪浪。什麼原理我們還是不太明白。現在他們似乎仍未滿足，希望借助我們的浮空要塞再次前往斐濟島。問題是他們對我們這群人不抱以信任，明顯有太多事情隱瞞了。就連區域地圖，他們也不願意分享。或許交給下一批使節處理更妥當，過幾天我們就得返回歐洲大陸了。來這兒已經夠久了……

琴稍微思索了一下。

舊世界的科學家，所羅門的奔靈者，還有數年前的幻魔導士，三個群體以文字留下相互交織的想法。她花了點時間釐清紊亂的思緒，然後問妲堤亞娜：「現在該怎麼辦呢？」

「去地面親手嘗試看看吧。」女幻魔導士敲了敲桌面上的透明多角石。

升降梯的鐵鏈發出規律的刺耳響聲，她們逐漸接近地面。當鐵鏈聲終止，琴立刻察覺外頭人們的騷動。妲堤亞娜拉開金屬大門，讓兩人踏出空井。

有一群人聚集在廣場邊緣的水池旁。

「發生了什麼事？」妲堤亞娜詢問從身旁走過的人。

「冰山載來了兩個人，據說是在亞洲大陸的前哨站遇見的。」

她們詫異地朝那方向走去。女幻魔導士忽然拉住琴的手，鑽入人群中。她那慣於施法舞動的纖細手指與琴相扣，手掌傳來成熟女人的溫暖，令琴有些不知所措。所幸人群遮掩了琴臉上的瀑紅。她倆從群眾當中擠身出來，看見正在與駐城大魔導士交談的身影。

「亞閻——！」琴吃驚地看著擁有淡灰髮色的男子。更令她驚訝的是站在他身後的長髮女子。艾伊思塔並沒有死。

「啊，琴，好久不見。」亞閻走了過來，露出大剌剌的笑容。「還好我們穿越亞細亞大陸，活著回來了。」

他的身上不再是陳舊的羊駝皮。亞閻和艾伊思塔都已換上了黑色絨毛披風，看上去較薄但更堅韌，邊緣繡著高貴的亮銀色花紋。那應該是幻魔導士提供的衣物。同時，亞閻雖然臉上有些凍傷，精神卻看來十分飽滿，這代表無論這段時間他經歷了什麼，都已在旅途中恢復了狀態。琴鬆了口氣。

周圍的幻魔導士向妲堤亞娜解釋一切，包括艾伊思塔的身分。「她就是他們稱之為『引光使』的人，在東亞的上海遺跡第一次擊碎冰脊塔的，就是她本人。」

市民滿臉崇敬，妲堤亞娜的眼底則閃現明顯的好奇。琴看見了，心底不由自主地升起一絲淡淡的厭惡。她為自己有這種反應感到羞恥，畢竟引光使曾經拯救所有人。

綠髮女孩一聲不吭，眼神朦朧地望著城市某處，神情似乎與以往不同。

幻魔導士小聲地告訴她倆艾伊思塔的情況，琴這才明白。而且，連亞閻也無能為力。

人們應該找個旅店讓那兩位訪客歇一歇，但情況似乎並不允許。傳言已散布開來，說在沿海某些地方可能有狩群的集結，以往寧靜的波羅的海也不例外，尤其西邊的舊世界丹麥一帶。

人們最後一次獲得來自亞法隆的情報，已是將近一週之前。

「現在我們所知道的是，亞法隆派出的冰山要塞還未全數返回。圓桌會議持續好一陣子，也下不了結論採取什麼舉措。」

「或許……我們該派人前去亞法隆確認。現在各種情報太混亂了。」

「順便要求他們派些人來支援吧。亞法隆那票人，總把我們當成可以忽略的邊境……」

下著雪的廣場上，幻魔導士和市民口中冒出陣陣白煙，說出來的想法盡是悲觀與焦慮。人們嘗試由破碎的面相去拼湊出威脅的全貌，卻更曝露出無力感。缺乏足夠的資訊，人們甚至無法進行有意義的爭辯。

出乎琴的意料，就某方面而言，亞閻似乎成了這個小城裡稀有的情報來源；他在結凍的水池旁開口，市民們則安靜地聆聽，彷彿在這位於世界邊緣的荒涼地帶，陌生的傳說都可以取代真理。

駐城的大魔導士葛萊妮亞是一位優雅的年長女性。聽完亞閻闡述魔物的本質後，她憂心忡忡地說：「看來我們真得派人去一趟亞法隆了，不能期望他們會自己傳送情報過來。亞法隆的決策將影響整片歐洲大陸。」

「其實不然。」妲堤亞娜告訴眾人：「亞法隆的情況非常混亂，這也是為什麼我們想來這兒找別的方法。」

「但時間緊迫，我們別無選擇。」葛萊妮亞凝重地說：「狩群在那麼短的時間從世界各地冒出來，這非比尋常。聽來像是某種協力攻勢的開端。敵人必然在密謀什麼。」

琴很早便發現一座城市有幾名大魔導士駐守，直接反應出該城市在歐洲人類文明的政治影響力。亞法隆有二十位，北境白城只有葛萊妮亞。

某位幻魔導士哀喪地說：「假設亞法隆沒有答案，我們又看不清事情的全貌。那還能怎麼辦？」

亞閻嘆了口氣，露出歪斜的笑容。「這幾年來，狩群首先挑了太平洋火環帶周邊的文明開刀。一旦牠們決定發動攻擊，目標地區會落陷只是時間問題。」他以就事論事的腔調說：「就如瓦伊特蒙，擋下一次大軍的襲擊，卻阻止不了第二次的入侵。現在看來，牠們正式把目標放眼整個歐洲。」

「那該怎麼辦?總不能什麼事都不做吧?」

小巧的廣場上，眾人面面相覷。雪花落在這一群孤寂的人們肩上。

「其實有一個……可以嘗試的方法……」琴開口。她不明白為什麼，但腦海深處卻想起了妲堤亞娜的某句話——世靈成結，藉以封存時間。

亞閣、妲堤亞娜隨著眾人一起凝望過來，只有艾伊思塔依舊盯著遠方。

「我們在遷徙途中，縛靈師曾經親手去觸碰冰脊塔。」琴維持毫無情緒的表情，輕聲說：「無論後來怎麼樣，在那一刻她確實感知到了非常重要的事。所以當時雨寒長老告知我們，縛靈師因而獲知『我們的理想鄉，就在北方』。」

這是非常大膽的想法，然而或許只有奔靈者能夠理解。北境白城的市民咀嚼著她的話，沒完全聽懂。只有亞閣，已露出尖銳的目光打量著琴。

妲堤亞娜開口說：「琴，就算如此，要做到這件事還需要你們的縛靈師來協助。但你們說過瓦伊特蒙已經沒有……」她止住口，會意過來，目光從怒目圓睜的亞閣挪向人群邊緣的綠髮女孩。

艾伊思塔正閉著眼睛，微微仰頭，彷彿在感受無聲落下的白雪。

深雪覆蓋的森林像是形狀扭曲的迷境。琴站在高聳的樹木之間，感覺自己置身在灰白鐘乳石陣裡。她踩著棲靈板，平衡身子，感受正被隱隱壓制的暗靈的脈動。她微微回過頭來。妲堤亞娜就站在身後不遠，朝她頷首。更遠處，亞閣雙臂交抱胸前，依身在一棵樹下，凝視著她。

琴閉起眼，召喚出絢痕——暗靈從她的胸膛浮現，整灘黑色煙霧。它飄晃片刻，匯聚起來，纏繞琴手握的多角石。這一次，她順從暗靈的意向，用意念把黑煙的尖端壓入透明石子裡。

與此同時，更多濃烈的黑煙從她腳邊溢出，那模樣像是浮動的觸鬚從棲靈板增生出來。琴彷彿騎在巨大的黑色八爪魚上，周圍雪地迅速融為墨汁般的濃稠液體。女幻魔導士向後退了幾步。

琴的長髮隨著揚起的烏煙緩緩飄晃，銀珠般的眸子凝望樹林深處。她彷彿被一個環形風陣給包圍，身旁的雪花不規則地捲動。這一刻，她依循所羅門文獻闡述的方法，去感受被石子框限住的那一部分暗靈。她忽然聽見脈搏的聲響，像是第二個心跳；那是一種深刻的錯覺，自己的手心彷彿正握著暗靈的心臟。然後，她以意識驅動手中的脈搏，讓它落入與自己心跳相同的頻率。

不久後……她聽見了第三個心跳聲。

來自大地的心跳。沒入雪地的廣大黑煙彷服在地底掀起了一股看不見的激流，化為漩渦盪開一陣陣嗡鳴。只有她一人才聽得見的大地鼓動，簡直像把地震的震波給塞入她的腦門。這是最困難的一步，然而琴毫不猶豫，調節雪靈與自己的兩層心跳，去迎合腳下大地的心跳頻率。然後她傾盡意念——去想像凝雪。

前方樹林起了變化。地面傳來微薄的轟隆聲，樹幹震下一大波雪塊。忽然地面迸出幾處隆起，樹木一排接一排倒下。剎那間，好幾道冰晶從地面交叉刺出，彷彿由地底升起的鐮刀。「碰啪——」脆裂的聲響中它們持續出現，覆蓋了好一段距離，像某種巨獸的肋骨。風中的雪沫被吸引到表面凝固，化為不規則的白霜表皮。

最後當琴鬆懈了意念，止住動態，固化在他們眼前的景像猶如從地底硬生生拉起的殘破隧道。詭異而令人生畏。

妲堤亞娜好一陣子說不出話來。就連亞閻也露出吃驚的神色。

「這……真是令人詫異。」女幻魔導士雙眼圓睜，單手摀著胸前。「所羅門文明一直擁有這樣的能力？」

「不。琴的掌控力比所羅門那票人要好太多了。」亞閻走了上來，兩柄劍鞘在黑絨披風裡框啷作響。「如果他們當初有足夠的戰士能辦到，怎還會滅亡？」

琴也被自己給嚇著了，她沒想到初次嘗試便有這樣的結果。她望向手中的多角石，它已不再透明，裡頭有紫藍色的光痕旋動。

妲堤亞娜和亞閻私下交談一陣後，便回到地窖去做進一步的比對和記錄，留下琴和亞閻兩位曾經的師徒在樹林裡。

棲身在有如巨獸骸骨的冰晶結構的邊緣，他倆肩併著肩，背靠一片鐮刀狀的透明冰面，並坐在被它斬斷的木幹上。落雪已在周圍鋪上薄薄的一層白紗，模糊了暗靈在森林留下的黑斑。樹林某處傳來一聲輕細的鳥叫，淒涼而孤寂。

「看來妳和妲堤亞娜相處得還不錯。這裡環境挺適合妳的。」亞閻對她說：「不過，虧妳提出點子。我以為我們才剛從險境歸來，沒想到又得動身了。」他露出諷刺的笑容，瞥了琴一眼。

「他們決定了嗎？」琴問道。

「嗯，三天後，北境白城會派一艘浮空要塞去亞法隆。但他們打算先經過雅典，去試試你的提議。那兒有一座冰脊塔離亞法隆還算近。」
「你也得跟著去?會危險嗎?」琴看著亞閻，忽然有些後悔自己的提議。
「幻魔導士說沒什麼問題。幾年前就有人發現那地區有冰脊塔的存在，但它就像個孤立無害的化石，從沒造成威脅。」亞閻坦然說:「其實我是反對這麼做的。艾伊思塔的情況令我很擔心。但載我們過來的那票人似乎急切地想找到答案。沒辦法，我們欠了他們一筆債。」
琴低下頭，有點想說抱歉，但她只盯著自己的棲靈板，沒有作聲。
「算了。妳的想法並沒有錯。」亞閻摸了摸她的頭。「目前，這可是代價最低的探尋方式。」
他忽然對著自己訕笑道:「啊，我或許得向陽光祈禱，讓她碰了冰脊塔後立刻恢復原樣。」
琴曉得妲堤亞娜應該會跟著冰山返回亞法隆，畢竟她還有許多實驗得做。琴得考慮自己是否該一起回去那個充斥著瓦伊特蒙居民，令人厭惡的地方。或者選擇待在北境白城。
亞閻伸了伸懶腰，伸手觸摸身後的透明冰面，口中發出讚嘆。「妳的潛力果然驚人。我沒看走眼。」
「但是我……還沒有辦法把暗靈轉為虹光。」亞閻嘗試教過她，可惜的是琴無論嘗試多少次都失敗。「只要它一出現就是烏煙的形態。除了我自己，周圍環境都會受到傷害。」
「這需要時間，急不來。」亞閻把目光挪向黑液斑斑的白色樹林，彷彿它下過一場局部的墨雨。他盯了好一陣子，遲疑地說:「有件事我總沒想明白。暗靈只要被釋放出來就天然會對物理環境產生破壞。那威力甚至比任何正常雪靈的『物理影響力』都要強大。」
琴點頭，看著亞閻沉思的模樣。
「奇怪的是在進行『逆理奔靈』時，這反而成了唯一一種無效的力量。」亞閻說:「我試過好幾次。吸收它以後，對我的身體起不了任何強化作用。」

「你希望我也嘗試看看嗎？」她不確定亞閻是否想暗示這件事。

他卻扭過頭來，揚起一邊眉毛說：「哦，不，我很慶幸沒有教會妳逆理奔靈。否則妳可能會像我一樣，得無時無刻和暗靈對抗。」亞閻露出鼓勵的笑容。「這段時間，妳已把暗靈馴服得相當溫順，這樣是最好的。往後只要把那顆透明石子當作媒介，妳便能做到我望塵莫及的事。」他噴了下鼻息。「別傻到像我一樣去啃蝕自己的雪靈，它只會越來越叛逆。」

琴再次點頭，然後她呵出一口長長的白氣，拉緊褐色披風，感受肩部的兔毛在臉上的暖意。

亞閻就這麼掛著淺淺的笑容，眼神詭異地打量琴一陣。

「今天看到妳處理暗靈的情況，我知道自己沒什麼東西可以教妳了。」亞閻舒展身子，悠然地說：「但最後我得說一件事。琴，體內擁有暗靈的我們，的確和其他人有所不同。打從一開始，我們就別無選擇。」他把目光投向遠方。「有段時間我一直不明白，雪地裡有億萬個原生雪靈，為什麼就我們會碰到這檔鬼事？」他語調平淡地說：「後來想想，說不定暗靈就是專門挑上我們這樣子的人。」

琴愣了一下，看向導師的側臉。她不明白他的意思。

「這輩子妳有非常討厭的人嗎？」亞閻突然問。

「我不喜歡像艾伊思塔那樣的人。」她的回答毫不避諱。亞閻和艾伊思塔的關係她知道，但這是兩碼子事。「但我也明白她很偉大，為了拯救我們，願意犧牲自己……」

亞閻略顯吃驚地「哦」了一聲，旋即恢復了笑容。「其實我了解。」他抱住單膝，慵懶地背靠弧狀冰面。「到現在我還是看不慣自己的大哥亞煌，雖然我知道他的所有決定都是為了眾人著想。」

琴凝望他。

「人遇到自己厭惡的事物時，最本能的反應是迴避它。就像其他人對待我們這些暗靈使者。」亞閻有些無奈地說：「一旦發現自己無法迴避，又會想方設法去鎖住它。就像我們對待自己的暗靈。」

琴快然地沉下頭。她想起來，若非必要，自己總不願意觸碰棲靈板。或許她真正痛恨的不是任何人，而是那塊決定了自己命運又擺脫不了的木板子。

「不是迴避就是封鎖……這是人的天性。」亞閻說：「但萬一，有第三種的方法呢？」他盯著琴數秒，嘴角忽然發笑。「我其實是個非常不稱職的導師。要一位天天想和暗靈搏鬥的人去教導另一個與暗靈繫命的人，根本是笑話。」

琴搖搖頭，她明白亞閻教給她多少東西。

亞閻收起嘲諷的笑容，接著說：「我因為無法駕馭自己的能力，曾經傷害過很多人。無論是以奔靈者的身分，或是研究院學者的身分。」他的態度有股反常的凝重。「強大的罪惡感讓我想遠離一切。所以不知多少年我都是自己一人度過的。我相信只要一個人把自己壯大起來，只要變成比所有人都強大，這些問題都會得到解決。我也只能如此去相信，唯有這樣我才能找到真正的歸屬。

「但最終當我意識到自己的歸屬地在哪兒……似乎有點兒遲了。」淡淡的霧氣從亞閻嘴邊飄出。「琴。對我而言，這些都太遲了。所走過的路，所做過的決定。能犯的錯全犯了。」他瞥向黑髮女孩。「但是妳還年輕。暗靈與妳的魂魄相繫，才不過一年多前的事。

「有暗靈的我們是與眾不同的，這我堅信。但最後我們仍得面對的課題，就是找到在整幅畫面裡，自己究竟處於哪個位置。」他的目光在琴的臉上搜索，似乎想知道她有沒有聽明白。

「最終我找到了一絲希望的光。但在尚未觸及之前，它就從我身邊被剝奪。」亞閻輕閉起眼。

「或許有的時候，命運推動纏結的時刻，其實才是生命真正的開端。只不過我們當下的反應……都只懂得迴避。」

這是第一次，琴看見亞閻露出落寞的神情。他的嘴角依舊掛著微笑，但感覺蒼老了許多。兩人許久沒再說話，最後亞閻站起身，單手扣住雙刀劍柄，泰然自若地順了順黑絨披風。他離開仍坐在斷木上的女孩，朝城鎮的方向走去。

「……別像我一樣。」在寧靜的落雪和遠離的腳步聲中，琴似乎聽見他說。

EPISODE 21《離焱》

數不清多少次，凡爾薩曾怒目直視黑暗。在一絲光芒也不存在的黑暗懷抱中，感覺像置身在漆黑海底，暢飲冰水來抑制炯炯焚燒在胸口的烈燄。直到內心稍微平靜。

這是他習以為然的感覺。黑暗是他的聖堂。

今晚他卻坐立難安。

凡爾薩的帳篷位於鹿子嶺北邊，接近霧島遺跡的一座丘嶺上，周圍可能數里之內都沒有同伴。原本駐守此地的理由，應是要時時刻刻提防狩群的動靜。但現在他已躺在營帳裡大半天，一步沒踏出去。

他直視著黑暗，彷彿看到了加爾薩納的面孔。父親總是一臉嚴峻，黑潭般的眼珠回望著他。就像雨寒的烏黑眼眸。

他獨自遠離瓦伊特蒙營地的理由之一，就是無法承受每個夜晚都得看著雨寒情緒失控。

她把自己封閉起來，不接見任何人。

「夠了……」一整晚，凡爾薩在回想起迄今發生的一切——成為奔靈者，對「疾馳燄痕」加爾薩納充滿崇敬，逐漸成長；透過頂撞父親來找到自己的位置，並與同僚緊密聯結；知道父親死亡；知道父親死亡的理由；成了「叛逃者」；受到整個瓦伊特蒙唾棄；日復一日面對人們的眼神與挑釁；獨自一人和同僚幹起架；與父親的鬼魂搏鬥……

一直以來，凡爾薩相信自己就是命運的受害者。

然而到現在他領悟一件事。雨寒……甚至連把自己當成受害者的機會都沒有。

凡爾薩和父親之間的關係，擁抱的部分、抗拒的部分，都結合起來造就他今天的模樣。反之雨寒對於父親的認知一輩子處於真空狀態。她說過自己從未見過生父；關於寒諾亞所發生的事，母親黑允只在遷徙的途中提及過一次。

而隨著時間推移，瓦伊特蒙的一切——包括她母親和其他長老間的鬥爭，居民和奔靈者的鬥爭，甚至兩個文明的衝突——卻像不停加速的颶風落在雨寒一個人的頭頂上。所有的壓力灌注到女孩的體內，她卻從未學會如何吶喊。

她無法像凡爾薩去挨挨拳頭，或者隨意咆哮。

她不知道如何對抗這個極端不公平的世界，被送上一條別無選擇的道路，被人們像刀鋒一樣銳利的目光包圍。

黑暗才是人心最好的保護所；過度耀眼的光亮會逼得人無法睜眼，無法喘息。而圍繞在雨寒身邊的一圈圈的人，都是手持火把的祭祀者，硬生生把光照入她的瞳孔，逼迫她不許閉上眼。居民，長老，奔靈者，舞刀使，引光使艾伊思塔，甚至凡爾薩他自己……他們猙獰地圍繞著她，點亮的她一舉一動。

只有一個人持著最強烈的火把，披著血與烈燄般的紅色披風，走在雨寒前方。

或許自使至終，費奇努茲都明白女孩缺乏的是什麼。在把雨寒殘酷地推入洪流的同時，他也成為她最堅固的脊梁。

紅狐幫雨寒扛起許多必須面對的責任，幫助她承擔許多在這年紀根本無法承受的事。他就是她的黑暗海洋，讓所有沉入水底的東西都變輕了重量。

就算對於費奇努茲的價值觀難以苟同，凡爾薩必須承認他在女孩的長老生涯中起到了決定性的作用。

費奇努茲之死，對雨寒有多大的衝擊或許連她自己都無法搞明白。人們聽見她獨自在樹林裡哀號，哭到嗓子彷彿遭利刃砍傷。但在她嘶吼的命令下無人敢接近。

即使在黑允去世時，雨寒也沒變成這樣。

凡爾薩想不透為何命運要這樣對待一個人。發生的一切如此殘酷，而且找不到任何意義……

在外領地，舞刀使切出一個比例的住宅供瓦伊特蒙的居民使用，即使房子的數量已匱乏。從日痕山逃出的平民數以千計，全擠入這些住宅裡，他們的工匠得十萬火急地用任何可取得的資緣搭建居住。奔靈者則自願全面撤出住宅區，使用遷徙時的帳篷。而原本打算當作瓦伊特蒙新居的三連峽地，現在成了雙方戰士共同駐守的前哨站。

現在，統領階級聚集在峽地的邊緣。垂直的岩壁在他們身後像是高聳的殿堂之門。綁著墨綠色髮辮的哈賀娜，以及老將「冰眼」額爾巴，盤腿坐在雨寒長老的正對面。

即便無須再一次踏上遷徙之途，所有人都知道眼前的決定必須異常慎重。經由各方面考量，同屬原遠征隊隊長的哈賀娜和額爾巴最適合成為下一任的總隊長。

「已經拖延了一段時間……我想，我們得現在做出決定。」雨寒開口。她的神情看來並無大恙，語調也出人意料的平穩。但這只是她在白天面對眾人的一貫狀態。深黑色的眼袋，血絲滿滿的眸子，都是她每天夜裡情緒崩潰留下的證據。

「但我考慮了很久……」雨寒的目光落在坐在後排的亞煌身上。「如果，亞煌，你的身體情況尚能承受，是否能請你回歸總隊長一職？」其他人也都看向亞煌。雨寒接著說：「畢竟，當初你是被迫放棄這職位的。」

她的神情如此淡然，語氣像是一道輕風；沒有責備，甚至沒看當初幾位密謀者一眼。這反而令兩位遠征隊長和佩氏姊弟突然緊繃起來，尷尬地沉下頭。只有飛以墨仍緊盯著雨寒。

亞煌看著盤腿前方的棲靈板，沉思著。

「長老，」坐在另一側的凡爾薩引來眾人的注意。他沉默片刻，試著開口幾次。最後當他成功地發出聲音，他盡力讓語氣充滿誠懇。「如果亞煌也同意……是否……能讓我擔任這個職位？」

人們逐一露出不解的神色，很是詫異。哈賀娜等人明顯想做出反駁，但他們瞥了雨寒一眼，發現年輕的女長老正深沉地打量凡爾薩，便嚥回口中的話。附近盡是人群的腳步聲，以及鐵鍬鑿在岩石上的聲響。峽壁底端的會議，許久無人說話。

「事實上，這提議不錯。」亞煌露出微笑，對女長老說：「凡爾薩會是個稱職的總隊長。」

雨寒和凡爾薩四目相望許久，她的眉間微皺，顯然有疑慮。

就算妳……凡爾薩在心裡想著，就算發生在妳身上的所有事，我們都找不到意義去解釋，就像當初發生在我父親身上的事一樣……但我還是會持續戰鬥，我會幫妳分擔命運的惡意。

如此一來，他會和她的命運綁得更緊密，他會協助她定義所有事情的意涵。

「嗯……」雨寒輕嘆口氣，收起原本想說的話。

在懸壁之下，統領階級面前，女長老輕頷了首。

EPISODE 22《宇蝕》

最先落陷的，是鄰近的城鎮。

逃難的人民全湧進首都。軍隊也在首都的邊緣設立防線。但沒想到，自此開始才是真正的惡夢……

洛杉磯，舊金山，紐約，波士頓，甚至北方的溫哥華，沿海大城幾乎同一時間淪陷。沒人知道敵人究竟怎麼彼此聯繫，協同作戰。軍方幾乎把所以電磁波頻段都檢視過，絲毫找不到痕跡。大至國家，小至城鎮，在每個地方的戰場，敵人都展現出不可思議的協調性。彷彿牠們什麼都看得見，什麼都聽得見……

上海，東京，台北，首爾，新加坡，吉隆坡，亞洲各大城市的電力陸續消失。所幸近幾十年建立的分散智能電網還可支撐零散的據點。人們散落到各個小鎮，在巷弄間重新展開戰鬥。有人說天空出現冰的羽翼……

倫敦，巴黎，柏林，馬德里，羅馬……全完了。我們得出的結論是敵人必然懼怕人類，所以專挑人口多的大城市下手。但是為什麼？我們不得而知。活下來的人們遷移到其它地方，持續抵抗。天空的雲層似乎越來越厚，氣溫劇降的速度令人啞然。這一切都非常怪異……

在印度，人們聚集在泰姬陵。南美洲，擁擠的人流匯聚在里約熱內盧的基督雕像底下。無人能確定敵人何時會盯上這些人口集中點，他們只能祈禱……

落雪仍沒有停止的跡象。據說非洲的草原，撒哈拉沙漠和埃及的金字塔，都被白雪覆蓋。我想，世界末日不遠了……

冰窖裡的木板牆發出嘎吱聲，浮空要塞時而劇烈抖動。房間裡，亞闍面前是張簡陋的桌子，擺放一疊關於舊世界淪陷的歷史記錄。幻魔導士允許他從北境白城的地窖借出這些資料，帶去亞法隆；這是亞闍願意接受他們計劃的小小條件。

航程中花了大半時間研讀，再結合自己所知的一切，亞闍發現了一個奇怪的疑點。

普遍的認知是冰雪世紀初期，人類集聚的城市便迅速遭到消滅。這些城市分布在各大洲，位於全球各角落。然而依據研究院之前的瞭解，白島突破太平洋火環帶是近幾年才發生的事……

這兒有些事件資訊的不對稱。假使五百年前它便有能力橫跨全球，擊潰所有人類文明，為何白島還要等到近代才突破火環帶的包圍，大舉進攻所羅門和瓦伊特蒙？就連遠在世界彼端的歐洲大陸，傳聞也是近期才開始感受到真正的威脅。

這五百年來，白島在等待什麼？

艾伊思塔把頭枕在亞闍大腿上，裹著毯子，安然沉睡著。

亞闍撫摸她柔順的綠髮，看著她那心形的臉蛋和淡色的睫毛，胸口有股陌生的感受。酸楚，疼痛，混雜著憐惜和遺憾。他從不曉得這樣看著一個人，情緒湧現的方式竟是生理上的痛覺。

一切都如此的不合理……

北境白城應是艾伊思塔父母的城市。然而不僅那兒無人認得出她，就連艾伊思塔本人也對城市沒有任何反應。過去兩天，亞闇帶她走遍城市的巷道，廣闊的地窖，還有鄰近的樹林，期盼當她回到父母親的故鄉意識將有所恢復。然而這希望迅速落空了。他甚至從幻魔導士那兒要到所羅門文明的鎖鏈兵器，希望能喚回她身為奔靈者的記憶，依舊是徒勞。

既然沒什麼好留念，他們只能索性踏上任務航程。

浮空要塞筆直南下，穿越內陸，正在迅速接近雅典。很快地，他必須親自帶著艾伊思塔，讓她親手去觸碰冰脊塔。幻魔導士不斷提出安全保證，但亞闇擔心的並非冰脊塔本身有什麼樣的防禦機制，而是接觸之後，對艾伊思塔的心智會造成什麼危害。

陀文莎後來發生了什麼事？她是否真的感應到了什麼？她恢復正常了嗎？亞闇真希望兩群人沒有分開，讓他能親眼見證縛靈師的情況——

刺眼的光波在面前乍現，亞闇抬起頭。

冰窖表面，彩光以規律但急促的速度閃動，令狹窄的房間忽明忽暗。那是某種警示。

「艾伊思塔……」亞闇輕輕地搖著她的肩膀，然後扶起睡眼惺忪的女孩。「出事了。我們得去外頭看看。」他撈過黑絨披風，幫艾伊思塔綁上。

亞闇迅速把桌上的文獻收入一個皮製袋子，塞進冰窖角落的木箱裡。然後他拎起自己的棲靈板，牽著艾伊思塔往外走。

他們從要塞側邊一個廊道探出頭來，強勁的風壓讓亞闇遮住臉。四處都是閃動的虹光氣泡，像是不祥的警笛催促著人們行動。幻魔導士四處奔走，鑽入各自的崗位。亞閻看見妲堤亞娜的身影；女幻魔導士正矗立在要塞頂層，激動地舞擺雙臂。是她揚起的緊急信號。亞閻立刻拉著艾伊思塔，爬過兩層階梯來到妲堤亞娜身旁。

無須他人解釋，映入眼簾的景象說明了一切。

亞閻聚精會神地凝視遠方。身後幾位剛爬上來的幻魔導士，無不發出驚愕的喘息。

即使尚有一段距離，地平線上的冰脊塔顯而易見，像棵枯竭巨木的剪影。它矗立在雪丘包夾的峽灣裡，而環繞它的大片雪地上，藍光點有如上萬隻螢光蟲子散布開來。放眼望去，狩軍幾乎占據了所有陸地。

一團團的虹光在牠們當中炸烈，接連擊潰一灘灘狩群。

這正是令人最吃驚的地方——已有好幾艘浮空要塞懸浮於牠們上方，正對著狩群發動攻勢！

亞閻身旁的人們看著白熱化的戰況，接連發出驚嘆。他也頂著強風掃視地平線上。空中的要塞竟超過十座，在密密麻麻的藍光點上方遊動，並釋放威力強大的極光砲掃蕩無力反擊的地面狩軍。魔物之中炸出一潭又一潭彩光，那威力之大，立即穿透深雪在冰域留下窟窿。

然而卻沒有一座浮空要塞接近得了真正的目標。數圈冰晶色的藤蔓從巨塔周圍的碎冰帶竄動而上，像有生命的弧形鋼網，把浮空冰山阻擋在至少一里之外。

亞閻還瞧見空中有某些巨物在飛翔，穿縮於浮空冰山之間與之交戰。

「看那兒！」琴不知何時已來到他們身旁，指向某處。

一座被冰網纏困的要塞已墜落於雪地，遭到數不清的藍光點包圍。不斷有極光砲綻放出來，卻難以阻止狩群排山倒海襲來。不出一陣，冒著白煙的冰山要塞表面已爬滿魔物，無法得知裡頭人類的情況。

「那座要塞完了。」妲堤亞娜說：「其它要塞也救不了它，若飛太低都有可能被拖下去。」

亞閻打量局勢，立刻作出判斷：「我們尚未被捲入戰場，還有機會轉向。換個地方，尋找其它沒有嚴密防衛的冰脊塔吧。」

「沒有那樣的地方了。」女幻魔導士面色蒼白，正朝祭壇上的四根垂直長針擺弄雙手。「他們說歐洲大陸的幾座冰脊塔周圍都聚集了大量的白色魔物。」長針之間的彩光如脈搏一般躍動，交互傳輸信息給遠方的友軍。「我已和其它要塞做過交流。他們打算傾全力破壞這座冰脊塔。」

「呃。妳打算怎麼做？」亞閻問。

妲堤亞娜思索不出幾秒便回：「至少在這兒，有其它要塞做掩護。我們必須嘗試突入。」

真他媽要命。亞閻露出歪斜的笑容，凝視遠方。此時，腳下的冰面微微傾斜，他們正朝著冰網守備較弱的東方繞行。

「只要讓艾伊思塔有辦法觸碰到冰脊塔的表面，便行了，對嗎？」妲堤亞娜急切地問。

「啊，照道理講應該是。」亞閻把綠髮女孩緊緊摟在懷裡。「但憑良心講，這真是個特爛的主意。妳準備讓我們停泊在冰塔下方，叫那些狩群讓讓嗎？」

妲堤亞娜指向要塞邊緣的金屬護欄，許多幻魔導士已準備好長繩綁在上頭。「我們繞著冰脊塔飛一圈，讓艾伊思塔懸在繩索底端，抓住機會去做觸摸。」

亞閻差點發出大笑。他瞪大眼，難以置信地說：「妳這主意更爛。」

「你有好點子嗎？」女幻魔導士不悅地回道：「我們正與時間賽跑。必須趕在其它要塞把冰脊塔破壞之前完成這件事。」

「我懂了。所以過快過慢都不行。」亞閻發出沮喪的嘆息，覺得這主意出奇地瘋狂。「我們得比其它所有要塞更敏捷、更成功地深入敵陣。看來你對北境白城的浮空冰山抱有相當的信心。」

妲堤亞娜沒有理會亞閻的嘲諷，換了手臂的舞動姿態。上方的彩光開始閃動，傳訊告訴周圍的要塞他們即將突入，尋求掩護。

風中飄來一陣陣淡藍色的霧氣。那是被消滅的狩所釋放出的殘晶。他們飛過雅典遺跡的上空，看見遠古的石柱和塔樓，全覆蓋著白雪。巨型觸手在遺跡當中蠕動，不間斷地生成冰藍光點，朝外溢出。

前方，有艘浮空要塞以混亂的頻率發射極光波。一雙冰藍翅膀敏捷地閃躲，帶著龐大的獸身落在要塞上頭。

「他們在和什麼樣的敵人作戰？」亞閻覺得事情非常不妙。

「那是會飛的龍狩。」

又有冰山要塞被突發的網子給纏住，飛行軌跡遽然下滑。各種彩光在其表面閃動，死命掙扎。戰鬥正激烈進行，其它的浮空要塞確實分散了敵軍的注意力，讓亞閻他們找到一條突入的航道，劃開迂迴的航跡前進。他們略過一片碎冰帶，看見無數亮藍色的觸手從水底穿叉到浮冰之上。冰脊塔就在前方幾哩處。

有人發出吼叫，亞閻轉過頭剛好看見駭人的獸臉直鋪而來。有頭龍狩筆直撞上要塞的側邊，以利爪箝住冰山表面，並用形狀詭異的獸角撬掉了一整排的銀輪墨璽，也就是要塞的動力槽。

噴濺的水霧朦朧眾人的視線。他們只看見模糊而龐大的龍首張開口發出嘶吼。要塞嚴重傾斜了。亞閻單手抓住銀針，把艾伊思塔擋在懷裡，另一隻手拉住琴的手臂。

浮空要塞開始失重，朝底下加速。

「牠會把我們全拖下去！我們得攻擊牠！」他朝妲堤亞娜喊道。

要塞的邊緣綻放出兩道極光，每束都是比手臂還寬的能量流。它們穿透水霧，夾擊龍狩。亞閻不禁對那砲擊的力度吃驚。

巨獸躲開了攻擊，卻也放開了鉗制。要塞劇烈搖晃一陣，才剛剛恢復平衡，又聽見前方的幻魔導士發出叫聲。

冰色藤蔓似的網子已全面阻攔視線，像個多指的手掌飄浮於半空，阻斷了所有路徑。來不及轉彎的浮空冰山筆直栽入它的掌心裡。

「截斷它！」妲堤亞娜朝其它人吶喊。接連有極光砲火閃現。

然而，在冰網的纏結下，極光砲能起到的作用非常有限。有幻魔導士拿出小型的木筒砲，塞入銀幣後釋放光流，費力地嘗試清除阻礙。

與此同時，要塞發狂似的向前推進，把巨大的冰網扯得異常傾斜。亞閻抱著艾伊思塔，躲入要塞的背面。他仰頭看見在上方飄動的藍色網子，彷彿位於深海底看見了巨大海草。琴則攀在銀針附近，眺望著遠處。

「不行，我們得向後退！告訴所有驅動槽裡的人，轉向！轉向！」妲堤亞娜拚命喊道。

亞閻回頭看見冰脊塔的倩影就在陣陣白霧裡。艾伊思塔在他的懷中毫無反應。

琴爬了下來，告訴亞閻：「我們過不去的。敵人做了萬全的準備來阻攔所有浮空要塞。」

「完全同意。這麼硬闖真的不是普通的蠢。」

「所以讓我帶上艾伊思塔，從地面過去。」琴說。

有那麼幾秒，亞閻不確定他是否聽錯了。要塞劇烈搖晃，他們趕緊抓住身旁的扶手穩住身子。此時，浮空冰山開始扭轉動力的方向，嘗試脫離冰網的糾纏。「那是自殺。」亞閻搖頭。

琴舉起手，讓他看手心中的透明多角石。「我可以保護好我們，狩不會察覺的。」

「別開玩笑了！」亞閻發現琴是認真的，立刻要她打消念頭：「妳才剛學會怎麼使用就想送死？沒有任何證據說狩會以為妳和牠們是一夥兒的。」

「只要不洩漏雪靈的虹光，機會很高。」琴面不改色地說：「瓦伊特蒙的戰場上也曾有過各種派別的狩群，牠們互不干擾。只要我能凝雪聚冰，牠們無法判斷是敵是友。」

亞閻怔著表情，依舊搖頭。「不行。」

「這是我提出來的點子，我可以實現它。」琴伸手抓住艾伊思塔就想走。

「站住！」亞閻猙獰地說：「妳自己發了瘋，別帶她一起——」

「你自己告訴我的，要找到歸屬的位置！」琴罕見地焦急起來。「這就是我的位置。除了我，沒有人可以辦到！」

亞閻緊緊抱著艾伊思塔，心中的徬徨劇增。因為他知道琴有可能是對的。

「你知道的！你知道我可以！」琴抓住亞閻的手臂，銀色眼珠直視他。「沒時間猶豫了！你們得立刻離開！你得確保要塞不被擊落，我們達成任務後還得想辦法回來。」

基於某種無法解釋的原因，艾伊思塔脫離了亞閻的懷抱，站到和她差不多高的黑髮女孩身後。琴也有些詫異，卻立刻讓腳下的棲靈板就緒。

綠寶石般的雙眸凝望過來，艾伊思塔輕輕點頭，對亞閻露出了微笑。

亞閻忽然覺得眼角灼熱，整個人喪失了判斷力。他無力地回望兩個少女，絕望地明白只有琴能打開一絲希望。然而他還沒準備好再次和艾伊思塔告別。

要塞再次晃動，一波水氣灑了下來。戰鬥聲從某處傳來。這一刻，亞閻的心臟瘋狂跳動，腦中萬千思緒都在排斥這瘋狂的主意，卻在艾伊思塔的凝望下無法作聲。

「去吧。」在一旁的妲堤亞娜放聲說：「我會立刻傳訊給其它要塞，發動全面攻擊，拖住敵軍的注意力。」

琴點頭，然後望向她的導師。「你放心，我知道她對你而言有多麼重要。不會再讓你失去她。」語畢，她拉住艾伊思塔的雙手，讓其環抱住自己的腰部，然後逕自朝要塞與冰網的接壤處滑去。

「等等——！」亞閻立刻跟了上去。他猛地抬頭，忽然發現方才那隻龍狩又降臨在要塞的一側，巨大透明的翅膀遮避了整片天。牠幾乎有整個要塞的四分之一大，口中叼著幾名幻魔導士的屍首。人們吶喊著與之作戰。亞閻本能地抽出雙刀，喚出虹光。

「他媽的……」他的目光徘徊一陣後，滑向冰山邊緣，尋找女孩的身影。

琴已順著傾斜的冰網表面，沿著僅一道手掌寬的冰蔓朝下方數百公尺的地面直衝而去。艾伊思塔的翠綠色長髮飄揚在後。

底下的陸面充斥著密密麻麻的狩影，難以想像她們該如何突圍。亞閻發出咒罵聲，蹬起棲靈板，也準備向下滑。

然而最終他止住了動作，盯著劍身上明顯的虹光。

他的腦中出現各種混亂的聲音，卻直覺地意識到這是非比尋常的一刻。他的決定將衝擊一切。亞闍緊握住雙刀，逼迫雙腿不動，沒有理會周圍越演越烈的戰鬥聲以及哀號聲，只滿臉掙扎地盯著她們渺小的身影遠去。

他想起在千流瀑布之城，琴曾經獨自一人解決掉一條巨型觸手。「媽的，她比我還瘋狂……」

他必須賦予另一個暗靈使者信任，他自己從未被世界賦予過的信任。更重要的是，他必須信任艾伊思塔，無論她已變成了什麼樣。

我沒辦法自己打贏這場仗。亞闍深吸口氣，逼迫自己去承受心中的萬千不安，這是全面信任的代價。相信他們，他引以為傲的學生，以及他所愛的女人。

亞闍幾乎是咬破了唇，雙眼絲毫不眨，直到看見琴抵達陸面的一剎那在雪地掀起彎曲的冰刃，把周圍的雪塊凝結起來。地面不斷冒出肋骨狀的冰晶護衛在她倆身旁。「孩子，要是艾伊思塔出了什麼事，我定會拿妳開刀。」亞闍盯著遠方的身影說道。

不可思議的是，周邊的狩群並未追趕她們。兩人消失在凝雪通道裡，朝著冰脊塔的方向而去。

亞闍大口喘息，握緊劍柄。這一切都違逆了他的本能。

然後他轉身朝幻魔導士吶喊：「算準時間，我們必須破壞掉那座冰塔！這是唯一救回她們的方法！」他讓雙劍在手中打轉，躍起棲靈板奔向要塞頂端。他眼底怒意燃燒，鎖定正在肆虐的龍狩。

EPISODE 23《絢痕》

數百道鐮刀狀的冰片交叉在她們上頭，表面隨著琴滑行的方向迅速結滿雪霜。琴加快棲靈板的速度，感覺她們正穿梭在某種冰雪魔物的骨骸裡。外頭偶爾飄過狩群的吼聲，但琴的意識被另一種更加明顯的聲波所占據。

鼓動的心跳聲——來自她手中多角石裡的暗靈，呼應著她自己的心跳，以及隨著路徑蜿蜒而延伸的波動。她知道在看不見的前方，這通道的盡頭正持續擴張，直通冰脊塔。

艾伊思塔摟緊她的腰，一聲不吭。她的臉頰枕在琴的肩上，柔順的綠髮緊貼琴的頸子。琴仰頭窺視上方。

交叉的片狀冰迅速朝後飛逝，她能隱約看見空中的戰鬥越漸慘烈。浮空要塞不斷朝擎天的冰網放射出極光砲，雖然無法打開有效的突破口，接連的轟炸著實起到誘敵效果。魔物大軍不顧雪地炸烈的虹光，密密麻麻地都往冰網根部而去，開始向上攀爬，想觸及被網子纏住的冰山。遠處，龍狩冰藍色的翅膀略過視線。琴看見牠朝一艘要塞吐出激烈的寒冰，裡頭混雜著銳劍般的刺，好幾名幻魔導士被擊中，從空中掉落。另一隻異常巨大的龍狩甩首放出了長矛般的冰錐；一艘要塞被數根大冰矛給貫穿，墜落之前已在半空解體。

「**專心，在前方……**」艾伊思塔輕聲說。

她們已深入敵陣的核心地帶。彎曲的路徑轉為筆直，琴能瞧見道路彼端的詭異紋理；冰脊塔就像一面通天的巨牆，表面盡是扭曲、纏結的紋路。通道持續生成，一分一秒地朝目標靠近。

碰磅！！——前方的冰架爆裂開了，一頭大型狩嘶吼著踏了進來。琴倒吸口氣，和艾伊思塔一起低下頭，以極為驚險的角度躲過了襲來的冰爪。她沒回首，持續加速。

又有幾頭魔物拆解了冰架闖入視線，琴篤定她們已被發現。魔物完全擋住了前方的路徑，但琴並未緩下棲靈板，她以感知釋放開重疊的三份心跳聲——暗靈從掌中的石頭脫離，像是突然甦醒的某種意識，在棲靈板周圍化為膨脹的黑煙。

琴遽然迴身，甩出一道濃烈的黑痕侵襲前方的狩體。牠們被闇火燃燒，身軀藍光瀰漫，融為黑墨。琴反向迴旋，再次放出暗靈攻勢。她得同時分出心力確保飄晃的黑霧不會波及到艾伊思塔。待整群狩的中央被燒出一個大洞，琴蹬起板子躍了過去。

她看見未完成的通道竟在前方中止了，還有起碼一百公尺的路徑全然曝光於敵陣。她本能地沒有選擇再次壓制暗靈施展凝雪術，只不斷加速奔馳。

琴載著艾伊思塔，衝出冰架組成的殘破廊道。

視野之內，不同體積的魔物散布四處。她劃開路徑穿梭在牠們之間。

更多魔物意識有兩位入侵者，胸腔綻裂出冰藍利齒，朝她們集中過來。琴拉開一道黑色的軌跡，不斷迴身掀起腐蝕性的烏煙。她躍了起來，壓倒一頭巨狩，在牠胸口燒出一個滿是碎冰的大洞。然後她握住艾伊思塔的手臂，閃過數道攻擊，衝向近在咫尺的扭曲巨牆。

「到了——！」琴傾斜著板子，煞住了衝力，停在冰脊塔的根部。她這才發現冰牆的表面鋪滿了無數道隆起的管狀物，正以噁心的頻率脈動著。但她顧不了那麼多，拉起艾伊思塔的手，使其平貼冰面。

琴沒有時間觀看這麼做是否真起了什麼效果。後方傳來魔物的嘶吼，牠們早已群聚過來。她握緊多角石，轉過身再次把暗靈的狀態化為一股幽暗的波動。十幾頭狩甩開銳利的爪子劃破空氣，但千鈞一髮之際數道冰刃從雪地岔出、縮攏，形成一個半球狀的防護體，把琴和艾伊思塔包覆在裡頭。

幽暗的空間內，只有冰脊塔表面的管狀物緩緩發出藍光，在她身後彷彿是無聲湧動的血管。艾伊思塔動也不動，兩隻手都平貼著牆面。狩群不斷撞擊護罩，敲出一陣陣冰屑。不久後，琴吃驚地看見綠髮女孩垂下顏面，將額頭靠向冰面。

接下來該怎麼辦？琴緊張地四處張望。她的護罩表面已出現好幾道裂口，不祥的冰色殘光透了進來。

怎麼想都只剩一個辦法。她的內心有股強烈的衝動要獨自逃離這地方，卻以意念拉起又一道蛋殼狀的冰罩，只從身後包覆在艾伊思塔。

琴不確定為什麼有會突來的悲觀想法，但她在當下做了決定，無論自己出什麼事，一定要保護綠髮女孩……因為艾伊思塔曾為人類文明引來光明。不像琴自己，一直是身邊人的負擔，是黑暗。

透明的冰殼內，綠髮女孩的身影像水波一樣扭曲。她靜靜矗立在原地，對周邊發生的一切視而不見。

琴盯著她，堅定了自己最後的想法。無論艾伊思塔是什麼樣的人，這兒就是琴的位置。

就像保護那些古典畫作的木框，或許這才是她存在的目的。

銀灰色的眼珠輕眨，琴以手擦拭眼睛。她有點遺憾自己還未看完北境白城裡的所有畫作，但她其實一直明白，只有當艾伊思塔找到方法保護文明，那些古典的心血結晶才能被永久保存下來。那麼讓艾伊思塔活下去，就是她的使命。

一陣龜裂聲響，狩爪重重地破開了外層護罩的某一處。此時琴已做好準備，朝牠甩出一陣烏煙，那頭狩被黑液侵蝕半晌，猛然炸開為粉塵。琴狠下決心衝了出去，開始在周邊掀起浩劫。

她完全釋放出暗靈的毀滅力量——在狩群之間，一道道烏黑的軌跡啃蝕著硬雪身軀，猶如燃起黑暗火燄。她空著雙手，騰空翻轉，從一個狩體蹬向另一個，瘋狂地宰殺魔物。

然而有幾隻狩在消亡之前，利爪刮過琴的眼前。當她逐漸意識到疼痛，身上已有不知多少綻開的血痕。大腿上有道很深的傷口，血液染紅了襤褸的褲管。但她沒有停下動作，反而更強悍地釋放暗靈的攻勢直到周邊敵人消耗殆盡，僅剩一頭高大的巨狩。牠的口部裂開一道彷如嘲諷的藍光。

「啊啊啊——！」琴抹開嘴角的鮮血，咆哮著奔向牠。最後一刻她躍了起來，板底燃燒著黑霧壓向巨狩——震盪衝擊她的腰間，琴忽然發現自己被狩爪給鉗住。幾道冰藍色的尖刺打穿了她的肩部。

巨狩沒有給她任何反應的機會，胸膛翻掀出數層利齒。

牠把女孩整個身子塞入口中。

劇烈的刺痛感從四面八方傳來，她的四肢和身體正被絞動的利齒磨碎。血液模糊了視線，她嘗到口中大量湧出的鮮血。琴咬牙，憤怒地大喝一聲，暗靈像迸發的霧氣一瞬間擴散開來，炸開了巨狩的軀體。

她掉落在沾滿黑液和血漿的雪地上，意識逐漸模糊。突然她睜大眼，呆愣片刻……仍黏在靴子底端的棲靈板，已斷為兩截。

琴虛弱地環視周圍，看著所有浮空要塞仍被擋在冰網陣的外圍，無法突破。同時，下一波魔物已朝琴的方向走來。她付出的一切都徒勞了。

她含著血，身體因恐懼而麻痺。她本能地用手臂撐起身子，朝破碎的球形護罩爬了過去。艾伊思塔倒在透明的內殼裡頭，不知為何已昏迷。

「我們……失敗了嗎……」琴趴著仰望天際。厚重的雲層封鎖了整片天空，但她曉得陽光就在那後頭。她見過的。

「求求你，救救我們……」她從未預料到有一天自己會說出這樣的話。

琴勉強坐了起來，忽然感受到暗靈仍在破碎板子的某處游動。她趕緊握住多角石，閉起眼，最後一次結合他們的心跳聲。地底存在各種難以捉摸的渦流，混雜各種糾纏的狩脈。暗靈就像漂游在海草之間的海鰻，不斷尋找。最終她發現了在尋找的目標，開始凝雪為冰晶，把意識化為蠻力，猛然一扯。

高達千米的冰網遽然飄晃，彷彿被無形的大手給慢慢扳開，中央破開一個巨洞。守備出現空隙，不久之後一艘浮空冰山便駛了進來，朝著冰脊塔放射粗重的極光波。

琴躲進已破碎的冰罩內，再度於周圍掀起數層厚冰刃，組成更加密不透風的實體護罩。

她激烈地喘息，抱住自己的雙腿坐在艾伊思塔的冰殼旁。冰脊塔的藍光在此刻顯得暗淡，她不確定是否因為視線已慢慢模糊，只覺得黑暗吞蝕了整個空間。

外頭傳來炸裂的聲響，還有無數狩軍的嘶鳴。轟炸聲越演越烈，她慢慢看不見了，只感覺整片大地都在搖晃。

琴聽見身旁的冰殼被震裂了。她立刻伸手撥開它，撈過綠髮女孩冰冷的身子。

她把昏厥的艾伊思塔摟在懷裡，周圍大地像要崩裂似地晃動。震耳欲聾的聲響是加倍衝擊的海浪，掀起一波又一波震蕩。她就這麼緊緊抱住艾伊思塔，知道她們已無法逃離。

琴緩慢地睜開眼，不確定自己失去意識多久。周圍一片凝靜，但遠方似乎有人在呼喊。

艾伊思塔依舊在她懷裡，昏迷不醒。琴詫異地盯著她的綠色長髮。一絲細薄的金光，就落在女孩的身上。琴掃視四周，逐漸明白了情況。

她掀起的厚冰罩已被壓碎，像個崩裂的玻璃碗。更上方，大塊的破碎殘冰相互交疊，讓她們猶如身處坍方的冰穴中，被蒙蔽在某種冰寒異境的深處。

然而，一道金黃色的光芒從頂上滲了進來，在角度各異的冰面投射出淡淡的光暈。空氣中多了一絲不尋常的暖意。琴的意識依舊朦朧，不自覺地想像她就在一個巨大的玻璃燭碗裡。頂端，光芒透入的地方出現了人影。呼喊聲漸漸明晰。

那些穿著袍子的人小心翼翼攀爬下來，但某個身影靈敏而急切地走在前方。

她看見亞閻的身影，白髮的總隊長俊，還有神色吃驚的癒師牧拉瑪。後方還有有更多人，他們正奮力搬開碎冰。她隱約記得亞閻來了，輕輕摟住她和艾伊思塔，他的身體不停顫抖。然後俊背起了她，爬向光的來源。她的臉頰靠在他的白髮上。

當他們從碎冰殘骸中走出來，琴迷蒙地瞥視曾經的戰場。整片冰雪大地，從阻塞的碎冰帶到遠方的遺跡，再沒有一頭狩的蹤影。海風捲動白雪，揚起閃爍的冰塵。一座座浮空要塞停泊在遠方陸面，或是山丘的雪坡上。雅典的古老建物彷彿多了一層晶瑩的光。

琴隱約瞥見亞閣放下艾伊思塔擺動的身子。她似乎醒了。她感應到敵人的意圖了嗎？找到對抗敵人的方法了嗎……？

但這些都不重要了，琴感覺身體的疼痛與疲憊正在奪取她的意識。最後，她在白髮奔靈者的背上微微側過頭，看了一眼閃亮的雪白大地和熠熠生輝的碎冰帶。

她閉起眼，在昏迷之前有種感覺……世界的顏色變得更加鮮艷了，就像她所見過的那些畫。

EPISODE 24《拂羽》

「他們接受遷徙的可能性了。」亞煌說道。

他和雨寒面對面坐在一張木桌前，滑潤的桌面擺著舞刀使文明的清茶。當日痕山不復存在，舞刀使將僅有的沖泡原料分了些給奔靈者。他倆當前所在的小屋子是臨時搭建在深谷的，位於兩片峽地接壤之處。牆架上的易燃膏驅逐了所有寒冷。

「至少，他們願意討論這方案。」亞煌說：「舞刀使議會也承認這一帶已屬於高危地區，需要借鑑我們的經驗。」

「太好了。」雨寒淡淡地回道：「謝謝你，亞煌。」

昔日的總隊長傾顏致意。他端起茶杯，慢慢地啜飲一口。「別給自己太大的壓力。」一如既往，他的口吻有股令人安心的力量。「雖然妳是長老，但人人都有極限。其他人也有各自的意志，都得對自己的命運負責。」

亞煌的話旨在消除雨寒對自己的疑慮。然而她聽了，卻低下頭來；不知何時開始，淤積了好一陣子的自憐與罪惡占據心頭一大半。她總是想起那些逝去的人。

「雨寒，我可以理解妳的感受。我在擔任總隊長的那段時間，面對各種無法掌控的結果，自責的心理取代理性已成了一種習慣。但事實上，那才是致命的。」他悵然輕嘆。「心態調整過後，我漸漸發現有許多擔憂都是不必要的，因為有太多年輕一輩的奔靈者都比我們那一代更加優秀。無論是路凱，俊，黎音，奧丁……還有妳。或許在這樣的時代，最好的方式，就是每人各自面對自己的宿命。」雨寒意識到亞煌的體貼，他甚至刻意不去提及艾伊思塔的名字。

亞煌不疾不徐地補了一句：「這些事，即使是現在專心致志的凡爾薩，也會慢慢明白的。」

她愣了一下，然後點點頭。

僅數天之間，凡爾薩所扛起的重擔超乎所有人意料。對外和武刀使的交涉，對內和統領階級每個人的持續斡旋。需要出力的地方他從不缺席。哈賀娜等人依舊對他有疑慮，尤其凡爾薩那寫在臉上的天然狠勁，想甩也甩不掉。然而越來越多人能看明白他超出極限在獨挑大梁，原本的護衛隊員也開始積極協助，成為凡爾薩最好的後盾。

有時雨寒在遠方望著他，竟看得出神。感覺從接任總隊長的那一刻起，凡爾薩變得和以前完全不一樣了。雨寒說不明白他蛻變的原因，但每每看著他……看著他努力的模樣，看著他爭辯的模樣，看著他沉思的模樣……雨寒自己的心情會莫名平靜下來。

她見過凡爾薩路經正在搬運東西的居民身旁，二話不說便撈過重物，彷彿和他掄起巨劍一般容易。他所幫助的對象不僅是瓦伊特蒙的居民，還包括舞刀使文明的百姓。漸漸地，護衛隊員成為他的分身，也投身協助所有事務。凡爾薩依然掛著那不可一世的神情，但雨寒注意到經過的人們，開始對他抱以微笑。

有些事情改變了，但雨寒說不清。忖量過後，她猜想或許凡爾薩想證明給所有人他會是稱職的總隊長。只有這個理由了。

「亞煌……我們拋下的那些居民……」雨寒禁不住問起：「你認為他們會痛恨我嗎？」她的胸口輕微絞疼。

「那並非妳一人的疏失。我得負起一半責任。」亞煌淡然的目光中有一絲悔恨。「但記得，恆光之劍被我胞弟亞閻奪走了。有他在，那群人的生存機率會高很多。說不定他們已在哪兒找到了棲身之處。」

這些話並未使雨寒感到好過，因為她明白了一件事。當舞刀使想驅逐他們離開，奔靈者只能拔刀反抗；那麼當初雨寒所做的諸多決定，必然激起居民的反抗。在他們眼裡她必然和刃皇如出一轍。她終於明白有幸掌握權勢的人們，無論是本能或是刻意，都會說服自己來杜絕他人的權利，即使在冰雪天空下的所有人都應該是命運共同體才對。

這些新生的想法令她迷惘，因為它們與母親、紅狐眼中的堅強全都背道而馳；如果不是為了做出多數人沒膽量做出的決定，領導者存在的意義何在？

一旁的易燃糕已用盡，房間冷了起來。雨寒伸手握住茶杯，陶醉在瓷面的溫暖裡。有許多事，她仍沒有答案。雨寒的姆指指甲邊緣有個難以癒合的傷口，是她自己反複刮弄所致。「如果某一天……還能見到艾伊思塔，我想跟她說……」雨寒不自覺地嚥了口唾沫，想起綠髮女孩拋出鐵鏈，纏住她手中弦月劍的畫面。「我想跟她說，或許……或許她並沒有錯。」

她只是想逼自己說出這句話，讓某個人聽見。亞煌深沉地回望她。

心中的酸楚說明了她揮之不去的困惑。雨寒希望有機會再次面對艾伊思塔；這一次，她希望能找到心底的答案。

然而那樣的機會大概永久消失了。

亞煌開口，聲音柔和：「艾伊思塔是在平民之中長大的，而妳是跟隨在黑允身旁，看著統領階級一舉一動長大的。妳們只是依循自己所理解的世界，去信任自己的每一個決定。這些都不是妳們所能選擇的。」

「不……自己的內心該相信什麼，是每個人都必須面對的抉擇。」雨寒突然說出這句話，連自己也略顯詫異。

亞煌沉默片刻，沒有回答，但他露出了淺淺的，欣慰的笑容。他也端起杯子，再次抿了一口茶，然後轉了個話題：「妳知道剛才那一句，是培利安潔最常說的話？」

「初代首席學者？」好久以前，雨寒時常聽見母親和一些遠征隊長說過那句話，卻不知道它源於更久遠的先祖。「我知道培利安潔最出名的行為就是雕刻出火球浮雕。後來人們把那地方改建為陽光殿堂。」

「是的。迄今人們依然不明白她為什麼把代表『太陽』的浮雕塗成一片淒黑。這引發後世許多討論。不過嚴格說起來，培利安潔不算是名學者。她屬於研究院誕生前的那個時代。」亞煌輕輕放下杯子，向她解釋：「培利安潔熱衷一位舊世界牧師的著作。據說她研讀了約翰紐曼的所有書籍，並以自己的信念做詮釋，深刻影響了早期定居在瓦伊特蒙的先人。從她留下的自傳看來，培利安潔個人的標誌性話語有兩句，其一就是『自己該相信什麼，是每個人都必須面對的抉擇。』」

雨寒點頭。「另一句呢？」

「『所謂的信任，從不是毫無理由。而是千百種理由。』」

「啊……」雨寒不經意地觸碰下脣。這些她還是頭一次聽到。她不確定在那樣的時代，什麼事情會驅使培利安潔有那樣的想法。

「妳可能不曉得，這也是後世決定成立研究院的一個關鍵原因。」亞煌說：「培利安潔讓人們意識到，即使生存再艱難，人們還是會選擇追尋許多看不見、摸不著的東西。也是那樣的精神終將引領文明前進。」他頓了一下後說：「至少，他們所留下的文獻是這麼解釋的。」

「我以為……研究院的成立純粹是因為想解讀遠古時期的知識。」

「那是我們普遍的理解沒錯。」亞煌凝望她。「但是，裝載知識的古籍不會憑空而來。解讀之後，又是為了什麼呢？」

空氣逐漸變得寒冷，身旁的溫度就和亞煌帶來的短暫寧靜一樣，正在緩緩地流逝。

亞煌以平緩的口吻說：「別忘記，在這兒仍活著的每一個人，都是妳的同伴。」

這陣子以來，每當她無法承受突來的情緒，就強迫自己離開眾人的視線。

憂鬱和煩躁是兩股螺旋的邪惡力量，是穿縮在每一絲神經裡的火燄和颶風，燃燒、撕裂著她的理智和意志。情緒肆虐時痛不欲生，但在那之後才是真正的地獄：胸口僅留下一股極端的悲愴，血淋淋地深不見底，像穿透靈魂深處的黑洞，吸乾她體內僅存的所有光源。

她說不準這樣的黑暗情緒何時會浮現。或許自己已病了，連她也無法確定。

雨寒只知道在那樣的時刻，身旁任何人說了一句惱怒她的話，她就會像受困的猛獸一樣惡狠狠盯著對方，腦中不停想像怎麼擊潰對方。逼迫自己遠離人們是唯一的方法。她不希望再犯一次因為自己的命令而害死他人。

腳下的棲靈板緩緩滑動，在黑暗中逕自避開了結滿雪霜的樹幹。這一晚她走得特別遠，進入一個積雪甚深的地帶。寂靜的森林裡沒有一絲動靜，她已不確定自己離開駐紮地有多遠。她想暫時避開一切，卻忽略了安全範圍。

遠方的藍光閃動兩次，雨寒才猛然停下動作。

她的心跳飛快，聚睛會神地凝視，卻發現眼前又是全然的黑暗。雨寒立刻意識到她的視線被樹幹給遮避了，有什麼東西隱藏在樹林的深處。聰明之舉是立刻返回奔靈者陣營。

猶豫片刻後，雨寒吞嚥了口唾沫，令棲靈板繼續往前移動。

她再次看見渺小的藍光點，一小簇似的棲身遠方。它們猶如餘燼之中的炭心，幽深地閃爍，在黑暗中異常耀眼。她忽然感到蹊蹺，小心翼翼地喚出了雪靈，攤開手掌送出一隻虹光鴿子。

它拍打著羽翼，在深雪樹林中拉開一絲彩影，飄向那簇藍光。

雨寒瞇起眼，欲看清楚敵人的動態。然而那藍光點卻毫無反應，只悠悠地閃動著。她屏住氣，再次往前滑動幾尺，終於意識到那是什麼……

因此她又放膽送出兩隻彩光鴿子，讓牠們在藍光點周圍盤旋。飄渺的虹光照亮森林中央，雨寒懷抱著驚奇，來到那微微隆起的柔軟雪腹，看清楚散布在上頭的藍色花朵。它們有著半透明的結晶花瓣，易碎而纖弱。

她慢慢接近，盯著那彷彿沉睡般的閃動頻率。最後，當她剛彎下腰來想觸碰……才忽然聽見雪地傳來聲響。

她反射性地回過頭，差點失去平衡，單手撐著身子時壓碎了一朵冰晶花。凡爾薩詫異地看著她，雙刃巨劍緊貼背部。

「啊……」雨寒坐在雪地裡，因沒了棲靈板的支撐而半身深陷。凡爾薩滑來她身旁，他釋放的虹光點亮雪地猶如墨跡般的血漬。

他趕緊拎起雨寒的手掌，細細檢視。「妳為什麼會跑來這麼遠的地方？太危險了。」他抽出一條質地粗糙的布巾，幫她包紮。

「我……我想自己一個人……」雨寒不知該如何回答，然而她猜測凡爾薩知道為什麼。皮膚傷口的刺疼感被厚實雙手的溫暖給解緩。

「這些冰晶花朵……」凡爾薩告訴她：「霞奈說過是從狩的殘骸，或者遭截斷的地底冰脈長出來的。總之，它們代表這一帶曾經是戰場。保險起見，最好避開。」

虹光鴿子在周圍盤繞，點亮凡爾薩的半邊臉，以及暗藍色羽織披風底下的開領襯衣。雨寒盯著他胸前的牙骨項鏈數秒鐘。「你先回去吧……我就在附近，不會再走遠。我想獨處一陣子。」她感覺到兩手的指尖微麻，彷彿神經正要沸騰。

凡爾薩凝望著她，兩眼像漆黑的深潭。

最後他點頭，把雨寒攙扶起來，確定她在棲靈板上站穩了才鬆手。凡爾薩似乎想說什麼，卻憋住了。他在轉身前只說：「妳就隨心所欲做妳想做的……但別……」他停頓了一下。「別太強求自己了。」

虹光鴿子消失了，凡爾薩板子上的彩光也暗淡下來。他把巨劍扛上肩頭，朝林中滑去，頭也沒回。雨寒盯著那背影，焦躁卻像長滿細刺的藤蔓，絞弄她的心臟。

「別再裝了……其實你也瞧不起我，對嗎？」雨寒聽見自己的聲音穿越森林。母親的聲音。

凡爾薩停下來。森林中只有兩人的棲靈板發出淺淺的微光，卻足以讓雨寒看見他回首時的困惑神色。

「我從來沒有那麼想。」

「這不就是你想當總隊長的目的嗎？你認為我不夠資格，要把所有事情從我手中奪走……」她知道自己說的全是謊話。

然而胸口一股令人窒息的毒火，必須釋放出來；她無法克制自己，也不明白為什麼，但她需要攻擊某個人。某個她所……

「我只是希望能幫妳一起扛些東西，」凡爾薩不可思議地回望她。「我只是覺得妳過度要求自己了，並沒有……」他反常地結巴。雨寒看見他露出一絲受創的神情。凡爾薩搖頭說：「我知道妳很努力，所有人都知道。而且我們都希望能幫上忙——」

「別騙我了！我就是惡人！」雨寒壓抑著音量，卻感覺毒藤正從喉腔鑽出來，令聲音變得尖銳。「在你們所有人眼中我一直都是惡人！」她知道自己的內心在腐爛，卻沒人救得了她。

凡爾薩似乎察覺了什麼，眼神也變了。他沉默地凝望雨寒，目光有如鋒刃。

是的，沒錯，就是那種眼神。攻擊我，殘害我。都是我應得的。雨寒心跳飛快，痛楚和興奮同時絞殺她。

「我害死了很多人！那些拋下的居民，戰死的奔靈者！」雨寒想呼口氣，卻發出破碎的笑聲，裡頭夾雜著啜音。「安雅兒是癒師，她就是本能地想救人才會跟著我去，結果遭殺害了……費奇努茲也是，是我不加思索地想去阻止龍狩……好多人……好多……」

她摀起嘴巴，兩行淚流下，積在手指皮膚上。

雨寒緊閉起雙眼，喉間抽搐。「就是因為我是長老，他們才會死去。就是因為我是長老，瓦伊特蒙才會——」

「那就別當長老了！」凡爾薩喊。

雨寒鬆開了手，感到不可置信。她皺起眉頭回望他。

「有誰說過長老非妳不可？」凡爾薩惱怒了。「把位置讓給哈賀娜，讓給亞煌，讓給奧丁，他媽的，給誰都可以。沒有人說過長老一定得是妳！」

「你在說什麼？這是責任。他們對我的期待——」

「妳對自己的期待又是什麼!?」

雨寒露出空白的神情。他在說什麼……？

「妳想當個名留千古的長老嗎？瓦伊特蒙有史以來最偉大的長老!?」凡爾薩狠狠把巨劍插入雪地。「告訴妳，瓦伊特蒙早不存在了！」他的每字每句都是憤怒。「還是妳想變成艾伊思塔，受到所有人的愛戴？」他近乎苛刻地盯著黑髮女孩。「說啊？——妳究竟想要什麼？」

雨寒愣了好幾秒。「我不……我不知道……」她沒有摀住顏面，淚水卻像突來的洪泉般湧現。

我從不知道……她的雙頰滿是淚痕，抑止不住堀堤。從小她就沒有想過自己有一天必須接任長老，她甚至沒有想過要成為奔靈者。有印象以來，她只是母親身旁的一抹薄薄的影子。雨寒的內心，不存在任何信念。

她跪了下來，雙膝深陷雪地，她能做的只有把淚水氾濫的面容隱藏在雙手裡。長期的本能瓦解了，雨寒壓抑的哭泣聲成了森林裡的唯一聲音。

情緒成了狂風暴雨，攻擊她，蹂躪她。雨寒彷彿獨自落入結凍的湖底，頂上是封閉的冰層，禁止她浮出水面呼吸。正當她覺得自己虛弱地再無法承受，披風圍住她的身子。然後，結實的手臂柔和地摟住她。

凡爾薩跪在面前，環抱著雨寒。

「那麼我告訴妳實話吧。」凡爾薩咬緊牙，沉寂好一陣子才低聲說：「不是只有妳。大多數人都和妳一樣。」

冰層的厚度劇減，漸漸成為薄冰。在她的腦海裡，她彷彿浮在水中仰望著凡爾薩在薄冰另一端的。他對著她說話的同時，冰層化開為液體。

「很少有人知道自己想要什麼。在這樣的時代，面對命運時，我們都是被動的。」他告訴她。

當薄冰中央溶出一個大洞，雨寒微微探出頭來，凡爾薩的聲音變得清晰而堅定：「既然每個人都一樣，那麼，誰有資格要求妳引導他們去找到希望？見鬼，叫那些人去尋找屬於自己的人生。」

雨寒緩緩抬起頭。某些慣性的思維依然綑綁她的神經，令她以笨拙的口吻說：「我們面對的是生死存亡的挑戰，他們需要一個領導者──」

「沒有人該指望長老就該是所有人的救贖。沒有人，包括妳自己。」凡爾薩不給她辯解的機會。

雨寒在凡爾薩的懷抱裡靜了下來。她這才感覺到他正輕柔摸著自己的後腦。

「我也從不知道自己想要什麼。」凡爾薩說：「別無選擇的命運讓我痛恨瓦伊特蒙，卻又促使人們把我誤認成他們的英雄。如果我去告訴所有人，我曾經發誓過要殺死三長老，他們才會真正瞭解我是什麼樣的惡人。」雨寒吃驚地仰頭看向他，凡爾薩接著說：「但我卻完全辦不到。我充其量只是個懦夫，就是大家口中的叛逃者。而且第一次嘗試逃跑就出了意外，被妳和茉朗救了回來。」

他深吸口氣，接著說：「我的人生就是個混亂的悲劇。那是因為好幾年來，我從來不懂自己真正渴望的是什麼，直到我……」

隱隱的虹光飄晃在兩人眼底。凡爾薩咬住自己的嘴唇。

他想說什麼？雨寒的眼睛眨也沒眨，直盯著黑髮男子。他依然輕摟著她，緩緩靠了過來。加速的心跳麻木了思緒，她不知該怎麼反應。

凡爾薩的擁抱變得更緊，雙手抓住雨寒的衣裳。兩人嘴唇緊貼時，觸感像是柔雪。

令人昏眩的數秒過去了，凡爾薩向後傾，吸了口大氣。雨寒兩腮紅腫得像要爆發的日痕山。她的腦子全空了，只剩一個呆板的思緒迴盪著：凡爾薩的嘴唇，比她無數次的想像中更加溫暖。

「抱歉我……」凡爾薩清了清喉嚨，準備起身。「這……這裡曾有狩的出沒，我們不該久留。」

雨寒彷彿驚醒般，搖搖頭。她拉住他的披風，想要他靠近。

凝靜的森林深處，藍色冰晶花朵散布周圍。他們把披風鋪開在並列的棲靈板上，雪靈從底下竄了出來，緩緩變換形體和色澤，像是透明的薄紗籠罩下來。

雨寒完全不知道該怎麼做，她連呼吸都難以持續。但在這一刻，她讓自己信任凡爾薩，讓他吻著自己的頸子，一層層褪去自己的衣裳。當她的上半身一絲不掛，凡爾薩露出了吃驚的表情。雨寒頂著紅通通的雙頰，遮羞一般地趕緊摟住他。

雪靈變得艷紅，帶著暖意輕撫著兩人的肌膚。她感到腿部傳來微癢，不確定那是拂羽還是凡爾薩的雪靈。他們再次接吻，這一次，深得像要融到對方身體裡。他的舌頭急躁地滑動，像在尋找什麼。凡爾薩正隱隱流露出野蠻。

但雨寒並不在意。她想學會那樣的野蠻。真心的。這是她想要的。她所渴望的。

當凡爾薩頂開了她的雙腿，雨寒忽然想退縮，身體不自覺蠕動，卻發現她已被鎖在凡爾薩健壯的胴體下。

他單手枕著雨寒的後腦，嘴唇深鎖，另一隻手慢慢推開她的左大腿。她覺得自己像被繩索給綑綁，除了透過鼻子激烈喘息，其他什麼也做不了。凡爾薩的手臂從她的背後滑入，身子壓了下來。

她吃驚地抽了口氣，眉間纏結。那疼痛是前所未有的。她從嘴角發出喘息，無法再和凡爾薩對等較量貪婪。漸漸地，那股酸疼彷彿變得遙遠，開始有另一種感知流入。某種意外的，從心底浮現的快悅。凡爾薩的身體將她壓迫得更緊、更密；她聽見兩人之間有淡淡的黏液聲響，伴隨鬆雪摩擦的聲音。

她顫抖著抱住他，接受他正在釋放的野性。

灼燒的痛感刺穿身體，但雨寒閉緊眼，強忍著。這是她一直想要的。

腦中不自覺有光影劃過。那是剛認識凡爾薩時的畫面……當時他還是個憤世嫉俗的青年，她則是個什麼都不懂的孩子。她時常抬頭仰望他，說了什麼話都會莫名引起他的憤怒。然而在戰場上，他會拎著巨劍出現身旁，不顧一切保護她。她都知道。他們的命運早在初見的那一刻，就已纏結。

雨寒緊緊地摟住她所愛的男子。

深雪森林的某一處，兩潭雪靈化為一體，籠罩著它們的主人。而在周圍閃爍的冰晶花朵，成了唯一的見證者。

EPISODE 25《淼霜》

最後一次圓桌會議在艾伊思塔踏入亞法隆的一刻便已展開。

浮空要塞陸續歸來，像是一個個從天而降的彩光水晶，停泊在迷霧之城亞法隆的周邊雪地。霧氣在越靠近城市的地方越是稀薄，船支從中出現，載著歸來的人們跨越護城河。此時，會議廳早已擠滿了面懷恐慌和期待的人群；口耳相傳引爆了好奇心，人人都想一睹意外歸來的引光使。

艾伊思塔有了某種劇然的變化。俊想起在返程途中，她竟能精確說出路途前方的狩群動態，讓最有疑心的幻魔導士也不得不相信她確實有某種難以解釋的能耐。如今，這股奇跡般的能力正在圓桌會議重演。

「**……意識到人類對冰脊塔展開攻勢了。人類進攻得越勇猛，牠們會越快採取對應的措施，生成狩群。**」艾伊思塔的嗓音有股空靈與超然，眼神空蕩地盯著某處。「**如今狩群的數量指不勝屈，即將對歐洲大陸進行全面封鎖。**」

綠髮女孩披著兩層黑絲絨披風，低頭站在巨型地圖的一處，被嘩然躁動的人群包圍著。

數百人彼此推擠，整個場子瀰漫著人體散發的熱氣。城裡的二十名大魔導士全員出席了。艾伊思塔的腳下是舊世界法國的地理輪廓，而在她身後，俊和亞闍兩人靜默地佇立，護住她周邊以防人群擠壓。

艾伊思塔的眼神真的與縛靈師一模一樣，俊心想。她不會針對人們的每一個問題去回應，也不針對細節回答，只給出曚朧的答案，這一點也與縛靈師相同。

「或許這一次我們真的必須考量遷徙的選項……」一向保守的大魔導士阿米里亞斯說：「現在只剩南美洲的情況還不明朗，或許值得探勘，做為選項之一。」

眾人開始拋出他們的觀點。「跨越整片大西洋？瘋了嗎？浮空要塞需要雪地來做能源的補給——」

「你們竟然認真考慮逃離歐洲大陸，這才是真正的瘋狂！就因為一個女孩說出無人能證明的事？」

「理性一點吧。單用手去觸碰冰脊塔就可知曉一切，根本毫無科學依據。」更有人發出嚴重質疑。「這荒謬得連孩子都不會相信。」

「諸位，不是我們想懷疑引光使。」一位年輕的女幻魔導士，馬格莉斯，對瓦伊特蒙的代表們說：「光憑她的一席話，究竟對我們有多大的幫助？這整件事讓人難以信服。」

另一端也有幻魔導士附議：「現在只有一件事是肯定的——狩群會專挑人口多的地方去攻擊。但這恰恰是一種鐵證，狩群害怕我們集中起來，因為人類一直是牠們的最大威脅。」

「是的，只要我們團結起來就沒問題！」有群眾高喊：「亞法隆所在的地基，是世上最偉大的城市，繼承了遠古時期的精神，無數次的入侵也從沒有人能征服這座堡壘！」

「沒錯。讓狩群畏懼我們，讓牠們徒勞地想方設法。」有人的聲音穿透吵雜。「只要不斷加強防禦能力，亞法隆從未被攻克過！」

「錯了。牠們並不畏懼人類。只不過牠們可強烈感知到人口集中之地，易遭牽引而去。這乃為本能。」艾伊思塔以淡然的口吻在眾人頭上澆了桶冷水。人們發現自己得靜下來，豎起耳才聽得見她的聲音。「**……從白島降世，直到現在，狩僅跟隨此一本能來行動，沒有思緒。所有文明都依此遭到肅清。**」沒來由地，她空洞地盯著廳堂頂端的一圈彩色玻璃。

人們面面相覷，也有人依舊狐疑地瞪視她。此時亞閻朝俊撇過頭來，說道：「原來如此，我懂了。」他的面色異常凝重。「照她那樣說，這根本是天然的人類屠殺機制。」

「是的……」俊也意識到了。藉由散放冰脊塔控制地理，人類只有依靠群居才可能生存下來，因為零星分散的人群缺乏對抗冰雪環境的社會力量，會迅速滅亡。然而一旦人口集中起來，接下來，狩群就會出現。

這是主宰地球的閉環，五百年來幾乎將人類文明抹殺殆盡。

「不過這依然沒有解釋幾百年來的空窗期。」亞閻若有所思地對俊說：「按道理說，假使狩群真想消滅全人類，幾百年前就可以把我們趕盡殺絕，對吧？」

「真是荒謬絕倫。」有位大魔導士終於按耐不住，朝群眾說：「引光使如何明確知道全歐洲已遭封鎖？難道她可以感應敵軍潛藏的每一處？」人們紛紛點頭，掀起浪潮般的附議聲。「要是她真有那種奇跡能力，那更好，我們進行偷襲，逐點消滅牠們不就得了？」

艾伊思塔抬起頭，迷矇地望了對方一眼。然後她彷彿無意識地窺向廳堂的某個角落，沉靜了數秒。當她動身走過去，人們讓出了路。

牆邊掛著幾支與人一般高的木棍，底端是拳頭大的筆刷。她挑了一其中一柄，開始遊走在人群之間。亞閻本想追去，但俊伸手輕觸他的肩膀。他們看見艾伊思塔扭轉木棍，讓裡頭的深藍色顏料慢慢滲入毛刷。

她提著長棍，有時雙手捧舉，有時單手挑拎，有時挾於腋下……讓毛刷不經意地劃過地板。人們發出困惑的絮語。艾伊思塔的目光似乎落在不存在於房間的某樣東西。她甚至不在意周邊的群眾，恣意地在廳堂遊走。人群發出呼聲，閃避著擠向邊緣。她的動作隨性而毫無邏輯，甚至從未凝望過地面一次。然而，漸漸地，開始有人意識到她正在做什麼——

引光使在巨型地圖的諸多地方，留下了藍色顏料。

人們指著那些顏料議論紛紛，並持續閃躲綠髮女孩那詭異的動作。最終，當艾伊思塔停下手，歐洲大陸的圖象已被大大小小的深藍筆觸點綴。俊粗淺地估算，超過了五十幾處。

騷動聲淹沒了圓桌會議。

「這些……全是冰脊塔嗎？不可能吧？」幾位大魔導士全望向她。

這一次艾伊思塔沒有迴避，深深地點頭。亞閻從她手中接過了長棍筆。

「在歐洲大陸有五十六座冰脊塔？我們付出那麼多努力，卻只找到七處？」在場無人敢相信。這幾乎覆蓋了整個歐洲大陸。

會議的氣氛迅速改變。俊立即嗅到了危險，和亞閻交換眼神。群眾正從原本的期盼和驚愕，化作憤怒。他們寧可選擇相信整個亞法隆都被眼前這名瘋狂的女子給欺騙了。

「這不能證明任何事。要我們相信她隨手在地板的塗鴉？」馬格莉斯攤手說。

「搞什麼？你們從雅典帶回的這個人，根本是個瘋子！」後方有人咆哮：「會議結束了！她沒有任何證據！」人們開始向前挪動，聲浪彷彿暴動的前奏。

俊和亞閻，湯加若亞、尤里西恩等十幾名奔靈者立刻集中在綠髮女孩身旁。在這片艾伊思塔祖先的故土，來自遠方的瓦伊特蒙戰士做好了準備，將不擇手段保護她。

然而遏止眾人的卻是梅西林諾斯。

年長的大魔導士臉色鐵青，推開眾人走向地圖中央。「你們通通給我看仔細……」他伸出微顫的手臂，以木杖陸續指向四處藍色顏料——耶路撒冷，因特拉肯，奧登斯，直布羅陀峽灣。「這幾個，是當初浮空要塞任務組發現有冰脊塔的地方。」他止住話語，掃視眾人，彷彿這已解釋一切。

「然後呢？這八成是巧合——」馬格莉斯說了一半便住口了，她掃視地圖時雙眼微睜，似乎也察覺了。

梅西林諾斯凝重地點頭，木杖指向其它三處。

此時人們才第一次發現，已順利消滅了冰脊塔的威尼斯、錫德拉灣，以及雅典，引光使沒有在那些地方畫上顏料。

死寂般的數秒鐘過去，人們開始發出低沉的噪音。圓桌會議彷彿被一股驚愕的氣氛所籠罩。無論相不相信，群眾的恐懼已展露無遺。

「歐洲大陸的冰脊塔，有許多剛生成不久……尚未有狩群聚，體積也易被忽略。但此景僅限此刻，一切都在迅速改變。」艾伊思塔步履輕盈地退到一旁。**「人類越是積極行動，冰脊塔將會越快生成。」**

聽了這句話，群眾全怔住了。確實，歐洲大陸開始風雲變色，就始於七座要塞的逆襲任務。

換言之，這將是個無解的方程式。任何一方有動作，都會加速衝突的螺旋。

會議的情緒沸騰了。人們高音爭論，指著地圖上有如畫中繁星的顏料。他們看見地圖上幾乎所有的新人類據點都有好幾座冰脊塔在周圍，彷彿敵軍想確保陽光永遠無法落在他們頭上。歐洲文明被纏入複雜而龐大的藍斑蜘蛛網中。

群眾陷入前所未有的驚慌。有少數人提出該派要塞再去確認，也有人徹底拒絕相信。更多群眾急著詢問接下來該採取什麼行動？是否人類已走向末日？

「——我們攻擊白島。」俊開口。

他的聲音並不響亮，但每個字都穿透了圓桌會議。討論的聲音戛然而止。他那白霜般的眸子就像兩片明鏡，反射群眾臉上的錯愕。

除了反擊之外別無它法，這是在返程中，他和亞閻得出的共識。「徹底摧毀白島，喚回陽光。」俊說。

亞閻向前走，雙刀在腰間發出聲響。他對著圓桌會議放聲說：「你們文明握有的一切技術，讓直接進擊白島成了可能的選項。如果牠們聚焦歐洲大陸，我們就攻擊狩軍的大本營。所有海底冰脈的最源頭。」俊也朝他點頭。實際上，亞閻有自己的目的：他把打倒白島當成喚回艾伊思塔的最後一絲希望。

但無論人們有多少不同的目的，人類文明的生存選擇已聚合成一個軸線。這是最後的轉折點。

大魔導士們凝重地看向兩位瓦伊特蒙的奔靈者。「引光使已感知到毀滅白島的方法了？」

俊和亞閻轉向女孩，看著她閉起了眼。「**白島周圍有三座核心冰脊，它們控制綿延白島正上方的千里雲，並在海底透過冰脈纏結，相互支持生命。**」

「意思便是，」亞閻對眾人說：「只有在同一時間解決掉那三座，它們才不會持續復原。就和體內擁有多核的巨狩一樣。」

「只要能夠擊潰那一批核心冰脊陣，便能讓陽光降臨在白島上頭。」俊最後說。

這段話帶著無比的重量，令所有人禁了聲。引光使道出的關鍵線索——或許是有史一來第一次——讓人類親手掌握了反擊白島的希望。

但圓桌會議的人群依舊滿臉驚悸。這契機所出現的時間，正是人類文明將被殲滅的序曲，在場人們所做的決定，將會第一次，也是最後一次定奪世界最終的樣貌。

「核心冰脊之間的距離有多遠？」梅西林諾斯以乾澀的聲音問道。

艾伊思塔沉默了許久，寶石般的綠色眼睛緩緩睜開。「**從這兒到黑海彼端。**」

「這有六、七百公里的距離。」大魔導士阿米里亞斯瞪大了眼，他那一向工整的髮線底下似乎冒出了汗。群眾一片譁然。

梅西林諾斯說：「看來浮空要塞必須兵分三路。」

阿米里亞斯惘然地凝望他，反駁道：「把三批人分開數百公里去襲擊!?怎能確保可以在同一個時段內摧毀它們？」

「這問題或許已有解決的方法——」某人的聲音來自廳堂正門口。

人們紛紛望了過去，瞧見麥爾肯和妲堤亞娜的身影。俊這才發現今天的圓桌會議，麥爾肯到現在才現身。

年輕學者閤緊身後的大門，阻隔了外頭的騷動聲。他與女幻魔導士朝廳堂中央走去，經過梅西林諾斯身旁時，交給他一顆透明的石子。

即便那東西體積不大，俊立刻認出那是什麼——所羅門的多角石。但它和琴帶上戰場的那顆相比，似乎形態更複雜了一點。

梅西林諾斯身旁的人們聚攏過來，打量他雙掌裡的透明石頭。此時，麥爾肯已走到廳堂另一端，站在一段距離外窺視他們。無人知道他想做什麼，亞閣和俊都面露迷惑。就連艾伊思塔也投以好奇的眼神，望向年輕的學者。

麥爾肯明顯難掩臉上的雀躍。此時，妲堤亞娜從袍子裡取出又一個多角石。然後她把石子抬到嘴脣前，像要把風吹到它裡頭似地。

「這些進入糾纏態的結晶石……能讓我們獲知彼此的情況。」

大魔導士身旁的人們怔住，當中有人跳了起來，有人驚嘆。就連梅西林諾斯本人也嚇了一大跳，差點拋開手中的東西。妲堤亞娜的聲音是從那石子裡響起的，但她本人卻面帶微笑站在遠處。

幾位大魔導士爭相拿過石子觀看。「能夠跨越空間的通訊。這根本……這根本是舊世界的科技啊……」

「不，它遠遠超過舊世界人類的技術幾個層級。」女幻魔導士的聲音依舊從梅西林諾斯的手中傳出。人們詭異地聆聽她揚起的陣陣回音。「我們無須運用『電』這能源來達到效果，也不需要任何介質。」

「理論上，」麥爾肯在廳堂另一端解釋道：「握著這兩顆石子的人無論距離多遠，無論處在什麼樣的地理位置，都能在瞬間進行溝通。」

「你們何時做出這樣的東西？」梅西林諾斯的眸子緊瞇，像是滿臉皺紋裡的一道細線。

「就在剛才。」姐堤亞娜放下手中的石子。「我們結合了大批的公式，有些來自前人從所羅門抄來的騰本，還有一部分是數年前瓦伊特蒙在斐濟島的遺跡找到的。它們彼此吻合。雖然還有片面的缺失，但足以達成兩個多角石的糾纏態，也就是跨越空間的聯繫。」她露出迷人的笑容。「其實只要對公式有明確的掌握，製作出這樣的石子是相對簡單的事。」

俊感覺相當不可思議。在恍如隔世的記憶中，最初的多角石是由所羅門的瑪洛娃交給路凱……而路凱陣亡前，親手把它交給了俊。俊在遷徙途中給了麥爾肯，麥爾肯在亞法隆又交給幻魔導士文明去研究。

它彷彿是從一個覆滅的文明傳遞給另一文明的火炬，最後繞了一大圈，落在琴的手中，回到瓦伊特蒙的子民手裡。

人類破解了狩的結晶，以敵人的能力強化自己。不單琴有控制凝雪的能力，現在幻魔導士也找到了複製遠程同步系統的契機。

吵雜的人群裡有個人拂袖走出來。他是和女幻魔導士同屬一個浮空要塞的克瑞里厄斯。他的亮綠色長髮飄逸身後，八字鬍懸於嘴邊，以爾雅的口吻說：「這工具能讓我們遠程協調作戰，可是，那也只解決了一部分的問題。還有個很關鍵的事尚未弄清楚——那些翱翔在在天上的怪物。」他把話題導往另一處：「當雅典上空的陽光回歸，那些飛龍逃了。但沒人能確定陽光是否會對牠們產生傷害。」

「**牠們才是白島真正的居民……對於陽光，具有某程度的抗性。**」艾伊思塔再度開口，神情莫名黯淡下來。「**五世紀前的降臨時刻，牠們隨之而來，在白島的觸鬚尚未遍布世界海洋每一處，便由牠們散布冰脊塔的種子，加速雲層封鎖，杜絕陽光，以保護白島……**」

她以呢喃般的口吻持續道出這些不為人知的事。俊和所有人一樣，很是吃驚。這解釋了許多一直在他腦中徘徊的疑問，包括舊世界是如何淪陷的。

「總而言之，當代這些狩群，都是由白島衍生而出的細胞，唯獨龍狩不是。」克瑞里厄斯陰沉地說。

「艾伊思塔，那麼這幾百年期間，那些龍狩都在做什麼？」亞閻詢問她：「在這之前，就連歐洲大陸的人們也從未見過牠們。」

「**這……我不確定……**」艾伊思塔忽然止住口。

「妳剛才所說的只是歷史。我們想知道現在世上究竟還有多少龍狩？」克瑞里厄斯接著問：「牠們的戰力非同小可。我們得知道自己要面對多少那樣的東西。」

艾伊思塔沒有回答了。她壓住自己的額頭，表情有些痛苦。亞閻立刻扶住她，對幻魔導士搖頭。

未與白島相連的個體生命，並不在她的感知範圍內……俊心裡想著。

「時間並不站在我們這一邊。」身後的癒師牧拉瑪說：「若真的想對白島進行全面反擊，得確保一次出征便能擊潰它。」

梅西林諾斯聽完身旁人們對他交頭接耳的話，撫摸自己的長鬚，謹慎地思考著。「關於敵軍的情報我們知道得太少了。」他說道：「白島位於太平洋的正中央，那兒的環境現在什麼樣，沒人曉得。該如何補充雪能？要塞該停泊在哪兒？這些全都是問題。跨海的戰鬥有太多不確定，遑論浮空要塞只適合做空戰，萬一出現難以預期的情況，我們將沒有任何退路……」

「所以，理所當然的，我們奔靈者也將隨行。」代表弓箭隊的帕爾米斯望了總隊長俊一眼，告訴眾人：「我們可以彌補浮空要塞的作戰模式。」

「但你們畢竟只有四十幾人。」梅西林諾斯面露掛慮。

此時，一貫與梅西林諾斯站在對立面的阿米里亞斯抬手，引來眾人的目光。他提出了一個想法：「或許我們可以尋求……舞刀使的協助。」

眾人咀嚼著這句話，發出各種複雜的見解。瓦伊特蒙的現場代表無人吭聲，但顯然他們是最感到最不自在的。幾位奔靈者的目光已化為銳刃。有相當大的可能，雨寒一行人當初拋下他們，便是為了前去舞刀使文明。

「上次探訪舞刀使已是三年前，我們的交流以悲劇告終。」梅西林諾斯看著阿米里亞斯，出奇地點頭同意。「但是確實，若有他們加入，對整個戰役有極大的助益。他們所在的日痕山就在太平洋邊緣，可以作為反擊白島的據點。你們認為呢？」大魔導士望向瓦伊特蒙的戰士們。在現場的所有人都已聽說過瓦伊特蒙分裂的原由。

俊身旁的奔靈者明顯緊繃起來。同伴們全望了過來，看向他們的總隊長。亞閻也回頭望向白髮奔靈者。

俊沉默時，大廳跟著沉寂。他輕閉雙眼，思考著。

若雙方再次碰面，說不定還等不到面對白島就會彼此殺得血流成河。在俊的身旁有不知多少人對雨寒和統領階級懷恨在心。

我們面對未來的每個決定，都被他人過往的行為定義了。俊想起，若非莉比絲的提點，他自己也對抗不了這種本能的驅力。

「我們同意。」俊開口說：「如果雨寒他們都在那兒，我會說服他們加入戰役。消滅白島，喚回陽光，這是我們唯一的目標。然後所有人，再各別回到自己歸屬的地方。」假如總隊長的身分必須和他人有所不同，那便是他得成為幫助眾人對抗本能的一股力量。

俊掃視身旁的夥伴，卻沒看見莉比絲的身影。

「而我們會和舞刀使談判，盡釋前嫌。」大魔導士阿米里亞斯點頭。「我們還是有一定的籌碼。」

「提升大夥兒都能平安歸來的機率，」俊說：「這需要所有人的力量。」

圓桌會議在人們雜陳百味的心態中宣告結束。當他們推開大門，積壓已久的熱氣朝外散放，換來一陣涼風。隨之而來的卻是喧鬧的聲浪。外頭已聚滿難以計量的人群。俊想往外走，卻發現人們像潮水般湧了過來，在騷動中吶喊著什麼。

亞閣在艾伊思塔身旁手握長劍，立即護住她。俊也湊身到他倆的身邊，不確定有什麼突發狀況。

「引光使大人！」首先鑽過人群的是費氏兄弟，他們懷著錯愕的神情來到艾伊思塔面前。女孩踏著冰冷輕柔的步伐，人潮隨之挪動。

「引光使大人——！」胖子葡慕從另一側推開人群。更多居民爭先恐後地湧了上來，有抱著孩子的母親，以及滿身傷疤的壯漢。幻魔導士滿臉困惑，招架不住地被推擠往邊緣。在圓頂殿堂前方的這片空地，瓦伊特蒙的兩千多居民全出現了。

「太好了，妳真的回來了，我們以為……我們以為……」費茲羅伊搓弄鼻子，低下頭像在對自己說話。在他身後的費藍克則用袖子拚命抹眼。艾伊思塔停下腳步，面無表情地回望著他們。

在她空洞的目光前，居民漸漸安靜下來。有個小女孩脫離母親的手，咯咯笑著抱住引光使的腿。艾伊思塔垂首看向她，神情依舊迷茫。

俊和亞閻交換了眼神。幾位奔靈者慢慢讓開了位置，給人們機會聚攏過來。關於艾伊思塔所出現的變化，想必人們已有所聞。居民們卻沒多說什麼，就這樣安靜地圍繞在她身旁，這景象彷如人們當年聚集在恆光之劍底下的模樣……只不過現在他們欲言又止，多了一層濃烈的憂傷。

人群中，幾個身影鑽了出來。「艾伊思塔……」貝琪歪著頭仔細端詳，滿臉的不捨。然後她抹開眼淚，踏上前去緊緊抱住綠髮女孩。人群當中有人禁不住哭泣，也有人默念陽光的禱文。幻魔導士看得不知所措。

當貝琪鬆開手，幾位居民輪流上來，或重或輕地抱住他們的引光使。

然而艾伊思塔就像一座石雕，渾濁的瞳仁凝視遠方。

一位年長的女性盯著她數秒後，難過的神情轉為堅決，抱住她很長一段時間。亞閻嘆了口長氣，湯加若亞則別過頭去。

那居民挪開身，換成葡慕站在女孩的面前。

「妳知道嗎，這裡是妳的故鄉……」葡慕閉緊眼，一滴淚從眼角擠了出來。「謝謝妳……帶我們所有人來這兒……」

葡慕並沒有再上前一步，蒼惶地轉身退開。然後出現的是藍恩大媽。

這時，艾伊思塔慢慢低下頭，看見大媽牽著兩個很小的小孩。

皮諾和可可學會了笨拙的步伐，跟著大媽向前走了幾步。他們認不出艾伊思塔是誰，只睜著圓滾滾的小眼睛，呆滯地和她對望。

藍恩大媽的笑容惘然若失，把那兩個孩子抱起來，湊近綠髮女孩。雙胞胎依偎著大媽，似乎因陌生而感到害怕。但皮諾先伸出了小巧的手，拉了下艾伊思塔的頭髮。

亞閻搖頭嗤笑，似乎看不下去這荒唐透頂的畫面，打算先行離開人群。

「亞閻。」俊喚回他的目光。

彷彿融化於殘冰表面的水跡，艾伊思塔的雙頰出現兩行淚。她睜著朦朧的眼神，眉間抽動。「**我不……**」她的神情滿是迷惘。「**我不明白……**」

「引光使大人。」居民再次擠了過來，呼喊起她的名字。艾伊思塔眼神閃動，彷彿第一次看見眼前這些人。她壓住自己的太陽穴，驚恐似地掙扎。「**為什麼……**」當眼角的堤防被撬開，淚水再止不住。

亞閻側著身子說不出話，呆愣原地，凝望這一幕。俊把手輕搭在他的肩上。

藍恩大媽把兩個小孩交給其他居民後，大呼口氣，將艾伊思塔摟進懷裡。這時綠髮女孩已不住地啜泣。「**我不明白……不明白……**」她一直重複這句話，淚如泉湧的眸子卻未眨動，只有身子在抽搐。

「沒關係，不明白沒關係。我們沒有人明白。都不重要了。」藍恩大媽緊抱著艾伊思塔，撫順著她的背。「妳回來我們身邊了，真好。」

在亞法隆市區一間寬廣的「劇院」裡頭，市民擺設了長桌，擺滿宴席。

好幾種半生的魚肉，玉米粉做成的糕點，香草烤餅，果醬餃子，白甜菜沙拉。還有好幾缸黏稠的灰色粥湯，以及溫熱的芝士火鍋。另外還有烘培過的肉排——有麋肉，鹿肉，以及數種家禽。搭配香料酒，蘆葦啤酒，水晶葡萄甜酒。

瓦伊特蒙的居民也拿出僅剩的調味料，讓戰士們最後一次品嘗家鄉的味道。

這是為了慶祝雅典的勝利，也是為了幾天後的餞行。人們擠成一小夥一小夥，在食物和酒精的催化下促膝談心，沉浸在濃烈的情緒裡。

俊想起自己得去一趟鍛造場，便拿了幾塊烤餅，穿過擁擠的人群。他不經地瞥見一桌弓箭手邊喝酒邊嚷嚷，莉比絲坐在她胞弟利昂的身旁。從雅典戰役歸來後他還沒和女弓手說過話。但看她滿臉酒氣的模樣，或許不是找她的最好時刻。

俊正想快步離開，莉比絲卻突然望了過來。

兩人的目光穿過游動的人群相鎖，莉比絲紅透了臉，卻明顯沉靜下來。俊猶豫片刻，朝她點了下頭，便快步離去。

鍛造場位於亞法隆內部懸壁的某處，隱藏在突出的石梯的陰影底下。一整排洞窟都是煉治廳，彼此間的通道隔著厚重的門。當俊找到琴所在的那一間，他身上的雪沫已化為薄薄一層水珠。

熱氣之中，房間一側的熔鐵爐橙光搖曳，另一側的冽水潭則清黑如鏡。而在它們之間，「大塊頭」正以雙手壓著棲靈板，讓「獨臂槌子手」駱可菲爾一次次敲響鋼釘，清脆的金屬聲迴蕩耳緣。在兩位工匠面前，黑髮女孩坐在石凳子上，雙肘貼膝，捧著下巴專注地盯著這過程。

俊把烤餅放在台座上，示意是給他們的。「可以修復嗎？」俊看著棲靈板問。

「當然了，小事一樁。」靈板工匠放下槌子，用手背抹了下汗。「所幸斷面很乾淨，我用左手就措措有餘了。圓桌會議結束了？」

「是的。而且他們在劇院舉辦宴會。」俊說：「你們可以歇會兒，上去和大夥兒聚聚。」

「很快。再三十分種左右就告一段落了。」駱可菲爾看了眼石牆上跑著齒輪的鐘。

此時，俊瞥見架子上有女孩的一雙靴子，好像發現了什麼，好奇地拎了起來。靴底的銀片已煥然一新，而朝著靴子側邊回摺的地方，竟刻著繞藤似的紋路，彷彿某種工藝雕塑。看得出來雕工不算精細，卻有種粗獷的美感。

「大塊頭弄的，」駱可菲爾告訴俊：「我跟他說了，搞那些裝飾根本浪廢時間。」

「引……引光說……」大塊頭結結巴巴地開口。

「對對對，她相信你，說你是個好銀匠。」駱可菲爾搖搖頭。「這下可好。等琴的板子修好，大塊頭還想在鍍銀時注入他的『獨特風格』。總隊長，你可得勸勸他！」

俊淺淺一笑。他瞥了眼女孩，發現琴坐直了身子。

「其實我也想……看看棲靈板加上銀雕是什麼樣子。」黑髮女孩輕聲說。

駱可菲爾揚起一邊眉毛，聳聳肩。「主人說了算。」

俊來到她身旁。「琴，一直沒機會向妳道謝。」

女孩抬起頭。她的臉上有好幾道傷疤，銀色眼珠與俊的白眸子對望。

「妳的果斷逆轉了整場戰役……亞閻也很吃驚。我感覺他非常以妳為傲。」琴沒有回話，低著頭抿起下唇。俊接著說：「我也得感謝妳，阻止敵軍把我們拖入混戰。否則依我的狀況要被拖下去打肉搏戰，八成會凶多吉少。」俊敲了敲自己胸口的銀輪墨璽。

琴遲疑了數秒，似乎有點兒不自在。她只點點頭，以近乎聽不清的聲音說：「……謝謝你背我……還有牧拉瑪……」

「當然了。」俊說：「妳是我們的同伴。是很優秀的奔靈者。」

黑髮女孩看著他，銀色眼珠似乎閃動了一下。

「我過來是要告訴你們一個消息。」奔靈者總隊長說：「時間還是過於緊迫，過幾天又得再次出征了。亞法隆會動員大多數的浮空要塞。槌子手，大塊頭，這次你們恐怕也得同行。如果出了狀況，奔靈者會需要你們。」

駱可菲爾露出無辜的模樣，深吸口氣。「猜到了。這次目的地是哪兒？」

「很遠的地方。」俊說：「人類從未去過的地方。」

PART III

EPISODE 26《拂羽》

人們抬著兩名舞刀使的屍體經過雨寒面前，在雪地留下沉重的足跡。他們的軀體皮開肉綻，怵目驚心，以不規則的間隙滴著暗紅的血痕。

「敵人已經慢慢充斥在我們周圍。」子藤站在她身旁，長刀倒扣於肩。「感覺越來越明顯了。牠們正朝著這區域收縮過來。或許必須建議刃皇……我們得拋下日痕山一帶的陣地。」

「但拋下這兒，能去哪兒呢？」雨寒說。

「我不知道。你們應該比我們更清楚。」

所有的遺跡探勘工作都宣告暫停，兩方文明的戰士們組成了非常狹隘的防線，幾乎每一天，晝與夜，都必須面對狩群疏疏密密的突襲。居民已長期處在悚懼不安的氛圍裡。現在就連奔靈者也不敢深入樹林遠離陣地。不祥的氣息影響著每個人的神經。

雨寒心想或許他們真得徹底離開太平洋火環帶，朝內陸去。朝歐洲大陸去尋找幻魔導士文明。

在沒有戰事的暗夜，夜深人靜時，她會前往峽地邊緣的一幢木屋。它是當初為了峽地建築工程而打造的臨時儲物間，現已荒廢。木屋裡疊滿白化的木頭，無用的碎石板，質地出問題的易燃糕，以及零散的工具。還有一張由魂木片編織而成的板床，上頭鋪了幾層毛毯。這兒是屬於她和凡爾薩的地方。

他們幾乎每夜纏綿。為了避免他人察覺，他們把棲靈版放置在遠處的牆角，以防情緒湧動時偶然觸發了雪靈的光。然而事實上，雨寒已不在意有沒有人曉得。誰也不知道哪一天狩群就會大舉入侵，宰殺所有人。

當冷冽的冰雪世界帶著惡意朝人類塌縮過來，與凡爾薩擁抱的時刻是生命的唯一期待。他們的每一次相聚都像用盡了力去訣別，彷彿想用體溫融化冰封的命運。

今日，外頭下著濃濃的雪。在人們入眠後，雨寒輕聲踏入木屋，讓雪靈放出暖光驅逐寒意。不久後凡爾薩也從巡邏任務歸來。他還沒把身上的積雪抖乾淨，雨寒便踏上前，墊起腳尖吻他。

在天明之前，他們和彼此纏綿了四次。歇息的時刻，雨寒縮在凡爾薩懷裡，靜靜地看著他。平時的凡爾薩總會不自覺露出不屑的神情，但當他凝望雨寒時，神情卻出乎意料地溫和。他們聊了許多關於自己的事，也問了彼此各種問題。但幾乎不約而同總是避開了瓦伊特蒙命運的話題。接下來該怎麼辦，沒人有答案。

兩人裸露的軀體相貼，雨寒嘗試帶起那話題。「我在想……是不是應該開始著手下一次遷徙的準備？」

凡爾薩觸摸她波浪般的黑髮，親吻她的額頭。「居民裡沒有幾位學者扛得起地理分析的工作。烏理修斯那傢伙靠不住。」

「嗯，所以我們得想好怎麼在沒有特定目標的情況下，一邊移動……」雨寒看著凡爾薩坐起身，視線跟著挪動。很明顯他並沒有仔細聆聽她的話。

「回到遷徙狀態會有太多不定因素，」凡爾薩吸口氣。「那些壓力會全部轉嫁到妳身上。」

他在擔心我。雨寒忽感心頭一陣欣慰，似乎討論任何事情，凡爾薩的第一考量都是她。也只有凡爾薩一人會如此。但身為長老，她沒有畏懼的權利。「我不怕。而且不管發生什麼事，都有你在我身旁。」

凡爾薩的目光卻凝重起來。「我怕某天如果……我也和紅狐一樣出事了……」他沉下頭。「妳該怎麼辦？」

雨寒用手肘撐起裸露的身子。「不可能的，我不會讓你出事的。拂羽的能力又成長了。就算要讓整片海洋沸騰，我也一定會救起你。」她很嚴肅地說。

「拂羽再怎麼強大，也辦不到讓海洋沸騰吧？」凡爾薩朝著她的反方向躺下，雙手握住雨寒的小腿。「啊……」她抿起脣，愣了半晌，也開始回應他的動作。

他們把頭深深地埋入彼此，臉頰感受到對方大腿傳來的溫熱。她抓住凡爾薩的臀部，享受奔靈者強健肌理的觸感。

凡爾薩總能讓她腦中的思緒都像被野火燃燒殆盡，蒸發最後一滴理智的細雨。她屈服於殘存的本能，一陣陣的舒服感像浪潮在高升。雨寒覺得自己快失去意識了，但她隱隱地不想勢弱，逼自己奪回主導權，騎跨在凡爾薩身上，雙手捏著他大腿緊繃的肌膚。

隨著逐漸激烈的每分每秒，兩人的呻吟混雜著肉慾的濕黏黏的聲音。凡爾薩總能引領雨寒，讓她做出自己以往想都不敢想的事。

時間在此刻已失去了意義，她覺得自己就像一頭狩，本能地蠕動著身子。雪靈放出艷紅暖光朝他們刷來，不斷輕撫她的肌膚。她已分辨不出那是拂羽還是離焱。女長老釋放一聲尖細的呻吟。

慢慢地，雙方緩解下來，凡爾薩再次把雨寒摟入懷裡，狠狠地親吻她。

她忽然向後脫離他的懷抱，以手指挑動他胸肌上的牙骨項鍊。某句一直藏在心頭的話，此刻終於按耐不住。「我們做的每一件事，其實你之前……都和陀文莎做過了對嗎？」她明白這麼說非常愚蠢，但她不想有任何遺憾。

凡爾薩愣著片刻，眉間微皺。「雨寒——」

「我想要你對我……」她露出不悅的神色，擺出長老的嚴厲目光。「我想你對我做些從來沒和陀文莎嘗試過的。」

凡爾薩想解釋什麼，但他似乎看見雨寒眼底的細微淚光，於是嚥下口中的話。他深深吻了她，捧著雨寒的頭，讓兩人額頭相貼。雨寒感覺到凡爾薩輕嘆時的熱氣。

接下來的一段時間，超乎了雨寒對自己的想像。凡爾薩把她裸露的胴體翻轉過來，吻著她溫熱的後頸。他忽然扯住雨寒黝黑的長髮，彷彿狠下某種決心。他的力道裡有施疼和愉悅，雨寒本能地發出嬌喘。凡爾薩結實的腿肌壓住了她的雙腿。

之後發生的事，是她完全不熟悉的，因此無法做出反應。雨寒心生畏懼，深深地後悔了，但凡爾薩的雙手按了下來，和她緊扣十指，試著要她安心。雨寒的屁股緊崩了起來，察覺自己的心臟正恆惶地要撞出胸口。他們強烈地撞擊著板床，肉體的疼痛和快慰令她發出短促的喘息，心中像被掏空一般。

只要是陀文莎沒有過的，我都要占有。什麼都可以。我要占有他。我要占有他——雨寒告訴自己，咬唇忍住野蠻的頻率。她盯著自己姆指上的傷口片刻。然後她維持平趴的姿態，閉起雙眼。

凡爾薩像發狂似地揪扯她的頭髮，甚至把她柔嫩的脖子咬出血來。他的動作蠻橫粗暴，手心握住她乳房時毫不憐惜，像在報復似地狠狠搓揉著她。他撞擊她臀部的力道就像在懲罰一個敵人，凶狠，惡毒，失控般的瘋狂。雨寒卻不自禁地露出笑容。

她沒見過凡爾薩這模樣，完全失控了。雨寒發出悠揚的哼吟，回應他，激勵他，給予他蹂躪她的權力。

她要他知道自己可以對她這麼做，她要凡爾薩依賴她，要他釋放所有邪念。一旦一個人在你面前流露埋藏最深的惡，你就可以完完全全掌控他。

「在鹿子嶺東邊，森林的邊緣——」外頭有人們呼喊的聲音，伴隨雪地中疾走的腳步。

雨寒和凡爾薩從床上爬起，套上衣裳。他們已抱著熟睡一陣，現在瞥向木屋牆緣的縫隙，發現外頭已是清晨。

凡爾薩率先走出去。雨寒繫緊自己的披風後也踏出去，看見遠方無論是舞刀使或奔靈者，都朝某個方向跑。灰濛濛的落雪中，人們似乎並未察覺從木屋走出的兩人，直到佩羅厄經過他倆身旁。

「長老！」他的雙手已握著三叉戟，急切地說：「他們說東邊的天空出現不尋常的東西。」

雨寒和凡爾薩跟著眾人離開峽地，朝東邊滑去。就在他們接近一片灰白樹林時，眼前的景象逐漸清晰。有那麼一秒，雨寒以為徹夜不眠的溫存令她的意識錯亂。

雪片紛飛的灰色蒼穹下，十幾座冰山停滯在樹林上方的半空中。它們有近有遠，圍成一個半圓，像是肅穆的神祇一般俯瞰大地。

雨寒不可思議地仰頭望，腦中隱約知道這些是什麼，現在親眼所見卻呆愣著無法反應。點點虹光在冰山表面浮動，旁側的水霧則被一陣陣的來風吹擺。

「雨寒。」凡爾薩以巨劍指向跟前。她這才看見白茫茫的樹林中，有交錯的陰影在晃動。

在她身旁，舞刀使和奔靈者已聚集，手中兵器就緒。幾名舞刀使甚至把黑色長刀高抬於額前，隨時準備揚起攻擊。亞煌也出現在她身旁，雙刀旋掛腰間。

有群人影從樹林深處出現。漸漸地，人們看清他們是乘著棲靈板緩緩駛來。

「奔靈者？」某個舞刀使怵然說道。

「是的。」雨寒輕聲回應。她盯著最前方領頭的三個人。雖然他們的衣裝有變化——代表傳統的髮辮不再，身披精工細織的披風，神情亦多了一份滄桑——但她依舊認得出來是聯合遠征隊的生還者俊，亞煌的胞弟亞閻，以及弓箭手帕爾米斯。

是她所拋下的那些人。

舞刀使似乎有些不知所措，但雨寒採取了行動。她朝身旁的凡爾薩及亞煌輕輕點頭，三人便迎向來者。

舞刀使在樹林搭起了臨時的聚會地。他們以緞繩綑綁在樹幹之間，拉起遮雪的篷子，在雪地上放置人們適坐的雪蹬，也在周邊架起金屬鍋，往裡頭倒入易燃糕。

在這片簡陋的地方，四方陣營的主要代表齊聚。

刃皇的身旁是因幡、崙美等八名議會成員。

雨寒的身旁則是原來的統領階級，包括冰眼額爾巴，飛以墨和哈賀娜，佩氏姊弟，亞煌，凡爾薩，以及新加入的護衛隊長杭特。

對方奔靈者陣營除了俊、亞閣及帕爾米斯，還有……碧綠長髮的引光使。雨寒望見她時，心中起了陣陣波瀾。她情不自盡地窺視艾伊思塔，對方卻從未望過來。很快地，雨寒便察覺她的異樣。

最後，幻魔導士也來了五個人，包括一個看似妖艷的女人，以及名為阿米里亞斯的大魔導士。

其他陸續出現的奔靈者和舞刀使自發性地站在外圍雪地，和遮篷保持一段距離。雨寒瞥見了子藤、霞奈和隆川的身影。人們沉寂了好一段時間，靜靜地凝望彼此；在這片樹林集會地周圍，雪花落下的速度如此緩慢，彷彿時間遭到沖淡。

舞刀使和幻魔導士之間有種尷尬的氣氛。兩個陣營的奔靈者則明顯敵視彼此。

「我們是瓦伊特蒙的子民。」俊開口道：「在遷徙的過程中分開——」

「事實上，你們欠了我們一個解釋。」帕爾米斯逕自說道，怒不可遏地盯著雨寒。

哈賀娜和佩氏姊弟等原事件的主謀，均露出了不安的神色，似乎懼怕身旁的舞刀使聽到什麼。「聽著，」老將額爾巴先開口，以深沉的口吻說：「當時事發突然，我們以為你們失去了蹤跡。」

「放屁！」帕爾米斯惱羞成怒。「事態那麼剛好，把居民都給拋下？你們曉得我們和家人都經歷過什麼!?」

「你們又曉得我們經歷了什麼？」哈賀娜也怒了，放聲道：「別毫無根據地指責別人，天曉得是不是你們想脫離我們？」

「別裝了！」帕爾米斯差點站起身。「所有的跡象都顯示——」

「是我下令的。」雨寒輕聲說。

不僅對方陣營的人看向她，連她身旁的統領階級也都木然地凝望過來。「當初是我下令的。」雨寒告訴對方：「我們做了誤判，那是我非常，非常後悔的決定。請原諒我們。」

帕爾米斯怒目圓睜好一段時間，最後他深吸口氣，忽然不知該說什麼。亞闍則嫣然一笑，饒富興味地打量著她。

「請告訴我們，你們來此的目的。」刃皇開口。

白髮的奔靈者點頭，回歸正題：「我們前來尋求你們的幫助。」

EPISODE 27《宇蝕》

這場終將改變人類命運的集會，在森林中持續了數小時。沒有炫麗的儀式，沒有華麗的詞藻，他們就在這粗陋的環境下，逐一陳述曾經發生的事。

遮雪篷外，一整圈聽眾撐著布傘，和落雪一樣安靜地聆聽這段對話。更遠處，舞刀使已派人在森林設立哨兵，觀察林中動靜。

人們交流了對抗龍狩的經驗，還有針對白島弱點的臆測。亞闊等人對陀文莎的死亡感到震驚，雨寒等人則因恆光之劍的崩壞而險些絕望。在他們分道揚鑣後，瓦伊特蒙的兩個分支都沒有守護好最重要的東西。然而，俊欣然傳達了冰脊塔的毀滅能喚回陽光，並說出引光使在這當中扮演的角色以及變化。

整個過程裡，亞闊都盯著坐在對面的兄長。亞煌沉靜地坐在雨寒身旁，不發一語；他的披風內隱約可見厚沉的繃帶，遮掩當初暗靈失控時造成的傷勢。亞闊隱隱感到罪惡，但維持臉上一貫的訕笑。

在森林上方，所有的浮空要塞依舊靜止於半空，等待這次會議的決定。

幻魔導士並不打算把冰山降落在舞刀使管轄的雪地，以防歷史的衝突再起。然而時至今日，似乎是舞刀使文明對於浮空要塞有更迫切的需求；不僅日痕山已被熔岩覆蓋，連外領地也可能隨時失陷。

這代表原本希望以日痕山為反攻白島的據點之事，明顯不再可行。

「我們願意加入戰鬥，但希望你們的浮空要塞，能帶著這兒的平民百姓到安全的地方。」這是刃皇開出的條件。

「這世上已經沒有安全的地方了，」妲堤亞娜沉重地回應：「只有擊垮白島一途，人類才有生存的機會。」

「有一個問題。」凡爾薩猶疑地說：「艾伊思塔感知到必須同時破壞三座核心冰脊，方能喚回白島上空的陽光。但我們無法確定這是否就代表白島將被殲滅。據你們所言，連龍狩都有承受陽光的能力。」這是一針見血的問題，無人有答案。

亞閻打量著凡爾薩。他沒想到這個昔日的膽小鬼竟會扛起總隊長的職責，還是在那麼一群野心勃勃的統領階級包圍下，這相當耐人尋味。

「而且，」凡爾薩把深黑眸子投向引光使。「我們與白島的化身打過交道。它等於完全控制了陀文莎。」他的話音懸在空氣中，言外之意就像冰錐一樣鋒利。

「小子，你想暗示什麼？」亞閻露出尖銳的笑容。

回答凡爾薩疑慮的是另一位總隊長。「艾伊思塔指出所有潛藏在歐洲大陸的冰脊塔。若她受到控制，沒理由釋放這些情報。」俊冰冷的白色眸子直視凡爾薩，說出他們和幻魔導士文明彼此的承諾。「倘若我們對白島作戰失敗，亞法隆的生還者會依據艾伊思塔給出線索突破歐洲的包圍網，遷徙到美洲大陸去。」

會議比亞閻想像中更快抵達結論。外領地的時日不多，歐洲大陸也命懸一線。白島正在策劃把人類趕盡殺絕，這是不爭的事實。三大文明只能下賭注，聯手反攻，但現在有個最關鍵的問題：如何在反擊與逃逸之間分配戰力。

幻魔導士決定在本地留下四艘浮空要塞，必要時可以載離一部分的平民逃亡。這代表全面反攻白島的要塞剩下十二艘，且須兵分三路。亞閣對此感到非常不安；當初圍攻雅典的就有十來艘，若非琴的協助，沒有一座要塞可以突破敵軍的防線。遑論當時目標僅一座，更非核心冰脊。

然而，若不做出這樣的承諾，舞刀使便拒絕參戰。

我們留了六座浮空要塞在歐洲大陸，四座在日痕山……應該要投入更多戰力確保白島能一次被殲滅。亞閣在心裡嘆息。

此外，目前留在歐洲大陸的奔靈者有二十名，交由年紀較長的比克洛陶宛來領導，協助亞法隆的防禦。雨寒等人也依照這數字，留下二十名奔靈者於日痕山，由奧丁與冰眼額爾巴共同負責。如果反攻白島的戰士一去不返，那些人將會是奔靈文明殘留的後裔。

算下來，在兩邊的戰力合併後，將近一百五十名奔靈者將前往白島。而與這數目對等的舞刀使也將同行踏上征途。亞閣在心中譏笑，刃皇打的算盤就是把自己的戰力完全均分，留下同等數量——也就是一百五十名舞刀使在日痕山的守備工作。

這是相當不公平的協議。奔靈者投入了多數兵力，舞刀使卻只派出一半的人數。然而鑒於機動力的差別，雨寒說服了眾人這是可以接受的條件。她道出舞刀使在日痕山戰役駭人的陣亡比例，此舉令對方面露慍色。同時雨寒認為，留下的軍力也是為了保護瓦伊特蒙的居民。

「所以我們用了四艘浮空要塞換來一百五十名無法在雪地奔馳的人類。」會議結束後，亞閣在俊的身旁發出冷笑。「希望他們真有這樣的價值。」

「如果敵人在核心冰脊的周圍拉起嚴密的防線，那麼四艘或五艘要塞不會有太大的差別。」俊道出他的邏輯：「關鍵是要找到突破口。面對未知情況，配置混搭的戰力並非壞事。」

「舞刀使做定點攻擊有他們的優勢，」凡爾薩出現在他身旁說：「放心，我親眼見識過。」周圍的人群逐漸疏散。共同的決議是，他們必須分秒必爭，在冰山要塞準備好之後便踏上征途。

「好久不見，你看來氣色相當好，感覺活得不錯。」亞閻調侃凡爾薩。

「把你們拋下的那個決定……並不是雨寒做的。」凡爾薩脫口而出。

「嗯，明白。」亞閻毫不在意地笑了笑，目光掃向人群。「紅狐呢？怎沒看到他老人家？」

「陣亡了。日痕山爆發時，他消滅了一頭龍狩。」

「哦。」亞閻揚起一邊眉毛，然後打量著凡爾薩的衣裝。「你竟然穿著舞刀使的布衣。」

「而你穿著幻魔導士的華麗裝束。」凡爾薩冷眼看著亞閻身上花紋繁密的黑絨毛披風。「我的披風在路途上丟了。」

那件披風凡爾薩從不離身，因此亞閻知道事有蹊蹺，但他沒過問。「我的羊駝披風給你吧。反正我喜歡這件黑袍子。」他扯了扯自己的披風。「我放在要塞裡，等會兒拿給你。你實在跟那身布衣不搭。」亞閻笑著離開。

他看見浮空冰山陸續降臨雪地，即將抽取原生態雪靈以補給雪能。眾舞刀使面露不安，但相較於狩軍入侵將必然攪亂雪地靈氣，眼前這事兒還算可以承受。

取了白色披風回來給凡爾薩的時候，亞閻恰巧看見人們正在討論如何分配三批進擊的要塞隊伍。亞閻湊了過去說他不在意自己被分到哪兒，但必須在艾伊思塔身旁。

後續數小時，舞刀使繁忙地做出征準備。雨寒等人也開始和居民告別。這是屬於他們的時間。

亞閻獨自走過林中的幾個營帳，看見銀將布閔在幫俊和其他奔靈者做武器強化。忽然他愣了片刻，瞧見森林深處的某個身影。

兄長亞煌獨自坐在扁平的岩塊上，以銼刀順著自己的長劍輕磨。他肩上的白色毛皮圍住黑髮，遮住了表情。

思量片刻後，亞閻索性走向兄長。他刻意想要自然地坐在他身旁，卻發現劍鞘頂住了岩塊，發出框啷聲響。亞閻在口中無聲咒罵。

他調整了下姿勢，坐了下來。「看來人們不需要你這位總隊長了。」

亞煌瞥了他一眼，說道：「凡爾薩和俊，都能擔當起領軍者。」

頂上的枯枝結為密網，積雪讓它們看來承受著不對等的重量。偶有細微的雪屑下飄，兄弟兩人許久未言，林中只有銼刀的細音掛在耳緣，以及遠處人們的鼓噪。

「我聽說了，」亞煌開口：「那個魂魄與暗靈相繫的女孩能夠影響敵人的防禦系統。是你教導的。」

「那是琴的資質匪淺，我只做了些片面的引導。」亞閻笑了笑。「將來她會是比我更優秀的奔靈者。」

亞煌看了過來，似乎有些詫異聽見亞閻說出這樣的話。他打量自己的胞弟一陣，似乎有什麼話想繼續說，最後卻沉下頭，專注地凝望著長劍。

「別以為自己什麼都能做到，偶爾也必須信賴別人，對吧？」亞閻說出了亞煌很久以前說過，但直到現在他才真正領略的話。想了想，兄長帶給自己的一切，多半是值得感激的。亞閻想如此告訴他，卻難以啟齒，最終也選擇了沉默。

亞煌收起了銼刀，從腰間袋裡取出一塊磨刀石放在腿上，然後將長劍以三十度角劃過它，刮出一陣利響。他的動作帶有高度紀律，一次次的揉磨後，鈍弱的金屬表皮慢慢褪去，露出了細長閃亮的鋒刃。

「大哥，你多長時間沒有獨自遠征了？」亞閻看著他那動作，忍不住開口。

他知道兄長也是資深的用劍老手，懂得專注在磨礪金屬面，而非像剛開始練劍的新人總把磨刀石直接刮向鋒刃。然而長久以來依靠自己的亞閻也有另一套邏輯。「如果我也像你那樣搞，去一趟方舟就得耗損半支劍。吶，給你看個方法。」他撈過亞煌身旁的另一柄劍鞘，並取出自己的磨刀石。

亞閻把劍鞘底部扣在所坐的岩塊上，成為支點，然後拔出劍身幾吋，以大約四十度的銳角對準磨刀石。他再以手固定住鞘，以一氣呵成的流暢動作拔劍。他確保接觸面是刃部而非劍身，作用只在於校直鋒刃，沒有耗損金屬的表面。他只做了兩次，便把劍還了給兄長。

「看，又快又準。」

亞煌接過長劍，以讚賞的眼光打量著。但他緩緩說道：「你曉得與狩作戰時，牠們噴濺出的冰沫有多少是肉眼看不見的？不定期打理劍身表面，會大大影響銀匠在鍍銀時的效力。」

「是嗎？」亞閻睜大眼。原來大哥依然略勝一籌，不知為何，這讓他隱隱微笑。亞閻總是自己鍍銀，總感覺要費相當大的勁才能使雪靈之力覆蓋在武器上，他一直以為是暗靈的不順從使然。「啊，或許我該多和銀匠打打交道。」

亞煌也露出了笑容。亞閻聳聳肩，取出自己的長劍，嘗試以傳統的方法揉磨劍身。

無論身在明處暗處，兩名雙劍奔靈者曾以自己的方式影響了瓦伊特蒙的命運。現在兄弟倆並肩而坐，聽著磨劍揚起的旋律，在雪林中度過出征前的時光。

十二座冰山在水霧中騰空，綻放彩影，沿著子幅 103.1 度線朝向太平洋的中心而去。他們將在兩天之後分散開來，面對各自的命運。而現在，亞閻和艾伊思塔站在領頭的要塞邊緣，凝視著漫延到世界盡頭的灰雲，及底下破碎的冰層和翻滾的巨浪。

沒人知道前方有什麼在等待。他們將是首批面對白島的人類。

浮空要塞隊伍

第一梯隊

艾伊思塔（引光史，來自亞法隆）
亞閻（奔靈者，來自亞法隆）
依可蘿（奔靈者，來自亞法隆）
尤里西恩（奔靈者，來自亞法隆）
哈賀娜（奔靈者，來自日痕山）
飛以墨（奔靈者，來自日痕山）
隆川（舞刀使）

刃皇（舞刀使）
霞奈（舞刀使）

朗果（奔靈者，來自日痕山）
海渥克（奔靈者，來自日痕山）
辛特列（奔靈者，來自日痕山）

第二梯隊

雨寒（瓦伊特蒙女長老）
凡爾薩（奔靈者，來自日痕山）
佩塔妮（奔靈者，來自日痕山）
韓德（奔靈者，來自亞法隆）
泰鳩爾（奔靈者，來自亞法隆）
因幡（舞刀使）
妲堤亞娜（幻魔導士）
克瑞里厄斯（幻魔導士）

帕爾米斯（奔靈者，來自亞法隆）
馬格莉斯（幻魔導士）

牧拉瑪（奔靈者，來自亞法隆）
杭特（奔靈者，來自日痕山）

第三梯隊

俊（奔靈者，來自亞法隆）
琴（奔靈者，來自亞法隆）
莉比斯（奔靈者，來自亞法隆）
湯加諾亞（奔靈者，來自亞法隆）
佩羅厄（奔靈者，來自日痕山）
子藤（舞刀使）
崙美（舞刀使）

亞煌（奔靈者，來自日痕山）
黎音（奔靈者，來自日痕山）
普拉托尼尼（奔靈者，來自日痕山）
阿米里亞斯（幻魔導士）

EPISODE 28《引光使》

海洋在她眼底下翻瀲，幽暗深遠；雲層也彷彿有了生命，呼應似地騰捲。

十二艘浮空要塞在一片陰灰的天地之間顯得異常渺小，彷彿正在駛向某種巨獸的咽喉，天空與海洋就是牠密合的口，舌頭與唾液不停湧動。以往地平線可見的朦朧明亮，在太平洋似乎被全面抹消；越是遠方，越是晦暗，地平線是一道細膩的通往地獄的深黑裂口。

眼前的遼闊畫面有兩處詭異的光源。首先空中電光毫不間歇，在雲層裡雜亂地向前奔竄，隱沒於遠方黑暗。視野下方的灰色海洋則時不時出現點綴似的幽魂般的藍光，那些是從海面突出的晶鑽，像畸形怪誕的冰山。

戰士們面色煞白，沉默地看著浪潮間若隱若現的藍色晶鑽從底下晃過。對他們而言，這景象極不真實。他們有限的目光只能觸及水面，卻已滿臉恐懼，無人吭聲。

艾伊思塔的視線卻射穿了更遠，更深的地方——她看見在洶湧的波瀾底下有無數層藍光散射的巨大冰脈。它們盤根錯節，古老悠遠，像壯觀的神經網路已占據整片海洋，直達最深的海溝。

狂風讓戰士們拉緊披風，他們脣齒俱寒地顫抖，但艾伊思塔一點兒感覺也沒有，任由強風扯動她的綠色長髮。亞閻等人的身影就在她的身旁，像魅影般模糊的印象。

她感覺世界正在反覆滾動；雲層，巨浪，移動的人們，都像是殘影般不斷重覆。只有當她稍微集中心神，分岔的時間才會收縮下來，順利向前推移，讓眼前的影像暫且清晰。

「能做聯絡的幾對晶石都已確認過了。」哈賀娜來到亞閣身後。「隊伍會依照引光使說的，在這兒分開。」

在她身旁的飛以墨也開口，語氣悵然：「最好祈導各個主要塞之間別斷了聯繫，否則任務直接告吹。你們當初應該在亞法隆多待上一陣子，先製造出更多晶石。」

亞閣聳了聳肩。

依可蘿拉轉過頭，暗沉天色下，她的酒紅絨帽像個漆黑的鋼盔。「歐洲大陸的狀況岌岌可危，沒辦法再等。困且沒人曉得在日痕山的交涉會持續多久。」她的眼神冷漠。「總之……但願我們已做出最好的配置。」

激蕩的浪尖上方，三隊浮空要塞的航跡逐漸分離。

俊和亞煌所在的隊伍轉往北方；凡爾薩和雨寒的隊伍轉往南方。

而艾伊斯塔的隊伍則未轉向，四座冰山筆直朝著東方前行。

在她身邊的亞閣等人回過頭，看著緊鄰的另一座冰山要塞的頂層，霞奈等舞刀使的身影矗立在刃皇的身旁。此時刃皇朝空中發出一道垂直的虹光，在其它三座同隊要塞上的舞刀使也響應了，發出虹光與之交匯，成了海天之間一個閃亮的光錐。

遠飄的兩個隊伍也依次效彷。那是舞刀使與彼此告別的儀式。

「**幾個小時後，海面將浮現更多冰晶體，屆時眾人得提升高度，別離得過近了。**」艾伊思塔說完，哈賀娜開始協助她傳遞訊息。幻魔導士透過要塞本身的閃光信號告知尾隨身後的冰山，並以晶石傳達給遠方的要塞群。

深黑的地平線感覺仍在遠方，附近天色卻遽然陰了下來。海面開始出現大量突出的冰晶物，內部鎖著不祥的藍光。光波以極緩的速度在晶體內飄晃，與大海和雷電組成了光怪陸離的反差。

在這戰前的最後一夜，人們各懷隱憂回到寢間。

這隊伍的四座冰山散放著細微的虹光水霧，成為劃過漆黑世界的一道彩斑。艾伊思塔獨自待在狹小的房間內，呆滯地盯著冰牆上一顆冒出虹光泡的銀幣。

她的目光穿透了冰山要塞，掃過聚集在一起喝著涼酒的一桌桌人們，也掃過在平台上鍛鍊刀術的身影，穿過彩光般的尾跡，穿過激放的海浪，黑色捲髮般的海浪。大海隆隆作響，釋放高升的浪潮。她聽見一個女孩愉悅和緊繃的喘息，那是個曾經令她在意的人，在遠方……

光影閃動的地面散放著褪去的衣物和羊駝披風。凡爾薩正摟著那女孩，激烈地撞擊她，兩人濃烈的神情糾結交繞。他們幽暗的房間被彩斑點亮，身子赤裸，汗水淋漓。他搓揉著雨寒水漾的乳房。她的肌膚白得像是奶水，在他掌中化開。她緊抱著男子，黑髮在身後躍動，與無數巨浪的影像重疊。

艾伊思塔壓著頭，感到昏眩。她似乎憶起關於亞闍的什麼，隱隱約約，稍縱及逝。他曾是生命的表徵，燃起存在的意義。浪跡翻騰著，化為飄揚的雪花落入她的視線。

「……這是最後了。我們所有人都要活著回來。」白髮奔零者的聲音隨著飄落的雪片傳來。雪花輕輕落在他的睫毛上，在兩人之間迅速融化，成為水滴，沾染到莉比絲的淚痕。水痕有了波動，震開兩人的披風，露出裸露而相擁的肌膚。

白髮像緞帶般甩出，在艾伊思塔的意識裡延長，曲捲成繃帶，綑住飛以墨坐在床角的身子。哈賀娜跪在他的前方，墨綠色的髮辮隨動作擺蕩。她忽然向後仰，彷彿從海面探頭似的大口呼吸的模樣化為妲堤亞娜的面孔。女幻魔導士一絲不掛，像水蛇一般騎在韓德的身上。他倆有種無言的默契，妲堤亞娜露出邪魅的笑容彎下身，一邊親吻一邊幫他脫下鋼鐵口罩，露出酒紅色一片。

那酒紅的綿帽被一隻手摘下。依可蘿在一位幻魔導士面前反手撈起上衣，露出圓潤豐滿的雙胸。艾伊思塔忽然起了淡淡的好奇，想看清楚那名幻魔導士的臉，畫面卻旋轉倒置，凝結成舞刀使因幡的眼睛。

因幡幫一位帶著三叉戟的女人褪去衣裳。她光著上身，回首過來，卸下腰間的皮帶。因幡把佩塔妮推向牆角，撈起一條白皙的腿，兩人猶豫片刻，然後擁吻。他們相擁的身影揉合再揉合，扭曲成了亞煌和黎音，他們正坐在床上說些什麼……躍動的片段同時並存，肉體融為相似的色彩、勃動的線條，隨著呼吸起伏而交融，淋漓盡致地彼此救贖。

那是生命的氣息，淨化情緒的儀式。更多人的身影揉了進來，重疊的雪靈交錯成艷麗的深紅。畫面占據了艾伊思塔的整片腦海，輕輕點燃她腹部結凍的血液。她忽然眉間緊縮，在眾人的臉譜中挑出了亞煌的臉龐，仔細端詳。他的髮色轉淡、變短，飄揚在輕率的眼眸前。「答案很明顯吧？」戴著頭巾的亞閻面孔朦朧，露出了歪斜的笑容。「——我能讓妳活下去。」

他的眼珠成了銀幣，大片肉體的影像被拉平為冰牆上的反光。艾伊思塔睜著眼，意識回歸房間。已沉睡的亞閻和她躺在床上，靜靜摟著她，手臂傳來微微的暖意。

她動也沒動，從未睡去，也未感覺時間流逝，直到某一刻，發現亞閻不見了。

當他再次出現，捧著她的臉說了些難以辨識的話，並領著她前往要塞的頂端。

在狹窄的冰道裡前行，她已望見在下方的下方，是綿延到地平線的繁複晶體。它們是屬於海底的鄰岸，是白島的外緣。

而在更前方，人類眼睛無法看見的黑暗深處，艾伊思塔清楚見到了白島的輪廓。它比地中海的所有島嶼都要巨大，模樣像個扁平的心臟，棲身在海中央。它僅冒出白瘤般的上半部在海面，並以人類無法察覺的速度鼓動，激起周圍的冰晶的攪擾，激發著奔騰的浪。

「那就是核心冰脊嗎？」人們指向左側海面上一個明顯的物體。

激浪中央突出一個傾斜的尖銳物，體積大得嚇人。那模樣像是翹起的船首，直指天際，整體看來它就像一艘擱淺的巨艦。它的表面是暗紫色的冰晶，某些地方卻以浮動的綠光交織成紋路。那些紋路不同於人類的壁畫或浮雕，更像是立體的幾何圖形無限增生後再頻繁交繞，組成一種普通人無論肉眼或意識都難以理解的多胞形態。

人們震驚得說不出話。這根本與普通的冰脊塔不是一個體量的，更像是從海面冒出來的如山峰般巨大的結構物。然而幻魔導士迅速做出反應，在要塞頂端放出訊息光波——四艘冰山變換陣式，引光使和刃皇所在的兩座要塞打頭陣，後方兩艘則朝左右擴散。他們放緩了接近速度，必須等待看不見的遠方兩個要塞群也進入作戰位置。

各梯隊透過晶石告知彼此情況。凡爾薩所在的隊伍已準備就緒。跟據描述，他們眼前的核心冰脊模樣雷同。然而，俊的團隊卻遲遲未做確認。

細碎的聲音從俊的隊伍傳來。那是莉比絲的聲音：「——我們遭到攻擊了——無法接近——」

亞閻身旁的人們盯著晶石，面色蒼惶。他們趕緊試了備用石，卻於事無補。問了凡爾薩方面，也沒人清楚俊的梯隊出了什麼事。

「——無法接近核心冰脊！我們遇到————」晶石裡的嗓聲中斷，彷彿被風聲給吞蝕，片刻後不再響起。

幻魔導士立即以閃光信號與刃皇所搭乘的鄰近要塞做確認。引光使這一隊，只有他們兩座要塞握有與其它隊伍聯絡的通訊晶石。結果依然相同。俊那一邊已徹底失訊。

「怎麼會這樣……」哈賀娜面色慘白地說：「只要一個隊伍失聯，就無法對齊襲擊時間。」

「我們也有麻煩了。」依可蘿解下肩上的長弓。他們沒有機會思考，因為眼前的暗沉天空出現了變化。

冰藍的翅膀從雲中的電光剝離出來。十幾頭龍狩正朝他們飛來。

EPISODE 29《離焱》

「他們兩邊可能都遭受到攻擊了！」妲堤亞娜和幾名幻魔導士圍著台座，急迫地輪流嘗試晶石。「而且完全聯絡不上俊他們！」

凡爾薩眺望遠方的核心冰脊。暗沉天色下，它像一座斑斕錯雜的晶鑽，表面隱隱閃爍著綠色光痕。在濤天巨浪和滾動雲層之間，它是個穩固的存在。奇怪的是周圍並沒有任何敵人的跡象。

「進攻嗎？」凡爾薩看向雨寒。強風吹拂著女長老的黑色髮辮，她正凝視著目標沉思。

因幡說出反對意見：「如果不與他們做好協調，同時對核心冰脊發動攻擊，沒有用的。」他抱著黑色長刀，神態嚴肅。「況且敵人尚未發現我們的存在。若現在進擊，有可能會觸發牠們的防禦機制。」

「敵軍的守備系統已被觸發了。」雨寒說：「它們全是相連的。」

佩塔妮忐忑地問：「難道不在雪地上，白島也有辦法探知人類的到來？」

韓德、泰鳩爾等人聚集過來凡爾薩和幻魔導士的身旁。聯繫亞閣和引光使那梯隊的通訊晶石不斷傳來呼喊聲。有人正在嘶吼、尖叫。時有響亮的雜音刺穿，彷彿風中的悲鳴。

無論奔靈者、舞刀使、幻魔導士，都魂不附體似地凝望著晶石。

「我們必須展開進攻。現在。」雨寒的話拉回眾人的注意力。

妲提亞娜頷首，開始舞動手臂揚起閃光信號，調配整個要塞陣的陣勢。人們陸續進入作戰崗位；只要行動起來，似乎空氣中便少了點窒息感。

凡爾薩看著雨寒的臉，在心中讚揚她的命令。趁敵方的守軍尚未出現，奪取時機去瞭解核心冰脊是否真的那麼容易摧毀。有太多不確定因素了，既然其它兩隊遇襲，這工作便落在他們身上。

奔靈者和舞刀使散開在要塞各處，克瑞里厄斯等幻魔導士開始驅動浮空冰山向前加速。

因幡經過凡爾薩和其他奔靈者身旁時，告訴他們：「看來短時間內不會有近身戰，你們先找地方躲好吧。」除了極光砲為主要火力，舞刀使的集群虹光波也會起到輔助作用。但奔靈者能發揮的相當有限。因幡邊解下黑色長刀，瞥了佩塔妮一眼，目光留有一絲眷戀。然後他朝身旁的舞刀使點頭，便堅定地從階梯下行，朝要塞前端走去。

「我們還能躲去哪兒？」佩塔妮笑了笑，三叉戟在手中打轉，望著因幡所率領的眾舞刀使背影。「嘿，你們自己得注意——」

一根碩大的石錐從天而降，直接打穿了要塞。凡爾薩在階梯滾落，浮空冰山劇烈搖晃，冰裂聲和呼喊聲四起。

那石錐的厚度竟比一個人還高，以歪斜的銳角撞入要塞裡，就像是刺穿肉球的長籤。撞擊的速度之快，佩塔妮毫無反應的機會。她和棲靈板相連的下半身癱軟在外頭，上身已被擣碎，埋入龜裂的冰山內部。石錐表面全是炸開的鮮血。

因幡和其他人半蹲在一旁，全嚇傻了。

「還沒完！大家找掩護！」凡爾薩吶喊的一刻，更多石錐已從雲層破出，朝著浮空要塞筆直飛來。他拉著雨寒撲向冰山的一側。幾道石錐略過上空，劃出沉種的呼嘯聲。鄰近的一座要塞接連被兩道、再兩道石錐給砸中，直接在半空中崩解了。

「陽光啊……」雨寒在凡爾薩懷裡，驚悸地拉著他。

那座冰山分裂為好幾塊，水霧之中看得見人影墜落海中。雲中不斷有巨大的石柱朝他們的要塞隊伍射來。

「妲提亞娜！」凡爾薩當機立斷喊道：「告訴所有要塞，全隊全速前進！」

女幻魔導士驚愕地點頭，硬生生把目光抽離已落海的碎冰。她在搖晃的平台上攀著欄竿起身，來到塔頂的空井前開始施展緊急信號。

EPISODE 30《滂霜》

在白島的東北方向，俊這一梯隊的四座浮空要塞都被高達天際的冰網給纏住。它們傾斜於半空，像是無力從蜘蛛網脫逃的昆蟲。每座要塞上的戰士拚命揮動彩光兵器試圖切斷一條條冰藤，但它們粗如手臂，而且一直有更多網子從四處增生，層層覆蓋住要塞的表面，砍也砍不完。

更令人聞之喪膽的是覆蓋要塞的冰網迅速衍生出藍色的藤蔓，纏結成骨架，化為人型魔物。牠們彈出利爪，彷彿就是缺了雪塊肌理的狩骨，以那怪誕的模樣開始襲擊人類。

更多蠕動的冰藤鑽入要塞內部，從裡頭造出更多的冰狩。傾刻間，浮空要塞的每個平台，每道階梯，甚至冰窖內，都有戰士與魔物對抗的身影。

俊舞動長槍，接連擊爆幾頭冰狩。少了雪塊凝結於表面，牠們「核」的位置顯而易見，就像長在活動骨架上的瘤。俊施放彩光燕，讓它劃出刀刃般的軌跡，切斷一整排魔物與冰藤相連的根部。

「我們得脫離這個網子！」子藤雙手緊握黑晶長刀，和俊背靠背，掃擊眼前的敵人。冰狩的數量正永無止盡地增加。

俊伸手遮擋冰塵，眺望遠方，發現核心冰脊就在眼前大約一公里外。而在他們的身後，穿越飛雪的遠方海面有幾座島嶼的輪廓，或許可供避難之地。

要撤退嗎？他看著那些島嶼，滿是猶豫。

「琴！」俊一邊劈砍魔物，朝著下一層平台喊道。黑髮女孩正和一群舞刀使對抗包夾過來的冰狩。她似乎一直在壓制自己的能力，懼怕暗靈之力波及到腳下的冰山。然而白髮奔靈者做出決定，無論如何，他們必須先解決冰網的糾纏。「動用妳的力量吧！想辦法讓我們逃離！」

女孩望向要塞邊緣，冰山與厚重冰網接壤的地方。那半面要塞幾乎全被曲捲的藍藤給覆蓋，彷彿長出一整座冰晶森林。她緊張地點頭，開始挪動棲靈板。

「崙美！我們保護她！」子藤躍下傾斜的坡道，朝同一方向奔跑，崙美則緊跟在黑髮女孩身後。兩名舞刀使旋轉長刀，劈出強烈的彩光波，在擁擠的冰狩群中清出一條道路。佩羅厄、湯加若亞等奔靈者也陸續聚集到琴的身旁。

俊鎮守在原地，他必須守住身後的動力室。幻魔導士都在裡頭，設法操控要塞脫離冰網。然而他不時望向琴等人突入敵陣的背影，心裡生憂。他本來想避免在面對核心冰脊之前動用琴的力量，因為暗靈有可能是對抗敵軍最強大的祕密武器。但現在除了讓琴去冒險別無他法，否則這樣下去，所有人都會陣亡。

一道強烈的虹光從他身旁呼嘯而過，逼他瞇起了眼。周圍的冰蔓和敵軍瞬間被消滅一半。

「集中精神！」莉比絲站在要塞頂端朝他喊，同時又抽出一箭。

白髮奔靈者看著各層甲板再度出現增生的蔓痕，彷彿藍色的幽魂朝他爬來。

情況已越來越急迫。當初這支隊伍在濃烈的雪霧中被突來的冰網剿困，持有晶石的幻魔導士不是落海就是被冰藤絞殺，彷彿敵人有意識地狙擊那些通訊石。他們四座浮空要塞再也聯繫不到其他兩個梯隊的同伴。

而現在，核心冰脊方圓一公里內的海面全是巨大觸手，一圈圈地攪動海水，纏結成凹凸不平的固體冰域，而且正以駭人的速度誕生出骸骨般的冰狩。

我們無法前進，無法後退。若是墜落，也是死路一條。俊凝視著正在海面擴散的藍光點。彷彿奇跡的鐘聲，雪霧中傳來一陣陣碎裂聲響。阻隔去路的冰網之牆，現在表面出現了變化：冰藤纏住其它三座冰山的地方像被燒焦的髮絲曲捲起來，緩緩綻開了個大洞。那幾座要塞立即噴放出彩霧，朝反方向逃逸。一旦它們成功脫離巨型冰網的纏結，殘留在要塞表面的冰滕和冰狩全在瞬間化為粉塵。

又一陣炸裂從右側傳來，俊看見覆蓋這座要塞的冰晶森林迅速粉碎。

琴成功了——！一層層平台上的冰狩群跟著爆裂。渾身是傷的戰士們高舉武器發出歡呼。然而腳下的冰地非但沒有回歸平穩，反而遽然傾斜，搖搖欲墜。人們趕緊抓住鄰近的護欄。

「發生什麼事?:」塔頂的莉比絲呼喊:「幻魔導士呢?:為什麼不快點駛離這兒!?」

俊怔住了，回頭看著通往動力室的通道，突來的不祥預感讓他脊梁僵硬。這艘要塞已完全失去了動力。

「總隊長！」湯加若亞等人的吶喊從要塞另一端傳來。黑髮女孩蹲在他們中央。

俊立刻蹬起棲靈板，朝琴的方向滑去。沿路的塔層上，階梯上，都掛著死者的屍體，以及滿地塵埃似的冰屑。

佩羅厄大喊：「我們的動力槽被破壞了！」他和湯加若亞把琴攙扶起來。黑髮女孩琴抬頭時，鼻孔和嘴角流出黑色的血液。

「之前鑽入要塞裡頭的冰藤發現了……有些冰窖和動力室是相通的……」琴的聲音極度虛弱。「它們穿透了我們的要塞。裡頭的幻魔導士全死了。」

俊震驚地掃視要塞表面幾個漆黑的入口。確實從戰鬥開始就沒瞧見任何幻魔導士逃出來。不會吧……我們這艘要塞已經沒有幻魔導士？

「你們有人會操控這東西嗎？」子藤愕然問道。奔靈者全都搖頭。

「小心！」佩羅厄大喊，數道巨型冰蔓從空中落下。它們的邊緣如刀鋒般銳利，閃著藍光下劈——

湯加若亞展開虹光盾擋下來一條，讓其他人有時間逃開。然而其它幾條冰蔓有如巨刃一般削入要塞，深埋冰山裡頭。

有道冰蔓倏地變換角度，從旁側甩來，把湯加若亞連同光盾一起撞開。他們看著他從要塞邊緣墜落。

冰蔓野蠻地扭動，抽向半空，再次落下。這次，它們幾乎削開了整座浮空要塞。

俊在動盪中扶住琴，眼睜睜看著要塞頂部的塔樓從一個斜角被劃開，發出尖銳的聲響，逐漸滑落。「莉比絲！」他朝著站在塔頂的女孩大喊。

女弓手跳躍在迅速崩解的要塞表面，想逃過來。但她的身後升起了兩道冰蔓，從後方甩來——

虹光波將它們斬為數截。嵛美和幾位舞刀使拉回彩光絢繞的長刀。莉比絲喘著氣，躍到他們身旁。「俊！」她以長弓指向某處。

人們吃驚地看著另一座浮空要塞從視線中升起，僅離他們十幾公尺的距離。亞煌持著雙刀站在邊緣，而在他後方的塔頂，大魔導士阿米里亞斯正舞擺著雙手，與其他的幻魔導士協同穩固他們要塞的位置。

亞煌下了命令，他身旁的「捕獵手」普拉托尼尼旋轉身子，用盡全力釋放雪靈——漁網般的光線從他的雙刃長槍向外擴張，像道延伸的長橋，落在俊等人的腳邊，扎實地滲入冰縫之中。

強大的物理影響力撐住了兩座要塞。

奔靈者、舞刀使開始朝對岸跑。「你們趕緊過去！」俊呼喚一聲，然後轉身滑動在龜裂的冰層之間，想確認是否還有生還者。

冰色的巨網依舊緊抓著這座要塞，冰藤正從各個方向吸允上來。諷刺的是那些藤蔓的綑綁竟暫時防止要塞全面崩解。俊看見冰網的兩側在飛雪中飄晃，彷彿無意識地朝他們折疊過來。他渾身冷顫，意識到它打算一次包覆住兩座浮空要塞！

「俊！我們必須離開了！」子藤、佩羅厄、琴等人仍在搖晃的光橋上蹣跚跨越。

當俊朝著光橋疾馳過去，頭頂已落下一條條的冰蔓。莉比絲從對岸射來一箭，撞鎚般的彩光橫掃他的周圍。

他躍上「捕獵手」釋放的光橋那一刻，身後的要塞瞬間被擠壓得完全變了形。

「啊啊啊啊——！」普拉托尼尼施盡全力，似乎快撐不住光網。亞煌、黎音等人抓住他，也把兵器捲入光網協助他支撐重量。

「大家快走——」俊剛開口，身後傳來巨大的碎冰聲響。要塞解體了，被扯動光橋也開始一絲絲斷裂。有舞刀使號叫著跌落海中。

朦朧的空氣中，巨型冰網的輪廓越漸明顯，從空中緩緩包覆下來，給人極大的壓迫感。

在眾人準備好前，亞煌的那座要塞被迫向後移動，捕獵手的光橋瞬間被扯斷。彩光線在俊的腳邊開始消散。他奮力拉住急速解體的一束彩光，懸於半空。隨著要塞加速，殘存的那半截光橋隨之飄擺，像綻開線頭的絲巾，掛著命懸一線的人們。

「撐住！」亞煌大喊。要塞邊緣一整群人協助普拉托尼尼向後拉。

忽然，俊看見攀附在殘破的光橋邊緣的琴。她虛弱的臉滿是黑血，神情不大對勁。剎那間，女孩翻了白眼，可能已昏死過去。而她身下的彩光束分崩離析。

「佩羅厄！抓住她！」俊朝離琴最近的奔靈者急喊，卻已遲了。

底下是翻騰的新生冰域，充斥著數不盡的冰狩。當捲著她手臂的光繩消散，琴落入半空。她的黑髮上飄，身體朝底下墜去。

EPISODE 31《離焱》

三座浮空要塞的表面都插有石錐，彷彿身軀中箭的士兵，但這並未使它們退縮。傷痕累累的要塞像陀螺似地在半空均速旋轉，讓設置在邊緣的一圈極光砲接連放出彩光，連番轟炸核心冰脊。

激綻的光波劃破空氣，擊中巨角般的冰塔。它的紫冰質地和綠色光痕不停閃動，脊柱的主體卻絲毫未損。連一絲裂縫、一點兒冰屑也沒有。

「該死！為什麼毫無用處!?」凡爾薩猙獰地盯著目標。

站在塔頂的妲堤亞娜對著晶石呼喊：「我們正在攻擊核心冰脊！極光砲沒有辦法對它造成任何傷害！」她試圖即時把消息傳遞給亞閻和引光使的隊伍。「聽見了嗎!?無法對核心冰脊造成傷害！」

「我們或許該撤退！」有舞刀使喊道。

「——大家抓穩！」同樣來到要塞頂端的驅動師克瑞里厄斯挪動掌中的墨璽，位於下層的幾名幻魔導士亦隨之擺起雙臂。正在自轉的浮空要塞猛然朝旁偏移，避開了雲中飛來的石錐。然而隨著石錐出現的，是一批拍打著冰藍翅膀的龍狩。

「七隻……不，九隻……」泰鳩爾絕望地看著天空。

幻魔導士堅持住自己的崗位，驅動要塞群堅守著它們凌空的位置。

「所有砲手聽好！輪轉到核心冰脊面前的人朝它開火！其他人，全力對付龍狩！」克瑞里厄斯放聲說，座落四方的極光砲手開始響應。

「牠們來了！」砲台裡的幻魔導士集體朝空中發出絢麗的砲火。浮空要塞的極光砲已做了全面改良，最大限度可仰角九十度向上瞄準。然而龍狩矯健的身軀更勝一籌，總能敏捷閃避，空洞的眼中散放陰藍殺意直撲而來。

砲火在空中團團炸烈，彷彿燃燒的光幔。有幾頭被擊中的龍狩摔落片刻，便又拍起翅膀重拾方位。

幻魔導士不可思議地看著滿天飛翼，無法相信極光砲在這些魔獸身上起不了大的作用。凡爾薩也沮喪地仰視。在空戰中奔靈者幾乎什麼也做不了，只能眼睜睜看著敵人包圍過來。

磅！！——撞擊聲響起，整座要塞劇烈震動。眾人驚慌呼喊，地面出現失重感，要塞開始下沉。

「是龍狩！牠在把我們往下拉！」克瑞里厄斯喊。

我們犯了大錯。凡爾薩告訴幻魔導士：「上頭的守備交給你們了！泰鳩爾，你跟著我！」

他旋即滑入一處通道的入口。

兩人闖入幽暗的廊道，點起虹光循著階梯螺旋下滑，不管板子刮膜冰壁。經過一條長廊後凡爾薩奮力撞開門。狂風吹得他差點向後傾倒。

在他們眼前是個下斜的凹室，開口應當朝著空中敞開，但現在，外頭卻被一片恐怖的肌理給遮掩。那是一頭異常巨大的龍狩腹部，鼓動的鱗片半透明狀，包覆著血管般的陰藍光痕。凡爾薩毫不猶豫地撲了過去，撞上鐵欄杆時順勢把巨劍劈進魔物體內。

他的雙臂因衝擊而麻痺，龍狩的肌理比魂木還硬。泰鳩爾立刻用兩支泛光的虎爪耙硬生生扒開牠的鱗片和表肌。凡爾薩大喝一聲，把巨劍埋得更深。

此舉讓龍狩有反應了。牠停止扯動冰山，倏地扭轉身軀，凡爾薩差點兒被拉了出去，但泰鳩爾抱住他。他倆抽離武器，正打算往後退。

龍狩的首部挪動過來，單眼盯著他們兩人。牠的眼眶周圍是一圈振動的鱗片，空洞的眼珠裡頭是灼燒的藍火。

「糟——」凡爾薩話未出口，魔物已甩動脖子。無數道利齒像劍雨般射向狹窄的洞口。

那一瞬間他打直雙刃巨劍，本能地增強表面的物理影響力，千鈞一髮之際擋下了致命的攻勢。他的肩膀和大腿都被切傷，看向一旁，卻發現泰鳩爾已被釘在弧狀的冰壁上。一片片利齒刺穿他的胸脯和腹部，鮮血瀑流，半邊臉被擊碎。

凡爾薩瞥見龍狩再次把頭向後甩。突然有數道細長的虹光像墜子般落下，擊穿牠的冰翼。龍狩發出嘶吼，首部從凡爾薩的視線裡消失，似乎在朝上方啃咬。他看見血水噴濺，像雨點打在龍狩身上。上頭不斷有舞刀使發出哀號，接著有人被甩向半空。

又有數道虹光波交叉射來，其中一道貫穿了龍狩的脖子，激出一片白霧。牠發出激憤的悲鳴。

趁牠注意力在上方甲板，凡爾薩飛躍出去，落在龍狩身上。「**你們這些苟延殘喘的人類**——」牠的腔調像被暴風吹散的餘音。龍狩的雙爪放開了要塞邊緣，拍打起冰羽滿布的雙翼，騰空了。

龍狩飛翔的力道令凡爾薩險些從牠的肩部滾落，但他徒手拉住強韌的鱗片，運用棲靈板的攀地力翻滾回去。強風令他睜不開眼，他感覺龍狩正憤怒地朝某處飛去。凡爾薩試圖站起身。

少一隻算一隻，同歸於盡吧！心中冒出這想法的一刻，雪靈之力已匯聚刀鋒。凡爾薩掄起巨劍在頭頂甩了一圈加重力量，然后瞄準牠頸部的傷口劃了過去。阻力像把刀劍切過泥坑，手臂青筋凸顯，但他確確實實斬斷了龍狩的腦袋。

在他腳下，失去生命的巨物彷彿化為一塊殘冰，一瞬間沒了動能。牠在半空懸置半秒，開始失重下墜。

「凡爾薩——！」雨寒的聲音貫穿強風傳來。

幾乎本能地，凡爾薩毫不思索便朝聲音的方向回奔而去，搶救正在擴大的距離落差。然而他逆著風阻看清了，要塞離他起碼有二十公尺之遙。

沉重的無頭屍體下墜，尾巴揚了起來。凡爾薩順著龍尾向上滑行，到了末端的一剎那他釋放出雪靈！——兩頭虹光獵犬做出撲擊的姿態，撐住凡爾薩的棲靈板越過最後一段中空的距離。

雨寒站在要塞邊緣，雙臂敞開。

他撲入她的懷裡，兩人落在冰山甲板。他感到一股熟悉卻又陌生的暖意。是雨寒的雪靈？

雨寒的身子比凡爾薩顫抖得更厲害，卻緊緊地抱住他。「看上面。」她說。

凡爾薩仰頭，啞然地盯著天空。

那是極端不可思異的景象。核心冰脊上空的雲層出現一處空缺，就像無瑕的雪地被攪出一個洞似的。那洞口貫穿了封閉的天空，淡淡的金色光芒從那兒灑了下來，掃過三座浮空要塞，點亮海面。周圍的一切都被逐漸升起的暖意給包圍。

「艾伊思塔是對的。」雨寒眼角泛淚，凝望天際。凡爾薩這才發現她也渾身是傷，披風和袖子都被扯破，手臂的殷紅傷痕仍在淌血。他立刻脫下白色披風把雨寒包裹住。

兩人跪著的輪廓像被染上一層薄薄的金光。瓦伊特蒙的總隊長摟著女長老，抬頭掃視周圍。

戰況遠遠未結束，所有浮空要塞都面臨嚴峻的突襲。龍狩果然有承受日光的能力，即便身子冒起白煙，牠們更加凶殘地攻擊要塞。核心冰脊則同樣無動於衷，只有顏色變得昏暗。

海天之間的戰場，奔靈者和舞刀使矗立在各個要塞的塔樓上，奮力與龍狩對抗時相繼喪命。那些巨大的魔物每次下撲，便在冰山的表面榨出成灘的血紅。不出多久，所有要塞表面都血跡斑斑。

在旁邊的一座要塞，年輕的馬格莉斯爬入一台極光砲座裡，在她附近的帕爾米斯同時射出了三支虹光箭，撕裂一頭龍狩的單邊翅膀。牠吼叫著拍打殘存的翼，綴落於大海。而在第三座要塞上，癒師牧拉瑪的身影遊走在塔層之間，邊閃躲龍狩的攻擊邊為傷兵治禦。杭特在他身旁射出虹光箭史，掩護癒師。

極光砲持續開火，天空中盡是龍狩飛過的身影。牠們畫出蜿蜒的軌跡，迴避砲擊，逼迫要塞轉向。

現在要塞群的注意力全在龍狩身上，再也難以蓄勢攻擊於核心冰脊。它的色澤飛快地復原，內部的紫光變得明亮，表面的綠色光痕又像脈搏在躍動。與此同時，雲端的破口被捲動的雲絲給覆蓋，密合起來。金色光芒遭到截斷，世界再次像落入海底一般暗沉。

「沒有用的！如果沒有以等量的攻勢一起壓制三座核心冰脊，最終結果都一樣！」克瑞里厄斯吶喊。

但另外有幻魔導士說：「聯繫不到俊的隊伍，就只能不停止攻擊，等待他們也做一樣的事——」

「一直待在這兒我們遲早全軍覆沒！」凡爾薩意識到現在的情況根本不是辦法。事實便是通訊一旦中斷，要同時摧毀相距數百公里的核心冰脊早已無望。他沿著階梯朝塔頂滑去，對所有幻魔導士咆哮：「撤退吧！否則我們整個梯隊會瓦解！」

妲提亞娜面無血色地盯著手中的某樣東西。韓德在她附近接連朝空中放箭。

「怎麼回事？」凡爾薩喘著氣登上冰山頂端。

「撤退……？我們走投無路了……」女幻魔導士鬆開手掌，兩顆晶石滾落在她面前的台座上。「日痕山的領地正被大批狩群包圍。亞法隆也傳來消息……」她茫然地看著眼前混亂的天空戰場。「敵人開始對歐洲大陸發動全面攻勢……所有人類據點，現在同時遭到圍剿。」

EPISODE 32《潾霜》

一顆虹光球體漂浮在海面上，與遍布四處的碎冰和藤蔓呈現極端的反差。不斷有冰蔓朝它甩去，都被圓形的光盾給擋下。在那球體裡頭，湯加諾亞抱著失去意識的琴，設法支撐他倆的身子。

一波波的極光彈穿越飛雪，在半固化的海中央炸開無數層冰蔓。接踵而至的是十幾道尖銳的彩光斬擊，彷彿從天而降的箭雨，在湯加諾亞周圍的冰蔓地帶清出一圈空缺。紛飛的藍色塵埃中，腰間綁著長繩的白髮身影躍了下來。

落水前一瞬間，彩光從俊的棲靈板流洩出來，化為飛燕繞他疾旋，切斷僅存的幾條冰蔓。子藤也躍入海面，緊隨在俊的身後。

湯加諾亞解除了光盾，以虛弱的目光看著他們游來。

更多舞刀使腰繫繩索，落在鄰近的碎冰水面形成一圈防陣。他們高舉黑刃，抵擋正急速生成的冰晶藤蔓，以及從其表面衍生出來的冰狩。浮空要塞低懸在這批人的上方，離海面近得過於危險。舞刀使便在浪濤和碎冰之間與重重圍困過來的細密冰藤抗衡，彷彿身處於冰藍森林裡的一處小空地。

而在防陣的正中央，俊和子藤抓住了琴和湯加諾亞，看見他倆從臉頰到衣服都被染得暗紅。湯加諾亞把棲靈板鉗在腋下，露出了淺淺的笑容。

浮空要塞開始上升，拉起俊和子藤等人。他們的表情突然變得煞白。

湯加諾亞從胸腔底下的軀幹消失了，懸著破碎的粉色肉屑和白骨，裡頭還有幾道反插的冰刺。

「要……要奪回陽光……」他鬆開手，讓板子落入冰海裡。「要保護好……艾伊思塔……」湯加諾亞閉起了眼。

他們只能放掉他的遺體，讓他沉入海中。繩索從浮空冰山側邊的某個凹穴回收，俊等人也平安回歸。倖存的三座要塞已退出敵陣，逐漸遠離核心冰脊的攻擊範圍。

幾位癒師迅速搶救昏迷不醒的琴。俊頂著濕透的身子，和亞煌一同來到塔樓上，眺望周圍。

風中的雪花越漸濃烈，之前看到的遠方島嶼已從白茫茫的視野裡消失。眼前只有無邊的大海，以及佇立不搖的核心冰脊的倩影——它那紫綠相間的光芒強健地綻放，在這朦朧的畫面中就像一座幽靈燈塔，鞏固著周邊隨浪起伏的數千顆如鬼火般的藍光。每一個光點都是一頭冰狩，貪婪地等待任何落海的人類。在牠們的層層列陣之間，巨大的冰網再次樹立，更多藍光纏結上去，強化了環形的守備網。

敵人的防禦陣式已全面成形，堅不可摧。

戰士們分批站在要塞的各個平台和階梯上，任由雪片落在疲憊的面容，無聲凝望這絕望的一幕。

「我們的要塞也丟失了所有晶石，只剩下這一顆，與亞法隆相連的。」大魔導士阿米里亞斯攤開手掌，看向俊說：「歐洲大陸已全面陷入戰火。梅西林諾斯說，包圍亞法隆的狩群或許有幾十萬。」

「幾十萬……？」

人們全陷入沉默。世界已然絕望。

髮尖的水滴在俊的眼前滴落。「白島存在的每一秒，都有更多人喪生……」

「我們還是失敗了……」佩羅厄低下頭。

「也別無他法了，只能暫時先離開這兒。」子藤的聲音充滿悲涼。

「不，我們得進攻。」俊白霜般的眸子沒有眨眼，絲毫沒有從敵陣挪開。「之前是因為沒做好準備，遭遇埋伏。這一次，我們傾全力攻擊。」

「奔靈者，你瘋了嗎？」崙美轉向他。「這是白白送死。」

亞煌也遲疑地說：「我們沒有任何辦法得知其它兩個隊伍的情況。」

「是的。」俊回道：「但當我們開始向前，他們有可能會看見。」

這句話讓人們陸續凝望過來，注視台階上的白髮奔靈者。俊進一步解釋：「當時艾伊思塔警告過所有人，海面即將出現冰晶體。她不僅能感知到冰脊塔的所在地，她能看見遠方的一切。」

人們的神色稍微清醒了些。

「但這風險未免太大了，」佩羅厄說。

「不，這麼說來……」崙美蒼白地說：「說不定，同伴們這一刻也已經展開攻擊，正在等待我們行動。」

亞煌思索片刻，最終表達贊同。「確實只能這麼下賭注了。」他淡然地說：「但得做好準備，我們只有最後一次機會。不是徹底成功，就是消耗殆盡。」

俊點頭。他看向莉比絲，女孩露出淡淡的笑容。

「也罷。世界正在沉淪，無人能倖免。」大魔導士阿米里亞斯的口吻相當平靜，目光卻早已鎖住遠方的核心冰脊。他命令身旁的塑能師把進攻指示轉為閃光信號，傳達給其它兩艘浮空冰山，自己則甩動手臂，開始準備突擊的航跡。

最終賭注的時候到了，俊心裡想。路凱至死都相信同伴。莉比絲則喚醒他心中的某種決心。我們要打贏這場仗，奪回屬於我們的世界。

三座浮空要塞再次轉向，擺出進擊陣型，穿越暴雪朝著核心冰脊前進。

「我有一個點子，」阿米里亞斯說完，卻面色煞白地咽了口氣。俊和亞煌看向他時，大魔導士彷彿在發抖。「如果能成，可以把我們梯隊的攻擊力集中起來，增強數倍。」

「該怎麼做？」俊問道。

阿米里亞斯露出了潰散的顫笑，抬起手說：「所有人，做好準備吧。」

EPISODE 33《引光使》

艾伊思塔睜開雙眸，碧綠色的眼底有一絲寒光。

「**俊他們展開最後的進攻了。**」她空洞地凝視遠方。

空中到處是龍狩的巨大身影，冰晶羽翼在空中盤旋。浮空要塞持續放出極光砲擊與牠們混戰。亞閻、哈賀娜等人看著引光使，愣了半晌。「原來如此。終於。」亞閻點頭。

「全面突襲！」他轉身告訴操控冰山的幻魔導士：「只有一次機會了！全面突襲！」

四艘傷痕累累的要塞重新集結，把砲火導往核心冰脊的方位。

十幾頭龍狩也振翅拉開藍光軌跡，陸續聚首在正前方形成天空的防陣。牠們凶狠盯著浮空要塞，口中利齒翻掀，醞釀起不祥的藍光波。

「這是最後一戰了，我帶妳回要塞裡頭吧。」亞閻朦朧的聲音傳入腦中。艾伊思塔站在台階上，不自覺輕輕搖頭。然後她隱約瞥見亞閻讓雙刀在掌中打轉，堅守在她身旁，不再作聲。

雪能驅動要塞動力，在彩痕斑斕的水霧推進下加速前進。艾伊思塔緩緩敞開手臂，閉起了雙眼。

西方海洋的彼端，不僅有巨型觸手跨越了結凍的內灣，覆蓋住日痕山，還有更多觸手從林中出現。舞刀使的家鄉已陷入難以逆轉的局面。外領地亦被狩軍橫掃而過，人民全逃到了峽地。

百餘名舞刀使勉強組成防線，守住崖邊。二十名奔靈者穿插在他們之間，舉起彩光兵器共同抗敵。蒼白扭曲的凝雪軀體不斷出現，露出利爪殺來。一波劈散，後方又來一波。

平民百姓畏怯躲藏的峽地是非常不利的地理環境；一旦防線遭到突破，他們將等待被宰殺。但外頭的雪地都是狩影，早已無處可逃。

開始有舞刀使死去，長刀斷裂、仰天長嚎，身軀成了千瘡百孔。癒師奧丁奔走在他們之間，倉促地提供治療。老將額爾巴獨自守住一個蜿折的坡道，他的冰眼滿是殺意，一手持戰斧劈開狩體，另一手的斧刃斬斷爬過地面的冰脈。當敵人越來越多，他嘶吼著放出鱷魚樣的形靈把狩群壓制回去，棲靈板卻不知何時遭冰脈纏結。一束接著一束冰爪埋入額爾巴的身體，輕易扒開他。鮮血從他口中咯咯地湧出，體內的臟器倏地彈了出來。

一大群狩席捲而過，從額爾巴的屍體旁打開了防線的缺口，闖入驚叫四起的峽地。

黑夜中的森林盡是騷動，樹木之間滿是挪動的藍光點。北境白城的星形城牆從各個尖端發出極光砲擊，在林間揚起炸裂的彩光。冰塵飛散，閃爍在夜風之中。

然而在完全缺乏浮空要塞支援的情況下，這座遠北的城境孤立無援。

年長的大魔導士葛萊妮亞親自坐進一座巨大而複雜的極光砲裡。在突出的牆緣，那魂木制的砲座像個伸指向前的手掌，五根砲管在她的操作下微微分開，往林間的大軍發出一波波激綻的光痕。「膽敢妄想我們的城市！有膽再來啊！」她持續開砲。

幻魔導士們勇敢地掃蕩敵軍，然而迎面前來的藍光點卻越積越多，彷彿淹沒林間的藍光巨浪。

亞法隆——

聳立於湖泊中央的巨城，人類文明的最終要塞，它的城牆全被冰脈覆蓋。成千上萬的魔物垂直攀附在石牆上，和頂端的守軍進行消耗戰。整座城的環形峭壁閃動著密密麻麻的藍光，在暗夜裡像個幽藍色的蟻丘。

空中可見龍狩的羽翼，在凌空防禦的浮空要塞周圍盤旋。

底下的護城河幾乎全面結凍，被數不盡的藍光點覆蓋。瀑布仍從亞法隆頂端轟然落下，但水流一到了底部便瞬間結凍，緩緩墊高城市周圍的冰層，以及集結在那兒的萬千狩軍。

大魔導士們駐守在城牆各處，領導人們抵禦敵軍。每當有極光砲在城牆邊緣炸開，就有狩群雪崩似地潰散。偶爾也可看見虹光在底下整片狩軍中央爆裂。

還有許多幻魔導士手持魂木製的單人筒砲，塞入富含雪能的銀幣，朝著牆頂出現的魔物開火。也有勇敢的人們乘著金屬片，在空中持著筒砲對抗敵軍，然而他們的機動性遠遠不敵龍狩，一陣冰風刮過便死於風中。

一部分的幻魔導士和奔靈者組成遊擊隊，奔走在瀑布後方的旋梯之間，冒險襲擊外壁表面的狩和冰脈。但冰脈逐漸覆蓋進來，遊擊隊員節節敗退。

比克洛陶宛站在城牆的北面，他的雪靈揮動巨拳對抗一頭壯碩的多核狩。麥爾肯的身影則出現在市中央的圖書館頂樓，環視遠方城牆燃起的整圈虹光，以及陸續滲入防線的藍光點。

直通市中心的幾處密道開始有狩闖了出來，宰殺街道上零星奔跑的人。城市尚未遭到全面突破，但通道太多防不勝防，戰鬥已然白熱化。排山倒海而來的狩群壓倒了牆上的守軍，利爪灌入幻魔導士的口中，撕裂他們的身軀。處處可見蠕動的冰藤爬過猩紅的人類屍體。

攻守之間的天秤有可能在傾刻間失去平衡。一旦狩軍突入這座環形陸島的中央，大屠殺便會像海嘯一般在傾刻間洗劫亞法隆。

四座浮空要塞與龍狩進行纏鬥，極光砲和冰藍羽翼不停交錯。進攻方毫不氣餒地分配火力轟向核心冰脊，使它表面閃動的色澤開始受到壓制。

依可蘿也朝冰脊射出箭矢，一躲熾熱的彩光蓮花在它表面延燒。她喘著氣又抽出一箭，瞇起單眼瞄準時，有頭龍狩從她側面的死角飛來，張開血盆大口——

數道牙形的虹光波切破空氣，接連擊中龍狩的眼窩，逼著牠在最後一刻轉向。依可蘿吃驚地看著飛以墨來到她身旁。「別分心，繼續攻擊核心冰脊！」渾身繃帶的遠征隊長說完，女弓手點頭，再次放出彩光箭。

此時，一波石柱從空中飛來，像是傾斜的暴雨，刺入浮空冰山。有幻魔導士、奔靈者接連被擊中，當場死亡。要塞群變得更加搖搖欲墜。

哈賀娜站在欄杆邊緣，無力地掃視四方。她的雪靈在雪地有莫大的優勢，但現在幾乎毫無用處。她回頭，看向階梯上的引光使。「哼，但願妳判斷是對的，別讓我們所有人在這兒白白喪命了！」哈賀娜的嘶音像道含糊的風聲，傳入引光使的耳裡。

艾伊思塔依然閉著眼，但她的意念看見位於左側的另一座要塞上，朗果正以彩光包覆的圓鎚不斷敲向一道嵌入冰山的石柱。它的邊緣出現裂縫，斷裂後落入海中，減輕了要塞的載重。在他附近，戰士們正在對付一頭剛降臨的龍狩。牠踩住海渥克，長長的頸子卻被辛特列的彩光鞭子給纏住。海渥克屏住氣息，以戰斧不停劈砍牠的腳掌。龍狩憤怒地甩動尾巴，尖端的錐刺貫穿他的腦門。海渥克的臉整個變了形，鮮血已從口鼻爆出。龍狩又猛然甩動脖子，辛特列立刻從要塞摔了出去，在半空中被另一頭龍狩給叼住。龍狩半透明的喉頭劇烈抽動，迅速粉碎的軀體在喉壁上化開血紅。

艾伊思塔看見位於右側的要塞上，刃皇放出一道垂直的彩光，像籤子一樣打穿一頭龍狩的腹部。霞奈滑動她的棲龍板並舞擺長刀，抵禦想攻擊極光砲台的飛龍。只有他們那座要塞上的極光砲，正毫不失焦地攻擊核心冰脊。

忽然地面劇烈搖晃，艾伊思塔差點兒沒站穩。一頭龍狩落在要塞頂端，一口咬死離牠最近的幻魔導士，撞開其他人，滿口獠牙的首部對準了底下階梯的艾伊思塔。綠髮女孩轉過身。

亞閻從另一端像道疾風趕來，滑過龍狩的尾端時雙刀接連劈砍牠的數條腿。尤里西恩、舞刀使隆川都衝了過來，擋在引光使和龍狩之間。此時幾道石錐從空中劃過，其中一條擊中了浮空冰山的下半部，砌掉了整塊冒著水霧的冰——巨響之中，要塞傾斜了。失去平衡的人們慌亂地俯身，艾伊思塔也跪了下來。龍狩臃腫的身子趁勢向前傾，朝她咬來——

哈賀娜抱住艾伊思塔，躲過龍狩的利齒，以台階為障礙甩脫牠的目光。

與此同時尤里西恩高舉雙刃環，劈開龍狩的下顎。隆川也踏了上來，長刀上揚刺入頸部。亞閻則躍到龍狩的背上，眼神滿是殺意，落放無數斬擊。「大家讓開！」依可蘿在一段距離外，竭力射出光箭。

一連串的攻勢把那樓龍狩砍得傷痕累累，牠透明的皮膚流瀉藍光。牠頸子後仰放聲嘶吼。

「待在這兒別動。」哈賀娜敦在戰場外圍，確保引光使無恙，然後才逆著傾斜的地勢衝上一個制高點。龍狩瘋狂地甩動龐大的身子，左撞右咬，連亞閻都跌落下來，險些落入空中——

哈賀娜蹬起板子劃過半空，怦然落在龍狩的冰翼上，趁勢滑到牠的後頸，並在這過程中燒出一條虹光軌跡。

她旋轉身子，在牠的軀體掀起火燄般的光軌。龍狩發出怒吼，尾巴以誇張的角度撞擊冰山，當場殺了站在另一端的依可蘿。女弓手的酒紅絨帽在冰牆化成一灘扁平，全是腦漿。

龍狩接著回首想啃咬哈賀娜，但飛以墨已從牠腹部底下捲身施放虹光斬擊，一道接著一道，終於斬斷牠一條後腿，令牠往要塞的邊緣跌落。哈賀娜敏捷地躍了開來，看著龍狩的身子從要塞側面向下滾，牠的尾巴正甩過她的頭頂——耳邊傳來一聲驚吼，龍狩的長頸劃破眼角邊緣，口部準確地鉗住她的雙腿。

哈賀娜痛得淚如泉湧，但她以遠征隊長的氣勢拉起冰寒的利齒，毅然決然把棲靈板塞入龍狩口中，磨著牠的內頰釋放虹光！龍狩感受到灼熱的疼痛，盛怒般地把她抵在地面咬磨。

「咿呀呀呀——」哈賀娜尖叫著，滿口鮮血。龍狩狠狠咬住她的胸口，冰藍眼框散放恨意。飛以墨、亞閻等人全撲了上來，拚命攻擊牠的頸部。隆川斬斷了牠的翅膀，尤里西恩切開牠的尾巴。

「從老娘的身上……滾開……」哈賀娜吐著血，兇狠地瞪視著魔物。她大吼一聲，放出棲靈板的靈力。龍狩的咽喉綻射出虹光，刺眼而絢麗，然後爆了開來。

牠的身軀搖晃片刻，癱倒在要塞側面。飛以墨趕緊從染血的龍齒之間拉出哈賀娜。原本墨綠色的髮辮現在漆黑而濕潤，她的胸部深陷進去，像灘肉泥，雙腿也變得難以辨識，連棲靈板都粉碎了。

她流著淚，以最後的力氣摟住飛以墨。男子身上的繃帶全被染紅。「管他世界……變成什麼樣子……你要活……要活下去……」她死去的一刻，雪靈從碎板中散放出來，像一抹飄散的彩霧。

飛以墨把頭埋在她臉頰裡，動也不動。淡淡的金光落在他顫抖不止的背膀上。

這時人們才吃驚地仰頭，看見雲端的開口。隨著要塞持續朝核心冰脊施壓，那洞口漸漸拓寬。陽光灑了開來，逐漸點亮空中的戰場。

EPISODE 34《瀲芒》

在引光使要塞的附近，霞奈站在自己那座浮空要塞上，呆愣地盯著天空。

金色光芒像無痕的羽毛，輕撫她的臉頰，頸子，每一吋肌膚。「這就是『陽光』嗎……？」她的眼框不自覺地濕潤。

她無法說清楚雲層發生了什麼，只感覺一向灰濛濛的世界正在激烈轉變。那景象彷彿現實世界被敲破了一個洞，夢境般的幻覺正在急速流入。這一刻，她終於真正明白了奔靈者的意思。若為了喚祂重返世間，犧牲自己的生命也無妨。

金光掃過一座座浮空冰山，為它們的輪廓增添晶瑩的光澤。要塞旁的水霧變得明晰，數道彩虹鮮艷地浮現。空中的龍狩則渾身冒出陣陣白煙。天空之洞逐漸擴張，陽光灑落整片海洋。最後，光芒掃過核心冰脊。

它表面的紫綠光痕幽暗地閃爍，像被壓制到了極限，卻未崩塌。

突然雲層某處再次出現異樣。捲動的灰雲裡射出一批石柱，並尾隨著更多新加入戰場的龍狩。「牠們怎麼會……源源不絕的出現？」霞奈一臉茫然，身旁的戰士們已疲憊得不成人樣。

站在要塞頂端的刃皇已旋腰，破空釋放一道明亮的虹光，以強大的物理能力斬斷那些石錐於半空。它們爆裂後的殘骸掃過所有要塞，無害地墜往海面——

左側射來一波冰齒，像橫飛的劍雨擊殺好幾名舞刀使和奔靈者。刃皇也身中數道，渾身鮮血瀑流。那吐出冰齒的龍狩並未就此罷休，拍打著白煙四起的冰翼，降臨在刃皇面前。

「刃皇！」霞奈與他隔了幾層平台。她緊握黑色長刀想趕往刃皇身邊，把瀲芒的力量全集中在棲靈板向上奔躍。

就是在這一刻，幾乎是不經意的一瞬，她發現手中傳來異樣的感覺。霞奈愣了一下，凝望兄長的黑色長刀。

「**毒瘤般的人類！我要殺光你們重靈！**」龍狩發出震怒的吼聲，尾巴掃開包圍的戰士，並以利齒扯開一位奔靈者的身子，讓他腸臟噴灑四方。

「滾。」刃皇撐起身子，倏地掄起長刀『空絕』放出斬擊——虹光略過牠的頸部，切下龍狩的半邊翅膀和爪子。與此同時，龍狩以頭部朝他撞去。

冰角滿布的龍頭「碰！」地一聲把刃皇撞向冰山，當場殺了他。刃皇從胸腔到下巴都凹陷進去，放掉長刀癱倒下來。他背後的冰壁留下一團放射狀的血跡。

龍狩頂著嚴重的傷勢，似乎滿意地仰首嘶鳴。霞奈滑入牠前方，長刀捲動彩光埋入牠的胸膛。她沒給龍獸反擊的機會，抓起刃皇的長刀再埋了一記進去，然後帶動棲靈板朝著一側滑開——龍狩的胸口被撕開一道極大的傷痕，藍光攪動著白霧從裡頭流洩出來。

空洞的藍色眼眸帶著恨意望向霞奈。龍狩發出淺淺的喉音，終於倒下了。

霞奈矗立在原地喘息，但僅止一刻，她的注意力便回到依舊混亂的戰場。那些飛龍正毫不氣餒地襲擊各個要塞。

她看著兄長的長刀，看著陽光落在刀面。黑曜石所製的表面像鋪了一層躍動的金色細沙。她急切地想再一次體悟剛才的感覺。霞奈與所有舞刀使不同，她的守護靈並非只有一處地方可以棲息。

她迅速以意識讓瀲芒完全回歸棲靈板，不僅抽空了長刀的所有靈力，更令它猶如進入真空狀態。這或許是其他舞刀使想都沒想過的。

在這一刻，刀刃顏色出現奇跡似的轉變，從黝黑變為金黃。

「它在……吸取陽光！」霞奈吃驚地看著金光閃閃的刀刃，彷彿把空氣中的暖陽都吸收進來。「瀲芒，幫助我。」她輕聲說完，嘗試讓守護靈推動黑刀中的光波。

「啊！」霞奈吃了一驚——明亮的光束綻放出來，彷彿一道濃縮的金色射線，穿透了整片戰場。她立刻調整角度，光束掃過天空中的龍狩的一瞬，熔斷了牠們的翅膀和身軀。

然而霞奈沒有顧慮那些魔物，專注讓光束落在核心冰脊上。

其他人並不明白發生什麼事，但包括引光使的要塞都開始聚集過來，掩護霞奈所在的要塞。極光砲火再次集中轟打核心冰脊，霞奈手中的恆光也鎖住它，毫不失準。漸漸地，核心冰脊的光痕完全暗沉下來，彷彿石化。

它的表面開始出現細瑣的裂痕。

EPISODE 35《潾霜》

幻魔導士做出了最大膽的決定。在他們的操控下，包括俊和亞煌等人所在的三座冰山全都打轉為橫向，讓塔頂成了錐頭，飛向敵軍的防衛網。如此一來，架設在每一層平台四方的極光砲都轉九十度角，便能使浮空要塞的所有砲火全數對準同一目標——那逐漸暗沉的核心冰脊。

人們攀爬聚攏在打橫的要塞的正上方，戰戰兢兢看著綿密的彩光砲火。

半數的砲擊被冰網給阻攔，但更多穿了過去，持續擊中了冰脊。

天空開了條縫細，陽光落在覆蓋整片海域的冰蔓和狩軍當中。要塞飛過那片日光時，俊單手勾著一道圍欄，感覺到片刻的暖意。他看著底下的藍光平原和掃蕩而過的金色光斑，那兒的敵人被燃燒殆盡，化為粉塵。

然而那僅是有限的區域，天空的開口極其微小，仍不足以威脅不斷增生的敵軍，不斷自我修復的冰網。

冰網有如薄紗在雪幕中飄擺，卻是最致命的陷阱。有座要塞閃避不及，相觸的一刻便被有攻擊意識的衍生冰蔓給纏結。更多刀刃般銳利的巨藤朝它甩來，幾乎要肢解整座冰山。它成了一灘卡在網子上的碎冰，殘破不堪。然而裡頭倖存的幻魔導士依舊堅持使命直到最後一刻，不斷朝核心冰脊開火。偶有人跡在冰網周圍點燃一叢叢激綻的七彩光影，像是鬼火，又像沿著繩子四處漫延的火燄。

另一座要塞在閃躲冰網時飛得過低，略過海面上的大軍，遭到好幾條突發的巨大觸手給綁住，硬生生被拖入敵陣當中。戰士們在墜毀的冰山上做出瀕死掙扎，對抗洶湧的藍光浪潮。極光砲胡亂放射，奔靈者以卵投石般地抵抗。成千上萬的冰狩像一張藍色絨毯，吸允著那座失落的要塞。

「僅剩我們這一座了……」舞刀使崙美開口，面色蒼白。

在俊身旁，生還者僅剩十幾人，包括莉比絲、黎音、捕獵手，抱著昏迷的琴的佩羅厄，以及包括子藤、崙美在內的幾名舞刀使。而能操控要塞的僅剩大魔導士阿米里亞斯一人，其他幻魔導士全陣亡了。

敵軍的防守陣式如此嚴密，他們知道僅剩的力量已難突圍。

雪花不斷從空中落下，人們的疲憊已達極限，空洞地看著核心冰脊。俊甚至不確定付出如此大的犧牲，是否曾有一點兒效果。雲層的洞口正在緩緩閉合，海面上的光斑也越縮越小。

「我們失敗了……」黎音搓著眼睛，無意間抹開臉上不知是誰的血痕。

「不，看仔細。」亞煌盯著核心冰脊。

眾人發現位於冰網彼端的巨大雙色冰脊的狀態似乎不如一開始穩定。即使人類停止了攻勢，它依舊暗沉，而且表面出現明顯的龜裂，像被巨大的爪痕給刮過。

「不會吧……難道……」黎音雙眼圓睜。

「核心冰脊的整個系統出狀況了，」俊恍然大悟。「我們的想法奏效了。」

「這代表遠方的友軍也在作戰，也許就差那麼一步。」子藤說。

「我們得再嘗試最後一次。」亞煌說：「最後一次了。」人們看著他，眼神透露出他們都明白這代表什麼。

僅剩一座浮空要塞，而且沒有其他幻魔導士可操控極光砲，這是百分之百的失敗率。

「各位，現在似乎只剩一個方法了……」大魔導士低著頭，沉靜地開口：「你們手動把所有極光砲的加載旋鈕調到極限。我們以這座要塞衝撞核心冰脊，引爆這裡頭的所有雪能。」

人們聽完，神情卻像白化的枯木似地沒有任何變化。看見其它要塞和身旁的隊友陸續陣亡，已讓人們麻木不仁。他們都累了。

俊忽然發現在自己心底的某處有股隱隱的痛楚。飛雪混雜著冰塵，風變得強勁。黎音哭了。佩羅厄也低下頭，禁不住地啜泣。俊的白色眸子掃視身旁，發現亞煌正凝望著自己，彷彿在徵詢他的最終同意。

子藤打直了長刀，和大魔導士一同望了過來。他們的目光都落在白髮奔靈者身上。他是這支進攻隊伍的領導者。

俊發現自己盯著海面密密麻麻的藍光點，卻不敢直視同伴的眼睛。因為……他害怕在人群中瞥見莉比絲的臉。他不確定女孩站在哪兒，也不敢去尋視。

他從未想過這會是他們結束命運的方式。心底深處他一直抱持希望，能夠活著打贏這場仗。他忽然感到窒息。身旁的這群人，還有他愛著的人，全都將喪命。有股糾結的聲音說不能讓一切就這麼——

溫暖的觸感握住他的手，像在掌中融入陽光。

莉比絲就在他身後，輕輕把頭靠在俊的背上。「走吧。遠方的夥伴們，都在等著呢。」淚水淹沒了俊的白色眸子。他沉默了一會，眼睛從未眨動，便轉向亞煌和阿米里亞斯，點了頭。

他們這座浮空要塞以橫向的姿態飛往敵陣，在雪幕中拉開一條明亮的光軌。固化海面的冰狩大軍成了一波波向後飛逝的藍暈。大魔導士矗立在要塞中央，舞動雙臂，持續加快冰山的速度。

眾人攀著欄杆，看著冰網急速逼近。敵人似乎感覺到什麼，冰網有了反應，開始扭動著自我強化。然而他們突然轉往另一座已糟粉碎，卡在冰網上的要塞。

衝擊的前一刻，莉比絲射出箭矢，以砲擊般的巨大虹光掃蕩糾纏著冰山殘骸的冰藤——要塞筆直撞上另一座要塞破碎的殘骸。裂冰四散，他們從那兒的缺口突破了冰網的守備。然而敵人並非完全沒有準備，好幾道新生的冰蔓勾住了直衝的要塞，立即減緩他們的飛行力。空氣中瀰漫著冰塵和甩動的冰蔓。

舞刀使，俊和亞煌皆揚開兵器，奮力斬斷阻力。

大魔導士的身軀被幾束冰蔓給刺穿，他嘴角淌血，卻未停止驅動力量。虹光從要塞的尾端激放，帶著水霧向前推進。更多冰藤席捲過來，纏住要塞各處。

崙美站住腳步，盯著後方的彩霧，那些彷彿氣泡般漂泊的彩色光影。她忽然放聲大喊：「守護靈，幫助我們！」她含淚著嘶吼：「幫助我們奪回世界！」

要塞向前驅動，綹綹彩光極限推進。它扯住交錯的冰藤筆直向前，再向前——

巨大的冰網扭曲了，像被指尖戳動的絲巾，整個被要塞往前拉。冰晶藤蔓從各處撕裂開來。就這樣，浮空要塞夾帶一簇簇斷裂的冰蔓，義無反顧地向前飛去。

在陽光消失的前一刻，它墜入核心冰脊，炸開了無限耀眼的虹光。

EPISODE 36《離焱》

核心冰脊的表面一反之前活體的形態，變得厚沉陰暗，像古老的石化。它的硬殼出現不規則的龜裂紋理。

「它已到臨界點了，再加把勁！」凡爾薩站在要塞邊緣，目光隨著極光砲在核心冰脊表面揚起大大小小的光火。然而空中的龍狩尚未撤退，牠們躲避在烏雲底下，持續騷擾浮空要塞。

兩隻龍狩捲動烈風而來，同時降臨在塔台上。冒著煙的碩大羽翼投來一層陰影，陽光折射在冰鱗之間。

「趴下！」凡爾薩喊叫，但成排射出的錐齒已掃蕩要塞邊緣的一群人。冰齒彷若飛劍，打穿肉軀。有名奔靈者的腿斷為兩截，灑了一地的骨與血；有舞刀使的臉被橫剁，留下鬆弛艷紅的下頷。人們的嚎叫被風聲壓過，死的與活的軀體相繼從冰山邊緣跌了出去。

一段距離外的半空，帕爾米斯所在的要塞也遭到三頭龍狩圍剿。

凡爾薩盯著失控的戰場，然後發現核心冰脊的龜裂正在緩緩復合。他發出咒罵，起身衝向肆虐的龍狩，看見韓德、因幡已矗立在破碎的平台，朝著龍狩施放光斬與光箭。要塞正在失速，穿越在金黃和鉛灰交錯的煙雲當中。

一條龍狩朝著塔頂的妲提亞娜咬去，但克瑞里厄斯推開她。「快離開這兒！」他隻身擋在她的前方。韓德射出雙箭拉開弧狀光波，切過龍狩的側腹時燒出了一陣白煙。牠的頭部向後傾，怒視渺小人類的瞳仁變得細密而猙獰——然後驀然展翅，脫離了要塞。另一頭龍獸甩了甩冒著煙的腦門，也朝一旁飛離了。

人們正納悶怎麼回事，一股陰影籠罩下來。

凡爾薩抬頭，看見數道石柱正朝他們垂直落下。疾馳中的浮空要塞被其中幾根掃到邊緣，激烈擺晃。緊接著有一道石柱不偏不倚地打穿了冰山的塔頂。

人們爬上階梯，看見妲堤亞娜坐在地上，失魂地盯著那石柱。它離她只有幾吋的距離，貫穿了克瑞里厄斯原來站立的地方。他僅剩一隻手連著臂膀留在外頭，還有一些難以辨識的混著殘布的肉塊。那一瞬間的衝擊榨開一大片面積的鮮血，濺濕女幻魔導士全身。她的臉上掛著像腸子般的柔軟物。

其他幻魔導士立刻接管死去的驅動師崗位，穩住要塞的翱翔軌跡。

另一方面，帕爾米斯所在的要塞也岌岌可危，插了至少六、七道石柱，且側面少了一大片冰壁。

更遠方的第三座要塞被突來的石錐給擊沉了，崩解的同時墜落海面。有些人乘著備用的金屬片騰空，卻難以匹敵龍狩的機動力，成了半空中的活餌。

杭特和牧拉瑪在那兒……絕望感洗劫了凡爾薩。他想繞回去援救那些落海的生還者，卻明白不可行。剩下的兩座要塞為了顧全大局必須前進，而且他們將要面對敵陣最嚴峻的防禦。

果不其然，或許發現兩座要塞的速度絲毫未減，龍狩陸續飛回核心冰脊的周圍，拍打著被金光灼傷的羽翼組織起密實的防障。天空迅速變暗，冰脊表面的裂縫即將全數消失，綠色光痕又像復甦的心臟般充血跳動。

如果我們在這兒失敗……所有人的努力都功虧一簣。凡爾薩茫然地凝望。

「——聽得見嗎？」空洞的迴蕩聲響起，是個年輕女子的聲音。

妲堤亞娜愣了一下，抹掉臉上的血紅肉屑，從袍子內掏出一顆晶石。「是……馬格莉斯嗎？太好了，妳沒事。」凡爾薩看向一旁，與他們平行飛翔的另一座要塞。

他們兩座浮空要塞上的幻魔導士持有多餘的通訊晶石。

「我們這兒就剩三個人了，其他人全死了。」對方疲憊的聲音透著一絲莫名的僵硬。「聽著，沒時間說太多了。我們的推進墨璽全毀了，不久後就會動力全失。」

凡爾薩盯著那座要塞。確實，它那搖搖欲墜的航跡正在下沉。

「我們會駛向核心冰脊，用盡還能使用的極光砲。」馬格莉斯說。

「什麼？」雨寒出現在凡爾薩身後，急喘著氣說：「我們駛過去想辦法把他們接過來！怎麼可以——」

「讓他們去吧。」凡爾薩黯然說道。他指向迅速活躍起來的核心冰脊。雨寒隨著他的目光望去，也啞然了。

「凡爾薩——」男子的聲音從晶石響起。

「帕爾米斯嗎？」

「如果有機會的話，請幫我向俊他們告別。」這一刻，他反常地從容。「還有……假如人類真能打贏這場戰爭，請照顧好我的家人。」他停頓片刻後說：「雨寒長老，能給予我承諾嗎？」

「嗯，我答應你……」雨寒說。但所有人都心知肚明，或許沒人可以活著離開。

印象中一向泰然的帕爾米斯，語氣這才透露一絲惆悵。「再會了。希望我們會在陽光永現的地方，再次相見。」

他們為帕爾米斯的要塞護航，設法清除輪番襲來的龍狩。那座要塞下墜的速度開始加劇，距離核心冰脊僅幾十秒的距離。隔著風雪和海洋，凡爾薩看見馬格莉斯渺小的身影窩在厚重的極光砲台裡，毫不間歇地朝著核心冰脊轟擊。

此時在眾人眼前，發生一件難以解釋的事——

帕爾米斯矗立在下沉的要塞前端，揚弓射向飛來的龍狩。他的箭矢奇跡般地燃起了金光，拉開耀眼而白灼的軌跡埋入龍狩的身軀。被射中的魔物彷彿著火，從傷口輻射出熾熱的白光。

兩座要塞聯手朝著核心冰脊發出砲擊。隨著距離急速縮小，炸裂的彩光變得濃密。龍狩的防守亂了方寸，再也阻止不了他們前行。

然而彷彿來自於白島的最終殺意，空中再次飛來一波石錐，全瞄準了帕爾米斯的要塞。

「完了……」凡爾薩的心頭一涼。

雨寒忽然踏上邊緣欄杆，果斷放出雪靈。那些彩光鴿子迅速轉為金黃色，拉長了身形，風馳電掣地朝前飛去。凡爾薩無法理解眼前的光景——拂羽原本不具備物理能力，第一隻鳥卻從側面撞開了石錐。

兩波力量彼此衝擊。雨寒的雪靈拉開紛亂的金色光痕，擋開風中的石陣。

核心冰脊像一道巨牆霸占了視線。帕爾米斯的最後幾支箭擊中了狂亂飛舞的龍狩，融化牠們的冰翅和爪子。

暗沉的海天之間，閃耀的光箭，閃耀的鳥羽，四散的魔物和旋轉的石錐彼此無序衝撞，激發一連串雜亂尖銳的聲響，炸出濃煙、冰屑和令人窒息的光芒。浮空要塞從一片渾沌當中衝出，一座遽然改變航向，另一座隨著綿密的極光砲火撞上了冰脊，完全粉碎。

凡爾薩和同伴們緊抱著圍欄，抵抗腳下傾斜的台面和劇烈吹拂的狂風，目不轉睛地盯著核心冰脊。白煙和碎冰從它表面落下。有那麼一秒，他忽然感覺海面在起變化。雨寒摀住了嘴，幻魔導士在周圍驚呼。當要塞逐漸飛離，凡爾薩才會意過來——

核心冰脊崩裂了。

EPISODE 37《引光使》

亞法隆外緣的瀑布、湖泊均已凍結，整個場域被魔物給淹沒。

藍光像是倒流的洪水，跨越高聳的亞法隆外牆，灌入城市中央。冰蔓覆蓋了所有街道，攀爬在建物上。暗白的狩身處處可見，襲擊緊閉的門與窗。生還的人類躲進了室內，絕望地等待命運審判。一扇接著一扇房門遭到擊破，接踵而來屠殺的樂章——人群的哀號聲，碎物聲、撞擊聲，還有狩群展開虐殺時咆哮。

大批人群逃往城市底下的深谷，沿著石階慌張下行。峭壁間，恐懼的風急掃而來，巨大的冰晶羽翼橫跨懸壁之間，刮向尖叫的人群。彷彿一把麥穗隨手灑開，人體四散在峽谷間，向下跌落，捲入巨型齒輪內。

與此同時，市中央的圖書館擠滿了人。緊閉的大門外是一攤攤死屍，身上爬滿冰蔓。而在塔頂，麥爾肯被許多平民擠到了邊緣，動彈不得。他萬念俱灰地看著整個亞法隆被藍光海嘯給吞沒。

在城市的另一側，比克洛陶宛、大魔導士梅西林諾斯帶著另人群躲在圓頂殿堂裡。人們用身體擋住殘破的入口，幻魔導士手舉筒槍，從窄縫朝外射擊。一陣清鈴般的聲響從上方傳來，廳堂頂端整圈玻璃破碎了。人們發出尖叫，看著冰晶藤蔓從上方蠕動進來……

北境白城亦被攻破，樹林裡的狩群持續灌入已被棄守的城牆。

一部分的人們放棄了抵抗。他們把握最後這段時間來到市中心的圓形空井，動用工具把三座女神像挪入升降梯，再讓升降梯緩緩下落。待最後的人員回到地面，他們立即毀掉空井，把入口掩埋起來。

狩群從各個方向侵入城裡，朝中央包圍過來，但這兒的人們已實現了最後的反抗意志——人類文明的結晶，那些封存時間的藝術品和文獻，將在兩百公尺底下的地窖安然沉眠……

日痕山一帶，十幾頭體型異常巨大的狩在和舞刀使正面對決。牠們體內有迅速滾動的核，利爪抓著死屍，在頭頂像懸掛的巨傘一樣擺盪。牠們給人無限的壓迫感，腳邊有一波波狩群前撲後繼闖入峽地。

殘存的舞刀使和奔靈者們仍試圖抵抗，卻逐漸淪為被藍光包圍的孤島。彩光帶著頑強的最終意志，在敵陣揚起一波波冰屑。一百多名戰士，面對上萬頭的魔物。

防線已全面崩潰，戰士們自顧不暇。哭聲迴蕩在峽地，集中的人群從邊緣開始慘遭屠殺

——

轟天巨響讓艾伊思塔的意識猛然聚焦，彷彿意識裡好幾道倩影被無形的手掌給壓合，讓視覺清晰起來——在她的面前，核心冰脊爆裂了！

像是壽命已盡的暗沉石雕，它崩裂為許多塊，逐漸粉碎。人們攀扶在各個浮空要塞的邊緣，啞然盯著天空中不可思議的景象。

長達五世紀的昏沉天空，雲層出現一潭潭的渦流。它們朝外擴散，急速捲動，中央透出亮眼的白光。

熾熱的光芒像是流水，急速外溢，相互連結，溶掉了陰沉厚重的雲層。封鎖太平洋的鉛灰牢籠已不堪一擊，白光就像從灰岩中滲出的海流，不出一陣子已占領了大片天際。

人類的瞳孔難以適應，只能緊摀雙眼。某些人躲到要塞的陰影處，想避開白光的衝擊。但多人硬生生睜開眼，試圖凝望亞細亞大陸的方向。天空一片泛白，並在每個人的眼睛慢慢適應時露出了溫和的藍。

這是人類首次看見遼闊的天空不再有邊界。

EPISODE 38《潾霜》

白金流光漫延天際，緩緩蝕去世界牢籠僅剩的殘跡。遠方海面的顏色也從陰灰變得碧澄明亮。

冰脊的碎片彷彿暗沉的石塊，壓著底下破碎的固體海洋上的冰晶和捲浪。在它的某個傾斜的斷面，幾束冰藤頑固地攀依在其表面，在海洋上方一段距離懸吊著幾塊殘冰。那是已毀滅的要塞的殘骸。

「俊——」

呼喊聲讓他睜開眼，意識猛然清醒。

莉比絲昏厥在他懷裡，還有呼吸。他發現披風被不知哪來的血痕給染紅，然後瞥視身旁。到處散布著舞刀使和奔靈者的破碎肢體。

白髮奔靈者用長槍撐起身子，覺得彷彿體內的骨頭都錯位了。他看見斜下方大約二十公尺掛著另一處搖搖欲墜的冰架。在那兒，有一小群生還者聚集。

他抱起女孩，拎起她的棲靈板，小心翼翼地讓潾霜滑動。幾塊碎冰在他身後崩解，落入數層樓高的深淵。下方的海面依舊有不計其數的冰狩殘存，牠們仗著陽光尚未掃過這附近，持著恨意悄然上行。

俊又跳過幾片碎冰，逐步接近生還者的所在地。他看見子藤、崙美等四名舞刀使的身影。佩羅厄抱著琴從另一個方向攀爬過來。普拉托尼尼跪在某人的面前。俊繞過鋪滿死去藍藤的冰壁來到同伴們的冰架上，看見那人的面孔。

亞煌坐在角落，左手握著長劍。他的右臂斷了，腹部有道鮮紅的冰刺突了出來。已死去的黎音躺在他大腿上；女孩的身軀被某種尖銳物削開，頸子可能在撞擊的一刻便扭斷。

「都到了嗎？是否還有其他人？」亞煌的面色虛弱而煞白，但他的聲音依舊不失沉穩。

「就剩我們這些人了。」普拉托尼尼悲憤地說。

「總隊長……」俊把莉比絲交給子藤，立刻蹲了下來。但亞煌搖頭，示意他別浪費時間。

「這裡很快就會崩塌。」亞煌告訴眾人：「你們做好準備。」

俊尚未理解他的意思，一陣彩光便從亞煌的棲靈板延伸出來，滑過所有人底下，墊起了重量。俊感覺自己彷彿乘在淺淺的溪流上，腳下有股蓬勃的浮力。

彩光動了起來，倏地把人們給撐高。他們各自調整好平衡，瞧見那是一頭巨大的虹光鷹。亞煌把雪靈的翼展擴張到極限，確保沒有遺漏任何人。

「我不確定能撐多久……」亞煌以最后的氣力說：「如果無法送你們抵達安全的地方，請原諒……」

俊和亞煌的目光接壤，想開口卻一陣哽咽，說不出話。他看見亞煌拋掉了長劍，用僅剩的那隻手平貼棲靈板上的雪紋。

亞煌露出炯然的眼神。「──『翔影』──」在他喚出雪靈真名，施放出生命終結的瞬間，虹光巨鷹彷彿被注入一股強大的生命力，載起眾人騰空飛翔。

他們在它的背上，看著昔日的總隊長身影漸遠。雲層已大面積破開，猶如被光芒淹沒的峽谷。一道金黃色的日光落在核心冰脊的碎塊上，化石般的表面迅速融解。原本憑藉冰脊之力依附其身的冰藤，也在陽光照射下化為粉塵。浮空要塞的殘骸崩開了。亞煌隨著殘冰落入底下的藍光點。那些冰狩彷彿知道自己即將逝去，因此放肆舞爪宣洩恨意。

普拉托尼尼哭了起來，佩羅厄則眼角泛淚，沒有挪開視線。然而這群人並沒有哀悼的時間，因為巨鷹的狀態變得極不穩定。

眼前是無盡的大海，強風吹拂下層層翻騰。他們飛翔的方向彼端有座海島，是俊之前見到過的，似乎是舊世界的夏威夷群島。它非常遙遠，起碼有數十，甚至上百公里的距離。而巨鷹的身後已然拖曳著飄搖的彩影，羽翼的末端消失在風中。雪靈越來越稀薄，隨時可能潰散，讓所有人摔入海中。

忽然，前方的海面閃爍起金色斑斕。他們飛入陽光的懷抱。

亞煌的雪靈彷彿著了火似的，綻開了金色的羽翼。它的體積變得比之前更加龐大厚實。就連形態也有了轉變，頸子伸長，尾端扇開，顏色變幻在七彩和白金之間。

人們盯著腳下雪靈的模樣，吃驚得說不出話。這讓俊想起在許久以前，聯合遠征隊的攸呂曾經說過的聖獸朱雀，或是遠古典籍所說的鳳凰。

九名生還者震驚地棲身在翔影的明亮身軀上。海面變得寶石般蔚藍，閃動粼粼波光。那藍色彷彿遠比狩體內的幽光擁有更強的生命力。

俊逼迫自己把注意力集中在遠方的島嶼，抑制氾濫的情緒。踏入戰場的人們從來沒有應得的時間與彼此告別，僅用遺憾換取彼此生存的時間。

彷彿奇跡似的，翔影一直沒有消散。

它聽見了主人的遺願，讓這段飛行成了自己最終的使命。它將跨越海洋，把俊等人送到安全的地方，然後才化為光絲，朝著天空的方向消散。

EPISODE 39《宇蝕》

艾伊思塔和雨寒兩方隊伍都盡了力搶救海中的生還者。然後在引光使的指引下，雙方相約在夏威夷群島會合。

她告訴所有人，有一群生還者在那兒等待營救。

「俊他們的要塞已全毀……？」亞閤禁不注問道：「妳有沒有看見我的兄長？他是否無恙？」

當艾伊思塔沒有回答，一陣不安揪住亞閤心頭。他壓下焦慮，扭頭凝望海面的滾滾白沫。這是新世界的蔚藍海洋，給眺望者注入了新生的希望。就是此時，亞閤注意到一件所有人都忽略的事。

要塞維持陣式平穩地航行，在它們甲板上的人們沉浸在陽光歸來的驚奇和喜悅中。因此，那現象如此明顯，人們卻視而不見。

亞閤感到一股寒意從背脊竄升。左方的天際敞開至地平線的盡頭，天空零散的烏雲正在迅速散去。然而，右方天空中的雲層卻消散得特別緩慢。他注意到那異常的現象——遙遠的烏雲激烈翻攪，卻遲遲未見陽光。遠方依究是一片迷濛的黑。

那兒是白島的方向。

要塞群刻意在光照之地飛行，繞過任何陰影遮避處。人們逐漸發現不尋常，不時抬頭遠望，懼怕白島上空的雲層不會消失。接下來的一段時間，眾人沉默地站在浮空要塞的邊緣，戰戰兢兢盯著那道綿延天際線的陰影。

雲層終究是散去了……被陽光呼喚而來的陣陣凜風給驅逐。

然而接下來披露在眼前的景象卻吸乾了所有人臉上的血色。包括亞閻在內，沒有人可以立即明白他們究竟看到了什麼。

一陣子後，引光使梯隊的四座浮空要塞用盡最後的能量，抵達她所指引的目的地。他們在幾座海島上空盤旋一陣，終於發現俊一夥人的身影。那塊浮出海面的高地或許是毛納基火山，或者峽谷之島，亞閻不確定，在白島降臨後這地方的地理狀態全變了。

他們陸續降臨海岸，雨寒隊伍僅存的一座要塞早已抵達，停在雪地裡吸取稀薄的原生雪靈。

在這陽光照耀的島嶼上，三個進攻隊伍的生還者再度重逢。雪地潔白而明亮，清晰地映照出每一位戰士的輪廓。然而此刻的相聚卻令人感到無比淒涼。

知道帕爾米斯、依可蘿的陣亡，俊和莉比絲陷入難以承受的傷痛。失去姊姊的佩羅厄先是面無表情地站在原地，然後膝蓋癱軟，無力地跪下。舞刀使為刃皇的死感到悲慟，幻魔導士也因同伴陣亡而啜泣不止。人們在決定掀起反擊戰時已做好生離死別的準備，然而事實終究超乎情緒所能承受的範圍。

生還的戰士不到百人，這是當初出發人數的四分之一。亞閻在密密麻麻的臉孔中尋找，卻不見兄長的面容。最後，當傻從人群中望來，從那對悲愴的白眸子裡，亞閻明白了一切。

「啊……」亞閻發出幾聲嘶啞的笑。這習慣似乎救了他，沒在眾人面前崩潰。

他用意志壓回胸口的激流，頰骨起伏。彷彿只要用力磨牙，便能消磨掉眼角的濕氣。他隱約察覺到暗靈正悄悄地保護著他，阻隔所有要決堤的情緒攻擊他的理智。

戰鬥還未結束，亞閻對自己說，戰鬥還未結束。

艾伊思塔站在海岸邊眺望遠方。亞閻來到她身旁，隨她的目光凝視那不可思議的景象——游絲飄渺的雲氣間出現了長空中的城牆。暗沉、堅固的岩塊違逆常理，組成一片懸浮於蒼穹的大陸。

人們慢慢聚集過來，在背後議論。他們終於知道當初從空中飛來的石柱源於何處。但無人能想像它如何出現，如何停留於半空。唯獨一件事可以確定：沒有一絲陽光能滲透進去。

亞閻立刻在腦中盤算它駭人的面積。即使目測再失準，它的直徑也不低於數百哩，面積不亞於他和艾伊思塔所去過的「方舟」。如此一來，那片天空大陸就像個完美的護盾，完全遮蔽住白島。

「那兒不僅陽光無法滲入底下，」姐堤亞娜告訴亞閻：「來這兒的途中，我們發現只要一靠近，要塞的能量會立即流失。」

「白島一直能夠吸取電力和不同的能量態，」亞閻想起以往天空中的橫向閃電。「為了防止所有可能的威脅。」

「艾伊思塔，妳能告訴我們這究竟怎麼回事？」雨寒的聲音從後方傳來。

引光使沒有挪開面孔，朝著白島的方向閉起眼。她的眉間隱隱抽動，浮現痛苦的線條。

「我必須要……看得更清楚。」她的肩膀顫動，彷彿在體內對抗什麼。**「讓我進去更深……更深的地方……」**

她的額頭突然向後一震，彷彿被什麼給擊中了腦門。亞闍緊張想扶她，艾伊思塔卻開口了。

「……那些是源於地心的板塊，由白島伸出觸手去挖掘。一年接著一年，由暢遊雲間的居民做輔助，在五世紀之間釀造於蒼穹。」她的聲音變得平穩而生澀。**「支撐它的世界樹是白島軀體的一部分，有五世紀的時間成熟茁壯。」**

「所以，那才是真正的核心冰脊？」雨寒的口吻在發抖。

「時至今日，白島完成來此的目標：陽光已永遠無法穿透。人類，再無法威脅白島。」艾伊思塔淡然說道。

聽完這些話，亞闍立刻明白了。這解釋了所有龍狩在過去五世紀的行蹤。牠們從未無故消失。而白島不僅占領了深海，更從地殼裡挖出一塊塊巨岩，經年累月地由冰晶觸手般運到空中，耐心地建構了五百年的時間，築起這座再無人能破壞的阻光之盾。

所以白島等待了五世紀才對世界發動最終攻勢……亞嚴恍然大悟，因為它已不可能被擊敗。打從所羅門文明遇襲的那一刻起，就是白島已做好萬全準備，開始採取行動的徵兆。

一切都是那麼迅速而殘酷。

亞闍想像目前地球的模樣——白島延伸出來的冰晶觸手覆蓋了所有的海洋，而在它正上方則長出結晶狀的枝椏，讓浮空的地殼成為它的天棚。這確實像座駭人的巨樹，以死亡深根世界。

「**享受你們殘餘的光。這僅短暫阻止了狩魔軍團。無論過多久，世界都會再次封閉。**」不知為什麼，艾伊思塔的腔調聽來像是細碎的殘冰。「**時間並不站在你們這邊，人類的命運已然注定。**」在海浪邊緣，綠髮女孩緩緩轉過身來面對眾人，雙眼閃動著幽異的藍光。

「引光使!?」有幾位奔靈者、舞刀使陸續亮出兵器。

「等等——!」亞閻趕緊遏止眾人。但凡爾薩已立刻掄起巨劍，站到雨寒前方。俊看見了，僵硬地怔在原地。

亞閻回頭瞥視艾伊思塔如冰霜般的面孔，忽然不知所措。

凡爾薩眉間一縮，抬起握劍的雙手。「她的心智被白島占領了。」

「凡爾薩，你想都別想。」亞閻抽出腰間的兩柄長劍，眼中流瀉殺氣。

「**你們認為透過縛靈師的手便能知曉一切，掌握對抗我的方法……**」艾伊思塔的腔調忽然有種奇特的音韻，聽來卻像嘲弄。

「你讓她闡述了多少謊言？」子藤邊說邊往前走，身後跟了幾名舞刀使。他們全將黑色長刀打直，準備作勢劈斬。

「**她道出自己所有能看見的一切。即使片面不全，無非事實。**」艾伊思塔的眼珠像兩潭發光的藍色沼澤。「**也只有事實才能驅使人類文明的集結，派遣所有軍力朝我而來。**」

「所以你……是為了削弱人類陣營的守備力量，想在這兒把我們一網打盡……」飛以墨的語氣強悍，開始向前靠。

「**你們很聽話，不是嗎？**」艾伊思塔說：「**只要有限的邏輯沒出差訛，澎湃的情緒占據心聲，你們便會跟隨，不是嗎？**」她露出了幾乎是鄙夷的神態。「**這便是人類這物種的限制。你**

們以為是希望的旗幟，簡單便能營造出來。然後你們會自願跟著去死。」

「是妳殺害我們所有同伴！」飛以墨怒吼：「妳還打算害死了多少人!?」

「飛以墨，住口！」亞閻注視包圍過來的人們，跟著挪身以防有人對艾伊思塔發動奇襲。

凡爾薩從人群中在出來，站到他的面前。「讓開，亞閻。」他憤怒地說：「你別忘記陣亡的同伴。」

「你也別忘記我們已經付出多少犧牲！」亞閻惡狠狠地回道：「事情還沒成定局，仗還沒打贏！你打算拆掉唯一能感應敵方的橋梁嗎？」

「橋梁？說不定這一切都是盤算過的。」凡爾薩反駁：「你沒有親眼見過白島對縛靈師做了什麼。艾伊思塔的意識已經消亡了。」

「這不是由你說的算。」亞閻做好戰鬥的姿態，在心底傳喚暗靈。

俊企圖阻止所有人。「都冷靜點，現在不是起內鬨的時候！」在人群後方，琴和霞奈都呆愣在原地，不知所措。

「我們的命運彼此相連。為了鞏固你們的途徑，我得道出自己的途徑。為了讓我的狩軍開拓反擊路徑，我得提供你們反擊的路徑。」艾伊思塔的模樣近乎柔媚，抬起一隻手掌。**「差別就在當我們面對面，誰將注定消亡——」**

「啊啊啊——！」在人們反應過來前，佩羅厄掏起三叉戟衝來。這牽動了所有人的動作。一波奔靈者、舞刀使同時襲來。就連凡爾薩也趁機向前跨步。

亞閻用長劍擋開佩羅厄的武器，迴身撞開他。幾名奔靈者一擁而上，亞閻揮動雙劍反制，心中只閃過一個念頭：如果再一次失去她，我就什麼也不剩了。

怒意讓亞閻精神煥發，接連擊倒幾名對手。他的板面出現黑霧般的觸鬚，雙眼也蒙上一層黑。

「你們都瘋了嗎!?」俊以長槍格擋子藤的黑刃，朝所有人喊：「這就是白島想看見的！它要我們在這兒徹底瓦解！」

已經沒人聽得進去。身軀和心靈都被這場戰役耗損至極的人們，在艷陽底下凶狠地鬥毆。亞閻忽然發現凡爾薩穿過了他設下的防守線，朝他施放出暗靈。但飛以墨撲倒亞閻，不在意渾身繃帶再次被暗靈燃燒，硬是壓住亞閻的雙臂，大吼一聲：「凡爾薩，幹掉她！」

凡爾薩來到毫無情緒的艾伊思塔面前，躊躇了半秒，然後伸手抓住她的喉嚨。「艾伊思塔——」他剛開口，女孩的眼珠放射出刺眼的光芒。

一陣波動朝外散放，她身後的海浪被震開半圓狀。所有人都被彈開，武器掉了一地，摀住刺疼的顏面。

亞閻撐起身子，勉強睜開眼。不知是否錯覺，他似乎瞥見海浪中有道藍光，穿越海面射向遠方。

女孩四肢跪地，低垂著頭，長髮遮掩了她的面容。

亞閻奔向艾伊思塔，卻忽然聽見哭泣聲。其他人也聚集過來，神情同樣吃驚。

艾伊思塔坐起身子，露出滿臉的淚痕。凌亂的綠髮披散在肩上，她拚命抹著自己的臉，淚水失控地奔流。然後她抬起頭，彷彿第一次看到眼前這群人。「亞閻……？凡爾薩？」她抽噎著說。

亞閻怔住片刻，意識到她的聲音已復原。她眼中的藍光消失了，恢復以往的碧綠與澄澈。他跪在她面前，震驚得說不出話。

凡爾薩和其他奔靈者遲疑地站起身，看見引光使一反方才的冷漠，似乎情緒完全崩潰，淚流不知。

「它給我……看到一切……」艾伊思塔摟住亞闍，止不住淚水，痛苦地抽搐。「我知道為什麼白島降臨到我們的世界了……我知道為什麼它得殺光我們所有人………」

EPISODE 40《拂羽》

陽光讓純潔無瑕的白雪變得過度刺眼，彷彿不再是雨寒所熟悉的世界。雪地，天空，海洋，全都鮮亮得令人生畏。

高聳在人們背後的是脊骨狀的山岳，披著五世紀無人踩踏過的深雪。和周圍的白雪相比，雨寒背上的白毛披風已變得灰濁而暗沉。她站在人群中央，聆聽綠髮女孩說出的話。

艾伊思塔跪在雪地，試圖把白島離開她的意識前，灌輸到腦中的信息一五一十說出來。她幾度泣不成聲，甚至語焉不詳。然而他們都聽懂了。引光使的每一句話，每一個字，都像利劍般劈砍人們的心智。

在白島的引領下，她看見這顆星球誕生的第一道靈體。生於遠洋，始於遠古的時間盡頭。那靈體的誕生為世間注入了生命。從海底，到陸地……海藻，樹林，魚群，爬蟲。為了支撐不同生命的分支和延續，不同重量的靈體依附到各物種。

微風吹過的綠葉，細沙表面的斑痕；天空中的塵埃，深海底的珊瑚……所有生命都有相同的來源。然而不等量的靈體劃出相異的刻痕，決定了這些生命體在世間扮演的角色。恆河沙數的物種陸續誕生，充斥星球各角落，形成難以計量的生態輪迴。

從塵菌到植物到昆蟲到動物，生命所需的靈體密度逐漸加劇。當靈體濃縮而集中在動物的心智裡，牠們開始有了更成熟的自我意識。不同的時間紀元，不同的地理環境，分別由形形色色的物種支配著相互影響的生態域。

隨著星球的命運在時空中輪轉，靈體所支撐的生命形態也緩緩起了變化；靈體密度越大，物種的意識及智能越高。無論是海中的長頸龍和巨鯨，或是敏捷的野狼和蜂群，這些生物相互排斥，相互吸引，或多或少維持著星球生命的平衡。

然而在歷史長河的某個時點，物種的進化出現了難以逆轉的改變；在單獨的生命個體中，匯集的靈體超越了過往的承載極限，驅動「人類」祖先的誕生。那是一種靈體濃度遠遠超乎其它物種的異類。所有生物與之相比，均屬輕靈。

而人類這種「重靈」的存在，讓星球的命運被一種難以駕馭的意志所主導，打破了億萬年來的平衡。他們懂得運用工具，卻掌控不了慾望和情緒。所有由輕靈附著的生命——那些數不盡的動物，植物，地質，空氣，甚至海洋本身——都在不同時期遭到破壞，甚至滅絕。

人類開拓疆土，建造城市，建造港口，有意識地集合起來。而每當重靈集中的比例高達一個規模，世間便會出現一種從未有過的現象——「戰爭」。他們以文明賦予的種種定義作為動機，以生靈交匯必然發生的爭議為理由，大力地彼此殺伐。

為了幫自己和彼此定義未來的路徑，他們寧可磨滅生命積澱的軌跡。

事實上，人類自己從未知曉他們背後的真正驅力……那是一種螺旋脫序的力量，生命進程走偏之後難以返還的足跡。

於是，幾乎不自覺地，重靈還打算再次進化，竭力擠壓出密度更濃的生命意態。他們發現了電力，也就是維持生命的一種基礎單位，並一次次加速文明的改變。多數人類從出生到死亡，都沒有意識到他們耗盡一輩子的時間只為了給下一次進化提供一丁點兒的奠基。

一個世代接著一個世代，戰爭與時間消滅了重靈的肉體，卻讓這些靈體重新依附在某種超越了人類，即將破繭而出的超級意識之上。那些意識在未來終將吞蝕地球所能供給的一切的有機體，並揉合無機組織譜出終極失序的樂章。

陽光孵化了億萬年，棲息靈體的行星，終將成為毫無生機的死星。

受傷的地球發出哀號，而星際遠方的那道藍光響應了——因為祂，正是地球的守護者。

在歷史開始轉動的更久遠的時空，那道藍光便已依循誓言，在地球需要的時刻一次次到來，重置一切。

天災，洪水，海嘯，隕石撞擊……以往祂的降臨能迅速達到效果。然而這次最大的差別在於重靈早已分布在地球的所有角落。於是藍光做出決定，將以人類慣用的戰爭方式展開撲殺。祂調整了自身的狀態以便和星球深度融合，降落在深海中央。

祂封閉了整顆星球，讓祂必須保護的世界陷入沉眠，就像冰層底下依舊循環的海底生態。然後祂開始一波波為星球清理重靈。祂期盼著當一切重啟，當星球再次甦醒，當靈體得以再度回歸，靈體會以輕巧、多元的狀態支撐起良性生命，不給世間帶來任何負擔。

並在最終，為地球喚回真正蓬勃的生命力。

艾伊思塔的最後幾個字，淹沒在她的哽咽聲和背後的海浪聲中。人們聽完陷入了長久的沉默。

亞閻扶起綠髮女孩，凡爾薩凝重地把雙刃巨劍插在雪地。陽光已全面回歸，暫且溫暖了群眾疲憊的身軀。然而人們看來已完全失去戰意。

「原來我們的祖先，曾經做了許多傷天害理的事……」霞奈失神地說。

「不單是那樣……」妲堤亞娜的訕笑空洞而無力，血痕在她臉頰上像乾涸的顏料。「若照引光使所言，我們根本不該存在於地球上。」

雨寒搗著嘴，不知該如何思考。如果……如果我們才是危害整個世界的存在，那麼，我們究竟為了什麼在戰鬥？

沒有人去質疑艾伊思塔話裡的真實性，甚至沒有一個人提起她或許遭到白島欺騙的可能。當一個念頭永遠無法被證實，而且遠遠超乎頭腦能夠理解的範圍，人類便失去了選擇相信什麼的權力。因為一切早由本能決定。

五百年來壓倒性的殲滅史，已貫穿人類的深層意識。聽到艾伊思塔的話，等同於證實了一輩子的恐懼根源，解釋了一切慘劇的因果。包括雨寒在內的所有人，只能卑微地順從，低頭接受白島所陳述的就是不爭的事實。

人們撐著遍體鱗傷的身子，神情連一絲希望都看不見了。在一望無際的晴空碧海包圍下，這群生還者顯得極端的狼狽。島嶼上原本潔淨的白雪，在他們的腳下沾染著汙褐色的血跡。

「嘻哈哈……」佩羅厄發出歇斯底里的怪笑。三叉戟從他手中鬆開，無聲地落入雪地。「那麼，我們還在這兒做什麼？」

其他人看著他，神情茫然。有人發出壓抑的悲咽，也有人再也握不住手中的兵器。

艾伊思塔縮著身子，眼淚依舊不停泫落。「我好難受……好難受……」她不斷重覆這句話，彷彿被夢魘擊潰的意志，無法掌控破碎的情緒。

雨寒眨了眨眼，發現自己的眼角也濕了。她喘不過氣。岸邊的浪潮聲帶來胸口陣陣劇痛。人類不僅再也無法剷除白島，更失去了對抗它的所有理由，所有勇氣。

原來世界希望我們滅亡……雨寒在心裡想著，強忍住淚水。

世界希望我們滅亡…………

她的目光茫然，盯著插在雪地的兵器。鍍了銀的長槍，短劍，刃環，三叉戟……那些武器和黑晶長刀的表面都有著淡彩般的波粼；那是稀薄到幾乎看不見的虹光。所有雪靈也彷彿嗅到絕望的氣息，全然陷入沉眠。

這真是耐人尋味的現象。一直以來，若主人不召喚，雪靈只會凝靜等待。就像白島的前身，那道永恆流浪於遠方的藍光。

雨寒仰頭向天，面向豔陽。

光的來源高掛天際，是個無法直視的光球。但她沒有讓自己瞇起眼。熾熱的白光令她昏眩，在視覺邊緣掀起糜爛的色彩。不出一陣子，淚水已不自覺地瀅滿了眼框。但不知為何，她依舊沒有閉上眼。

存在於視野邊緣的虹光……她想起了不知多久以前，自己獨自踏入雪地尋找雪靈時，初次瞥見的微小彩影。

「『以未來彌補過去，我們並未忘記遠古的誓言』……」她也不知道為何在這一刻，自己想起了束靈儀式的禱文。有些戰士們聽見，失魂般地看向她。

她忽然想起瓦伊特蒙滅亡前的最後一戰，那些投身暝河的戰士。

她想起自己所熟知的每一位奔靈者，揚起虹光在遷徙中堅忍不拔地面對狩群。

她想起舞刀使揚起的垂直光幕，毫不動搖地阻擋在大軍前方。

她想起帕爾米斯的金色光箭，以及拂羽綻放的金色羽翼。

雨寒的目光從太陽挪開。她的眼前一片模糊，彷彿盯著水中的光波倒影；她知道人群正在望著她，眼前卻只看見一片漫漶的白色。

慢慢地，她明白了一件事。一件人們始終都曉得的事。

「原來，這五世紀，陽光其實從未離開過……」雨寒輕聲開口。

戰士們撐著疲憊的姿態看著她。「妳在說什麼？」佩羅厄的聲音從人群中傳來。「現在我們都知道了……祂拋下人類，就是希望我們全數滅亡……」

雨寒搖搖頭，指向雪地的兵器。「看那兒。」

她的視力尚未復原，卻能瞥見在奔靈者之間，一抹抹飄晃的虹光冒了出來。

人群發出輕微的騷動。在雨寒的視線裡，彩光逐漸清晰，在人們的棲靈板和鍍銀兵器之間擺晃。打從成為長老以來，她的話都由統領階級轉述給眾人。但這一次，她親口在絕望的眾人面前說出真正的想法。

「就算白島說的是事實，就算我們的祖先曾犯下不可原諒的過錯……世界並沒有要人類就此滅亡。」她伸出手，一隻彩光鴿子從棲靈板飄了出來，拍打著淡薄的羽翼停在她的掌中片刻，然後飛向前方。

虹光羽翼無聲地穿過眾人的眼前。他們的雪靈也彷彿被喚醒似地飄了起來，瀰漫在空氣中。漸漸地，雪地彷彿被遠古的極光彩緞橫掃而過。

「陽光改變了方式停留在這世上。」雨寒抹掉眼角的淚。「祂就是雪靈。」
人們睜大眼，看著空氣中的飄渺色彩。他們的神情帶有猶豫，不確定雨寒想說什麼。
「五百年前，陽光消失的一刻，就是雪靈出現的一刻。」她沉靜地告訴眾人：「陽光透過雪靈一直在幫助我們，要我們生存下來。如果傳聞是真的……如果，地球是因陽光而誕生，生命是由陽光所賦予，那麼……」她忽略劇烈的心跳，壓下一股想哭的衝動，讓自己看來從容無事。「那麼，在世界遭到冰封的一刻，祂就已做出了決定，願意協助人類對抗命運。」
人們的視線穿過空氣中的彩光，無比震驚地看著她。就連艾伊思塔也懷著不可思議的表情回望雨寒。
子藤搖頭，滿臉滄桑地說：「瓦伊特蒙的長老，這事情無人可以證明。」
「是啊。是沒有人能證明。但你們的內心和我一樣，都明白。」幾隻彩光鴿子在她身旁盤轉，揚起的虹光絲像落雨般垂懸於肩。她等待喉間的抽搐稍微平緩，接著說：「你們一直都明白，這就是為什麼只有雪靈能夠威脅到魔物。你們明白為什麼雪靈會選擇棲息在綠魂植物裡。也明白為什麼雪靈方能化為暖流，甚至擁有治癒能力。因為它們……一直都是那股創世之力的一部分。」雨寒的臉頰濕潤，雙唇止不住地顫抖，但她的聲音卻和微風一樣自然：「你們每個人都應該能感覺到。仔細去感受『陽光』，祂是無比熟悉的。」
人們凝重地盯著她，然後小心翼翼地瞥視天際，探望那股令人難以理解的熱力。有些人朝著天空伸出手掌時，雪靈彷彿不經意地纏繞過來。
子藤非常嚴肅地凝視著自己長刀上的彩光，許久沒有作聲。
有人靜靜嘆息，有人含淚輕笑。他們似乎想起長久陪伴自己的彩光靈體曾在多少個黑夜裡，傳達給他們一股執念……告訴他們，要活下來。

「就算當時世界封閉了，我們從來不是孤單的……」雨寒伸手抹了下眼角，輕聲告訴所有人：「人類從來不是獨自作戰。」

虹光反射在每個人的眼底。沒有人說一句話，他們陷入沉默，神色卻變得堅毅。亞闍轉向海面時，人們也跟著他的目光投射遠方。這群人緊握虹光兵器，感受雪靈的存在。所有人全凝望著同一個方向——海洋彼端的永恆黑暗帶。

「長老說的是不是事實，讓結果來決定吧。」亞闍說：「戰鬥還未結束。我們還有最後的一段路要走。」

「該怎麼做呢？不僅陽光無法滲入，浮空要塞也難以駛入那地方。」妲堤亞娜露出窘困的表情。「我們的兵器都無法對白島產生威脅。」

眾人面面相覷，好一陣子沒人說話。此時，有個人影來到他們前方。

「各位，有個方法或許可以嘗試。」一貫怯生的霞奈，露出了急迫的神色。她告訴看了眼所有的舞刀使同伴，然後說出自己的想法。

雪地上，僅存的人類戰士沉靜地聆聽。

EPISODE 41《宇蝕》

天空板塊彷彿拱起了整片蒼穹，像是沉浸在藍天裡的巨型石碑。雲氣在它邊緣飄動，偶有陣陣塵屑飄落。

五座浮空要塞逐漸逼近，人們親眼見證到它的體積大得難以置信，完全霸占了視野的極限。它阻隔了太陽的光芒，拉開一道非常明顯的分界線，把海洋切割成蔚藍和闇黑兩個截然不同的世界。

要塞隊伍的動力忽然變得極端不穩定，尾端的虹光泡間歇熄滅，彷彿一接近永恆黑暗帶就有股魔力壓制住它們。連通訊晶石也出現異狀了。要塞只能沿著暗影的外緣航行，最終找到一處突出的陸地，像有白雪覆蓋的塊狀石堆。

奔靈者、舞刀使在要塞邊緣，藉由繩索陸續朝那片石地落去。幻魔導士則全數留在要塞上。

亞闇站在圍欄邊，瞥了眼底下的著陸點，有預感那很可能是白島延伸出來的一部分。「妳現在還能看得見遠方嗎？」他問艾伊思塔。

「有些殘留的影像在浮動……但越來越模糊了……」她看來筋疲力盡。

亞闇點頭，然後最候一次問她：「真不待在要塞裡頭？」其他的夥伴們經過身旁，一個個從冰山邊緣跳躍下去。

綠髮女孩忽然來了精神，堅定地搖頭。「我和你們一起。」

亞闍拎起她的手臂，將一對繫有鍍銀鎖鏈的腕環扣了上去。「那麼帶上這個，總會起點作用。」

艾伊思塔詫異看著鎖鏈表面滿滿的鋼刺。「這個……不是瓦伊特蒙的鍍銀武器？」

「所羅門文明的。我從北境白城的收藏間拿來的。」亞闍讓女孩穩穩站在他的棲靈板後方。然後他拉住一條繩索上的游動鐵環，往下躍。

強風捲起兩人的黑絨披風，風中有股徹骨的陰寒。亞闍斜視著黑暗帶的深處，它就像無邊的黑洞，令人無法看清裡頭究竟什麼樣子。

落地時，他發現腳下的岩石正在緩緩挪動，堅實地緊縮起來。那是琴在不遠處手持多角石，運用她的力量控制石縫間的冰晶殘痕，讓這片破碎的石地變得更加牢固。另一方面，舞刀使霞奈站在陰影的邊界，全身沉浸於陽光底下；她把刃皇的長刀筆直插入岩縫中。

在眾人的身後，五座浮空冰山以緩慢的速度升空並散開來。在陽光照耀下，冰山的表面出現晶瑩的反光。每一座要塞的邊緣，都有幾名舞刀使彷彿儀式般高舉長刀。

他們依照霞奈所說的，把守護靈暫時鎖於體內，放空長刀內部的所有靈力。黑晶色的刃面立刻捕捉豔陽，熠熠生輝，再朝斜下方反射過去——數道耀眼的金光集中注入霞奈眼前的『空絕』。

她雙手握柄，旋轉角度。一道濃縮的熾熱白光折射出來，筆直射入黑暗之中。

當陽光點亮了永恆黑暗帶的空間，人們看見裡頭的景象時差點停止了呼吸。

崎嶇起伏的岩塊組成了毫無邏輯的景象，覆蓋著無生息的雪沫。仔細看才發現那雪竟是黑色的。一塊塊巨石堆起了扭曲的柱子直達天頂，像被冰凍的龍卷風，也像鋼鐵製的腸臟。這片從未見光的幽暗空間綿延到視野的極限，或許數十公里，或許上百公里。它就像一片失落的墓地，沒有任何生命跡象，又像駭人的地獄，張開滿口岩齒吞蝕一切希望。

陽光的闖入啟動了某種防禦機制。藍光出現了，像一絲絲游動的綿絮，從漆黑的地面，從天空板塊的表面，緩緩浮現出來。

「有擊中世界樹嗎？」亞閤站在霞奈身旁，凝望黑暗深處。

「糟了……裡頭的岩陣太密了。」霞奈的臉色鐵青。

「距離太遠了，那地勢本身就有天然的阻光效應。」亞閤說：「世界樹到底有多遠都說不準。」他看著霞奈調整手中長刀的角度。他們無法看清，卻感覺無論瞄準哪個方向，光束都會終止在黑暗裡的某處。

「霞奈，把陽光維持水平吧。」子藤在他們身後說道：「我們得進去裡頭。」集中在身旁的戰士們面露惶恐，但子藤繼續說出想法：「所有舞刀使的刀刃都有能力改變陽光的方向。奔靈者，戴著我們進去吧。」

黑暗帶已出現難以計量的藍光點，許多迅速凝雪為狩。那些黝黑的身影正朝著邊緣地帶的人類挪動。

「妳確定支撐天空板塊的世界樹是真的存在？」凡爾薩把巨劍架在肩上，盯著亞閤身後的綠髮女孩。「出了任何差錯，我們全都完了。」地面的晃動越演越烈，魔物的大軍正朝他們集中過來。

「白島在我意識裡的時候，我真的看見了……」艾伊思塔的口吻卻有些不確定，她盯著深幽的遠方，似乎想在記憶碎片裡尋找什麼。「只要能夠繞開幾座障礙物。四個……不，三個拐點！只要能改動陽光三次方向，就可以把陽光導向白島的核心。」

「我們只能冒險了。」雨寒環視所有人。「……我相信艾伊思塔。」她和綠髮女孩對望。

炸烈聲從後方傳來，眾人仰頭，看見一波龍狩不知從哪兒出現，頂著艷陽對浮空要塞展開奇襲。「沒有時間了！」俊說道：「我們幾個各載一名舞刀使突入。多數人還是得留下，他們必須保護霞奈。」他望向站在角落的黑髮女孩。「琴，千萬別讓陽光中斷。」

遍體鱗傷的琴，點頭時目光堅定。

「這兒會是最重要的戰場，」亞闊吩咐其餘的奔靈者：「假使光源消失了，我們會全死在裡頭。」他俐落地抽出雙刀，看向艾伊思塔。「我和他們進入黑暗帶，妳留在這兒。」

艾伊思塔卻皺起眉，用手指捏住他的臉頰。「我說過了，和你們一起。要戰鬥時，把你的雪靈分給我。」她秀了秀手臂上的鐵鏈。

我體內的是暗靈，怎麼分給你？亞闊哭笑不得地看著她，些許欣慰艾伊思塔確實回來了。

他再瞥了眼翱翔天際的龍狩，數量越來越多。他甩動棲靈板說：「那麼妳抓好了。」

當浮空要塞駛入黑暗帶的嘗試失敗了，當直接運用光束一次擊穿白島的想法也失敗了，這一小群人懷抱最終的使命，闖入永恆黑暗帶。除了亞闊和艾伊思塔之外，還有雨寒，凡爾薩，俊，以及莉比絲。他們分別載著子藤，因幡，隆川，以及崙美四名舞刀使，追隨陽光的路徑。

前方有千萬頭魔物密集地聚攏，像有無數藍色瘡孔的黑色雪丘。然而陽光在牠們中央切開一道明亮的通道，他們十人棲身在光束旁，劃開五道疾馳的軌跡向前疾馳。

虹光依附在他們的兵器上，排開不斷襲來的狩。不出一會，視野已被魔物身軀給完全掩蓋，他們正穿縮在成千上萬的狩群間。

他們隨著白光通道闖出了敵陣，正式進入地形怪誕的黑色領域。狩並未追來，因為牠們把火力全集中在光束的來源處。

「再快點！」亞閣朝其他人喊。他們躍過幾道深溝，穿越崎嶇的岩塊和黑雪丘，看著陽光就像一道穩固的光軌，指引他們的方向。

正上方數百公尺的地方，可以瞥見天空板塊的底部有浮動的藍光痕，像是雜亂分叉的樹枝或詭異的法紋，維持整個天頂不至崩塌。無論地面或天頂都布滿了獠牙般的黑岩，像鐘乳石陣卻如山丘般巨大。光束從中穿過，奔靈者則隨地勢起浮前行。

大約十幾分鐘後，他們遇見第一道屏障。那是片隆起的巨大岩牆，左右延展到目光可見的盡頭。陽光在它的表面映照出一圈刺眼的光潭。

亞閣注意到當所有人都盯著陽光終止的地方，只有艾伊思塔正看向一旁。「右方……」她忽然開口：「在右方！那兒有道裂縫。讓陽光從中通過，我們可以減少幾個拐點！」亞閣諦視黑暗，卻看不見任何裂縫。叢生周圍的狩群已盯上他們，兩側的黑暗中再次出現藍光點。

艾伊思塔吩咐亞閣停住棲靈板，手指觸及光束。「就在這個位置，我們得讓陽光轉向。」她掃視所有人。

「你們走吧，這兒由我來。」隆川踏下俊的棲靈板，把長刀反插在光束的路徑上。他扭轉雙手，陽光朝右方折射一個角度，點亮石牆的另一端。果然在那兒，龐大的牆面幾乎破裂為二。陽光從中間穿射過去。

俊看了眼逐漸接近的敵軍。「我也留下。」俊告訴其他人：「你們快走。」他讓彩光附著長槍兩頭，做好了準備，然後看向載著崙美的莉比絲，以眼神向她告別。

女弓手露出不捨的神色，但最後只說：「一定要活下來。」

他們馳往巨岩的裂口，回頭瞥見一波綻裂的虹光——俊的戰鬥已然開始。

穿越石牆後，他們持續追著陽光好一陣子，忽然撞上一道深不見底的鴻溝。光束並不受鴻溝的影響，但奔靈者花了點時間在旁側找到一片交疊的岩橋。他們躍了上去，和光束平行前進。

岩橋在他們身後崩裂了，但沒人有時間理會。到了對岸他們刮起陣陣黑雪，滑行一段距離再和陽光會合，迫切地推進。

斜前方出現一群狩的身影。莉比絲憤怒地放了一箭，瞬間驅散牠們。此時，艾伊思塔要眾人停下腳步。眼前的地勢變得極端破碎，然後誇張地下斜。那兒是道凹陷的遼闊谷地。

「這兒！得有人在這兒改變陽光的軌跡。」艾伊思塔喘著氣說：「我記得更遠的地方有道鋸齒狀的山岳，只要越過那兒，就可以看見世界樹了。但這中間有太多的石柱擋著，我不確定……」她壓住自己的腦門，陽光反射在她的瞳仁裡。「我們……得先讓陽光穿過眼前這座峽谷，谷地的盡頭應該就在鋸齒山岳的邊緣。對，得從那兒從反射上去！」

「那麼，我來吧。」崙美對莉比絲說完，從棲靈板走下來。

艾伊思塔忽然猶豫起來，遲疑地伸手指向目標方位。崙美的長刀以近乎直角把光束向左扭轉，並且朝下方的幽暗谷地反射過去。光束點亮一片駭人的峽谷。

「各位，再會了。」莉比絲低頭抽出箭矢，長髮遮住她半邊臉。

女弓手留下來保護崙美，剩下三對則尋找路徑從峽谷的邊緣蜿蜒下行。到達谷底時，亞閻抬頭看見陽光就像被聞風不動的燈塔投射出來，從他們的頭頂劃過直指碎谷的彼端。莉比絲是個渺小的身影，她以箭鋒燃起虹光，矗立在崖邊望著眾人離去。

峽谷的地貌令人毛骨悚然，他們經過無數個焦屍狀的岩塊。雨寒、凡爾薩、亞閻加速奔馳，穿過這條看似無止盡的陰森地勢。也是在這兒，他們隱約看見黑暗中的遠方確實有排暗沉的齒狀山脈。它有種恐怖的宏偉，局部遮蔽了天空板塊的藍光痕，是個令人窒息的存在。

「前方來敵！」亞閻大喊。一群黑雪生成的狩突現藍光，阻攔在他們面前。

子藤、因幡各自從奔靈者背後的位置，同時甩出彩光波切散了鄰近的魔物。眾人接著殺入敵陣。亞閻劈開身旁的狩，吃驚地發現艾伊思塔真的用鎖鏈沾染宇蝕的虹光，幫他解決後方死角的敵人。

凡爾薩的兩頭彩光獵犬率先抵達谷底的光潭。眾人圍著陽光匯集之地，對抗包夾過來的魔物。

「這兒由我來！」因幡對子藤說：「最後一個拐點交給你了。」語畢，他把長刀扎入光潭中央，然後單膝跪地，用刀刃壓出一個誇張的折射角度。

陽光從峽谷中央反彈出去，朝著鋸齒山脈的頂端直射而去。

敵人不斷地湧來，凡爾薩甩動雙刃巨劍劈開一整排黑狩。「雨寒，艾伊思塔！妳們走吧！」

雨寒凝望不斷劈殺的凡爾薩的背影片刻，然後頭也不回，載著子藤朝山頂滑去。亞閻、艾伊思塔緊跟在後。最後的四人追隨穩定的恆光，毫不停歇地向上滑行。

亞閻詢問艾伊思塔：「我們只有子藤一柄黑刃了！妳確定只剩最後一個拐點？」

「應該……就在山的頂端。是的，不會錯，只要能在那兒反射陽光，就可以摧毀白島！」

她讓自己聽來篤定，但亞閻看出了猶豫。她顯然無法像先前那樣確鑿地看見所有地貌。

黑雪滿布的鋸齒山岳比日痕山高了至少一倍，他們不斷甩脫沿路升起的狩群向上爬。艾伊思塔緊張地盯著光的方向。亞閻回望她，低聲道：「妳已經失去了最後的感應力，對嗎？」

艾伊思塔沉下頭。「就在剛才……我什麼也看不到了。」

山脈的表面變得難以置信的歧嶇，奔靈者的力量急速耗盡。亞閻看見從他們頭頂經過的光束超越了山的高度，射入視線盡頭的天空板塊。那光的盡頭是那麼的遙遠，但他們仍能看見白光接觸板塊的那個熾熱的光點周邊，亮起了網狀的藍色晶脈，彷彿天空板塊的神經正受到重創。偶有大小不明的岩屑散落彼方。

顯然陽光對天空板塊沒有實質性的傷害。更遭的是，後方的狩群正以不可思義的速度在增生，尾隨棲靈板的軌跡包夾過來。就在亞閻等四人逐漸接近山頂的同時，敵軍發動了孤注一擲的襲擊。

亞閻、子藤接連劈開魔物，雨寒則放出具有侵蝕力的鴿子，排開圍困他們的敵人。奔靈者正被成千上萬的狩給包圍，若非陽光就在身旁，勢必早已全數陣亡。然而狩群不再避開陽光，像急著赴死的蟲子，滾過同夥散化的殘物拚命撲來。

「就快到了！」山頂就在眼前了，他們隨著白光上行，祈求陽光別因為任何理由中斷。抵達鋸齒般的山峰時，視線瞬間寬敞。

山岳的另一端是片幽暗的盆地。彷彿呼應著天空板塊的模樣，地面也同樣充斥著莖脈狀的藍光痕；那必然是白島本體的一部分，就像綿延百里的血管。而在最遠處，跨越了那片寒瘠之地數十公里的地方，是個大得令人嚇破膽的冰座。它的體積讓一切失去距離感，擊碎人們對影像的邏輯。在它體內，游動的冰藍寒光畫著古怪的紋路，扭曲了觀看者的思緒。整個底座彷彿是由地心破石而出，朝上方綻放開來支撐著整個天空板塊。目測無法得知它究竟有多寬，或許上百公里。

「世界樹」——無論底座或頂端都結滿了岩塊，只有中段部分裸露著陰寒的藍色光暈。

「子藤！瞄向它的中央！」亞閻接連劈斬魔物，看著底下的狩軍圍成扇形，朝他們收密起來。

子藤來到光束略過山頂的交會處，正要舉起長刀，卻應聲倒下——

數條冰蔓從黑雪中出現，綑住了他的雙腿和手臂；更多的冰蔓纏住他的長刀，收縮時發出碎裂的聲響。亞閻、雨寒都相繼遭到綑綁。魔物已全面包圍他們。

亞閻立即吞蝕了雪靈之力，瞬間力量增強數倍，斬斷纏身的冰蔓並順勢把艾伊思塔推開。暗靈從他體內冒出，由彩色轉為漆黑，融入幽暗的環境去撕裂周圍魔物。

他未停止舞動雙劍，劈開襲來的敵人然後迴身一道利光，斬斷了控制子藤的冰蔓。

「不……」子藤發出破碎的聲音，抓雪攀爬。亞閻喘著氣，看著舞刀使拎起自己的刀柄。長刀已然粉碎，成為山坡上的黑色殘屑。一圈圈冰蔓正朝他們游動過來，後方跟著數萬頭咧嘴嘶笑的魔物。

彩光燕子收起翅膀，在黑暗中劃出銳利而亮眼的弧線，打穿成排魔物。

但在它們消散為黑霧的地方，更多的狩體已成形。俊以持刀的隆川為圓心，急速劃出一圈軌跡掃蕩任何接近的敵人。彩光燕子在圓周的另一端與他對應繞行，守住俊對面的半圈防線。

當他擊殺了幾頭包夾過來的黑狩，忽然一陣閃爍的冰刺略過身旁。俊一驚，立刻煞住棲靈板回首。

隆川用自己的身體護住長刀，染血的背上滿是冰刺。陽光的軌跡絲毫沒有動搖。

俊看見狩群不知為何已止步，暫時不再靠近，但牠們從胸膛和手臂生出了更多冰刺……俊大口喘氣，咬牙下了決心。陽光絕不能在此中斷。

他矗立在隆川背後，提槍面對成大軍。他聽著自己的心跳在胸口撞擊，盯著狩群體內激綻的藍光。

彩光燕子從他身旁飛過，射向魔物──此時，無數冰刺反向朝著他射來。

俊打轉長槍，擋下一陣攻勢。耳緣是冰晶碎裂的聲響，皮膚是銳物刺入的劇痛。幾條冰刺扎進他的手臂，腹部和大腿。突來的一股鮮血嗆住他的喉嚨。然而俊並未卻步，再度打平長槍直視敵方。

又一波藍光射來。俊的防禦變緩了，冰刺埋入他的胸膛。有條刺打穿他的大腿，讓他差點跪了下來。

「前方……」隆川虛弱地說。俊回頭，發現他們已被整圈狩群給圍困得密不透風。牠們全部掀開體內的藍光刺，準備一次殲滅這兩人。俊挺著模糊的意識挪動身子，和隆川一前一後地護住光軌經過的長刀。

「要保護……陽光……」血液從喉間咯咯湧現，俊把長槍插入雪地，雙手死命緊握，然後盡全力挺直了身子。周圍的藍光越趨明亮，他瞇起了眼。狩發出吼聲，混雜著冰晶攪動的聲響。

冰刺從四面八方射來，飛向矗立中央的兩人。

崙美倒下了。長刀被她無力的身子拖著傾斜，光束投往錯誤的方向。

站在崖邊的莉比絲驚慌失措，亂了方吋。崖谷表面的狩群正在不斷增生，一波波朝她爬上來；後方陸面的狩群也已集中過來，朝著承接陽光的黑刀走去。

莉比絲已渾身是傷，不僅雪靈之力耗盡，手中只剩下兩支箭。

她邊朝著歪斜的長刀滑去，吃力地揚弓，鬆指。微弱的虹光隨著單箭飛翔，看似快要失效，然而它穿過白金光束時轟然增強了數倍能量，化為耀眼的光波。掃蕩過的整片狩群瞬間消滅。她把最後一支箭也放了，無足輕重地擊穿崖邊一些敵人。

她看見崙美倒在地上，似乎已沒了呼吸。女舞刀使的腿被斬斷，雪白的背部被爪痕刮成不堪入目的紅色泥漿，像是皮開肉綻的花朵。但她染血的手卻依然抓著黑刀。

莉比絲絕望地環顧四方，在逼近的魔物面前放掉手中的長弓。

心跳撞擊耳膜讓她一陣昏眩，但她逼自己聚焦在白光劇燃的長刀上。

這是俊傳來的光芒，絕不能在此中斷……莉比絲在心中默念。同伴們在前方等待，他們都在等待！

「嚇啊！」她奮力拉起崙美的黑刀。白光切過崖邊，毀滅一整群魔物，然後重回之前的角度，穿過峽谷射向遠方。

幾十頭狩露出了利爪撲向她。莉比絲沒有看牠們一眼，也沒有理睬在腦後的冰齒攪磨聲響。她閉起眼，用身體擋住承接陽光的刀刃。

凡爾薩正在恣意拼殺，卻發現陽光消失了。周圍陷入一片黑暗，無數幽藍光點亮了起來，朝著他收縮。巨劍迴旋劈砍，敵人卻如銅牆鐵壁。他的腹部爆出撕裂劇痛，然後是一陣絞疼。他感覺腸臟被刺穿了。

嘶——白光伴隨冰晶融解的聲響出現。陽光再次歸來，嚇阻了倉惶的魔物。然而它的落點卻偏離原處，落在一段距離外的坡道上。

「因幡！」凡爾薩趕緊喊。

舞刀使迴身甩出一道斬擊，在密不透風的狩群中切開一條路。凡爾薩竭力載起他，朝著陽光滑去。鮮血濕了凡爾薩整個腹部，他的力量正隨著一陣陣抽痛在流失。「離焱！再加速！」他用盡全力讓棲靈板向前奔，兩頭虹光獵犬疲頓地跟隨身旁，撲開襲來的狩。

在目的地前方數公尺，凡爾薩卻倒下了。「去……快去……」他吐了整灘血，朝因幡虛弱地揮手。

遠方的山頂堆積了密集的藍光，那必然是雨寒他們的所在位置。因幡跑向光束時，左臂卻被幾個狩爪給抓住。牠們以蠻力折斷他的手臂，但因幡仍傾全力向前，單手把長刀插入白光的路徑。

「啊啊啊啊！」因幡將陽光導向祂該去的地方。

凡爾薩也起身了，即使傷口鮮血瀑流，他鬆弛地揮著巨劍刀走向因幡。他命令虹光獵犬掩護舞刀使，自己則撲向模糊視線裡的上百頭魔物。

在天空板塊陰影的邊緣，光明與黑暗的交界處，戰況無比慘烈。

不到百名的奔靈者和舞刀使，正被上萬頭魔物圍剿。敵軍從黑暗帶毫不間歇地湧現，帶著終極的殺意打算徹底消滅光束的源頭。人類的戰士原本集結在霞奈身旁，卻難以招架潮水般的敵人，被沖散開來。狩群就是白島的細胞，即便在陽光底下迅速爆裂，依舊不畏犧牲地襲來。

在空中，龍狩猛烈襲擊浮空要塞，以冒著白煙的身驅撞向冰山。當一座浮空要塞被擊潰，從半空中墜落，它折射出的陽光便告終斷。匯聚到霞奈手中的陽光因此轉弱了一個度。

在這瘋狂戰場的正中央，霞奈一人單膝跪地，穩穩把持住長刀『空絕』。她緊閉著眼，傾聽陽光的聲音，並把性命交給夥伴，紋風不動。

琴守護在霞奈的面前，釋放暗靈解決接近的魔物，並嘗試以意識捕捉任何可以掌控的地底冰藤，掀起骸骨般的冰牙來抵擋一波波來自黑暗帶的敵軍。漸漸地，戰士們找回戰鬥的頻率，以操控白光與暗靈的兩個女孩為中心再次集結起來，阻擋永無止盡湧的敵襲。

琴看見又一座浮空要塞墜落於海面。人類戰士陸續陣亡，敵人卻變得更加猛烈。前方的戰士陸續倒下，琴握緊拳頭，成為霞奈最後的盾。

完了。

短暫失去陽光讓艾伊思塔的思緒凍結。她待在亞閻身旁，甩動鎖鏈掃開狩群。亞閻的雙刀在黑暗中無止盡地劈斬，周圍是一潭不斷變體的黑湖，吞沒浪潮般的藍光。子騰因為長刀斷裂，只能握著木柄甩動鞭子般的虹光緞。而失去陽光的庇佑，雨寒的雪靈恢復到先前的微弱狀態，不再有物理能力，不再對狩造成威脅，只能讓彩鴿沉入同伴受傷的身體，協助治禦和恢復體力。

所幸不久之後，陽光再次掃過山坡，回歸他們眼前。祂像一道燃燒的白影擊穿黑暗，劈開一條冰塵紛飛的軌跡。艾伊思塔不清楚遠方的同伴發生什麼事，但她知道流失的一分一秒都可能使光源突然中斷。

不幸的是，已沒有任何方法讓祂改變方向。

四人在絕望中作戰，看著敵軍以倍數增生，填滿視野。

「現在該怎麼辦!?」亞閻砍死一頭巨大的黑狩，喘著氣詢問時有黑液從嘴邊流出。

艾伊思塔盯著直衝天際的光束，心頭全慌了。她早已喪失了感知能力。然而她依然有種離奇的預感，身旁的景像讓她感到忽略了什麼。情急之中什麼也想不起來。突來的劇痛在肩頭炸裂，她在黑雪中翻滾。「啊……」她甩甩頭，睜眼時看見藍光利爪揮了過來。

金色的飛鳥撞入那些狩的身軀，讓牠們接連化為粉塵。她轉頭看見雨寒就在一旁，操控雪靈穿過陽光，追往四方的敵人。

雨寒單手壓著胸口，彷彿耗盡了氣力。然而女長老絲毫沒有停止，再釋放雪靈扼制敵人的接近。

亞閻也已到了極限。他滿臉傷痕，任由暗靈甩盪，為自己爭取片刻的喘息。黑霧般的靈體在他身後飄晃，和白金光束形成強烈的對比。「我自己……殺回去……帶回更多舞刀使……」亞閻抹開嘴角的血水。

艾伊思塔知道他根本辦不到。沒人辦得到。

亞閻毅然決然地闖入狩群，卻立刻被擊倒。子藤躍到他身旁掩護，爭取時間讓艾伊思塔把他拖了回來。他們集中起來，雨寒的雪靈羽翼綻放，像飛翔的護盾保護眾人。然而無論暗靈或是光羽，行動的頻率驟然變慢。他們撐不了多久了。

敵軍將他們四人密封在一個狹小的範圍，不顧穿越他們中央的光束，浩浩蕩蕩壓迫進來。

「呵……這下全完了……」亞閻躺在艾伊思塔懷裡，憤恨地盯著上方。

艾伊思塔睜大了眼。冰藍色的翅膀鼓動著，劃過黑色天際朝他們的方向飛來。她不確定那十幾頭龍狩是從哪兒出現的，但牠們眼中的殺意清晰明瞭。

領頭的那隻龍狩飛速降臨，毫不畏懼陽光。

「大家趴下！」雨寒沙啞地叫喊，用盡最後的力量朝天空施放出三隻金色的飛鴿——金光綻放，龍狩的身子被撕開陰藍色的傷痕。但牠沒有減速，低空略過時咬向雨寒。

子藤撲開她，背部被劃開一道長痕。他和雨寒一起倒下。

更多龍狩張開血盆大口開始俯衝，全瞄準了他們四人。周圍的狩群也發出瘋狂的吼聲，像某種祭祀般的儀式。

一切希望都幻滅了，這是白島的全面勝利。亞閻卻拒絕放棄，以長劍撐起無力的身子，擋在艾伊思塔前方，打算反抗到最後一刻。

艾伊思塔含著淚，也站起身。在這一瞬間，她看見他的暗靈像霧氣般擴散，而與白光交錯的空氣中出現了朦朧的光影。她忽然領悟了什麼。

「亞閻——宇蝕！」艾伊思塔指向光束。

亞閻只愣了零點幾秒便明白了她的意思。其他同伴用身軀阻擋狩群，給了他時間召喚暗靈回歸，啟動第七屬性。

亞閻逆向啃蝕自己的雪靈，然後——暗靈注入他手中的長劍。亞閻高舉劍刃劈向陽光。

白金光束的軌跡微微改變了。

在這不可思議的光景之前，雨寒、子藤用盡最後的氣力護住亞閻。艾伊思塔借助子藤的雪靈甩動鎖鏈加入防禦。在他們中央，亞閻發出怒吼，吃力地讓光束轉向。

他拚命吞下暗靈的物理影響力，不斷改變劍刃的本質。艾伊思塔清楚這便是亞閻一直在尋找的答案。如果雪靈——也就是陽光的分身，有對物體產生影響的可能性，那麼逆理奔靈便能反轉這力量，讓他緊握的長劍也轉化成武刀使的黑刀一般，能夠完美地引導陽光。

一波冰齒從空中刺下，雨寒、艾伊思塔接連發出哀號。子騰被狩群壓住，一道道冰爪埋入他的身體。而亞閻，在這一刻扭轉雙臂。

周圍的狩群全湧了進來，龍狩從空中撲下——

從鋸齒山岳的頂端，陽光成為一道金色的長矛，筆直刺入世界樹中央。

白島的嘶吼化為大地的撼動。天空板塊有好幾處網狀藍光激烈閃動，猶如世界樹抽動的神經。伴隨著轟隆聲響，天頂的岩石鬆動了。

從遠方戰場折射而來的陽光，經由每一位同伴的雙手跨越黑暗，擊中了白島的心臟。

一頭降臨的龍狩踩碎了一地的狩，憤怒地咬住亞閤，將他毫無抵抗能力的身軀拋向一旁。偏離的劍鋒逆轉陽光切過崩解的天空板塊，然後光束完全消失。在回歸黑暗的世界中央，亞閤倒在滿是血水的黑雪裡，左胸是好幾道凹陷的齒痕，幾乎扯下他整個肩膀。他含血盯著天頂，露出了勝利的笑容。

天空板塊崩解的速度加劇，開始有大塊岩石落下。

在邊緣地帶，龜裂的岩縫間似乎有陽光透了進來。然後一道接著一道，光束就像遠古騎兵的長槍，擊穿灰岩護盾，斜斜地落入永恆黑暗帶。岩屑隨著飛雪凋零，天頂彷彿滲入了金色的雨，成了光暗交錯的異世界。

板塊表面的光紋變得繁密，裂口逐漸擴大；藍光痕消失了，取而代之是白金色的光波。一道耀眼的斜陽照耀在鋸齒山岳的頂端，讓無數狩群傾刻間化為粉塵。龍狩全陷入恐慌，振翅朝各方向逃亡。

艾伊思塔看著倒在山坡上的其他同伴，想爬到他們身邊，卻發現自己動不了。她的腿被利齒給打穿，在黑雪地上拖了整片濕潤的血跡。

她把目光投向世界樹。中央軀幹已殘破不堪，像流出了白茫茫的金色液體。在它方圓數里的地面盡是碎裂的冰晶，閃爍殘餘而虛弱的幽光。沒了世界樹的支撐，岩石天棚即將全面粉碎，滲入的陽光將落在白島身上，摧毀祂的一切力量。

從世界樹的中心位置開始，天空板塊呈輻射狀崩解。巨大的岩塊墜入地面，震蕩著黑雪地。許多地方已被堆疊的碎石給埋沒，整個區域仿若末日，艾伊思塔知道很快就會輪到他們。進入永恆黑暗帶的所有人，無人能逃得出去。

但至少，他們辦到了。他們一起完成了此生最重要的任務。

艾伊思塔雙眼含淚，瞥向迅速枯萎的世界樹，似乎聽見了白鳥的呻吟。她輕聲說：「請你離開吧……未來的人類，會保護好地球的。」

陽光以驚人的速度在黑暗帶灑開，直至視野盡頭。然而黑暗被驅逐的同時，落岩卻重新帶來了陰影。

雨寒躺在不斷震蕩的山坡上，感覺細屑不停灑落皮膚。她歪著頭凝望遠方，看見一束束的斜陽融合起來成為全面的明亮。她身心俱疲，心想終於可以闔上眼了。

缺乏陽光的世界，曾經奪取太多人的生命。最後這一刻，她憶起自己失去的所有人。母親，導師茉朗，桑柯夫長老……或許，他們最終閉起眼時，和她現在的感覺一樣。什麼都不需要煩惱了，過往所追求的一切，過往面對的嚴酷世界，都可以放手了。或許下一個世界會更美好。或許，她會和所有人在那兒見面吧。凡爾薩，艾伊思塔……

雨寒睜開眼。

不對，陽光已經回歸了，新生的世界將會重新運轉。他們只有這一個世界。

她盯著正上方板塊表面的光痕，想要起身。千萬個念頭從腦中竄過，但她一股勁地把它們化為力量。雨寒知道自己這輩子一直在犯錯，犯了無數的錯誤，傷害過無數的人。但她對自己坦然，明白自己也有所愛的人。

在未來，那個陽光盈滿的世界，他們都會好好的活下去。

雨寒跪在棲靈板前。「拂羽，拯救我的夥伴們。還有……」她把雙手緊貼在雪紋上頭，輕聲說：「告訴凡爾薩，請他……請他記得我。」

搖搖欲墜的山峰上，豐盈的羽翼綻射四方。好幾隻金色的飛鳥從棲靈板冒出。她頂上的岩塊已開始大量崩解，在巨響之中下墜。雨寒不確定這麼做會不會有用，但她在心中祈願，知道要突破世界的限制，只有往上，不停地往上。

「——『拂羽』——」

她以生命力量注入雪靈。所有的飛鳥變得和人一般巨大，並和她灌注的情緒一樣活躍起來，拍打金色迷霧似的翅膀。有一隻包覆住亞閻，另一隻叼起子藤。第三隻飛鳥包住艾伊思塔，避開落石，開始朝上空飛去。

「雨寒——！」艾伊思塔的聲音從上方傳來。似乎只有她還沒失去意識。

包裹著亞閻和子藤的飛鳥穿梭在大大小小的落岩之間，拉開迂迴的白光軌跡朝著天際而去。但艾伊思塔做出了掙扎；她在金色飛鳥體內旋腰，盡全力甩開手腕。

鐵鎖鏈從斜上方射來，穿越落雨般的石子——堅實地纏住雨寒的手臂。

雨寒感到皮膚收緊，錐刺掐陷傳來微麻。下一刻，她的身子被拉了起來。

一個石塊砸落在她們之間，切斷了鎖鏈。雨寒跌落在碎裂的岩坡上，但她慢慢站了起來。腳下的棲靈板持續汲取她的生命力，強化飛向遠方的所有鳥兒。

艾伊思塔發出無聲的吶喊。雨寒看著她被金色羽翼安然帶往高空，便露出了最後的笑容。

成群的岩塊落在雨寒站立的地方，壓垮了整座山峰。天空板塊的碎片持續墜落，埋葬了黑雪滿布的山岳。

數隻白金飛鳥彷如流光，穿越落岩，穿越峽地，飛向不同的目標。

它們飛過峽谷的谷底，擠開碎石，帶起昏迷的凡爾薩和因幡。

它們越過破碎的石牆，包覆住俊和隆川。

還有一隻在斷崖邊，撈起了莉比絲。

這些飛鳥旋動翅膀，筆直朝天。柔如晴光的羽翼，突破了崩落的天空板塊。它們輕捧著懷中的人們，奇跡般復原了他們的傷勢。

遠方海面上，殘存的浮空冰山在空中等待。戰爭的生還者已登上要塞的塔台，焦急眺望潰散的黑暗大地。當天空出現數顆金光，人們發出震耳欲聾的歡呼聲。

振翅的飛鳥翱翔在太陽前方，彷彿在引領著不再消逝的陽光，回歸眾人的身旁。

EPILOGUE《終章》

陽光的全面回歸，從本源改變了人們對於未來的想像。首先最明顯的，便是祂彷彿手握看不見的筆刷，為新世界的白色帆布漆上色彩。

天空與海洋成了青碧的鏡面，彼此輝映。冰河透出寶石般的澈藍，剔透如練。深雪覆蓋的森林，隱隱露出魂木的渥彩。就連舊世界的遺跡，戰爭揉躪的廢墟，木樁上的緞帶，都有了更多層次的色澤。最驚人的是祂每日晝時消失之前，灑開天際的繽紛霞影。

然而冰雪世紀的印記並未立即散去。五百年的天候循環不會在一夕之間改變；即使冰脊塔已全數潰裂，世界各地依然高頻率下著濃雪。只不過，雲層不再是永恆禁錮天空的鐵牆，在滾動中露出了藍天。這現象將會慢慢化為穩固的週期，直到許多年後的某一天，地球再次回歸四季。

隨著各地的冰脊塔陸續散化，人們相信海洋底下錯綜複雜的冰晶結構都消失了。據說，許多白島戰爭的生還者在浮空要塞遠離最終戰場的一刻，看見一道明亮的藍光朝天際射去，在蔚藍晴空中縮小成微粒，直到肉眼再看不見。

歸來的戰士在日痕山邊舉行了隆重的亡者告別儀式。

凝於山丘爆發後的情況，舞刀使決定採用奔靈者提出的建議，畢竟無論山頂或者地心的暖流都屬同源。於是，即便陽光已歸來，他們仍以船隻把陣亡者的屍體載往南方，讓流往大海的溫泉成為他們的最終歸宿。

除了幻魔導士希望把同伴的屍體封入冰棺內載回歐洲大陸，其他人都在這兒送別亡者，無論是死去的戰士或平民。除了飛以墨和佩羅厄，當初率領瓦伊特蒙的統領階級全數陣亡。他們當中許多人連屍首都未留下。

捆包好的遺體和信物被裝載到船上後，人們聚集岸邊，身後一排胸貼長刀的舞刀使朝天直射虹光致意。

他們給了瓦伊特蒙的女長老雨寒和刃皇同等的禮數，採用純魂木製的棺木。由於雨寒的屍首不再，人們用她遺留下來的弦月劍做為信物，放置在小船的棺木中。

無人能解釋雨寒究竟是怎麼拯救了那麼多人，但她最後的故事在人群中口耳相傳，包括那些她從沒機會再次相見的，位於歐洲大陸的千百位瓦伊特蒙的居民。假使她有在一些人的心底留下一點什麼，那便是希望的羽翼永遠繫著一顆向陽積極的心。而所謂積極，便是最終選擇相信。

此時，天空飄下純淨的白雪。引光使艾伊思塔代表眾人念出瓦伊特蒙的禱文。奔靈者，舞刀使，幻魔導士肩並肩齊站，肅穆地凝望儀式的進行。只有凡爾薩一人站在遠方，沒有接近任何人。「願陽光護佑妳的靈魂，願地心永遠……永遠為妳保持溫暖。」艾伊思塔哽咽地說：「雨寒，妳是喚醒奇跡的奔靈者。是我們所有人的長老。」

船伕划動著小船，載著女長老和刃皇的棺木朝向南方。因幡繼任為下一代刃皇，披著寬厚的長袍，金色櫬衣隱藏殘疾的手臂。他單手持著「空絕」，站在艾伊思塔等人的身旁，凝望一艘艘船隻送走戰友。

由於必須處理的屍體過多，告別儀式持續了一整天。但在當天夜裡，人們允許自己為勝利做出節制的歡慶。舞刀使的平民以有限的食材款待戰士們期待已久的饗宴。

因幡和議會告訴眾人，任何瓦伊特蒙的子民希望定居在這兒，只需開口。他們也歡迎幻魔導士從今以後隨時造訪。有一部分奔靈者即將搭乘浮空冰山返回歐洲大陸，但牧拉瑪決定留下。從遠洋戰場歸來得他，把頭靠在久違的奧丁肩上。兩人牽著手離開饗宴，找到屬於自己的寧靜，與彼此分享遷徙分開後發生的所有細節。接下來的日子，他們兩位癒師將在日痕山扮演起奔靈者的領導要角。

而在餐宴之後，艾伊思塔來到所有瓦伊特蒙子民的面前，道出一個想法：「大家……請聽我說。」

隔天清晨，浮空要塞啟動之前，亞閻在樹林裡找到凡爾薩。那兒是一片潔白的雪腹，散布著冰晶花朵。他在凡爾薩背後沉靜了片刻。

「之前，我一直只留意艾伊思塔的變化，卻忘了一件重要的事。」亞閻的內心有些掙扎，因為他很清楚可能性有多渺茫。更多情況是讓凡爾薩二度絕望。「我們進入永恆黑暗帶時，我注意到雨寒穿著白羊駝披風。是你後來給她的吧？」亞閻還是說出口了。

凡爾薩沒有反應，亞閻甚至不確定他有沒有聽見。但亞閻在心底告訴自己，那些見證過奇跡的人，不會再相信偶然。

「那件披風的裏層密袋，你搜過了嗎？」

當凡爾薩還是沒回答，亞閻說：「艾伊思塔的靈凜石項鍊，我放在那裡頭。」

寧靜的數秒過去。凡爾薩回過頭來。

據說歐洲大陸的所有人類據點都受到非比尋常的創傷。一座座破碎的城牆上盡是暗沉的晶蔓殘痕。

亞法隆周邊的濃霧全面散去，露出環繞城市的碎冰帶，以及遠方小亞細亞陸地的景觀。這個在遠古愛琴海的邊緣，舊世界被稱為羅德島的地方，戰況尤其慘烈。浮空要塞抵達時，從高空俯瞰的人們無不發出驚嘆。

亞法隆從四面八方被暗藍色的殘晶給覆蓋，彷彿熔岩固化後的日痕山。人們已在積極進行戰後的清理與重建。歸來的人，守城的人，重逢的感覺恍如隔世。交換訊息時，大魔導士們道出一件出人意料的事。

「我們有了很嚴重的麻煩。」大魔導士梅西林諾斯說：「想等你們回來，親眼見證。」他們來到離城好一段距離的雪地，看見幾座人造的小型導能金字塔，並挖開雪地裡的銀製導管。裡頭的虹光泡泡變得稀疏異常。

接下來幾天，城市內各個尖塔的虹光能量也變得微弱。甚至連裂谷底層的巨型齒輪也時不時地停擺。

「或許因為陽光歸來……」俊看著昏暗的城市街道，喃喃說道：「原生雪靈……得離開了。」艾伊思塔深摯地盯著稀落的虹光泡。「或許……這並非壞事。」

幻魔導士認為雪能消失的危機不僅會讓浮空要塞荒廢，還可能瓦解歐洲大陸當前的文明根基。因此他們必須找尋別的方法來支撐社會體系的運轉。數天？數月？數年？他們究竟還有多少時間，無人能預料。但勢必新一波的勘察和研究必須立即展開。學會使用墨璽的麥爾肯也協助加入調查。這將是幻魔導士目前最迫切的任務。

曾被束靈儀式或者銀封儀式轉化的雪靈則沒有這樣的問題。奔靈者和舞刀使感覺在艷陽高照的新世界，體內的雪靈之力反而比以往更加旺盛。

然而，雙方文明依舊在與時間賽跑。缺少了縛靈師，奔靈者必須研究舞刀使的束靈方式，而在日痕山的霞奈成了整件事的關鍵。她成了舞刀使議會的成員，並開始協助瓦伊特蒙的新人做奔靈試驗，就像當初他們幫助她一樣。歐洲文明在提供資源和技術支援的同時，也把信心寄望在這兩個太平洋文明身上。

或許人類社會的未來困難重重，但現在，他們傾盡全力幫助彼此療癒。

在地球生態慢慢復甦的白凜世界，三個文明開始了非常頻繁的交流。很快地，在不同的城市都可以看見奔靈者，舞刀使，以及幻魔導士的身影。此外，除了共同探索新世界的生存法則，有另一件大事正在發酵……

文明交織所帶來的衝突是必然的。人們為了撼衛自己的傳統與引領世界的地位，總會在脆弱的懸崖邊與彼此叫罵，舉刀相向。但每當他們抬頭望見陽光──清徹藍天中央的無限光芒，以及時有時無，卻從未徹底消失的流雲──他們會想起許多事，暫且學會了沉靜。

總會有人站出來告訴其他人，這是個冰雪正在融化為清澈溪流的新世界，生命的幼苗在各處發芽，有無盡的可能性等待人們合作探尋。

「如果當初瓦伊特蒙和所羅門沒有爆發全面戰爭，許多悲慘的事都可以避免。」俊盯著手中的多角石說：「或許所有人都可以少走些彎路……躲過不必要的犧牲。」穿過一個廣場，圖書館就在他們的前方。

子藤嘆了口氣，同意地點頭說：「還有我們與歐洲文明的交流中斷，也差點為此付出極大的代價。」身兼化術師的他，打算待在亞法隆一段時間。

「有點兒不切實際。」亞閻在他們身後反駁道：「和彼此鬥爭可是人類的天性。戰爭遲早還是會發生，因為歷史上從沒有恆久的和平。」

他們步入圖書館，看見群眾已把裡頭擠得水洩不通。

「或許吧，」艾伊思塔站在他們的身旁。「沒有人能為永久的未來做擔保。但我們依然有可以做的事。」她穿過群眾，來到圖書館的中央。

在那兒，有個巨大的圓形石板被豎立起來，漆成了黝黑的色澤。

有意願的群眾排成長隊，在上頭蓋上白色的掌印，以另類的形態宣示忠誠的誓言。接下來，這樣的石板會出現在每一個人類文明的城市裡，作為石碑保存下來。留下印記的人，依照石板的刻文許諾，將在有生之年盡力走遍白雪覆蓋的地球上倖存的所有文明，傾力協助彼此開拓屬於自己的位置。

他們當中有些人甚至在眼角紋了白色羽毛刺青，紀念因失去了家園被迫率領子民踏上遷徙，卻拯救了萬千人類的女長老。

人們會使用既有的行動技術，也或許陽光回歸後的未來會出現更多的旅行方式，但無論這些印掌宣示的人有沒有奔靈的能力，都會終其一生奔走各地，不被地域給束縛。這是他們忠誠於人類文明的方式，也是忠誠於自我的方式，依照艾伊思塔的願景宣誓——會無地域、無文明差別地去協助所有擁有個體意志的「重靈」。

他們不會忘記白島的警惕。

淵遠的歷史框錮了未來，但人們還是能夠以生命做賭注，以白色掌印和羽紋刺青許諾給自己活著的那一個世紀。這個在亞闍眼中無比荒謬的舉措，將是第一道波瀾，且在接下來數百年的關鍵時刻，起到它們的作用。

艾伊思塔蓋下手印後，看見藍恩大媽抱著皮諾和可可，也前來壓印。

亞闍斜眼望來，笑容諷刺。「可憐的孩子，從小被迫以身相許。妳覺得他們真能懂嗎？」

「會的。等到他們長大，會比我們都明白。」艾伊思塔真切地看著他們。

皮諾和可可發出可愛的笑聲，藍恩大媽幫他們用小小的手掌壓住白墨，然後按在石板上。他們的眼珠子反射著刻在石板頂端的字痕——「我屬於世界」。

數週之後，分道揚鑣的時刻到來。麥爾肯決定留在亞法隆，開始新階段的學者生涯。他將與幻魔導士建立一種新的研究體系，同時從瓦伊特蒙居民裡招募想成為學者的人，復甦研究院。

琴的伯父湯姆斯跑來告訴她，自己多麼以她為榮，現在他們應當爭取好足夠的資源，帶著一票人重返舊世界日本的北海道一帶尋找族人的遺跡，一同復興愛奴文化的傳統。

「我們不會再見面了，伯父。」琴和妲堤亞娜將前往北境白城定居。在那兒，她們有許多工作得完成，包括挖通被掩埋的地窖。

人們有了選擇新居住地的自由。艾伊思塔陸續參訪了各個歐洲據點，包括她父母親的出生地。這兒的人和她有非常相似的外貌，或許某一天，她會有機會花更多時間和他們相處。但現在，即使人們央求引光使留下，艾伊思塔知道有另一個地方更需要她。

她和一批自願者踏上浮空冰山，因為回家的時刻到了。

「別忘記了，五年。」她最後一次提醒所有同伴。

「我們專程準備一艘浮空要塞給你。想好接下來要去哪兒嗎？」一位大魔導士詢問白髮奔靈者。

俊站在亞法隆的城牆邊，凝望遠方。莉比絲在他身旁，她的臉上有道很深的傷疤，被灰色長髮遮掩起來。

事實上，很久前俊就已做出了決定。五年是段充裕的時間，有許多地方可以探索。俊牽起莉比絲的手，詢問她：「先去『北美洲』吧，可以嗎？」

「隨你。」莉比絲輕聲回。

「總隊長！你在這兒！」尤里西恩氣喘吁吁地跑來，身後跟著一群幻魔導士。「他們……從大陸北方歸來的要塞，帶回了一些證物。你得看一下。」

不出多久，俊立刻意識到事情的嚴重性。因此，他並未立即離開歐洲大陸，而是跟隨浮空要塞往北行，經過黑海，來到舊世界羅馬尼亞的山區之中。

在一片隱蔽的森林裡，有群幻魔導士在雪地等待。俊檢視那暗沉的骨骸；它就埋藏在陰影底下，起碼有七公尺長，很明顯是某種生物斷裂的翼骨，骨頭之間少了翼膜。他削下已結晶的冰屑仔細端詳，推測它成形不到一週的時間。

更令眾人聞之色變的是充斥四處的斷木，以及雪地裡的巨大腳印。那是一條釋放破壞力的路徑，直指山中。

俊開始追蹤，而莉比絲緊跟在旁。尤里西恩，捕裂手，佩羅厄也緊緊跟上，最後發現那足跡進入了喀爾巴阡山脈。

「我們都錯了。龍狩並沒有跟著白島離去。」俊面露不祥。「或許牠們已潛藏在世界各地。」他以長槍撥開木頭表面的新雪，發現那斷面有露水在夜間結凍的痕跡。這代表龍狩有時會在夜間出來肆虐。

俊看向莉比絲。「看來，短時間內我們去不了北美洲了。」即使白島不在了，依舊還有許多未解之迷有待解決。歐洲大陸依然需要奔靈者的援助。

莉比絲沒有反對，開始打量山谷的繁雜地貌。「這兒是歐洲大陸第二大山脈，該從哪兒開始找起？」

他們的擔憂是多餘的，因為很快地，俊便領著眾人來到一道突出的岩架。底下是個陰暗的洞穴入口。剛踏進去，他們便明白裡頭是一個龐雜而巨大的山洞系統。

陣陣寒氣從黑暗深處飄來，他們聽見一聲低沉的嘶鳴，順著咽喉般的石壁迴盪。

漂渺的虹光盤繞出來，覆蓋所有人的武器，沿著銀紋越漸明亮。他們朝洞穴深處走去。

妲堤亞娜第一次看見琴開始作畫時，吃驚的神情不亞於初次見識到她用暗靈操控冰晶。顏料不足的地方，琴運用暗靈融雪的液體，塗抹出不同層次的水墨。她還找到幾種方法調配出亮藍色，以及橙色。

「『重靈』這種意識體的存在必然是有意義的。」某天夜裡，琴告訴妲堤亞娜她的想法：「沒有輕靈可以天然地超越我們，但不代表我們就有權力駕馭世界……」琴停頓片刻，思考著。

「我想探索這個星球給予我們的，還沒被發掘的一切。然後在不破壞它的情況下，封存時間。」她瞧著手中的畫筆。

妲堤亞娜似乎被她的話給觸動了，忽然捧住琴的臉頰，深深吻了她。

她帶著琴來到城裡的某個地窖。裡頭有股悶熱和芳香，還有濃郁的酒精味。人們柔聲細語，衣裝寬鬆，傾坐在柔墊上。琴看見陰影中有個戴著鋼鐵口罩的男人望了過來，懷裡摟著兩個綠髮的女人。

妲堤亞娜幫琴卸下外衣，拉著她來到一群微醺的人身旁。他們以迷濛的眼神打量著她的肩，嘴角微微上揚。「這兒的人們都喜歡繪畫，總有很多大膽的點子。」女幻魔導士的妖媚笑容底下，流動著看不透的念頭。「他們都滿懷期待，想和妳交流。」

艾伊思塔推開一道木製閘門，步入毫無人跡的冰霜之地。

亞閤在她身旁，以彩光點亮廊道。他們身後跟了一群人，包括飛以墨，幾位幻魔導士，以及一票居民，裡頭有槌子手和大塊頭等工匠。千百根垂冰懸在人們頭頂上，為塵封的氣味帶來一絲寒意。

才剛走過兩條隧道，人們便發出詫異的驚嘆——狹窄的廊道頂端出現了點點微光。隨著他們的步伐，這現象越來越密，一路延伸到黑底斯洞。

數不清的螢火蟲滿布天頂，數量比起過往更加充沛。在微光照耀下，看得出來瓦伊特蒙各角落依然是當年戰後的凌亂的殘跡。要把這兒恢復成以往，將會是大工程。艾伊思塔卻信誓旦旦，她將花盡心血和居民一起重建這地方。因為她和所有瓦伊特蒙的奔靈者做了約定，五年後的那一天，將在家鄉再次重逢。他們會告知彼此，這段時間在世界各地的歷程。

「知道這兒是安全的，就好了。」亞閻對她說：「那麼我走了，五年後見。」

艾伊思塔捏住他臉頰，凶狠地說：「你一年就給我回來！」

「是是是，知道了。」亞閻笑著聳肩。「不過，現在陽光回歸了，人們會漸漸適應祂，然後無視祂。他們遲早會訴諸科學的邏輯。所以到底這樣的信仰能堅持多久，妳會慢慢見證答案。」

艾伊思塔也聳聳肩。「那也無妨。」她陪伴亞閻朝外頭走去。「陽光對我們的意思，遠不止那樣。」

亞閻揚起眉角。「怎麼說？」

「紀錄裡，舊世界的人類相信科學，但他們也良好地借用了陽光的力量。」艾伊思塔說：「後來祂以雪靈的方式留存地球。奔靈者找到一種方式使用祂的力量。舞刀使也找到另一種方式。幻魔導士更是找到我們完全想像不到的方法。不是嗎？」

「這又代表什麼？」

「生命延續的方法不是只有一個真理。人類選擇相信什麼，祂就會給予我們什麼。」艾伊思塔說：「我們永遠有選擇，所以文明才會生生不息。」

亞閻饒富興味地打量著她，嘴角情不自禁地勾起。幾個居民的小孩子跟在他們身後，一籮筐地跑出了隧道。

陽光使外頭的白雪極端刺眼。不遠處，一艘巨大的浮空要塞傾斜在雪地裡。它載著他們歸來後，便再也啟動不了了。

「對了，等你們修復好陽光殿堂，把這個放回裡頭吧。」亞閣拿出一個木頭掛飾，上頭的銀紋是頭怒吼的獅子。他把它塞到艾伊思塔的手心裡。然後，他再扯住自己掛著雙劍的皮帶，卸下了其中一柄劍。「另外還有這個，也幫我把它放在陽光殿堂。」

「這是你的長劍……？」艾伊思塔接了過來，迷惑地捧在懷裡。

「不。它屬於一位我望塵莫及的劍士。」

她目送亞閣在雪地揚開一道清晰的雪浪，漸漸遠離。他會先前往「方舟」，然後沿著亞細亞大陸朝向內陸探尋，在灰薰裔祖先的地方流浪。現在雙子針沒用處了，地表的面貌更是每分每秒在變化。但這是亞閣的方式，他將用自己的方法重構對於新世界的理解。而無論他發現什麼，最終都會為人們帶來福祉。

艾伊思塔往回程走時，那七、八個孩子圍了上來，仰頭問她：「『太陽』到底是什麼？」

她停下腳步，凝望藍天思量片刻。「那是天空之鏡。」她露出微笑說：「它反射著我們這世界的所有光芒。」

「鏡子？」孩子們以圓滾滾的眼睛看著她。

「是啊。世界太大了，我們看到的彩光都只在我們身旁。」她蹲了下來，以碧綠色的眼珠看著孩子們，指向天上。「可是如果把整個地球的彩光都集合起來，就會像我們所見到的太陽。」

某天的黃昏時分，在瓦伊特蒙北邊數千哩的地方，凡爾薩攀上一座破碎的巨石。

天空中出現濃烈的彩霞，陽光從白亮轉為橙黃。數小時未曾休息令他汗如雨下。腳下的地勢極端危險，踩錯一個鬆動的岩塊都可能滑入萬千碎石之間，滾落萬丈深淵。他無法想像這片隆起於大海正中央的破碎地殼的最深處是什麼模樣。

放眼望去，高低不平的石陣交錯堆疊，整個區域跨越了數百公里，像是立體的迷宮。這地方的表面覆蓋著新雪，下方的中空部分卻時而傳來抑揚頓挫的浪潮聲。給人輓歌吟誦的錯覺。

凡爾薩回首，已看不見停泊在遠處的浮空要塞。而在他身後，杭特累得塌了下來。更遠處還有十幾個渺小的身影就地歇息。他們已搜索數天，知道希望極其渺茫。

然而護衛隊員未吭一聲。在凡爾薩放棄之前，他們不會開口。

今天的天空與以往有些不同。這是他們踏上墜落的板塊殘骸以來，頭一次看見這片陸地上方出現濃密的雲朵。或許天候正在轉變，他不確定這代表什麼。

黃昏的陽光被雲層給打散，在西方天際灑開柔靡的光。凡爾薩忽然發現遠方一道傾斜的岩坡有半邊被點亮——光影之間，彷彿它的表面是數不盡的羽毛在飄動。

凡爾薩獨自朝那兒攀爬過去，在迎光面站定身子，望向急變的天空。

就是此時，凡爾薩愣住了。他緊盯著某處，感覺自己瞥見了什麼。

然後他開始奔向前，腳步越來越快，踏過在地面浮動的雲彩的緞影，也踏過在石面掃動的柔羽般的光輝。坑坑窪窪的雪地彷彿化為一片金色的原野，更遠方的海面也染上飄搖的金光，彷彿整片海洋都沸騰了。

——彷彿浩瀚的金色羽翼跨越了地平線，覆蓋整片蒼穹。

而在前方的某一處就是凡爾薩的目標，讓他頭也不回地奔去。

因為這一次——他確信自己從眼角瞥見了虹光。

《全篇完》

奇炫館

白色世紀3

作者／余卓軒　封面插圖／盧東彪
榮譽發行人／黃鎮隆　總經理／陳君平
協理／洪琇菁　國際版權／黃令歡
執行編輯／呂尚燁　美術主編／陳聖義
企劃宣傳／楊玉如、洪國瑋
出版／城邦文化事業股份有限公司　尖端出版
台北市中山區民生東路二段一四一號十樓
電話：（〇二）二五〇〇七六〇〇　傳真：（〇二）二五〇〇二六八三
E-mail：7novels@mail2.spp.com.tw
發行／英屬蓋曼群島商家庭傳媒股份有限公司城邦分公司　尖端出版
台北市中山區民生東路二段一四一號十樓
電話：（〇二）二五〇〇—七六〇〇（代表號）
傳真：（〇二）二五〇〇—一九七九
中彰投以北經銷（含宜花東）／楨彥有限公司
電話：（〇二）八九一九—三三六九
傳真：（〇二）八九一四—五五二四
雲嘉經銷／威信圖書有限公司　嘉義公司
電話：（〇五）二三三—三八五二
傳真：（〇五）二三三—三八六三
客服專線：〇八〇〇—〇二八—〇二八
南部經銷／威信圖書有限公司　高雄公司
電話：（〇七）三七三—〇〇七九
傳真：（〇七）三七三—〇〇八七
香港總經銷／城邦（香港）出版集團有限公司
香港灣仔駱克道193號東超商業中心1樓
電話：（八五二）二五〇八—六二三一
傳真：（八五二）二五七八—九三三七
E-mail：hkcite@biznetvigator.com
馬新經銷／城邦（馬新）出版集團　Cite(M)Sdn.Bhd.
E-mail：Cite@cite.com.my
法律顧問／王子文律師　元禾法律事務所
台北市羅斯福路三段三十七號十五樓
二〇二一年十二月一版一刷

■中文版■

郵購注意事項：
1. 填妥劃撥單資料：帳號：50003021戶名：英屬蓋曼群島商家庭傳媒(股)公司城邦分公司。2. 通信欄內註明訂購書名與冊數。3. 劃撥金額低於500元，請加附掛號郵資50元。如劃撥日起 10～14日，仍未收到書時，請洽劃撥組。劃撥專線TEL：(03) 312-4212 ・ FAX：(03) 322-4621。E-mail：marketing@spp.com.tw

國家圖書館出版品預行編目資料

白色世紀 / 余卓軒作 .
--初版. --臺北市：尖端出版, 2021.12
面 ; 公分. --(奇炫館)
譯自:
ISBN 978-626-316-185-6(第1冊 : 平裝). --
ISBN 978-626-316-186-3(第2冊 : 平裝). --
ISBN 978-626-316-187-0(第3冊 : 平裝)
863.57　　110016293